現代小說讀本

許俊雅、應鳳凰、鍾宗憲◎主編

編序

如果與二十年前的大學課程相較，現在對於「新文藝」——也就是「現代文學」相關課程的重視，可以說是達到空前的高潮，而且還在持續的發展中。由於風氣的帶領，許多各式各樣的現代文學選本與讀本，也在作家、學人的努力推動，以及讀者的熱切要求下，如雨後春筍般的陸續出版。依目前的情況來看，關於「現代小說」的選本或讀本，已經不在少數：從「新文學大師」、「自選集」等以作家爲名的選本，到「年度小說選」等以年度爲限的選本，還有像「科幻小說選」、「女性小說選」之類以題材爲主的選本，乃至於以教學與推廣爲目的的各種讀本，都從不同的面向提供給讀者與教學者非常多樣的選擇。就鼓吹現代文學的創作與閱讀的角度來看，這確實是一種可喜可賀的現象。

一年多以前，承蒙揚智文化孟樊、林新倫兩位先生的邀約，得以與台灣師範大學國文系許俊雅教授、成功大學台灣文學研究所應鳳凰教授一起編撰這本《現代小說讀本》，事實上是深感惶恐與不安的。許教授從事日據時期台灣文學以及台灣現當代文學研究多年，成果斐然；應教授則是成名已久的現當代文學「資料庫」，著作等身之外，文藝創作多受好評。我個人只因曾經在大學裡開設過類似的課程，竟得以廁身於其中，是主要原因之一；另一方面，是目前相關的選本、讀本已然如此之多，要怎麼找到新的編輯方向？讓讀者有新的選擇餘地？實在需要再多作思考。所幸許教授與應教授經驗豐富，提供了許多寶貴的意見，使我與本書執行編輯張何甄小姐受益匪淺，也使得本書終於能夠順利出版。當然，本書之所以延宕至今，方得出版，與我的拖遲交稿，有莫大的關係。在此，也向許、應兩位教授以及揚智文化表示歉意。

每一本選本或讀本，都有選文的標準和編輯的構想。由於現當代小說與時事的發展、社會的變遷關係密切，其緊密的程度更甚於傳統小說，因此難免會有一些意識形態之類的問題。當然，一篇好的小說必然反映著時代意義，也必然關懷著個體與社群的命運；小說創作者的人生態度與社會主張也會自然流露於作品的字裡行間。然而，站在小說選文者的立場，眞正關心的是小說的文學表現；尤其是現當代小說的創作，與西方文學的創作思潮的關係，同樣密切。因此，在選文的標準設定方面，經過與許、應兩位教授的討論之後，確定以小說的「類型」爲綱，佐以時代與題材爲考量重心，兼顧本地讀者的現實需求，而商定了二十三篇跨越海峽兩岸區域與近百年來小說發展時間縱線的短篇小說，交由揚智文化進行後續的聯繫和轉載權的取得。同時，爲了加深讀者對於現當代小說發展與西方重要文學思潮的認識，也希望彌補許多優秀的小說未能在本書選錄的缺憾，所以在編輯的構思方面，本書大體結構增加了「中國現代小說導讀」、〈台灣現代小說導讀〉、〈現代小說大事年表〉等三個單元；以及在小說選文之間穿插了六篇「文學方塊」，試圖以簡明扼要的方式介紹與現當代小說發展有關的西方思潮與本地的文學運動。另外在各篇選文的編輯安排上，本書在每篇小說的前後，設計了「作者簡介」、「評析」、「延伸閱讀」與「相關評論引得」等小單元，以協助讀者入手閱讀，並且方便取得更爲深入的資料。

關於上述這些大小單元的設計，以及最後本書的整體形成，在此必須補充幾點說明：

一、由於小說作品轉載權取得不易、部分作品篇幅過大等等諸多因素，最後本書只收錄了十六篇短篇小說。其中，楊逵先生的〈送報伕〉一文，由於原作是以日文書寫，中文譯本甚多，本書雖然採用胡風先生的譯文，但是在多方努力之後，仍無法取得關於授權的聯繫。僅在此表達歉意之外，也希望能有彌補的機會。鍾理和先生的〈蒼蠅〉一文，字數最爲精省，則是有意作爲「極短篇小說」這一類型的範例。

二、小說「評析」的字數，僅約八百字至一千字。主要原因是選編者不希望因爲個人的主觀意見過度影響到讀者對於小說的詮釋。而「延伸閱讀」與「相關評論引得」是期待讀者能夠多參考其他評論者的意見。

三、本書不直接進行小說類型歸類，一來是因爲最後出版的選文類型並不完整，二來是類型的歸類概念往往見仁見智，選編者實在不宜強以爲說。至於穿插其間的六篇「文學方塊」，並非完全代表小說類型，也不完全意味著與編排前後的小說有絕對的關係。或可作爲閱讀小說時的參考，或可視爲獨立單元。讀者亦不需強加附會。

四、「導論」分爲〈中國現代小說導讀〉與〈台灣現代小說導讀〉兩篇。一方面是因爲撰寫者有兩位；而海峽兩岸分治導致小說的發展情況不同也是事實。這樣的區分並沒有政治意識形態的考量，單純只是就學術論學術而已。

本書的內容，容或有許多未符人意之處，但是編撰者確實已經盡了很大的努力。如果這樣的小說讀本，能夠讓讀者有一些收穫，進而對於現當代小說有更深一層的認識與了解，則編撰者的所有不安與遺憾，大概都可以歡喜的釋懷與接受了。最後再次感謝揚智文化的諸位以及其他兩位編撰者。同時也期待讀者專家的不吝賜正。

鍾宗憲　謹識於輔仁大學中文系

目次

附錄

導論

中國現代小說導讀

鍾宗憲

一、現代小說的萌興

「小說」是一種以散文書寫的敘事文學。「敘事文學」又稱爲敘事體文學或故事體文學，主要的概念是「將人物所引發的事件，或連續的行動，依照一定的時間順序，陳述其因果關係與過程的書寫文體」。敘事詩、史傳散文、劇本等等都屬於敘事文學，但是小說不是詩、不是韻文，也不需要搬演；雖然傳統小說如話本、章回諸體有摻雜詩詞韻文的情況，但是小說是以散文構成爲主的一種文類。小說與史傳之類的敘事散文比較大的差異是：小說更強調故事性與虛構性，重視人物的刻劃與情節的描述，以及作者所欲表現的創作意識，所以一般認爲小說有五大要素：人物、情節、時空背景、主題、人稱觀點；散文則不然。中國歷來文人多只注重詩歌與散文這兩種文類，認爲小說是「道聽塗說，街談巷議」的小道，因而不屑爲之。所以唐代以前的志人或志怪小說，都只是筆記之類近乎散文的記錄而已。眞正開始有「小說」的雛型，進而發展擴大成完整的小說形式，是唐代以後的事。唐代以後的小說，出現了文言與白話兩種文學語言使用的差異。文言小說之外的白話小說，一般都會被加上「通俗」二字。因爲白話小說的民間性格比較強烈，讀者群的分布以及對於社會日常生活的影響，也比較廣泛。白話小說的語言運用與情節描述或許「不雅」，但是卻最接近口語、最貼近庶民生活。「現代小說」的起源，與白話小說有很大的關聯。

「白話」其實就是從「口語」提煉出來的書寫語言。中國歷來的文學改革中，經常有「不避俚語」的主張。一九一九年五月四日，北京學生抗議中國政府對日採取妥協政策，於是集會於天安門舉行遊行示威活動，之後演變成遍及全國的青年愛國活動；五月二十六日，羅家倫在《每週評論》上，首先將這場運動定名為「五四運動」。這場運動，後來成為中國追求現代化的一個標誌，其內容與影響層面非常廣闊深遠。其中，「五四」的現代化精神發揮在文學上，表現的是一個以白話為書寫基礎的改革運動，一般都認為中國新文學因此而正式展開。事實上，以現代白話文運動為主體的新文學創作嘗試，在此之前已醞釀多時。從「詩界革命」到「文界革命」、「小說界革命」，清末以後鼓吹新文學創作的文人社團與文學刊物就已經陸續出現，而現代白話文學的創作嘗試，也早已開始。一九一七年，陳衡哲在留美期間創作了第一篇新小說〈一日〉；一九一八年，周樹人（筆名魯迅）在《新青年》雜誌發表〈狂人日記〉一文，成為中國現代文學史上第一篇在國內發表的新小說。這兩篇小說，都是新小說肇創時期的起步，也都是運用白話口語來書寫的小說。然而，現代的新小說畢竟與傳統的通俗白話小說不同。其主要差異在於幾個部分：

一、在創作精神方面，無論是為人生而創作或是為藝術而創作的現代新小說，都不同於以虛構「史傳」或彰顯「傳奇」的傳統白話小說。

二、在形式容方面，現代新小說基本上已經不採用傳統「話本小說」或「章回小說」的敘述形式；

內容則更強調面對自我、面對現實人生。

三、在敘述態度方面，無論是以他敘或自敘的姿態來陳述故事內容，現代新小說作者的主觀創作意識往往會彰顯於小說人物特質的設計與情節結構的安排之中；傳統白話小說於此則比較不那麼突出。

四、在發展背景方面，現代新小說的出現與後來的發展，受到外國小說與文藝思潮的影響很大，也因此在小說語言、敘述手法的運用上，以及思緒情感的表達上，也都有別於傳統白話小說。

五、在地位認定方面，傳統白話小說或許也有反映現實、諷刺時事的成分，但是通常為文人所輕，套以「通俗」之名；現代新小說則在嚴肅性、藝術性與創作性的評價上，廣受文人所重視之外，另有一類「通俗小說」。現代新小說中所謂的「通俗小說」，指的通常是作者為了迎合讀者需求，以譁眾取寵的心態，大量複製雷同的情節人物、採取雷同的敘述手法來加以書寫的小說。

現代新小說與傳統白話小說不同。「新小說」一詞，當然是為了與「舊小說」有所區隔。「新小說」又可以稱為「現代小說」，「現代」是為了與「傳統」區分，也為了表示「現代化」運動之於文學小說的意義。大陸學界習慣將一八四〇年鴉片戰爭之後的文學稱為「近代文學」，將一九一九年五四運動之後的文學稱為「現代文學」，將一九四九年兩岸分治以後的文學稱為「當代文學」(一九四九年「建國」以後至一九六六年「文革」開始之前又別稱「十七年」文學)，一九七六年文化大革命結束之後的文學則另稱「新時期文學」或仍然稱當代文學。在台灣學界，通常稱晚清文學之後的新文學為「現代文學」，而不作「近代」、「現代」、「當代」這樣的劃分；即使最近開始有「當代文學」之名者，對於「當代」的意義界定也各家不同。本文所謂的「中國現代小說」，「中國」指的是中國大陸地區，而不涉及台灣地區與世界其他華人生活圈；「現代小說」指的是新小說，而不是特指一九一九年到一九四九年這段時間的小說。

如果從一九一七年陳衡哲的〈一日〉或是一九一八年魯迅的〈狂人日記〉開始計算，中國現代小說發展迄今雖然只有九十幾年的時間，但是就字數總量而言，可能已經超過晚清以前各個時代所流傳下來的小說總合。這種盛況空前的現象，除了時間洪流的自然篩選淘汰以及歷代選本書籍傳播的流失之外，文人的重視乃至於積極創作的態度和整個「現代化」運動的客觀條件影響，是最主要的原因。尤其是「現代化」運動所帶來的「普及化」影響：包括參政權利普及、教育機會的普及、印刷傳媒的普及，使得小說作者對於時事變化的敏感度增強，表達個人理想的機會增加；同時能夠以文字來書寫創作的作者群以及能夠從事閱讀的讀者群增多，可供發表的園地和迅速刊行的媒體也擴增。另外，由於處於新舊社會交替之際，文化觀念的落差、城鄉差距的擴大、消費經濟的發展、女性意識的抬頭等等現象，以及國家未來處境的憂慮、鄰國的強暴侵凌、外國知識思潮的引進，凡此都在在刺激著小說創作的大量出現，提供了許多前人所未曾經歷的創作條件。

二、中國現代小說重要的表現特色

小說創作的類型大量增多

以字數篇幅來劃分，小說可以分爲：長篇小說（通常從七萬字至百萬字以上不等）、中篇小說（約二萬字至七萬字）、短篇小說（約五千字至二萬字）、極短篇小說（又稱小小說、掌中小說或微型小說，通常是二千字以下）；以小說題材來劃分，可以分爲：歷史小說、戰爭小說、政治小說、鄉土小說、田園小說、都市小說、校園小說、社會小說、農村小說、言情小說（愛情小說、婚姻小說）、武俠小說、偵探小說、科幻小說、神怪小說、幻想小說、幫派小說等等；以小說主角來劃分，可以分爲：農民小說、工人小說、軍中小說、知青小說、女性小說、同性戀小說、娼妓小說等等；以小說性質來劃分，可以分爲：革命小說、戰鬥小說、情欲小說、色情小說、傷痕小說、反抗小說、文化小說等等；以表現手法來劃分，可以分爲：現實主義小說、浪漫主義小說、現代主義小說、荒誕小說、意識流小說、解構小說、後現代小說、超驗小說等等。雖然這許多類型的名稱，通常是學者爲了研究方便所進行的歸類，但是中國現代小說的創作類型大量增多，確實是不爭的事實。

小說創作受到政治社會環境變化的深刻影響

早在晚清時期，白話文運動與新小說創作還在醞釀摸索的階段，梁啓超就已經在〈小說與群治之關係〉一文中提到：「欲新一國之民，不可不先新一國之小說。故欲新道德，必新小說；欲新宗教，必新小說；欲新法治，必新小說……何以故！小說有不可思議之力支配人道故。」這段話的意思，一方面凸顯出小說之於社會文化改革的重要地位，另一方面也刺激了小說創作成爲新文化運動的一種鼓吹利器。而之後魯迅所發表的〈狂人日記〉、〈阿Q正傳〉等小說，也具體表現出魯迅以小說改良社會的意圖。事實上，晚清幾部像《老殘遊記》、《官場現形記》、《二十年目睹之怪現狀》之類的「譴責小說」，就已經反映出小說的實用性功能。在魯迅〈狂人日記〉之後，許多作家的創作也確實將小說視爲「新民」、「開啓民智」的啓蒙工具。而初期的發展中，以「問題小說」的興起，最引人注意。當時所謂的「問題小說」，是以揭露社會各階層的諸多問題爲主要創作目的，藉以刺激群眾去正視這些問題的存在、思考這些問題的解決之道。「問題小說」的作家包括：葉紹鈞、楊振聲、汪敬煦、羅家倫、俞平伯等人。然而「五四」前後的文學創作風氣尙稱多元自由。一九二一年中國共產黨成立，吸納了部分激進青年的加入；一九二七年共產黨因爲與國民黨的政治衝突而轉入地下，造成國民黨背負迫害革命理想的罪名，使得多數處於革命情緒高潮的作家學者投身「左翼作家聯盟」的組織中。「左翼作家聯盟」成立於一九三〇年，由共產黨幕後運作。「左聯」的成立，使文壇出現嚴重的左傾現象，加劇了文學爲政治、革命事業服務的創作傾向，而小說的創作更是如此。於是「文學革命」變成爲「革命文學」，甚至是「無產階級的革命文學」。當時這類的小說作家有：胡也頻、丁玲、蔣光慈、阿英（錢杏邨）、葉紫、茅盾、張天翼、康濯等人。就在左翼作家掀起波瀾的同時，中日戰爭爆發，一九三七年中國全面抗戰。文壇在社會主義文學、民族主義文學與自由主義文學的交錯消長下，「左聯」解散，聲明共同抗日。然而抗戰期間，毛澤東在一九四二年召開了「延安文藝座談會」，並發表三次講話。這三次講話的內容，宣示了以文學作爲政治宣傳工具的時代結束，文學創作從此轉變爲共產黨的御用工具，共產黨的主張與精神成爲文學的唯一主題。

趙樹理和周立波是實踐「延安文藝座談會」精神的重要作家。這種情況，一直到一九七六年文化大革命結束，才算是略有改變。「文革」之後，在鄧小平開放改革的政策之下，小說創作又逐漸恢復「五四」前後的多元自由，但是政治性議題仍是小說的禁區。

女性意識抬頭，女性作家的表現優異

在中國傳統文學作家之中，男性作家遠遠多於女性作家；知名的女性作家甚至屈指可數。但是在新文學的領域裏，女性作家不只在人數上大幅提升，作品的質量也相當優異。新小說的肇興，除了魯迅的〈狂人日記〉之外，還有一位女性小說家陳衡哲的〈一日〉。陳衡哲是中國現代小說史上的第一位女性作家，雖然作品不多，但是她對於中國現代小說發展的貢獻，從魯迅、胡適以來的小說評論者都對她多所推崇。較早期的女性小說家，還有廬隱、冰心、凌叔華、丁玲、謝冰瑩、蕭紅、蘇雪林等。稍晚於以上諸位的女性小說家，還有一位廣受文壇矚目、至今仍擁有大量讀者的張愛玲。一九四九年以後的女性小說家有宗璞、楊沫、茹志鵑、諶容、張抗抗、張辛欣、張潔、王安憶、鐵凝、蔣子丹、池莉、方方、林白、陳染、徐小斌、海男、遲子建、徐坤、須蘭、張欣、嚴歌苓、虹影、鍾晶晶等。

如果將女性小說家所創作的小說稱之爲「女性小說」，則「五四」以後的女性小說，通常帶有濃厚的「自敘傳」性質，習慣上以第一人稱「我」來敘述；主要關心的是女性的自身與自我的世界，充滿女性自覺的意味，也充滿了母愛與童心的天性。丁玲的〈莎菲女士的日記〉可以作爲女性自覺的代表作；陳衡哲、冰心則是表現母愛與童心的代表作家。一九三〇年代以後的女性小說，開始出現女性走向社會的企圖心，筆觸粗獷、風格剛勁，代表作家是丁玲、謝冰瑩與蕭紅；當時處於上海孤島的張愛玲，是特殊的例外。一九四九年以後，女性小說中的女性人物普遍出現「男性化」的現象，女性意識逐漸淡化，而女性與男性幾乎沒有差別；這個時期仍能反映出女性特質的傑作是宗璞的〈紅豆〉。「文革」以後，女性小說的內涵幾乎可以說是集前三期之大成，在關注女性命運的同時，也關注著社會的變動與發展，展現廣闊的文學視野；代表作家是諶容、張辛欣、張潔、蔣子丹與池莉。這些女性小說家，除了保持了男性作家所缺少的創作特質之外，小說取材的範圍相當廣闊，表現手法也各有特色。雖然難以避免「女性」的主題，但是對於現實的觀照完全不亞於男性作家。依目前現代小說的發展趨勢來看，女性小說家甚至表現出超越男性小說家的氣勢。

外國小說與文藝思潮影響現代小說的創作手法

從十九世紀末、二十世紀初開始，大量的外國文學著作被翻譯、引進到中國，當時重要的翻譯家有伍志健、蘇曼殊、李青崖、林紓等。而被翻譯的西方小說名著包括《俠隱記》、《簡愛》、《雙城記》、《唐吉訶德》、《格立佛遊記》、《包法利夫人》、《茶花女》以及莫泊桑的中、短篇小說等。魯迅也曾在一九〇九年，與其弟周作人合譯《域外小說集》。之後有更多的外國小說與文藝思潮，或經由留學生、或透過出版單位，直接、間接的傳入中國。無論是小說的書寫形式、題材選擇、語言運用或表現手法，都深深地影響了中國現代小說的創作。例如：倒敘、插敘、人稱變換等新式手法的運用，以及作者意識流動的呈現等等，都有別於傳統小說的表現方式。然而「五四」前後，在「浪漫主義」、「現實主義」、「現代主義」等西方文學思潮競相輸入中國的時期，由於中國文壇對「現實主義」情有獨鍾，在小說創作的風格傾向上幾乎形成「現實主義」一枝獨秀的局面。如果說「現實主義」是中國現代小說的主流，其實一點都不為過。尤其是「革命文學」口號的提出與「延安文藝座談會」以後，一直到「文革」時期，更是如此。但是這並不代表其他的文學表現手法就毫無可論之處。魯迅的〈狂人日記〉，就應該是受到西方心理學與現代主義手法的影響。中國現代小說發展的前二十年，具有強烈浪漫主義風格的小說創作，可以以創造社的成員如郭沫若、廬隱、張資平等人的作品為代表。從一九二八年開始流行於上海的「新感覺派」小說，相當接近於象徵主義或現代主義小說。至於當時郁達夫的小說，大膽的自我剖析與孤絕疏離的風格，可以視之為中國「內視小說」或「私小說」的先河。真正能夠表現出外國小說與文藝思潮對於現代小說的創作手法產生影響的時期，是「文革」以後直到現在。除了「現實主義」作品持續發展之外，廣義的「現代主義」小說創作，取代了之前將近四十年的「現實主義」創作主流。相對於五四運動前後的「首度西潮」，被稱為「二度西潮」的一九八〇年代、一九九〇年代，在逐漸解脫「樣板」的窠臼之後，中國現代小說彷彿從「現代主義」裏重新找回創作的活力。其轉捩點是一九八二年高行健出版了《現代小說技巧初探》一書，而引發關於西方現代主義文藝與中國現實主義文藝之間相關問題的討論。事實上這也是中國現代小說從蘇聯（俄羅斯）與東歐文藝思潮轉向到西方歐美文藝思潮的重要時期。於是有採用意識流手法的小說，如王蒙的〈夜的眼〉、張辛欣的〈我在哪兒錯過了你？〉；有採用超現實題材的小說，如諶容的〈減去十歲〉、鄧鋼的〈全是事實〉；有表現出後現代手法的小說，如蘇童的《妻妾成群》、余華的〈現實一種〉等等。

出現京派小說與海派小說的差異

「京」「海」分別指的是現代中國的北南兩大都會：北京與上海。由於現代化的發展速度與方式不同，各自扮演的政經角色也不同，北京－上海的對比，往往會出現政治－經濟、傳統－現代、鄉土－都市、中國－西方、內陸－沿海之類的結果。而這些對比結果的總合，反映在小說創作，就成了「京派」與「海派」的差異。北京，被稱為「最高貴的鄉土城」，是傳統中國的縮影，有著鄉土文化的象徵意義。京派作家大多是學者或大學生，一方面有著對於鄉土文化的眷念，對於現代化生活抱持一種糅合期待與焦慮的困惑；一方面主張創作的自由，追求文化的價值與人文的理想，反對商品化文學的媚俗與功利。代表作家有廢名、沈從文、蘆焚（師陀）、蕭乾、林徽因、汪曾祺。上海，被稱為「十里洋場」，外國租界林立，是中國領土內的「國外」。在洋場生活的中國人，看慣香豔風流，目睹世界荒誕，既有華麗美觀的外表，也有空幻失落的內在；既追求時髦的渴望，也有物化人生的無奈。

海派小說的傳統早於京派小說，後續的發展也長於京派，但是海派小說在早期通常被認為是「通俗小說」，或美其名為消費性的「都市小說」。當時的海派小說，源自於言情的「鴛鴦蝴蝶派」，又稱為「民國舊派小說」或「禮拜六派」。當北京如火如荼的展開新文學運動的時候，這派的小說在上海仍然是以華麗駢偶用典的文言進行創作。其創作功能主要是迎合有閒情的人士與小市民的閱讀趣味，一派風花雪月。早期代表作家有徐枕亞、包笑天、周瘦鵑與張恨水；中期代表作家有葉靈鳳、施蟄存、劉吶鷗。直到晚期像徐訏、張愛玲、無名氏等人的小說作品出現，海派小說的藝術價值，才算是眞正受到文壇肯定，而且被認為與中國現代主義小說的發展關係密切。京派小說的文人性格強烈，海派小說則成為現代通俗小說的母體。在張恨水力圖改革通俗小說之後，言情小說、社會小說、武俠小說、歷史小說與偵探小說都有大幅的進展，名家輩出，質量可觀。尤其是武俠小說，可以說是中國最具特色的通俗小說。京派小說與海派小說各有發展、各有特色；後來在通俗文學部分，也被劃分為京、海兩派，但是意義上已經略有不同。

一九四九年以後，京派小說因為鄉土寫實的特質，算是勉強維持下來，但是創作自由的主張已然消失殆盡，部分作家甚至停筆不寫。海派小說則完全消沉，徐訏、張愛玲、無名氏等人也都離開中國大陸。直到一九八〇年代開放改革以後，京、海兩派小說才有復興的跡象，只不過現在已經鮮少有人會再以此進行小說作品的劃分歸類了。

三、現代中國小說發展的時間縱線

第一階段（一九一八～一九三七）：啓蒙與發展時期

這個階段是從魯迅發表第一篇新小說〈狂人日記〉開始，到全面對日抗戰為止。主要特色是不斷探索新的小說形式與創作題材，呈現出多元發展的一種新興氣象與活力。重要作家與作品為：

魯迅（一八八一～一九三六），本名周樟壽，後改名為周樹人。出版有小說集《吶喊》、《徬徨》與《故事新編》等三種。被稱為「中國現代文學之父」。代表作是〈狂人日記〉與〈阿Q正傳〉，其中〈狂人日記〉是以日記體形式寫成，而〈阿Q正傳〉則是運用傳統紀傳體的方式表現。這兩篇小說充滿了批判、諷刺、反省的意味，成為後來以小說改良社會一類小說創作主張的典範。而最早的「鄉土小說」作家，也是魯迅。

陳衡哲（一八九三～一九七六），出版有小說集《小雨點》。陳衡哲是第一位現代小說的女性作家。

廬隱（一八九八～一九三四），本名黃英。出版有《海濱故人》、《曼麗》、《靈海潮汐》、《玫瑰的刺》等小說集，與中篇小說《歸雁》、長篇小說《火焰》。廬隱是一位女性作家，也是浪漫抒情小說的代表作家。早期受到「問題小說」的影響，但是主要成就卻是由「自敘傳體」寫成的浪漫抒情小說。

郁達夫（一八九六～一九四五），本名文，字達夫。出版有《沉淪》、《蔦蘿集》、《寒灰集》、《雞肋集》、《過去集》、《薇蕨集》、《迷羊》、《她是一個弱女子》等小說集。代表作是以「自敘傳體」形式寫成的〈沉淪〉。郁達夫是男性情欲與頹廢風格的代表作家，自我意識強烈。其作品一方面可以視之為中國「內視小說」或「私小說」的先河，另一方面也是中國現代小說從寫實主義的集體意識過渡到現代主義的個人意識的重要標誌。

葉紹鈞（一八九四～一九六〇），字聖陶。出版有小說集《隔膜》、《火災》、《線下》、《城中》、《未厭集》、《微波》等，以及長篇小說《倪煥之》。葉紹鈞小說具有典型現實主義小說的特質，相對於「藝術派」小說，是「人生派」小說的代表作家。

其他重要的小說家還有第一位創作長篇小說的張資平、從事鄉土小說創作的臺靜農、由「自敘傳體」小說轉而創作「革命小說」的丁玲、左翼作家張天翼、「新感覺派」作家施蟄存、京派田園小說家廢名、「京味」小說家老舍、表現敢愛敢恨人生哲學的巴金、注重社會剖析的茅盾、湘西代表作家沈從文、東北流亡作家蕭紅、蕭軍、言情小說家張恨水、武俠小說家平江不肖生、偵探小說家程小青等等。

第二階段（一九三七～一九四九）：衰蔽時期

這個階段是從全面對日抗戰到海峽兩岸分治、新中國建立爲止。主要特色是小說在抗日的前提下，創作傾向漸趨一致；而且成名作家或受戰爭波及、或奔走於戰爭事務，新興作家亦缺乏重要作品問世，可以說是現代小說的衰蔽時期。而毛澤東的「延安文藝座談會講話」發表在這一時期。當時的重要作家分散在淪陷區與國統區、解放區，通俗文學作家的表現反而比較多采多姿：

張愛玲（一九二一～一九九五），是中國現代文壇中最具傳奇性的女作家。出版有《傳奇》、《傾城之戀》、《金鎖記》、《紅玫瑰白玫瑰》、《半生緣》、《赤地之戀》、《秧歌》、《怨女》等小說。張愛玲竄紅於一九四〇年代的上海，一九四三年以小說處女作〈沉香屑第一爐香〉、〈沉香屑第二爐香〉進入上海文壇，即引起廣泛注意。一九四三年到一九四五年是張愛玲創作最爲旺盛的時期，像〈傾城之戀〉、〈金鎖記〉、〈流言〉、〈紅玫瑰與白玫瑰〉等代表作都於此時完成。張愛玲的作品受中國古典小說與都市通俗小說影響極大，通常故事題材都是取自一些平凡而瑣碎的家庭生活，文字與背景常具有華麗與蒼涼的中國情調，以上海、香港爲描寫的依據地，寫盡封建舊家庭的墮落腐敗，和人對自身處境的無能爲力，由紅塵男女所搬演的一幕幕滄桑而荒涼的愛怨情仇透過通俗的小說題材，來傳達她對女性命運的思考及離亂的時代感受。

錢鍾書（一九一〇～一九九八）是一位學貫中西的學者，小說創作雖然不多，但是地位頗高，出版有小說集《人、獸、鬼》與長篇小說《圍城》。其中《圍城》是這個時期最重要的長篇小說之一，以「圍城」譬喻人生處境，對於知識份子、世家子弟的醜態加以冷潮熱諷，被譽爲是一部「新儒林外史」。

趙樹理（一九〇六～一九七〇），原名趙樹禮。出版有《小二黑結婚》、《李家莊的變遷》等小說。趙樹理的小說，一直被認爲是毛澤東「延安文藝座談會講話」的最佳實踐者。作品以《李有才板話》最具特色，是一篇利用說唱體的形式所創作出來的中篇小說。

其他小說家包括老一輩的成名作家茅盾、巴金、老舍、沈從文都有新的小說創作；海派作家有徐訏、無名氏；另外有以路翎爲首的七月派小說、寫《未央歌》的鹿橋、寫《太陽照在桑乾河上》的丁玲、寫《暴風驟雨》的周立波等等。

在通俗小說方面，成果最爲豐碩的是武俠小說，當時有「五大家」：白羽、鄭證因、王度廬、朱貞木、還珠樓主，著作字數總合有數百萬言，直接影響了後來港台武俠小說的創作。言情小說有秦瘦鷗的《秋海棠》、偵探小說有孫了紅的《紫色游泳衣》、《血紙人》、《三十三號屋》等。這是中國現代通俗小說的飛躍時期，也是被批判最力的時期。

第三階段（一九四九～一九七六）：低迷僵化時期

這個階段是從新中國「成立」以後到「文革」結束爲止。主要特色是小說創作的型態與風格的單一化，形式往長篇與短篇兩極傾斜：長篇以寫歷史爲主，大量撰寫革命歷史小說、短篇務必觀照現實，大量撰寫農村小說，甚或指定「樣板」以供創作參考；風格則以現實主義爲基調，強調奔放宏偉。

此時的文學思想是由政治性－眞實性－藝術性所構成，在政治掛帥的原則下，文學藝術成爲可有可無的包裝工具。由於政治意識形態對於小說創作的箝制，因此一般而言，此時小說創作者的意願偏低，作品也多僵化無味：歌功頌德者多，性情表露者甚少。而小說作品的創作與發表，甚至需要政府當局的批示與允許。整體而論，此一階段的小說語言粗糙而俚俗，藝術性嚴重退化，創作的拘束過多，小說讀來乏味不堪。這是中國現代小說發展中最黑暗的時代。革命歷史小說的重要作家有：柳青、孫犁、曲波、楊沫、歐陽山、羅廣斌、楊益言、茹志鵑等；農村小說重要作家有：趙樹理、周立波、沙汀、康濯、駱賓基、浩然、王杏元、王汶石等。其他如創作「工業題材小說」的杜鵬程、創作「都市小說」的周而復、以及被視爲另類作家的宗璞，都相當具有代表性。

第四階段（一九七六～一九九〇）：重新認識與探索的復興時期

這個階段是從「文革」以後到一九八〇年代結束。主要特色是從療傷、反省，到呼應開放改革的政策，封閉以久的小說創作環境得以喘息而逐漸復原。加上經濟建設的陸續開展，與西方歐美文化的接觸以及海峽兩岸的交流，刺激了現代小說的重新起步。作家也因此可以有較大的空間去摸索不同於以往的創作方式。一般而言，這個階段的小說發展，初期是由傷痕小說到反思小說，再到改革小說；後期則由尋根小說到探索小說，再到先鋒小說與新寫實小說。而作者群的分布，也因爲「文革」所造成的斷層，於是出現一九六〇年代以前小說作家的重新復出以及新興知識青年（知青）的新創作等兩大集團。重要代表性作家如下：

傷痕小說開始於一九七八年署名盧新華所發表的短篇小說〈傷痕〉。主要是在揭露「文革」時期所造成的傷痛。在短短兩三年之間，著名的作品有：劉心武〈班主任〉、韓少功〈月蘭〉、莫應豐〈將軍吟〉、張潔〈從森林裏來的孩子〉、梁曉聲〈今夜有飄雪〉等。

反思小說的出現比傷痕小說稍晚一年，主要是反省人的價值、人性的本質、人道主義、人與制度的關係等主題。著名的作品有：張賢亮〈男人的一半是女人〉、〈靈與肉〉，王蒙〈活動變形人〉，馮驥才〈啊！〉，錦雲〈狗兒爺涅槃〉，諶容〈人到中年〉，古華〈芙蓉鎮〉等。而汪曾祺的〈黃油烙餅〉可以視爲傷痕小說與反思小說的過渡。

改革文學又稍晚於反思文學，主要是反映以經濟建設爲核心的改革訴求。著名的作品有：張賢亮〈男人的風格〉、賈平凹〈十月前本〉、張抗抗〈隱形伴侶〉、劉亞洲〈兩代風流〉等。

尋根小說的「尋根」，指的是「向內」尋根，即向內心、向民族性、向歷史尋根。尋根小說也可以算是鄉土小說的一支。著名的作品有：鍾阿城〈棋王〉、鄭義〈老井〉、陳建功〈找樂〉、張承志〈九座宮殿〉等。

探索小說與尋根小說同源，只是對象「向外」，又稱爲「現代基調小說」，主要是對於西方現代文藝理論的觀念與手法加以引進、嘗試。大抵上就是現代主義小說的創作嘗試。著名的作品有：茹志鵑〈剪輯錯了的故事〉、王蒙〈夜的眼〉、張潔〈愛，是不能忘記的〉、張辛欣〈瘋狂的君子蘭〉、蔣子丹〈黑顏色〉等。而劉索拉的〈你別無選擇〉是這個時期第一篇現代主義小說。

先鋒小說又稱實驗小說，開始流行於一九八〇年代末期，主要是指以後現代主義的概念對於小說創作進行各種嘗試的小說。著名的作品有：馬原〈西海無帆船〉，蘇童〈罌粟之家〉、〈妻妾成群〉、〈我的帝王生涯〉，格非〈風琴〉，余華〈現實一種〉，葉兆言〈綠色咖啡館〉等。

新寫實小說就是新現實主義小說，主要是繼承現實主義精神，並參考現代主義手法的一種「新」寫實小說。出現的背景有相當程度是反映出對於過度強調現代主義藝術的一種反動。著名的作品有：池莉的〈煩惱人生〉、方方的〈風景〉、劉恆的〈伏羲伏羲〉、劉振雲的〈一地雞毛〉等。

第五階段（一九九〇～）：多元發展時期

這個階段，事實上就是現階段。一九九〇年以後，大陸經濟飛快進步，社會型態與道德觀念的變化速度，遠勝過之前的任何一個時代。有學者評論說這是現代中國的黃金時期。就文學發展背景而言，市場經濟的進展加快，促使文學開始出現商品化現象，同時也開始退居文化邊緣。固然作品大量增加，但是卻不可避免的同時出現泡沫化的情況。本階段的小說創作基本上是延續了前一階段的努力，而呈現出更多元化的發展；長篇小說的大量增加，則是明顯特色之一。在新寫實小說之後，有新歷史小說、新體驗小說的提倡。女性小說從前一階段開始復甦，風格卻更逼向個人化與私語化；題材已無所禁忌，文筆更是多樣，從含蓄溫婉到大膽露骨，無不備具。其中，像棉棉《糖》、衛慧《上海寶貝》等作品，甚至引起廣泛的討論。探索小說與先鋒小說的延續，使得多元化的形式結構與語言變革，仍處於方興未艾的階段。特別需要一提的作家是王朔（一九五八～）。王朔的小說創作，具有強烈的後現代主義色彩，堪稱這類作品的代表作家，相當受到矚目。他以嘲弄調侃的語氣去解構社會人生一切秩序，反射出遊戲人間的處世態度。其作品如〈橡皮人〉、〈一點正經沒有〉、〈誰比誰傻多少〉、〈過把癮就死〉、〈我是你爸爸〉等，都能表現出現代人的精神空虛與無形中的焦慮與困惑。其他像余華《活著》、李銳《無風之樹》對現當代中國歷史的反省，韓少功《馬橋詞典》、張承志《心靈史》對文化精神的關注，朱文《我愛美元》對都市化、經濟化的諷刺，以及張旻《情戒》的「個人化寫作」等，都反映出開放改革之後對於社會的各種衝擊，當然也表現出小說創作的新活力。

中國現代小說發展的第五階段仍在持續進行中。如果將中國現代小說與台灣現代小說的發展兩相比較，從新文學運動的一開始，兩者既是亦步亦趨，卻又是分道揚鑣、各有傳承。中國現代小說由於受到第三階段的影響，在世界華人小說創作的地位中，中國大陸小說的被重視曾經遠遠低於台灣地區小說。然而經過第四階段以後的發展，以及海峽兩岸文學交流密切的刺激，中國大陸小說的後續發展是相當令人期待的。小說的商品化是兩岸文壇所面臨的共同趨勢，對中國大陸而言，很希望政經環境的開放，尤其是市場經濟的快速進展，對於現代小說而言是一項正面的動力，而不是負面的阻力。

台灣現代小說導讀

許俊雅

台灣現代文學的崛起，一般認爲是受台灣文化啓蒙運動、新文學運動，以及抗日意識的感召，而欲以文學力量進行鼓吹宣傳，激勵台灣人團結躍進。

一、台灣新文學的興起

第一階段（一九二〇～九三一年）：萌芽時期

從一九二〇年《台灣青年》創刊，至一九三一年普羅文學甚囂塵上、左翼份子牽遭檢舉爲止，此爲台灣新文學第一階段。一九二〇年《台灣青年》創刊號，即刊登陳炘（一八九三～一九四七）〈文學與職務〉一文，對於台灣舊文學加以批評，肯定「文學者，乃文化之先驅」，指出有感情、有思想的文學，才是活文學。陳炘更進一步提出言文一致，獎勵白話文的主張，其後甘文芳、陳端明、黃呈聰（一八八六～一九六三）、黃朝琴（一八九七～一九七二）等人皆有相關的文論。可見台灣新文學創作肩負文化改良、社會改造及喚起民族自覺的重要使命。這一時期的文學，多在宣揚、傳播政治理想，鼓吹人民參與台灣政治活動，呼籲重視婦女教育，提倡自由戀愛婚姻，而純粹的文學意識尚不明顯。台灣現代小說的崛起，一般以一九二二年謝春木（筆名追風）以日文寫成的小說〈她往何處去〉爲濫觴（當然近年挖掘可見的史料亦有比追風更早的，其間的考辨異說，此處就不提了）。不過，眞正較成熟小說的出現，還是要等到賴和在一九二五年所寫的〈鬥鬧熱〉及〈一桿「稱仔」〉等作品的出現。一九二五年，是台灣社會相當關鍵性的一年。日本資本主義在台灣的擴張大致宣告成熟；易言之，台灣總督府對殖民地社會的掠奪體制完成了階段性的架構。象徵著剝削性格的台灣製糖會社，從這一年開始進行大規模的土地兼併與沒收，此種瘋狂性的侵奪，終於刺激台灣農民意識的覺醒，從而也促成近代式農民運動的展開。新文學作家創作之際，以經濟、警察、司法爲批判對象，便是因爲目睹當時台灣社會之客觀現實後所產生的文學思考。此後台灣本土作品日漸增加，自一九三〇年後《台灣民報》轉載及本土作家的作品量幾已雙方相當，在一九三一年轉載劉大杰（一九〇四～一九七七）〈櫻花海岸〉一作之後，《台灣民報》學藝欄部分，幾乎觸目皆爲本土作家的創作。

第二階段（一九三一～一九三七年）：發展時期

一九三一年是一個重要的分界點。自一九二一年以還，幾乎所有作者皆參與台灣文化協會，他們視文學創作爲社會啓蒙與抵抗殖民之利器，其參與政治、社會活動遠比文學創作積極。然自一九三一年，台灣民眾黨橫遭解散；而其領袖蔣渭水復於是年病逝，此雙重打擊，對當時台灣知識、政治界而言，不可謂不重。不久，日本統治者全面搜捕台灣共產黨員，台灣左翼份子在這一年內幾乎全部落網，受台共領導的台灣農民組合運動亦銷聲匿跡，左傾之後的新台灣文化協會遂一蹶不振。如謝春木離台，台灣工友聯盟停擺，皆足窺知一九三一年台灣政治運動由盛轉衰之原委。此後台灣政治運動備受壓抑，新文學路線受到重視，知識份子傾其心力於新文學的創作。他們透過文學社團相互結盟，並且也理解到應該創辦專業的文學刊物。從《福爾摩沙》（一九三三）、《南音》（一九三二）、《第一線》、《先發部隊》（一九三三～一九三四）、《台灣文藝》（一九三四～一九三七），到《台灣新文學》（一九三五～一九三七）等等文學雜誌的出版。被尊崇爲台灣新文學之父的賴和，一方面積極介入政治運動，一方面則專注於文學作品的經營，並且以實際行動提拔年輕的作家，可說是啓蒙實驗時期的導師，重要作家有楊守愚、蔡秋桐、楊逵、王詩琅、翁鬧、朱點人等等。一九三七年台灣總督府嚴禁漢文，箝制日緊，尤以思想之控制爲甚，新文學作者動輒得咎，幾陷泥淖。

第三階段（一九三七～一九四五年）：戰爭時期

一九三七年日本發動侵華戰爭，直到一九四五年日本投降爲止，台灣新文學的發展受到重挫，尤其一九四一年太平洋戰爭爆發後，「反抗」日本帝國主義的台灣文學，在所謂「戰時體制」下，誠已無法順利開展，重以禁用中文，使文學陷於幾近窒息的狀態。而第二代日人文學在此文學背景下，乃蓬勃登場。此與前二期以台人爲中心之文學活動大異其趣，此時期幾乎皆爲日文作者，而以白話文寫作的作家已痛失發表的園地。由於日本統治者思想箝制日緊、壓迫愈甚，皇民化運動對台灣文化風俗的破壞，此一階段的小說與前二期反傳統、積極投入社會運動洪流中大不相同，因時代關係，其政治意味明顯淡薄。

綜觀日治時期的台灣小說，具備了幾個重要的特性：第一、文學語言的使用多元。新文學初期許多作家以中國白話文從事創作。例如楊雲萍、陳虛谷、楊華等人，都是白話文作家。賴和則努力混合台灣話文與白話文，寫成一種可以接近台灣民眾的作品。到了三〇年代以後，王詩琅，楊守愚、蔡秋桐、朱點人，也還是使用白話文，但是小說裏已大量滲透日文用語。楊逵、翁鬧、呂赫若、張文環、龍瑛宗都是以日文創作的重要作家，他們的作品相當傑出；第二、作家的政治意識特別濃厚，這是因爲在殖民地社會，知識份子對於帝國主義與資本主義的統治本質認識得特別清楚。他們自然而然站在被壓迫的弱小者立場，對於權力氾濫的殖民體制進行批判。因此，小說中的階級問題往往很鮮明，從而帶有顯著的左翼色彩及寫實主義的傾向；第三、國族與性別議題，一直是日治作家最爲關切的。主要原因在於他們生活在強勢的教育與宣傳之下，因此文化認同與國家認同往往無可避免受到考驗（以上參陳芳明之說）。自覺性較高的作家，有策略地抗拒各種威脅利誘，維持自己的文化主體。但有些作家在長期的殖民教育薰染下，不由自主失去了警覺。

綜言之，作家們對文學的理解，創作的目的、創作的心態多半帶有強烈的傾向性與實用性，他們或把握住殖民統治下台灣社會的發展脈絡，呈現當時的階層矛盾和種種問題；但也有作品是表現個人（尤其是知識份子）內心世界和情感波瀾的描寫，呈現了平凡的日常生活中個人欲望、情感、精神狀態的題材。此外，身爲被殖民的男性作家，常常使用陰性化小說中的男性，用以影射台灣被欺侮、被出賣的坎坷命運。這種陰性化的思考，是殖民地文學中屢見不鮮的。

二、戰後台灣小說的發展

戰後台灣小說的發展，從戰後初期、五〇年代迄今之流變，略述如下：從台灣光復、國府遷台的戰後初期（一九四五～一九四九）四年光景，小說呈現的是「驟然消失的繁華年代」。脫離殖民地統治，曾是許多台灣人的夢想，而在美夢成眞的戰後初期，文學界的確百花齊放，龍瑛宗、楊逵、吳濁流、葉石濤諸人，皆有作品發表於報刊雜誌。其時副刊尙保留日文版，他們亦得以藉之延續創作生命，即使日文作品逐步煙消，但仍有翻譯後再刊登之作，有些作家甚至急於爲時代見證，迫不急待踏出中文創作的腳步（如呂赫若）。而台灣在太平洋戰爭及戰後的蛻變，除了充滿了滿目瘡痍、愁雲慘霧的歲月外，又加上心靈的鉅痛，它給台灣人民帶來深度的裂縫與扭曲，這是戰後台灣作家首先要予以深刻凝視、關注的。台灣人民無可奈何的命運，是戰爭期作家最想處理但又不能碰觸的題材，呂赫若在戰後即迫切地以不很圓熟的中文創作了四篇中文小說：〈故鄉的戰事一——改姓名〉、〈故鄉的戰事二——一個獎〉、〈月光光——光復以前〉、〈冬夜〉，這四篇作品記錄了台灣人民在日本、中國統治下生活的眞實面貌。

二二八事件後的台灣文學園地主要以《中華日報》日文版文藝欄爲主，（一九四六，主編是龍瑛宗）及《台灣文化》零星的文藝創作（二二八事件後《台灣文化》改爲純學術刊物）。在《中華日報》上我們可以看到王莫愁的〈春天的戲弄〉及邱寅嫣的〈天花〉描述了台灣女性的處境，深切盼望戰後丈夫的歸來，但日本回來的丈夫，卻出人意外地帶回日本妻子，這在當時應也是很普遍的社會現象。在台灣文化刊登的小說如張冬芳〈阿猜女〉、呂赫若〈冬夜〉，大致上都以台灣女性命運爲經，以此暗喻被殖民的台灣之慘境。以女性命運象徵台灣被殖民的慘境，是台灣小說的一貫的寫作傳統。

此期台灣作家面對的問題其實相當多，最大的挑戰來自一九四六年十二月統治者查禁日文，他們之中大部分人失去賴以依存的文學語言。不久二二八事件發生，對他們又產生相當大的衝擊，雖然有不少知識份子轉瞬間熱情轉爲冷凝固結。但在這樣的環境下，仍有不少作家努力創作，從這些作品，可以發現戰後台灣人民的苦悶，以及對整個時代的無奈。

一九四八年八月，在台中主編《力行報》文藝版的楊逵，繼續爲台灣文學的重建而奮鬥，他開始主編《台灣文學》（僅三期即停刊），轉載了兩篇省外作家的作品：鄭重〈摸索〉、楊風〈小東西〉，這二篇小說反映了濃厚的台灣經驗，尤其是光復初期台灣民衆普遍的窮苦，並指出台灣封建社會，養女習俗的弊端。鄭重的〈摸索〉也觸及到外省人和本省人對事物的不同看法及習俗的差異，呈現了當時祖國年輕知識份子的理想和人道關懷（此項在楊風小說亦可見到）。

省外作家所描述的台灣經驗，尚可見諸於《新生報》「橋」副刊，該報一九四七年八月一日創刊，一九四九年三月二十九日停刊，共刊出二二三期。副刊主編爲歌雷（史習枚），是一位較能眞心關心台灣文學前途的大陸知識份子。歌雷崇奉現實主義，在他主編的「橋」副刊，因此樹立了此一現實路線。在副刊裏刊登的省外作家的小說，基本上也是著重寫實的風格。如呂宋〈到達〉描述大陸民衆搭乘海輪初抵基隆碼頭的情景；林鹿〈夜車上〉描寫主角在夜車上碰見流落台灣卻找不到工作的外省人的故事；吳阿華〈出差記〉靈活呈顯了外省公務員藉出差作威作福、騙吃騙喝的醜態。相對於省外作家的台灣經驗，在「橋」副刊上台灣作家的筆觸幾乎沒有以外省人爲主題的小說。如有亦大致見諸二二八事件前，並集中於台灣女性爲省外男女欺騙、凌辱的故事。

一九四八年「橋」副刊陸續登了不少作品，蔡德本〈苦瓜〉、黃昆彬〈美子與豬〉、王溪清的〈女扒手〉、謝哲智的〈拾煤屑的孩子〉等。除了反映台灣民衆普遍的貧窮，也有作品隱喻了台灣之改革、建構。楊逵〈萌芽〉以洋牡丹的栽培、除蟲、開花過程，象徵了台灣人的解放運動之花朵終將開花、結果。葉石濤〈三月的媽祖〉以二二八爲背景，描述律夫步步驚魂的逃亡過程，尤其扣住「三月媽祖」大地之母（Earth Mother）的象徵，一個救律夫的女子。能眞心撫慰律夫（或台灣人）的人，象徵了台灣這塊土地，她充滿了守護女神媽祖溫馨仁慈、值得信賴的特質，是台灣人重新自我定位所找回的母親。

二二八事變後的台灣小說，仍然有不少作品表達了台灣人悲慘的生活，對台灣社會經濟的混亂一如事件前，但大致上筆觸不是那麼直接尖銳指向統治者，而以一種低沉平淡口吻描述事件，使通篇文章充滿無奈及無力感的焦慮世界，隱約中仍充滿作家關懷社會、時局之情。可見作家淑世的精神，事實上並未因二二八事件而有所退縮，甚至有一些作品反映了台灣人唾棄暴政，企思再革命、解放台灣之心願。本土先行代作家作品在戰後文學界（尤其五、六〇年代）瘖啞失聲，除了語言、生活，其實最大因素來自於政治干預。

而政治變故，固然二二八事件使得一些作家噤若寒蟬，但最重大影響應是五〇年代白色恐怖時期之延續。從一九四七年至一九四九年，這二年間，台灣的文學活動並未完全沉寂，甚而台灣史上第二場鄉土文學論戰都引起省內外熱烈的討論。一九四九年十二月國府遷台，不久因韓戰（一九五〇年六月）爆發，使得美國改變政策，以軍事、經濟援助蔣介石領導的國民政府，派遣第七艦隊協防台灣海峽，防止中共對台灣的攻擊。韓戰爆發，扭轉了台灣被「血洗」、「解放」的立即危機，但也使國民政府，有餘力展開白色恐怖時期，台籍作家即使未被二二八受震如驚弓之鳥，亦不得不在語言轉換中暫時消音。

如以每十年爲一橫切面檢視台灣小說之發展。過去大致被劃分爲五〇年代反共（或懷鄉）、戰鬥文藝時期，六〇年代爲橫向移植（西化，現代主義文學思潮的時期），七〇年代爲縱的繼承（回歸鄉土的寫實主義時期），八〇年代爲多元化文學的時期或後現代主義時期，九〇年代爲文學百無禁忌的年代，呈現五族共和、多音喧嘩的景象。而此間又賦予後一階段之興起乃針對於前一階段的反動，因此七〇年代的鄉土文學運動，乃是不滿於六〇年代的現代主義所帶來的頹廢、逃避、蒼白、虛無；六〇年代的現代主義乃是在反共、戰鬥文藝下，心靈苦悶、一種精神荒原的追尋。

孫陵主編《民族晚報》副刊時，他在一九四九年十一月的創刊號，提出「反共文學」一詞，馮放民（鳳兮）接編《新生報》副刊時，確定了「戰鬥性第一，趣味性第二」的徵稿原則。起而效尤者不少，一時文風丕變。跨入五〇年代，國民黨正式將文學列爲反共戰鬥力量之一支，以「管制」和「培訓」政策，雙管齊下。一方面禁絕三〇年代作品，另一方面組織機構，訓練控管文藝作家。在小說方面，幾乎以揭發共產黨醜惡、宣揚反共英勇事蹟爲題材。鍾理和（一九一五～一九六〇）、鍾肇政（一九二五～）、廖清秀（一九二八～）等少數台籍作家的作品，雖然非五〇年代的主流文學，但卻深刻反映了對土地、人民熱愛之情，聲音雖微弱，但在一片反共懷鄉的浪潮中，不異是一股清流。林海音，是五〇年代台灣文壇上閃亮的一顆星。她以身兼作家、編輯、出版者的身分，縱橫台灣文壇半世紀。她的小說在女性議題方面有特殊的表現，反映出對女性問題、婚姻生活的關注，〈金鯉魚的百襇裙〉敘說金鯉魚六歲被賣到許家，因爲被太太視爲是自己人，逃不過其手掌心，所以，在她十六歲時，便收房給老爺做姨大太太。雖然大太太待她好，但完全是看在她有個爭氣的肚子分上，另一方面又可以保全自己的體面、博取美名。金鯉魚充其量只是被利用作爲傳宗接代的工具，可是她卻沒有作母親的權利，兒子一出世便被抱到大太太房中撫養，接受人們祝賀的也只有大太太。連自己的親生兒子娶親，都不能穿上她嚮往已久的大紅百襇裙，那是一條象徵身分地位的裙子，可以讓她暫時擺脫姨太太次等地位的象徵。即便是去世之後，還凝於生前妾的身分，棺材不能由大門抬出。兒子悲戚的伏棺吶喊：「我可以走大門，那麼就讓我媽連著我走一回大門吧！就這麼一回！就這麼一回！」正揭露了社會現實，凸顯傳統女性桎梏已久的悲哀。從林海音的小說中，我們見到了在傳統婚姻角色扮演下，喪失自我的女性，無論是大太太還是姨太太都有其悲哀，她們受到傳統觀念的捆束，甘願淪爲男性（父親、丈夫）的附庸，爲父權的需求去調整自己，認命於現實傳統的安排，充滿了無法掌握自己命運的不確定感。林海音並不迴避女性自身的怯弱與困窘，尤其凸顯了性別角色的刻板認知，傳達了在傳統婚姻的地位下，沒有自我的女性永遠只是他人的工具，終會逼自己走上絕路。

進入六〇年代，小說的現代主義運動應可從一九六〇年三月台大外文系學生白先勇、陳若曦、王文興、李歐梵、歐陽子等人創辦的《現代文學》雜誌算起。相對於反共抗俄文藝政策的八股，現代主義的確給予年輕一代嶄新的感受，同時符合他們所嚮往的叛逆、苦悶、漂泊、不安、焦慮的心境。比較起來，反共抗俄文藝雖爲官方所提倡，但其僵化的政策教條，及過於激情的表現、審美趣味的扭曲，在在迫使現代主義者在美學思維和創作形式不得不另謀出路，加遽助長了西化（美國化）的發展。就其創作成績來看，的確逐漸取代偏重宣傳文藝政策的作品，或者說在某種意義上顚覆了反共懷鄉文學之地位，成爲六〇年代小說的主流作家。

陳映眞和白先勇在六〇年代已發表重要作品，他們的創作生涯中雖然走著不同的文學道路，手法亦不同，但他們的身影卻重疊過。陳映眞最早的作品在《筆匯》和白先勇創辦的《現代文學》上發表，他的代表作〈將軍族〉與白先勇的〈芝加哥之死〉在《現代文學》同一期刊出。陳映眞此時主要的作品有〈我的弟弟康雄〉、〈鄉村的教師〉（一九六〇年八月）、〈故鄉〉、〈將軍族〉。陳映眞浪漫而憂鬱的審美筆觸鍥入了知識份子的心靈世界，塑造了不少與現實格格不入的憂鬱哀傷的知識份子形象，〈鄉村的教師〉中的吳錦翔即其例。吳錦翔經歷了二十世紀那場滅絕人性的戰爭，雖然戰場上的槍彈沒有吞噬他的生命，但戰爭的陰影，總像附體的鬼魂凌遲他的精神、揉碎他的理想，使他對現實世界不斷懷疑、不斷絕望，最後走向了自殺的道路。在這同時，五〇年代被視爲軍中作家的司馬中原、朱西甯、段彩華等人，其創作技巧與生命視野在六〇年反是巔峰期，膾炙人口之作亦都不是典型的反共、戰鬥文藝，朱西甯的〈鐵漿〉、〈治金者〉、〈狼〉及〈破曉時分〉等，其在藝術境界的經營，烘托出的情節氣氛和人物內心世界，在在有可觀之處。

六〇年代，本土作家鄭清文、李喬、黃春明、王禎和、七等生、楊青矗、王拓、陳映眞、林懷民、施叔青、李昂等人都已有重要作品發表。一九六六年尉天驄主編《文學季刊》結合了黃春明、王禎和、陳映眞、七等生等人，創作以台灣爲背景的本土小說，王禎和〈來春姨悲秋〉（一九六六）、〈嫁妝一牛車〉、〈五月十三節〉（一九六七）皆刊於《文學季刊》上。六〇年代中後期，黃春明創作了爲數不少、值得重視的佳作，從早期的〈兒子的大玩偶〉、〈蘋果的滋味〉，到後來以民族主義爲議題的〈莎喲娜啦·再見〉、〈我愛瑪莉〉等，藉由一個個小人物在生活的壓力下無盡的掙扎與辛酸、幽默與喜樂，讓讀者看到六〇、七〇年代台灣城鄉演變的鮮活風貌。貫串他所有作品的精神特色，往往就在於小人物既自卑、又不願屈服於命運捉弄的人生圖景，表現生存的尊嚴。〈兒子的大玩偶〉主角坤樹在烈日下當「廣告人」，透過過去、現在、未來交錯的意識，人物微妙的心理發展有深入的刻劃，凸顯了新舊社會對時間感的衝突。

如果說六〇年代是以西方文化挑戰傳統文化爲其主流，七〇年代則是以民族主義對抗現代主義爲主流，鄉土文學在當時實爲政治危機意識及社會改革意識之產物。台灣退出聯合國，所謂「中國」的代表性已然被否決，台灣何去何從？與中國統一或革新保台各種想法，都促使文學重新與台灣現實結合，鄉土文學論戰之後，促使更多人了解文學創作其基本關懷也在台灣的前途問題，或政治認同，也因七〇年代末期的論戰最後造成了台灣文派的對立。邁入七〇年代，小說進一步批判現實或謀求社會改革愈加明顯，其中更富有知識份子強烈的人道主義色彩與尋求救贖的實踐熱情，因而同情低下階層的農漁工礦窮苦的生活、挫敗的人生。吳念眞於七〇年代初期開始發表小說，曾獲聯合報小說獎及吳濁流文學獎。出版有短篇小說集《抓住一個春天》（聯經）、《邊秋一聲雁》（遠景）、《豐饒的山林》（時報）。

同時馬華文學也漸嶄露頭角，〈拉子婦〉是李永平的第一篇小說，當時他還是台大外文系的學生。這篇在《大學雜誌》發表的短篇小說，立刻引起很多注意。故事中的拉子婦是婆羅洲土著，她與漢人成婚，受盡歧視，終於委頓而死。雖是一則平鋪直述的故事，但其中含藏了一個青年人對種族不平、人情薄倖的觀察，全篇瀰漫著婆羅洲雨林邊緣裏封閉華人社會的詭異氣息。齊邦媛教授曾將之譯爲英文，收入《中國現代文學選集》中，於一九七五年在美國華盛頓大學發行。

台灣文學在七〇年代，由於資本經濟的飛快成長，城市急劇變化而產生了許多未曾有的都市景象，跨國公司的商業大樓林立，黃金地段的色情酒吧興起，雖然展現出繁榮蓬勃的活力，同時也改變了許多人的生活方式、價値觀念和行爲思想，因而許多變態、頽廢、異化、迷惘的社會現象和畸形心態，成爲八〇年代崛起的新生代作家黃凡、張大春等創作表現的重要主題。台灣在八〇年代出現了都市文學，九〇年代出現了新感官小說和後現代作品，也表現出相當的「世紀末的華麗」；這類作品探索的主題，包括感官經驗、情色欲望、唯美趣味、頽蕩情調、美人遲暮、貴族沒落等等生命的榮華與凋落，顯示出本世紀末台灣的都會生活和人間世態；另一方面，由於機械文明和電腦科技的主宰，這類作品也呈現出人性在現代社會中的扭曲和異化。

八〇年代後期以降的小說，普遍缺乏七〇年代作家的淑世情懷，主題缺乏嚴肅性，而積極表達叛逆的訊息。這樣的轉折變化，如檢視九〇年代小說作者的年齡層、創作技巧，可知大異其趣，說明了不同世代作者對不同文學形式的開發，對生命經驗裏著重選擇的層次有不同的看法。九〇年代的台灣社會進入豐足富裕的階段，內在緊張感亦隨解嚴逐漸消失，繁榮的成果爲一般市民享受的目標，追求歡樂、獵取新感覺，刺激、神秘、魅惑。內在的精神苦悶發洩於舞榭歌台中，頹廢成爲現在剎那的解放；內在的欲求也隨繁華的鬆懈下蠢蠢欲動，終成反抗秩序的力量。進入九〇年代台灣文學可以世紀末風格來形容，是頹廢與再生、夢幻與現實、獨立與融合等等因素混合雜陳，沒有一定秩序的混沌時期。新新人類已不認爲文學須有嚴肅的使命，新生代生存的環境是電子資訊（MTV、CD、LD、電腦、光碟、任天堂、KTV等）的時代，在語言及形式的創作上，顯然不同於上一代，作家所寫的愛情故事也不再是過去俊男美女式的愛情幻想，可以很輕易在小說裏找到做愛、亂倫、精液、自瀆、手淫、乳溝等大膽的性愛語言，完全不像上一代那種含蓄、間接的表現手法，許多作品赤裸放恣，充斥感官刺激的情色。如曾陽晴《裸體上班族》、紀大偉《感官世界》、洪凌《異端吸血鬼列傳》、陳雪《惡女書》等情欲書寫作品，力寫無數奇異詭譎的情節，頹靡情色的溺想，電玩、漫畫、電腦網路，神遊變形其間，文字成爲炫人耳目的遊戲，文學成爲遊戲世界的一部分。生命、生活經驗的迴異，目前新一代作者在創作內容與表現方式，明顯與過去有不同的面貌，如題材之選擇、實驗性的書寫形式與對都市次文化的借用等方面。它以昂然之姿向傳統寫實、現代主義小說訣別，打破種種舊的窠臼，呈現出多彩的「世紀末的華麗」。（朱天文《世紀末的華麗》，出版於一九九〇年。收錄七篇作品，描寫二十世紀最後十年台北社會各階層人物。）

就台灣文學發展來看，衝擊最大的是後現代主義，它使台灣文學從八〇年代末期至九〇年代中，呈現一重要的現象是急切創新，對傳統敘事觀點的游離、跳躍、質疑、解構，而展現了破碎、多元，乃至矛盾的敘述模式。因此許多新的寫作手法，如拼貼（collage）之應用，一切奇情（fantasy）、怪誕（gothic）、夢囈……都可用藝術上的拼貼手法寫成小說作品，此一創作手法爲數不少，他們申言要打破陳規，向傳統敘事模式挑戰。作家參與此一類似形式遊戲實驗的，如葉姿麟、黃凡、林燿德、平路，這應當不只是後工業社會的情境使然，也是作家本身對藝術自覺的抉擇。八〇年代中期以降，台灣文學界即面臨「後現代」或「後殖民」的討論，「後現代」時期呈現了一種在現代主義之後無以名之，多元、解構、無名的面貌。「後殖民」固也反中心，主張多元文化，但在解構主體、分裂主體之後，對追求台灣文學主體性的建立則顯而易見。這時期的台灣新文學實際的風格表現，說明了台灣文學同時處於一個解構與重建同時發生的場域。黃凡〈如何測量水溝的寬度〉爲典型的後設小說，作者在文中已藉由謝明敏之口宣稱：「當你閱讀這篇小說時，你也『涉入』了這個故事（這一點倒和伊塔羅・卡爾維諾的作品《如果在冬夜，一個旅人》有異曲同工之妙。）」敘述者等於在提醒讀者，面對文本之時，閱讀和書寫是同時存在的，也因此使小說有更大的彈性，構成一篇所謂開放且尚未完成的正文。套用黃凡本人的話：「政治、經濟、是非恩怨、眞理、謊言、個人的意志、時代的夢想、永恆的嘆息，一切都攪成一團，像天堂花園裏的一塊泥巴。」嚴肅與笑話的界線趨向模糊，反倒呈現出一種更深刻的體悟。顚覆性的喜劇策略在黃凡的運作下，更凸顯出問題的所在，對整個社會做某種程度的嘲諷和警醒。括弧的大量運用、疏離感的寫作方式，呈現出幾項意想不到的效果，其中最明顯的功用就是補充說明，因而增加文章的張力和戲劇性；再者，藉由括號的運用，能夠使作者天外飛來一筆，大量插入許多情節外的內容，達成作品多元開放的效果。

至於駱以軍的小說從早期就沒有朝向時代或社會性問題開展，而比較是朝向個人或人性問題挖掘，其《紅字團》、《我們自夜闇的酒館離開》等早期短篇小說集就顯示他的這個特點。例如像〈降生十二星座〉以電玩的世界反照現實人生中的操縱與被操縱等問題，除了可看到駱以軍生長的文化氛圍，他對人性等普遍性議題而非特定的政治或時代議題的關懷傾向也不難窺見。

走過將近一世紀的台灣現代小說，邁入新的世紀後，相信它的光芒仍將燦爛天空，後浪推前浪，將會有什麼樣的作家、作品躍入文壇，我們拭目以待，熱烈期待著。

選讀

狂人日記

魯迅

【作者簡介】

魯迅（一八八一～一九三六），本名周樟壽，後改名為周樹人，字豫才，浙江紹興人，出身於一個破落的書香家庭。「魯迅」是發表〈狂人日記〉時所用的筆名，後來以此筆名聞名於世。青年時代受到達爾文演化論、尼采超人哲學和托爾斯泰博愛思想的影響。一九〇二年留學日本，原在仙台醫學院學醫；未久，隨即放棄對於醫學課業的學習，改而從事文藝工作，並開始翻譯外國小說，企圖藉由文學來改變國民精神。一九〇九年，與其弟周作人合譯《域外小說集》。同一時期，也與周作人一起鼓吹重視民間文藝；而魯迅則更著力於傳統小說的蒐集與整理工作，著有《中國小說史略》、《古小說鉤沉》、《唐宋傳奇集》等。一九一八年，首次用「魯迅」的筆名，發表中國現代文學史上第一篇新小說〈狂人日記〉，奠定了新小說創作的基石。一九二一年所發表的中篇小說〈阿Q正傳〉，更是中國現代文學史上的不朽傑作。因此，魯迅對於中國小說的貢獻，有三個部分：一是翻譯、引進外國小說；二是對於中國傳統小說的整理與研究；三是創作新小說。魯迅對於中國小說的影響，事實上是全面而深刻的。魯迅又擅長寫散文、雜文，出版有《野草》、《朝花夕拾》、《熱風》、《華蓋集》等約二十種散文、雜文文集。小說創作則出版有《吶喊》、《徬徨》、《故事新編》等三種。

魯迅的國學基礎深厚，早年曾寫過較爲文言的小說〈懷舊〉。就魯迅所發表的三十三篇新小說來看，文言的影子仍然依稀可見。反不及當時另一位女性小說家陳衡哲的文筆，更接近現代小說的白話文。陳衡哲於一九一七年在留美期間曾經創作新小說〈一日〉，但是陳衡哲開始受到文壇重視的小說〈老夫妻〉，發表時間較晚，影響也不及魯迅的〈狂人日記〉。〈狂人日記〉的完成與發表，本來並非魯迅個人的主動意願，而是經過陳獨秀、錢玄同等《新青年》雜誌成員的鼓勵與敦促，才加以寫成。然而〈狂人日記〉發表之後，卻引起了空前的注意與討論。〈狂人日記〉以類似寓言的形式，反映出「禮教吃人」的民族沉痾，一方面表現了魯迅自己以小說改良社會的意圖，一方面也呼應當時建設新中國的革命潮流。影響之下，不但塑造出小說家「魯迅」，同時刺激了小說創作成爲新文化運動的一種鼓吹利器。所以，後來許多評論家認爲，魯迅是使小說成爲新文學最重要文類的關鍵人物，甚至推崇魯迅爲「中國現代文學之父」。

一九一八年到一九二六年間，是魯迅小說創作的巔峰期。一九二六年以後，一直到一九三六年病故，魯迅再也沒有寫出以現代生活爲題材的小說。然而小說集《吶喊》、《彷徨》中的二十五篇小說，幾乎都成爲新小說的經典之作。魯迅的性格孤冷、叛逆，小說往往描寫上流社會的墮落與下層社會的不幸，筆觸尖銳、準確而深刻。在魯迅的眼中，當時的社會充滿病態，於是以小說之筆暴露社會的病根，刻劃人的靈魂深處。因此，魯迅的作品，很能激發讀者對於現實與文化的反省，從而取得廣泛的共鳴。其中，以〈阿Q正傳〉的寫成，最受後人稱道。〈阿Q正傳〉生動而深刻的表現出人的許多劣根性，諸如：精神勝利、欺善怕惡、奴顏卑膝、投機取巧、幸災樂禍等等，「阿Q」的懵懂與無知，不只諷刺了當時的中國人，也諷刺了人類的弱點與劣性。「阿Q」與「狂人」都是魯迅筆下塑造極爲成功的典型人物；而〈狂人日記〉與〈阿Q正傳〉這兩篇小說，也就成爲魯迅的另一代名詞。

【正文】

某君昆仲。今隱其名，皆余昔日在中學校時良友；分隔多年，消息漸闕日前偶聞其一大病；適歸故鄉，迂道往訪，則僅晤一人，言病者其弟也。勞君遠道來視，然已早愈，赴某地候補矣。因大笑，出示日記二冊，謂可見當日病狀，不妨獻諸舊友。持歸閱一過，知所患蓋「迫害狂」之類。語頗錯雜無倫次，又多荒唐之言；亦不著月日，惟墨色字體不一，知非一時所書。間亦有略具聯絡者，今撮錄一篇，以供醫家研究，記中語誤，一字不易；惟人名雖皆村人，不爲世間所知，無關大體，然亦悉易去。至于書名，則本人愈後所題，不復改也。七年四月二日識。

一

今天晚上，很好的月光。

我不見他，已是三十多年；今天見了，精神分外爽快。纔知道以前的三十多年，全是發昏；然而須十分小心。不然，那趙家的狗，何以看我兩眼呢？

我怕得有理。

二

今天全沒月光，我知道不妙。早上小心出門，趙貴翁的眼色便怪：似乎怕我，似乎想害我。還有七八個人，交頭接耳的議論我。又怕我看見。一路上的人，都是如此。其中最兇的一個人，張著嘴，對我笑了一笑；我便從頭直冷到腳跟，曉得他們布置，都已妥當了。

我可不怕，仍舊走我的路。前面一夥小孩子，也在那裏議論我；眼色也同趙貴翁一樣，臉色也都鐵青。我想我同小孩子有什麼讎，他也這樣。忍不住大聲說：「你告訴我！」他們可就跑了。

我想：我同趙貴翁有什麼讎，同路上的人又有什麼讎；只有廿年以前，把古久先生的陳年流水簿子，踹了一腳，古久先生很不高興。趙貴翁雖然不認識他，一定也聽到風聲，代抱不平；約定路上的人，同我作冤對。但是小孩子呢？那時候，他們還沒有出世，何以今天也睜著怪眼睛，似乎怕我，似乎想害我。這眞教我怕，教我納罕而且傷心。

我明白了。這是他們娘老子教的！

三

晚上總是睡不著。凡事須得研究，纔會明白。

他們——也有給知縣打枷過的，也有給紳士掌過嘴的，也有衙役佔了他妻子的，也有老子娘被債主逼死的；他們那時候的臉色，全沒有昨天這麼怕，也沒有這麼兇。

最奇怪的是昨天街上的那個女人，打他兒子，嘴裏說道：「老子呀！我要咬你幾口纔出氣！」他眼睛卻看著我。我出了一驚，遮掩不住；那青面獠牙的一夥人，便都哄笑起來。陳老五趕上前，硬把我拖回家中了。

拖我回家。家裏的人都裝作不認識我；他們的眼色，也全同別人一樣。進了書房，便反扣上門，宛然是關了一隻雞鴨。這一件事，越教我猜不出底細。

前幾天，狼子村的佃戶來告荒，對我大哥說，他們村裏的一個大惡人，給大家打死了；幾個人便挖出他的心肝來，用油煎炒了喫，可以壯壯膽子。我插了一句嘴，佃戶和大哥便都看我幾眼。今天纔曉得他們的眼光，全同外面的那夥人一模一樣。

想起來，我從頂上直冷到腳跟。

他們會喫人，就未必不會喫我。

你看那女人「咬你幾口」的話，和一夥青面獠牙人的笑，和前天佃戶的話，明明是暗號。我看出他話中全是毒，笑中全是刀，他們的牙齒，全是白厲厲的排著，這就是喫人的家伙。

照我自己想，雖然不是惡人，自從踹了古家的簿子，可就難說了。他們似乎別有心思，我全猜不出。況且他們一翻臉，便說人是惡人。我還記得大哥教我做論，無論怎樣好人，翻他幾句，他便打上幾個圈；原諒壞人幾句，他便說：「翻天妙手，與眾不同。」我那裏猜得到他們的心思，究竟怎樣；況且是要喫的時候。

凡事總須研究，纔會明白，古來時常喫人，我也還記得，可是不甚清楚。我翻開歷史一查，這歷史沒有年代，歪歪斜斜的每頁上都寫著「仁義道德」幾個字。我橫豎睡不著，仔細看了半夜，纔從字縫裏看出字來，滿本都寫著兩個字是「喫人！」

書上寫著這許多字，佃戶說了這許多話，卻都笑吟吟的睜著怪眼睛看我。

我也是人，他們要想喫我了！

四

早上，我靜坐了一會。陳老五送進飯來，一碗菜，一碗蒸魚；這魚的眼睛，白而且硬，張著嘴，同那一夥想喫人的人一樣。喫了幾筷，滑溜溜的不知是魚是人，便把他兜肚連腸的吐出。

我說：「老五，對大哥說，我悶得慌，想到園裏走走。」老五不答應，走了，停一會，可就來開了門。

我也不動，研究他們如何擺佈我；知道他們一定不肯放鬆。果然！我大哥引了一個老頭子，慢慢走來；他滿眼兇光，怕我看出，只是低頭向著地，從眼鏡橫邊暗暗看我。大哥說：「今天你彷彿很好。」我說：「是的。」大哥說：「今天請何先生來，給你診一診。」我說：「可以！」其實我豈不知道這老頭子是劊子手扮的！無非借了看脈這名目，揣一揣肥瘠：因這功勞，也分一片肉喫。我也不怕；雖然不喫人，膽子卻比他們還壯。伸出兩個拳頭，看他如何下手。老頭子坐著，閉了眼睛，摸了好一會，呆了好一會；便張開他鬼眼睛說：「不要亂想。靜靜的養幾天，就好了。」

不要亂想，靜靜的養！養肥了，他們是自然可以多喫；我有什麼好處，怎麼會「好了？」他們這群人，又想喫人，又是鬼鬼祟祟，想法子遮掩，不敢直捷下手，眞要令我笑死。我忍不住，便放聲大笑起來，十分快活。自己曉得這笑聲裏面，有的是義勇和正氣。老頭子和大哥都失了色，被我這勇氣正氣鎭壓住了。

但是我有勇氣，他們便越想喫我，沾光一點這勇氣。老頭子跨出門，走不多遠，便低聲對大哥說道：「趕緊喫罷！」大哥點點頭。原來也有你！這一件大發見，雖似意外，也在意中：合夥喫我的人，便是我的哥哥！

喫人的是我哥哥！

我是喫人的人的兄弟！

我自己被人喫了，可仍然是喫人的人的兄弟！

五

這幾天是退一步想：假使那老頭不是劊子手扮的，眞是醫生，也仍然是喫人的人。他們的祖師李時珍做的「本草什麼」上，明明寫著人肉可以煎喫；他還能說自己不喫人麼？

至于我家大哥，也毫不冤枉他。他對我講書的時候，親口說過可以「易子而食；」又一回偶然議論起一個不好的人，他便說不但該殺，還當「食肉寢皮。」我那時年紀還小，心跳了好半天。前天狼子村佃戶來說喫心肝的事，他也毫不奇怪，不住的點頭。可見心思是同從前一樣狠。既然可以「易子而食，」便什麼都易得，什麼人都喫得。我從前單聽他講道理，也糊塗過去；現在曉得他講道理的時候，不但脣邊還抹著人油，而且心裏滿裝著喫人的意思。

六

黑漆漆的，不知是日是夜。趙家的狗又叫起來了。

獅子似的凶心，兔子的怯弱，狐狸的狡猾，……

七

我曉得他們的方法，直捷殺了，是不肯的，而且也不敢，怕有禍祟。所以他們大家連絡，布滿了羅網，逼我自戕。試看前幾天街上男女的樣子，和這幾天我大哥的作爲，便足可悟出八九分了。最好是解下腰帶，挂在梁上，自己緊緊勒死；他們沒有殺人的罪名，又償了心願，自然都歡天喜地的發出一種嗚嗚咽咽的笑聲。否則驚嚇憂愁死了，雖則略瘦，也還可以首肯幾下。

他們是只會喫死肉的！——記得什麼書上說，有一種東西，叫「海乙那」的，眼光和樣子都很難看；時常喫死肉，連極大的骨頭，都細細嚼爛，嚥下肚子去，想起來也教人害怕。「海乙那」是狼的親眷，狼是狗的本家。前天趙家的狗，看我幾眼，可見他也同謀，早已接洽，老頭子眼看著地，豈能瞞得我過。

最可憐的是我的大哥，他也是人，何以毫不害怕；而且合夥喫我呢？還是歷來慣了，不以爲非呢？還是喪了良心，明知故犯呢？

我咀咒喫人的人，先從他起頭，要勸轉喫人的人，也先從他下手。

八

其實這種道理，到了現在，他們也該早已懂得，……

忽然來了一個人，年紀不過二十左右，相貌是不很看得清楚，滿面笑容，對了我點頭，他的笑也不像眞笑。我便問他，「喫人的事，對麼？」他仍然笑著說：「不是荒年，怎麼會喫人。」我立刻就曉得，他也是一夥，喜歡喫人的；便自勇氣百倍，偏要問他。

「對麼？」

「這等事問他甚麼。你眞會……說笑話。……今天天氣很好。」

天氣是好，月色也很亮了。可是我要問你，「對麼？」

他不以爲然了。含含胡胡的答道，「不……」

「不對？他們何以竟喫?!」

「沒有的事……」

「沒有的事？狼子村現喫；還有書上都寫著，通紅斬新！」

他變了臉，鐵一般青。睜著眼說，「也許有的，這是從來如此……」

「從來如此，便對麼？」

「我不同你講這些道理；總之你不該說，你說便是你錯！」

我直跳起來，張開眼，這人便不見了。全身出了一大片汗。他的年紀，比我大哥小得遠，居然也是一夥；這一定他娘老子先教的。怕已經教給他兒子了；所以連小孩子，也都惡狠狠的看我。

九

自己想喫人，又怕被別人喫了，都用著疑心極深的眼光，面面相覷。……

去了這心思，放心做事走路喫飯睡覺，何等舒服。這只是一條門檻，一個關頭。他們可是父子、兄弟、夫婦、朋友、師生、仇敵和各不相識的人，都結成一夥，互相勸勉，互相牽掣，死也不肯跨過這一步。

十

大清早，去尋找我大哥；他立在堂門外看天，我便走到他背後，攔住門，格外沈靜，格外和氣的對他說；

「大哥，我有話告訴你。」

「你說就是。」他趕緊回過臉來，點點頭。

「我只有幾句話，可是說不出來。大哥，大約當初野蠻的人，都喫過一點人。後來因為心思不同，有的不喫人了，一味要好，便變了人，變了眞的人。有的卻還喫，——也同蟲子一樣，有的變了魚、鳥、猴子，一直變到人。有的不要好，至今還是蟲子。這喫人的人比不喫人的人，何等慚愧。怕比蟲子的慚愧猴子，還差得很遠很遠。

「易牙蒸了他兒子，給桀紂喫，還是一直從前的事。誰曉得從盤古開闢天地以後，一直喫到易牙的兒子；從易牙的兒子，一直喫到徐錫林；從徐錫林，又一直喫到狼子村捉住的人。去年城裏殺了犯人，還有個生癆病的人，用饅頭蘸血舐。

「他們要喫我，你一個人，原也無法可想；然而又何必去入夥。喫人的人，什麼事做不出；他們會喫我，也會喫你，一夥裏面，也會自喫。但只要轉一步，只要立刻改了，也就人人太平。雖然從來如此，我們今天也可以格外要好，說是不能！大哥，我相信你能說，前天佃戶要減租，你說過不能。」

當初，他還只是冷笑，隨後眼光便凶狠起來，一到說破他們的隱情，那就滿臉都變成青色了。大門外立著一夥人，趙貴翁和他的狗，也在裏面，都探頭探腦的挨進來。有的是看不出面貌，似乎用布蒙著，有的仍舊是青面獠牙，抿著嘴笑。我認識他們是一夥，都是喫人的人。可是也曉得他們的心思很不一樣，一種是以為從來如此，應該喫的；一種是知道不該喫，可是仍然要喫，又怕別人說破他，所以聽了我的話，越發氣憤不過，可是抿著嘴冷笑。

這時候，大哥也忽然顯出凶相，高聲喝道：

「都出去！瘋子有什麼好看！」

這時候，我又懂得一件他們的巧妙了。他們豈但不肯改，而且早已布置；預備一下個瘋子的名目罩上我。將來喫了，不但太平無事，怕還會有人見情。佃戶說的大家喫了一個惡人，正是這方法。這是他們的老譜！

陳老五也氣憤憤的直走進來。如何按得住我的口，我偏要對這夥人說，

「你們可以改了，從眞心改起！要曉得將來容不得喫人的人，活在世上。

「你們要不改，自己也會喫盡。即使生得多，也會給眞的人除滅了，同獵人打完了狼子一樣！——同蟲子一樣！」

那一夥人，都被陳老五趕走了。大哥也不知那裏去了。陳老五勸我回屋子裏去。屋裏面全是黑沈沈的。橫梁和椽子都在頭上發抖；抖了一會，就大起來。堆在我身上。

萬分沈重，動彈不得；他的意思是要我死。我曉得他的沈重是假的，便掙扎出來，出了一身汗。可是偏要說，

「你們立刻改了，從眞心改起！你們要曉得將來是容不得喫人的人，……」

十一

太陽也不出，門也不開，日日是兩頓飯。

我捏起筷子，便想起我大哥；曉得妹子死掉的緣故，也全在他。那時我妹子纔五歲，可愛可憐的樣子，還在眼前。母親哭個不住，他卻勸母親不要哭；大約因爲自己喫了，哭起來不免有點過意不去。如果還能過意不去，……

妹子是被大哥喫了，母親知道沒有，我可不得而知。

母親想也知道；不過哭的時候，卻並沒有說明，大約也以爲應當的了。記得我四五歲時，坐在堂前乘涼，大哥說爺娘生病，做兒子的須割下一片肉來，煮熟了請他喫，纔算好人；母親也沒有說不行。一片喫得，整個的自然也喫得。但是那天的哭法，現在想起來，實在還教人傷心，這眞是奇極的事！

十二

不能想了。

四千年來時時喫人的地方，今天纔明白，我也在其中混了多年；大哥正管著家務，妹子恰恰死了，他未必不和在飯菜裏，暗暗給我們喫。

我未必無意之中，不喫了我妹子的幾片肉，現在也輪到我自己，……

有了四千年喫人履歷的我，當初雖然不知道，現在明白，難見眞的人！

十三

沒有喫過人的孩子，或者還有？

救救孩子……

（一九一八年）

【評析】

〈狂人日記〉發表於一九一八年五月號的《新青年》，被認爲是中國現代小說的第一篇。小說正文之前，有一段以文言文書寫的小序，說明狂人是患有類似「迫害狂」的精神疾病，目前已經痊癒，病中寫有日記兩冊，「可見當日病狀」；而小說作者書寫的原因是「今撮錄一篇，以供醫家研究」；至於書名（篇名），則是「本人愈後所題，不復改也」。

這段小序的出現，有幾個意義：第一，作爲第一篇新小說，〈狂人日記〉保留了中國傳統小說中「史傳」與「紀實」的特質；第二，文言序語的出現，正足以反映出新舊文學交替的過渡現象；第三，魯迅爲這篇小說設定了前提：這是狂人的病中日記，文中的「我」，自然就是狂人自己，而狂人也終於痊癒。這樣的前提，對於小說的創作意旨作了提示：「我」既是狂人，也是病人，觀察著病態的人群與病態的歷史、社會；「我」事實上就是魯迅，也是其他的「我們」——國族全體，但是這個病終將痊癒。

這篇小說是「日記體」，也是「寓言體」。創作的基礎意識建立在對於傳統文化的激烈批判以及群我本質的深刻反省。歷來評論家都認爲這篇小說談的是「禮教吃人」，小說中提到：「凡事總須研究，纔會明白，古來時常喫人，我也還記得，可是不甚清楚。我翻開歷史一查，這歷史沒有年代，歪歪斜斜的每葉上都寫著『仁義道德』幾個字。我橫豎睡不著，仔細看了半夜，纔從字縫裏看出字來，滿本都寫著兩個字『喫人！』」這是最爲直接的控訴。「仁義道德」之類的禮教文化，本來應該是人性良善的煥發；但是到最後，居然都是吃人害人的根源。而悲慘的是，「我自己被人喫了，可仍然是喫人的人的兄弟！」況且「我未必無意之中，不喫了我妹子的幾片肉，現在也輪到我自己」。因此，〈狂人日記〉不是一篇謾罵的小說，而是一篇反省自己、反省社會文化的寓言。日記體的形式結構看似雜亂，實際上主題意識極爲清晰。魯迅以詼諧譏諷的口吻，藉由狂人五歲妹妹的死亡，說他大哥：「母親哭個不住，他卻勸母親不要哭；大約因爲自己喫了，哭起來不免有點過意不去。如果還能過意不去，……」提醒這些造成社會病態的共同參與者，這些「有四千年喫人履歷的我」，如果眞覺得過意不去的話，是應該要認清了、覺醒了。所以魯迅在小說的最後說：「沒有喫過人的孩子，或者還有？救救孩子……」魯迅不只在尋找與自己志同道合的「眞的人」，也在沉痛的對大家呼籲著：「救救孩子……」，救救我們的未來。或者，這個病態的社會，還有痊癒的一天。

〈狂人日記〉是魯迅藉由病態社會中不幸的人們，直接且深刻的揭示出這個社會急需接受「治療」的迫切。這個主題，很能在當時振衰起蔽的革命熱潮中取得共鳴與迴響。魯迅的第一本小說集名爲《吶喊》，魯迅說自己「決不是一個振臂一呼應者雲集的英雄」，吶喊的原因是因爲自己的「不能全忘」。所以魯迅「有時候仍不免吶喊幾聲，聊以慰藉那在寂寞裏奔馳的猛士，使他不憚于前驅」。然而〈狂人日記〉卻風起雲湧地帶領出現代小說發展的契機。〈狂人日記〉是魯迅小說創作的處女作，文筆樸拙，批判的力道強烈，刻劃人物極為生動，內容則發人深省，為中國現代小說樹立了重要的里程碑。

【延伸閱讀】

一、周樹人，《魯迅全集》，台北：唐山出版社，一九八九年。

二、汪暉，《反抗絕望：魯迅及其吶喊、徬徨研究》，台北：久大文化公司，一九九〇年。

三、周樹人，《魯迅自傳》，台北：龍文出版社，一九九三年。

四、魯迅，《魯迅小說合集》，台北：里仁書局，一九九七年。

五、蔡輝振，《魯迅小說研究》，高雄：復文書局，二〇〇一年。

六、王潤華，《魯迅小說新論》，台北：東大圖書公司，二〇〇一年。

【相關評論引得】

一、王德威，〈重識「狂人日記」〉，《文星》，一九八六年十一月，頁六八～七二。

二、王明君，〈從小說的敘事模式來看「狂人日記」的突破與創新〉，《中國文化月刊》，一九九七年三月，頁一〇六～一一五。

三、賀幼玲，〈從敘事方法談魯迅「狂人日記」的特色〉，《中山中文學刊》，一九九八年六月，頁一〇九～一二三。

四、楊昌年，〈魯迅的「狂人日記」〉，《歷史月刊》，二〇〇一年三月，頁一〇九～一一二。

（鍾宗憲／編撰）

沉淪

郁達夫

【作者簡介】

郁達夫（一八九六～一九四五），本名文，字達夫，出生於富陽滿洲弄（今達夫弄）的一個知識份子家庭。幼年貧困的生活促使其發憤讀書，成績斐然；一九一三年跟隨兄長到日本居住，一九二二年畢業於東京帝國大學經濟學部。郁達夫在日本的時間有九年，一九二一年開始發表小說創作，同時也參與當時中國留學生的文學活動，是著名的新文學團體「創造社」的發起人之一。他的第一本，也是我國現代文學史上的第一本小說集《沉淪》，被公認是震世駭俗的作品，他的散文、舊體詩詞、文藝評論和雜文政論也都自成一家，不同凡響。但是諸多創作類型之中，仍以小說創作影響最大。出版有《沉淪》、《蔦蘿集》、《寒灰集》、《雞肋集》、《過去集》、《薇蕨集》、《迷羊》、《她是一個弱女子》等小說集，以及散文集《郁達夫文集》。

郁達夫從一九二一年出版第一本小說集《沉淪》，到一九三五年寫最後一篇小說〈出奔〉，前後創作時間凡十五年，共計有四十餘篇小說。前期作品以表現自我心境爲主，有不少作品是屬於「自敘傳體」的書寫；後期則偏重於反映社會現實，以關懷、平等的態度去刻劃人物，敘述人生。而郁達夫小說引起廣泛注意的，是他「表現自我」的一類作品。許多評論者認爲郁達夫的這類小說充滿感傷與頹廢的色彩，並不可取；但是也有評論者認爲，郁達夫的這類小說雖然有掙扎、變態之處，卻是那個時代與那個環境所激發出來的苦悶，很能反映出當時許多年輕人的共同心聲。其實這類的作品充分表現出郁達夫的創作觀念，他曾經說過：「我覺得作者的生活，應該和作者的藝術，緊抱在一塊，作品裡的自我主義是決不能喪失的。」

另外，在文學創作的同時，郁達夫也積極參加各種反帝抗日組織，先後在上海、武漢、福州等地從事抗日救國宣傳活動。而一九三七年正式對日抗戰之後，郁達夫就幾乎不再創作小說了。一九三八年底，郁達夫應邀赴新加坡辦報，在《星洲日報》任職，並從事抗日救亡的宣傳工作。一九四一年，擔任新加坡文化界抗日聯合會主席。新加坡淪陷以後，流亡至蘇門答臘，因精通日語被迫做過日軍翻譯。其間，曾利用職務之便暗暗救助、保護了大量文化界流亡難友、愛國僑領和當地居民。一九四五年，在日本宣布投降時，被日本憲兵殺害，終年四十九歲。郁達夫的一生充滿了傳奇性的坎坷，而他與王映霞女士的情愛分合，更爲郁達夫增添了浪漫的色彩，成爲後來讀者津津樂道的話題。

整體而論，郁達夫小說的特色在於大膽的自我剖析，而呈現出個性顯揚解放與孤絕疏離的風格。一方面可以視之爲中國「內視小說」或「私小說」的先河，另一方面也是中國現代小說從寫實主義的集體意識過渡到現代主義的個人意識的重要標誌。

【正文】

1

他近來覺得孤冷得可憐。

他的早熟的性情，竟把他擠到與世人絕不相容的境地去，世人與他的中間介在的那一道屏障，愈築愈高了。

天氣一天一天的清涼起來，他的學校開學之後，已經快半個月了。那一天正是九月的二十二日。

晴天一碧，萬里無雲，終古常新的皎日，依舊在它的軌道上，一程一程在那裏行走。從南方吹來的微風，同醒酒的瓊漿一般，帶著一種香氣，一陣陣的拂上面來。在蒼黃未熟的稻田中間，在彎曲同白線似的鄉間的官道上面，他一個人手裏捧了一本六寸長的Wordsworth的詩集，儘在那裏緩緩的獨步。在這大平原上，四面並無人影，不知從何處飛來的一聲兩聲的遠吠聲，悠悠揚揚的傳到他耳膜上來。他眼睛離開了書，同做夢似的向有犬吠聲的地方看去，但看見了一叢雜樹，幾處人家，同魚鱗似的屋瓦上，有一層薄薄的蜃氣，同輕紗似的，在那裏飄盪。

"Oh, you serene gossamer! You beautiful gossamer!"

這樣的叫了一聲，他的眼睛裏就湧出了兩行清淚來，他自己也不知道是什麼緣故。

呆呆的看了好久，他忽然覺得背上有一陣紫蘿蘭的氣息吹來，息索的一索，道旁的一枝小草，竟把他的夢境打破了。他回轉頭來一看，那枝小草還是顫搖不已，一陣帶著紫蘿蘭氣息的和風，溫微微的曛到他那蒼白的臉上來。在這清和的早秋的世界裏，在這澄清透明的「以太」中，他的身體覺得同陶醉似的酥軟起來。他好像是睡在慈母懷裏的樣子，他好像是夢到了桃花源裏的樣子，他好像是在南歐的海岸，躺在情人膝上，在那裏貪戀著午睡的樣子。

他看看四邊，覺得周圍的草木，都在那裏對他微笑。看看蒼空，覺得悠久無窮的大自然，微微的在那裏點頭，他一動也不動的向天看了一會，覺得天空中，有一群小天使，背上插著了翅膀，肩上掛著了弓箭，在那裏跳舞。他覺得樂極了。便不知不覺開了口，自言自語的說：

「這裏就是你的避難所，世間的一般庸人都在那裏嫉妒你，輕笑你，愚弄你；只有這大自然，這終古常新的蒼空皎日，這晚夏的微風，這初秋的清氣，還是你的朋友，還是你的慈母，還是你的情人，你也不必再到世上去與那些輕薄的男女共處去，你就在這大自然的懷裏，這純樸的鄉間終老了罷。」

這樣的說了一遍，他覺得自家可憐起來，好像有萬千哀怨，橫亙在胸中，一口說不出來的樣子。含了一雙清淚的眼睛又看到手裏的書上去。

Behold her, single in the field,
You solitary Highland Lass!
Reaping and singing by herself;
Stop here, or gently pass!
Alone she cuts, and binds the grain,
And sings a melancholy strain;

Oh, listen for the vale profound
Is overflowing with the sound.

看了這一節之後，他又忽然翻過一張來，脫頭脫腦的看到那第三節去。

Will no one tell me what she sings
Perhaps the plaintive numbers flow
For old, unhappy far-off things.
And battles long ago;
Or is it some more humble lay,
Familiar matter of today?
Some natural sorrow, loss, or pain,
That has been, and may be again!

這也是他近來的一種習慣，看書的時候，並沒有次序的。幾百頁的大書，更可不必說了，就是幾十頁的小冊子，如愛美生的「自然論」（Emerson's "On Nature"）、沙羅的「逍遙遊」（Thoreau's "Excursion"）之類。也沒有完完全全從頭至尾的去讀完一篇。當他起初翻開一冊書來看的時候，讀了四行五行或一頁二頁，他每被那一本書感動，恨不得要一口氣把那一本書吞下肚子裏的樣子，到讀了三頁四頁之後，他又生起一種憐惜的心來，他心裏似乎說：

「像這樣的奇書，不應該一口氣就把它唸完，要留著細細兒的咀嚼才好。一下子唸完了之後，我的熱望也就不得不消滅，那時候我就沒有想望，沒有夢想了，怎麼使得呢？」

他的腦裏雖有這樣的想頭，其實他的心裏早就有一點兒厭倦起來，到了這時候，他總把那本書收過一邊，不再看下去。過幾天或過幾個鐘頭之後，他又用滿腔的熱忱，同初讀那一本書的時候一樣，去讀另外的書去，幾日前或者幾點鐘前，那樣的感動他的那一本書，就不得不被他遺忘了。

放大了聲音把渭遲渥斯的那兩節詩讀了一遍之後，他忽然想把這一首詩用中文翻譯出來。

「孤寂的高原刈稻者」

他想想看，"The Solitary Highland Reaper"詩題只有如此的譯法。

「你看那個女孩兒，她只一個人在田裏，
你看那邊的那個高原的女孩兒，她只一個人冷清清地！
她一邊刈稻，一邊在那兒唱個不停：
她忽而停了，忽而又過去了，輕盈體態，風光細膩！
她一個人，刈了，又重把稻兒捆起，
她唱的山歌，頗有些兒悲涼的情味；
聽呀聽呀！這幽谷深深，
全充滿了她的歌唱的清音。
有人能說否，她唱的究是什麼？

或者她那萬千的癡話，
是唱著前代的哀歌，
或者是前朝的戰事，千兵萬馬；
或者是些坊間的俗曲，
便是目前的家常閒話？
或者是些天然的哀怨，必然的喪苦，自然的悲楚，這些事雖是過去的回思，將來想亦必有人指訴。」

他一口譯出來之後，忽又覺得無聊起來，便自嘲自罵的說：

「這算是什麼東西呀。豈不同教會裏的讚美詩一樣的乏味麼？英國詩是英國詩，中國詩是中國詩，又何必譯來譯去呢！」

這樣的說了一句，他不知不覺便微微兒的笑了起來。向四邊一看，太陽已經打斜了；大平原的彼岸，西邊的地平線上，有一座高山，浮在那裏，飽受了一天殘照，山的周圍醞釀成一層朦朦朧朧的嵐氣，反射出一種紫紅不紅的顏色。

他正在那裏出神呆看的時候，哼的咳嗽了一聲，他的背後忽然來了一個農夫，回頭一看，他就把他臉上的笑容裝成一副憂鬱的面色，好像她的笑容是怕被人看見的樣子。

2

他的憂鬱症愈鬧愈甚了。

他覺得學校裏的教科書，味同嚼蠟，毫無半點生趣。天氣清朗的時候，他每捧了一本愛讀的文學書，跑到人跡罕至的山腰水畔，去賞那孤寂的深味去。在萬籟俱寂的瞬間，在天水相映的地方，他看看草木蟲魚，看看白雲碧落，便覺得自家是一個孤高傲世的賢人，一個超然獨立的隱者。有時在山中遇著一個農夫，他便把自己當作了Zaratustra，把Zauatustra所說的話，也在心裏對那農夫講了。他的Megalomania也同他的Hypochondria成了正比例，一天一天的增加起來，他竟有連接四、五天不上學校去聽講的時候。

有時候到學校裏去，他每覺得眾人都在那裏凝視他的樣子。他避來避去想避他的同學，然而無論到什麼地方，他的同學的眼光，總好像懷了惡意，射在他的背脊上面。

上課的時候，他雖然坐在全班學生的中間，然而總覺得孤獨得很；在稠人廣眾之中，感得的這種孤獨，比一個人在冷清的地方，感得的那種孤獨，還要難受，看看他的同學，一個個都是興高采烈的在那裏聽先生的講義，只有他一個人，身體雖然坐在講堂裏頭，心想卻同飛雲逝電一般，在那裏作無邊無際的空想。

好不容易下課的鐘聲響了！先生退去之後，他的同學說笑的說笑，談天的談天，個個都同春來的燕雀似的，在那裏作樂；只有他一個人鎖著愁眉，舌根好像被千鈞的巨石錘住的樣子，兀自不作一聲。他也很希望他的同學來對他講些閒話，然而他的同學卻都自家管自家的去尋歡樂去，一見了他那一副愁容，沒有一個不抱頭奔散的，因此他愈加怨他的同學了。

「他們都是日本人，他們都是我的仇敵，我總有一天來復仇，我總要復他們的仇。」

一到了悲憤的時候，他總是這樣的想著，然而到了安靜之後，他又不得不自家嘲罵自家說：

「他們都是日本人，他們對你當然是沒有同情的，因爲你想得他們的同情，所以你怨他們，這豈不是你自家的錯誤麼？」

他的同學中的好事者，有時候也有人來向他說笑的，他心裏雖然非常感激，想同那一個人談幾句知心的話，然而口中總說不出什麼話來，所以有幾個了解他心意的人，也不得不同他疏遠了。

他的同學日本人在那裏歡笑的時候，他總疑他們是在那裏笑他，他就一霎時的紅起臉來。他們在那裏談天的時候，若有偶然看他一眼的人，他又忽然紅起臉來，以爲他們是在那裏講他。他同他同學中間的距離，一天一天的疏遠起來，他的同學都以爲他是愛孤獨的人，所以誰也不敢來近他的身。

有一天放課之後，他挾了書包，回到他的旅館裏來，有三個日本學生係同他同路的，將要到他寄寓的旅館的時候，前面忽然來了兩個穿紅裙的女學生。在這一區市外的地方，從沒有女學生看見的，所以他一見了這兩個女子，呼吸就緊縮起來。他們四個人同那兩個女子擦過的時候，他的三個日本的同學都問她們說：

「妳們上哪兒去？」

那兩個女學生就作起嬌聲來回答說。

「不知道！」

「不知道！」

那三個日本學生都高笑起來，好像是很得意的樣子，只有他一個人似乎是他自家同她們講了話似的，害了羞，匆匆跑回旅館裏來。進了他自家的房，把書包用力的向蓆上一丟，他就在蓆上躺下了。他的胸前還在那裏亂跳，用一隻手枕著頭，一隻手按著胸口，他便自嘲自罵的說：

「你這畏怯者！」

「你既然怕羞，何以又要後悔？」

「既要後悔，何以當時你又沒有那樣的膽量？不同她們去講一句話。」

"Oh, coward, coward!"

說到這裏，他忽然想起剛才那兩個女學生的眼波來了。

那兩雙活潑的眼睛！

那兩雙眼睛裏，確有驚喜的意思含在裏頭，然而再仔細想了一想，他又忽然叫起來說：

「呆人，呆人！她們雖有意思，與你有什麼相干？她們所送的秋波，不是單送給那三個日本人的麼？唉！唉！她們已經知道了，已經知道我是支那人了，否則他們何以不來看我一眼呢！復仇復仇，我總要復他們的仇。」

說到這裏，他那火熱的頰上忽然滾了幾顆冷冷的眼淚下來。他是傷心到極點了。這一天晚上，他記的日記是：

「我何苦要到日本來，我何苦要求學問？既然到了日本，那自然不得不被他們日本人輕侮的。中國呀中國！你怎麼不富強起來，我不能再隱忍過去了。」

「故鄉豈不有明媚的山河，故鄉豈不有如花的美女？我何苦要到這東海的島國裏來！」

「到日本來倒也罷了，我何苦又要進這該死的高等學校。他們留了五個月學回去的人，豈不在那裏享榮華安樂麼？這五、六年的歲月，教我怎麼能捱得過去？受盡了千辛萬苦，積了十餘年的學識，我回國去，難道定能比他們來胡亂的留學生更強麼？」

「人生百歲，年少的時候，只有七、八年的光景，這最純最美的七、八年，我就不得不在這無情的島國裏虛度過去，可憐我今年已經是二十一了。」

「槁木的二十一歲！」

「死灰的二十一歲！」

「我眞還不如變了礦物質的好，我大約沒有開花的日子了。」

「知識我也不要，名譽我也不要，我只要一個安慰我體諒我的『心』。一副白熱的心腸！從這一副心腸裏生出來的同情！從同情而來的愛情！」

「我所要求的就是愛情！」

「若有一個美女，能理解我的苦楚，她要我死，我也肯的。」

「若有一個婦人，無論她是美是醜，能眞心眞意的要我，我也願意爲她死的。」

「我所要求的就是異性的愛情！」

「蒼天呀蒼天！我並不要知識，我並不要名譽，我也不要那些無用的金錢，你若能賜我一個伊甸園內的『伊扶』，使她的肉體和心靈，全歸我有，我就心滿意足了。」

3

他的故鄉，是富春江上的一個小市，去杭州水程不過八、九十里。這一條江水，發源安徽，貫流全浙，江形曲折，風景常新，唐朝有一個詩人讚這條江水說：「一川如畫」。他十四歲的時候，請了一位先生寫了這四個字，貼在他的書齋裏，因為他的書齋的小窗，是朝著江面的。雖則這書齋結構不大，然而風雨晦明，春秋朝夕的風景，也還抵得過滕王高閣。在這小小的書齋裏過了十幾個春秋，他才跟了他的哥哥到日本來留學。

他三歲的時候就喪了父親，那時候他家裏困苦得不堪。好容易他長兄在日本W大學卒了業，回到北京，考了一個進士，分發在法部當差，不上兩年，武昌的革命起來了。那時候他已在縣立小學堂卒了業，正在那裏換來換去的換中學堂。他家裏的人都怪他無恆性，說他的心思太活；然而依他自己講來，他以為他一個人同別的學生不同，不能按部就班的同他們在一處求學的，所以他進了K府中學之後，不上半年又忽然轉到H府中學來；在H府中學住了三個月，革命就起來了。H府中學停學之後，他依舊只能回到他那小小書齋裏來。第二年的春天，正是他十七歲的時候，他就進了大學的預科。這大學是在杭州城外，本來是美國長老會捐錢創辦的，所以學校裏浸潤了一種專制的弊風，學生的自由，幾乎被束縛得同針眼兒一般的小。禮拜三的晚上有什麼祈禱會，禮拜日非但不准出去遊玩，並且在家裏看別的書也不准的，除了唱讚美詩祈禱之外，只許看新舊約。每天早晨從九點鐘到九點二十分，一定要去做禮拜，不去做禮拜，就要扣分數記過。他雖然非常愛那學校近傍的山水景物，然而他的心裏，總有些反抗的意思，因為他是一個愛自由的人，對那些迷信的管束，怎麼也不甘心服從。住不上半年，那大學裏的廚子，托了校長的勢，竟打起學生來。學生中間有幾個不服的，便去告訴校長，校長反說學生不是。他看看這些情形，實在是太無道理了，就立刻去告了退，仍復回家，到那小小的書齋裏去。那時候已經是六月初了。

在家裏住了三個多月，秋風吹到富春江上，兩岸的綠樹，就快凋落的時候，他又坐了帆船，下富春江，上杭州去。卻好那時候石牌樓的W中學正在那裏招插班生，他進去見了校長，M氏把他的經歷說給了M氏夫妻聽，M氏就許他插入最高的班裏去。這W中學原來也是一個教會學校，校長M氏，也是一個糊塗的美國宣教師，他看看這學校的內容比H大還不如，與一位很卑鄙的教務長——原來這一位先生就是H大學的卒業生——鬧了一場，第二年的春天，他就出來了。出了W中學，他看看杭州的學校，都不如他的意，所以他就打算不再進別的學校去。

正當這個時候，他的長兄也在北京被人排斥了。原來他的長兄為人正直得很，在部裏辦事，鐵面無私，並且比一般部內的人物又多了一些學識，所以部內上下，都忌憚他；有一次某次長的私人，來問他要一個位置，他執意不肯，因此次長就同他鬧起意見來，過了幾天他就辭了部裏的職，改到司法界去做司法官去了。他的二兄那時候正在紹興軍隊裏作軍官，這一位二兄軍閥習氣頗深，揮金如土，專喜結交俠少。他們弟兄三人，到這時候都不能如意之所為，所以那一小市鎮的閒人都說他們的風水破了。

他回家之後，便整日整夜的蟄居在他那小小的書齋裏。他父祖及他長兄所藏的書籍，就作了他的良師益友。他的日記上面，一天一天的記起詩來。有時候他也用了華麗的文章做起小說來，小說裏就把他自己當作了一個多情的勇士，把他鄰近的一家寡婦的兩個女兒，當作了貴族的苗裔，把他故鄉的風物，全編作了田園的清景；有興的時候，他還把自家的小說，用單純的外國文翻譯起來；他的幻想，愈演愈大了，他的憂鬱病的根苗，大約也就在這時候培養成功的。

在家裏住了半年，到了七月中旬，他接到他長兄的來信說：

「院內近有派余赴日本考察司法事務之意，余已許院長以東行，大約此事不日可見命令。渡日之先，擬返里小住。三弟居家，斷非上策，此次當偕伊赴日本也。」

他接到了這一封信之後，心中日日盼他長兄南來，到了九月下旬，他的兄嫂才自北京到家。住了一月，他就同他兄嫂同到日本去了。

到了日本之後，他的Dreams of the romantic age尚未醒悟，模模糊糊的過了半載，他就考入了東京第一高等學校。這是他十九歲的秋天。

第一高等學校將開學的時候，他的長兄接到了院長的命令，要他回去。他的兄長便把他寄托在一家日本人的家裏，幾天之後，他的長兄長嫂和他的新生的姪女兒就回國去了。

東京的第一高等學校裏有一班預備班，是爲中國學生特設的。在這預科裏預備一年，卒業之後，才能入各地高等學校的正科，與日本學生同學。他考入預科的時候，本來填的是文科，後來將在預科卒業的時候，他的長兄定要他改到醫科去，他當時亦沒有什麼主見，就聽了他長兄的話把文科改了。

預科卒業之後，他聽說N市的高等學校是最新的，並且N市是日本產美人的地方，所以他就要求到N市的高等學校去。

4

他的二十歲的八月二十九日的晚上，他一個人從東京的中央車站乘了夜行車到N市去。

那一天大約剛是舊曆的初三、四的樣子，同天鵝絨似的又藍又紫的天空裏，灑滿了一天星斗。半痕新月，斜掛在西天角上，卻似仙女的蛾眉，未加翠黛的樣子。他一個人靠著三等車的車窗，默默的在那裏數窗外人家的燈火。火車在闇黑的夜氣中間，一程一程的過去，那大都市的星星燈火，也一點一點的朦朧起來，他的胸中忽然生了萬千哀感，他的眼睛裏就忽然覺得熱起來了。

"Sentimental, too sentimental!"

這樣的叫了一聲，把眼睛揩了一下，他反而自家笑起自家來。

「你也沒有情人留在東京，你也沒有弟兄知己住在東京，你的眼淚究竟是爲誰灑的呀！或者是對於你過去的生活的傷感，或者是對你二年間的生活的餘情，然而你平時不是說不愛東京的麼？」

「唉！一年人住豈無情。」

「黃鶯住久渾相識，欲別頻啼四五聲！」

胡思亂想的尋思了一會，他又忽然想到初次赴新大陸去的清教徒的身上去。

「那些十字架下的流人，離開他故鄉海岸的時候，大約也是悲壯淋漓，同我一樣的。」

火車過了橫濱，他的感情方才漸漸兒的平靜起來，呆呆的坐了一會，他就取了一張明信片出來，墊在海涅（Heine）的詩集上，用鉛筆寫了一首詩寄他東京的朋友。

蛾眉月上柳梢初，又向天涯別故居；四壁旗亭爭賭酒，六街燈火遠隨車！
亂離年少無多淚，行李家貧只舊書；後夜蘆根秋水長，憑君南浦覓雙魚。

在朦朧的電燈光裏，靜悄悄的坐了一會，他又把海涅的詩集翻開來看了。

"Lebet wohl, ihr glatten Säle,
Glatte Herren, glatte Frauen!
Auf die berge will ich steigen,
Lachend auf euch niederschauen"
——Heine's "Harzreise"

「浮薄的塵寰，無情的男女，
你看那隱隱的青山，我欲乘風飛去，
且住且住，
我將從那絕頂的高峰，笑看你終歸何處。」

單調的輪聲，一聲聲連連續的飛到他的耳膜上來，不上三十分鐘他竟被這催眠的車輪聲引誘到夢幻仙境裏去了。

早晨五點鐘的時候，天空漸漸兒的明亮起來。在車窗裏向外一望，他只見西一線青天還被夜色包住在那裏。探頭出去一看，一層薄霧，籠罩著一幅天然的畫圖，他心裏想了一想：

「原來今天又是清秋的好天氣，我的福份眞可算不薄了。」

過了一個鐘頭，火車就到了N市的停車場。

下了火車，在車站遇見了一個日本學生；他看看那學生的制帽上也有兩條白線，便知道他也是高等學校的學生。他走上前去，對那學生脫一脫帽，問他說：

「第××高等學校是在什麼地方的？」

那學生回答說：

「我們一路去罷。」

他就跟了那學生跑出火車站來，在火車站的前頭，乘了電車。

時光還早得很，N市的店家都還未曾起來。他同那日本學生坐了電車，經過了幾條冷靜的街巷，就在鶴舞公園前面下了車。他問那日本學生說：

「學校還遠得很麼？」

「還有二里多路。」

穿過了公園，走到稻田中間的細路上的時候，他看看太陽已經起來了。稻上的露滴，還同明珠似的掛在那裏。前面有一叢樹林，樹林陰裏，疏疏落落的看得見幾椽農舍，有兩三條煙囪筒子，突出在農舍的上面，隱隱約約的浮在清晨的空氣裏。一縷兩縷的青煙，同爐香似的在那裏浮動，他知道農家已在那裏炊早飯了。

到學校近邊一家旅館去一問，他一禮拜前頭寄出的幾件行李，早已經到在那裏，原來那一家人家是住過中國留學生的，所以主人待他也很殷勤。在那一家旅館裏住下了之後，他覺得前途好像有許多歡樂在那裏等他的樣子。

他的前途的希望，在第一天的晚上，就不得不被目前的實情嘲弄了。原來他的故里，它是一個小小的市鎮。到了東京之後，在人山人海的中間，他雖然時常覺得孤獨，然而東京的都市生活，同他幼時的習慣尚無十分齟齬的地方。如今到了這N市的鄉下之後，他的旅館，是一家孤立的人家，四面並無鄰舍，左首門外便是一條如髮的大道，前後都是稻田，西面是一方池水，並且因爲學校還沒有開課，別的學生還沒有到來，這一間寬曠的旅館裏，只住了他一個客人。白天倒還可以支吾過去，一到了晚上，他開窗一望，四面都是沈沈的黑影，並且因N市的附近是一大平原，所以望眼連天，四面並無遮障之處，遠遠裏有一點燈火，明滅無常，森然有些鬼氣。天花板裏，又有許多蟲鼠，息栗索落的在那裏爭食。窗外有幾株梧桐，微風動葉，咄咄的響得不已，因爲他住在二層樓上，所以梧桐的葉戰聲，近在他的耳邊。他覺得害怕起來，幾乎要哭出來了。他對於都市的懷鄉病（Nostalgia）從未有比那一晚更甚的。

學校開了課，他朋友也漸漸兒的多起來。感受性非常強烈的他的性情，也同天空大地叢林野水融和了。不上半年，他竟變成了一個大自然的寵兒，一刻也離不了那天然的野趣了。

他的學校是在N市外，剛才說過市的附近是一大平原，所以四邊的地平線，界限廣大得很。那時候日本的工業還沒有十分發達，人口也還沒有增加得同目下一樣，所以他的學校的近邊，還多是叢林空地，小阜低崗。除了幾家與學生做買賣的文房用具店及菜館之外，附近並沒有居民。荒野的人間，只有幾家爲學生設的旅館，同曉天的星影似的，散綴在麥田瓜地的中央。晚飯畢後，披了黑呢的縵斗（斗篷），拿了愛讀的書，在遲遲不落的夕照中間，散步逍遙，是非常快樂的。他的田園趣味，大約也是在這Idyllic wanderings的中間養成的。

在生活競爭不十分猛烈，逍遙自在，同中古時代一樣的時候，在風氣純良，不與市井小人同處，清閒雅淡的地方，過日子正如做夢一樣。他到了N市之後，轉瞬之間，已經有半年多了。

薰風日夜的吹來，草色漸漸兒的綠起來。旅館近傍麥田裏的麥穗，也一寸一寸的長起來了。草木蟲魚都化育起來，他的從始祖傳來的苦悶也一日一日的增長起來，他每天早晨，在被窩裏犯的罪惡，也一次一次的加多起來了。

他本來是一個非常愛高尚愛潔淨的人，然而一到了這邪念發生的時候，他的智力也無用了，他的良心也麻庳了，他從小服膺的「身體髮膚不敢毀傷」的聖訓，也不能顧全了。他犯了罪之後，每深自痛悔，切齒的說，下次總不再犯了，然而到了第二天的那個時候，種種幻想，又活活潑潑的到他的眼前來。他平時所看見的「伊扶」的遺類，都赤裸裸的來引誘他。中年以後的婦人的形體，在他的腦裏，比處女更有挑發他情動的地方。他苦悶一場，惡鬥一場，終究不得不做她們的俘虜。這樣的一次成了兩次，兩次之後，就成了習慣。他犯罪之後，每到圖書館裏去翻出醫書來看，醫書上都千篇一律的說，於身體最有害的就是這一種犯罪。從此以後，他的恐懼心也一天一天的增加起來了。有一天他不知道從什麼地方得來的消息，好像是一本書上說，俄國近代文學的創設者Gogol也犯這一宗病，他到死竟有沒改過來，他想到了戈歌里，心裏就寬了一寬，因為這「死了的靈魂」的著者，也是同他一樣的。然而這不過自家對自家的寬慰而已，他的胸裏，總有一種非常的憂慮存在那裏。

因為他是非常愛潔淨的，所以他每天總要去洗澡一次，因為他是非常愛惜身體的，所以他每天總要去吃幾個生雞子和牛乳；然而他去洗澡或吃牛乳雞子的時候，他總覺得慚愧得很，因為這都是他的犯罪的證據。

他覺得身體一天一天的衰弱起來，記憶力一天一天的減退了。他又漸漸兒的生了一種怕見人面的心思，見了婦人女子的時候，他覺得更加難受。學校的教科書，他漸漸的嫌惡起來，法國自然派的小說，和中國那幾本有名的誨淫小說，他唸了又唸，幾乎記熟了。

有時候他忽然做出一首好詩來，他自家便喜歡得非常，以為他的腦力還沒有破壞。那時候他每對著自家起誓說：

「我的腦力還可以使得，還能夠做得出這樣的詩，我以後決不再犯罪了；過去的事實是沒法，我以後總不再犯罪了。若從此自新，我的腦力，還是很可以的。」然而一到了緊迫的時候，他的誓言又忘了。

每禮拜四、五，或每月的二十六、七的時候，他索性盡意的貪起歡來。他的心 想，自下禮拜一或下月初一起，我總不犯罪了。有時候正合到禮拜六或月底的晚上，去剃頭洗澡去，以為這就是改過自新的記號，然而過幾天他又不得不吃雞子和牛乳了。

他的自責心同恐懼心，竟一日也不使他安閒，他的憂鬱症也從此厲害起來了。這樣的狀態繼續一、二個月，他的學校 就放了暑假，暑假的兩個月內，他受的苦悶，更甚於平時；到了學校開學的時候，他的兩頰的顴骨更高起來，他的青灰色的眼窩更大起來，他的一雙靈活的瞳仁，變了同死魚的眼睛一樣了。

5

秋天又到了，浩浩的蒼空，一天天的高起來。他的旅館旁邊的稻田，都帶起黃金色來。朝夕的涼風，同刀也似的刺到人的心骨 去，大約秋冬的佳日，來也不遠了。

一禮拜前的有一天午後，他拿了一本Wordsworth的詩集，在田塍上逍遙漫步了半天。從那一天以後，他的循環性的憂鬱症，尚未離他的身過。前幾天在路上遇著的那兩個女學生，常在他的腦子裏，不使他安靜，想起那一天的事情，他還是一個人要紅起臉來。

他近來無論上什麼地方去，總覺得有坐立難安的樣子。他上學校去的時候，覺得他的日本同學都似在那裏排斥他。他的幾個中國同學也許久不去訪了，因為去尋訪了回來，他心裏反覺得空虛，因為他的幾個中國同學，怎麼也不能理解他的心理。他去尋訪的時候，總想得些同情回來的，然而到了那裏，談了幾句之後，他又不得不自悔尋訪錯了。有時候和朋友講得投機，他就任了一時的熱意，把他的內外的生活都對朋友講了出來，然而到了歸途，他又自悔失言，心裏的責備，倒反比不去訪友的時候，更加厲害。他的幾個中國朋友，因此都說他是染了神經病了。他聽了這些話之後，對那幾個中國同學，也同對日本學生一樣，起了一種復仇的心。他同他的幾個中國同學，一日一日的疏遠起來。嗣後雖在路上，或在學校裏遇見的時候，他同幾個中國同學，也不點頭招呼。中國留學生開會的時候，他當然是不去出席的。因此他同他的幾個同學，竟宛然成了兩家的仇敵。

他的中國同學的裏邊，也有一個很奇怪的人，因為他自家的結婚有些道德上的罪惡，所以他專喜講人家的醜事，以掩己之不善，說他是神經病，也是這一位同學說的。

他交遊離絕之後，孤冷得幾乎到將死的地步，幸而他住的旅館裏還有一個主人的女兒，可以牽引他的心，否則他眞只能自殺了。他旅館的主人的女兒今年正是十七歲，長方的臉兒，眼睛大得很，笑起來的時候面上有兩顆笑靨，嘴裏有一顆金牙看得出來，因為她自家覺得她自家的笑容是非常可愛，所以她平時常在那裏弄笑。

他心裏雖然非常愛她，然而她送飯來或來替他鋪被的時候，他總裝出一種兀不可犯的樣子來。他心裏雖想對她講幾句話，然而一見了她，他總不能開口。她進他房裏來的時候，他的呼吸竟急促到吐氣不出的地步。他在她面前實在是受苦不起了，所以近來她進他的房裏來的時候，他每不得不跑出房外去。然而他思慕她的心情，卻一天一天的濃厚起來。有一天禮拜六的晚上，旅館裏的學生，都上N市去行樂去了。他因爲經濟困難，所以吃了晚飯，上西面池上去走了一回，就回到旅舍裏來枯坐。

回家來坐了一會，他覺得那空曠的二層樓上，只有他一個人在家。靜悄悄的坐了半晌，坐得不耐煩起來的時候，他又想跑出外面去，不得不由主人的房門口經過，因爲主人和他女兒的房，就在大門的邊上。他記得剛才進來的時候，主人和他的女兒正在那裏吃飯。他一想到經過她面前的時候的苦楚，就把跑出外面去的心思丟了。

拿了本G．Gissing的小說來讀了三、四頁之後，靜寂的空氣裏，忽然傳了幾聲煞煞的潑水聲音過來。他靜靜兒的聽了一聲，呼吸又一霎時的急了起來，面色也漲紅了。遲疑了一會，他就輕輕的開了門，拖鞋也不拖了，幽腳幽手的走下扶梯去。輕輕的開了便所的門，他儘兀自的站在便所的玻璃窗口偷看，原來他旅館裏的浴室，就在便所的間壁，從便所的玻璃窗裏看去，浴室裏的動靜了了可見。他起初以爲看一看就可以走了，然而到了一看之後，他竟同被釘子釘住的一樣，動也不能動了。

那一雙雪樣的乳峰！

那一雙肥白的大腿！

這全身的曲線！

呼氣也不呼，仔仔細細的看了一會，他面上的筋肉，都發起痙攣來了，愈看愈顫得厲害，他那發顫的前額部竟同玻璃窗衝擊了一下。被蒸氣包住的那赤裸裸的「伊扶」便發了嬌聲問說：

「是誰呀？……」

他一聲也不響，急忙踏出了便所，就三腳兩步的跑上樓去了。

他跑到了房裏，面上同火燒的一樣，口也乾渴了。一邊他自家打自家的嘴巴，一邊就把他的被窩拿出來睡了。他在被窩裏翻來覆去，總睡不著，便立起了兩耳，聽起樓下的動靜來。他聽聽潑水的聲音也息了，浴室的門開了之後，他聽見她的腳步聲好像是走上樓的樣子。用被包著了頭，他的心裏的耳朵明明告訴他說：她已經立在門外了。

他覺得全身的血液，都在往上奔注的樣子。心裏怕得非常，羞得非常，也喜歡得非常。然而若有人問他，他無論如何，總不肯承認說，這時候他是喜歡的。

他屏住了氣息，尖著了兩耳聽了一會，覺得門外並無動靜，又故意咳嗽了一聲，門外亦無聲響。他正在那裏疑惑的時候，忽聽見她的聲音，在樓下同她的父親在那裏說話。他手裏捏了一把冷汗，拚命想聽出她的話來，然而無論如何總聽不清楚。停了一會，她的父親大聲笑了起來，他把被蒙頭的一罩，咬緊了牙齒說：

「她告訴了他了！她告訴了他了！」

這一天的晚上他一睡也不曾睡著。第二天的早晨，天亮的時候，他就提心吊膽的走下樓來，洗了手面，刷了牙，趁主人和他的女兒還沒有起來之先，他就同逃犯似的出了那個旅館，跑到外面來。

官道上的沙塵，染了朝露，還未曾乾著。太陽已經起來了。他不問皂白，便一直的往東走去。遠遠有一個農夫，拖了一車野菜慢慢的走來，那農夫同他擦過的時候，忽然對他說：

「你早啊！」

他倒驚了一跳，那清瘦的臉上。又起了一層紅潮，胸前又亂踏起來，他心裏想：

「難道這個農夫也知道了麼？」

無頭無腦的跑了好久，他回轉頭來看看他的學校，已經遠得很了，舉頭看看，太陽也升高了。他摸摸錶看，那銀餅大的錶，也不在身邊。從太陽的角度看起來，大約已經是九點鐘前後的樣子。他雖然覺得飢餓的很，然而無論如何，總不願意再回到那旅館去，同主人和他的女兒相見。想去買些零食充一充飢，然而他摸摸自家的袋看，袋裏只剩了一角二分錢在那裏。他到一家鄉下的雜貨店內，儘那一角一分錢，買了些零碎的食物，想去尋一處無人看見的地方吃。走到了一處兩路交叉的十字路口，他朝南的一望，只見與他的去路橫交的那一條自北趨南的路上行人稀少得很。那一條路是向南的斜低下去的，兩面更有高壁在那裏，他知道這路是從一條小山開闢出來的。他剛才走來的那條大道，便是這山的嶺脊，十字路當作了中心，與嶺脊上的那條大路相交的橫路，是兩邊低斜下去的。在十字路口遲疑了一會，他就取了那一條向南斜下的路走去。走盡了兩面的高壁，他的去路就穿入大平原去，直通到彼岸的市內。平原的彼岸有一簇深林，劃在碧空的心裏，他心裏想：

「這大約就是A神宮了。」

他走盡了兩面的高壁，向左心斜面上一望，見沿高壁的那山面有一道女牆，圍住著幾間茅舍，茅舍的門上懸著了「香雪海」三字的一方匾額。他離開了正路，走上幾步，到那女牆的門前，順手的向門一推那兩扇柴門竟自開了。他就隨隨便便的踏了進去。門內有一條曲徑，自門口通過了斜面，直達到山上去的。曲徑的兩旁，有許多老蒼的梅樹種在那裏，他知道這就是梅林了。順了那一條曲徑，往北的從斜面上走到山頂的時候，一片同圖畫似的平地，展開在他的眼前。這個園自從山腳上起，跨有朝南的半山斜面，同頂上的一塊平地，佈置得非常幽雅。

山頂平地的四面的千仞的絕壁，與隔岸的絕壁相對峙，兩壁的中間，便是他剛走過的那一條自北趨南的通路。背臨著了那絕壁，有一間樓屋，幾間平屋造在那裏。因爲這幾間屋，門窗都閉在那裏，他所以知道這定是爲梅花開日，賣酒食用的。樓屋的前面，有一塊草地，草地中間，有幾方白石，圍成了一個花園，園子裏，臥著一枝老梅，那草地的南盡頭，山頂的平地正要向南斜下去的地方，有一塊石碑立在那裏，係記這梅林的歷史的。他在碑前的草地上坐下之後，就把買來的零食拿出來吃了。

吃了之後，他兀兀的在草地上坐了一會。四面並無人聲，遠遠的樹枝上，時有一聲兩聲的鳥鳴聲飛來。他仰起頭來看看澄清的碧落，同那皎潔的日輪，覺得四面的樹枝房屋，小草飛禽，都一樣的在和平的太陽光裏，受大自然的化育。他那昨天晚上的犯罪的記憶，正同遠海的帆影一樣，不知消失到哪裏去了。

這梅林的平地和斜面上，叉來叉去的曲徑很多，他站起來走來走去的走了一會，方曉得斜面上梅樹的中間，更有一間平屋造在那裏。從這一間房屋往東的走去幾走，有口古井，埋在松葉堆中。他搖搖井上的唧筒看，呷呷的響了幾聲，卻抽不起水來。他心裏想：

「這園大約只有梅花開的時候，開放一下，平時總沒有人住的。」

想到這裏他又自言自語的說：

「既然空在這裏，我何妨去問園主人去借住借住。」

想定了主意，他就跑下山，打算去尋園主人去。他將走到門口的時候，卻好遇見了一個五十來歲的農夫走進園來。他對那農夫道歉之後，就問他說：

「這園是誰的，你可知道？」

「這園是我經管的。」

「你住在什麼地方的？」

「我住在路的那面。」

一邊這樣的說，一邊那農夫指著通路西邊的一間小屋給他看。他向西一看，果然在西邊的高壁盡頭的地方，有一間小屋在那裏，他點了點頭，又問說：

「你可以把園內的那間樓屋租給我住麼？」

「可以是可以的，你只一個人麼？」

「我只一個人。」

「那你可不必搬來的。」

「這是什麼緣故呢？」

「你們學校裏的學生，已經有幾次搬來過了，大約都因為冷靜不過，住不上十天，就搬走的。」

「我可同別人不同，你但能租給我，我是不怕冷靜的。」

「這樣哪裏有不租的道理，你想什麼時候搬來？」

「就是今天下午罷。」

「可以的，可以的。」

「請你就替我掃一掃乾淨，免得搬來之後著忙。」

「可以可以。再會！」

「再會！」

6

搬進了山上梅園之後，他的憂鬱症 Hypochondria 又變起形狀來了。

他同他的北京的長兄，爲了一些兒細事，竟生起齟齬來。他發了一封長長的信，寄到北京，同他的長兄絕了交。

那一封信發出之後，他呆呆的在樓前草地上想了許多時候，他自家想想看，他便是世界上最不幸的人了，其實這一次的決裂，是發始於他的。同室操戈，事更甚於他姓之相爭，自此之後，他恨他的長兄竟同蛇蠍一樣，他被他人欺侮的時候，每把他長兄拿出來作比：

「自家的弟兄，尚且如此，何況他人呢！」

他每達到這一個結論的時候，必儘把他長兄待他苛刻的事情，細細回想出來，把各種過去的事蹟，列舉出來之後，就把他長兄判決是一個惡人，他自家是一個善人。他又把自家的好處列舉出來，把他所受的苦處，誇大的細數起來。他證明得自家是一個世界上最苦的人的時候，他的眼淚就同瀑布似的流下來。他在那裏哭的時候，空中好像有一種柔和的聲音在對他說：

「啊呀，哭的是你麼？那眞是冤屈了你了，像你這樣的善人，受世人的那樣的虐待，這可眞是冤屈了你了。

罷了罷了，這也是天命，你別再哭了，怕傷害了你的身體？」

他心裏一聽到這一種聲音，就舒暢起來，他覺得悲苦的中間，也有無窮的甘味在那裏。

他因爲想復他長兄的仇，所以就把所學的醫科丟棄了，改入文科裏去。他的意思，以爲醫科是他長兄要他改的，仍舊改回文科，就是對他長兄宣戰的一種明示。並且他由醫科改入文科，在高等學校須遲卒業一年。他心裏想，遲卒業一年就是早死一歲，你若因此遲了一年，就到死可以對你長兄含一種敵意。因爲他恐怕一、二年之後，他們兄弟兩人的感情，仍舊要和好起來；所以這一次的轉科，便是幫他永久敵視他長兄的一個手段。

氣候漸漸兒寒冷起來，他搬上山來之後，已經有一個月了。幾日來天氣陰鬱，灰色的層雪，天天掛在空中，寒冷的北風吹來的時候，梅林的樹葉，每息索息索的飛掉下來。

初搬來的時候，他賣了些舊書，買了許多坎飯的器具，自家燒了一個月飯，因爲天冷了，他也懶得燒了。他每天的伙食，就一切包給了山腳下的園丁家包辦；所以他近來只同退院的閒僧一樣，除了怨人罵己之外，更沒別的事情了。

有一天早晨，他侵早的起來，把朝東的窗門開了之後，他看見前面的地平線上有幾縷紅雲，在那裏浮蕩，東天半角，反照出一種銀紅的灰色。因爲昨天下了一天微雨，所以他看了這清新的旭日，比平日更添了幾分歡喜。他走到山的斜面上，從那古井裏汲了水洗了手面之後，覺得滿身的氣力，一霎時都回復了原來的樣子。他便跑上樓去，拿了一本黃仲則的詩集下來，一邊高聲朗讀，一邊盡在那梅林的曲徑裏，跑來跑去的跑圈子。不多一會，太陽起來了。

從他住的山頂向南方看去，眼下看得出一大平原，平原裏的稻田，都尙未收割起。金黃的穀色，以紺碧的天空作了背景，反映著一天太陽的晨光，那風景正同看密來（Millet）的田園清畫一般。他覺得自家好像已經變了幾千前年的原始基督教徒的樣子，對了這自然的默示，他不覺笑起自家的氣量狹小起來。

「赦饒了！赦饒了！你們世人得罪於我的地方，我都赦饒了你們罷，來，你們來，都來同我講和罷！」

手裏拿著了那一本詩集，眼裏浮著了兩泓清淚，正對了那平原的秋色，呆呆地立在那裏想這些事情的時候，他忽聽見他的近邊，有兩人在那裏低聲的說：

「今晚上你一定要來哩！」

這分明是男子的聲音。

「我是非常想來，但是恐怕……」

他聽了這嬌滴滴的女子的聲音之後，好像是被電氣貫穿了的樣子，覺得自家的血液循環都停止了。原來的身邊有一叢很大的葦草生在那裏，他立在葦草的右面，那一對男女，大約是在葦草的左面，所以他們兩個還不曉得隔著葦草，有人站在那裏。那男人又說：

「你的心很好，請你今晚上來罷，我們到如今還沒有在被窩裏睡過覺。」

「……」

他忽然聽見兩人的嘴唇，灼灼的好像在那裏吮吸的樣子。他同偷了食的野狗一樣，就驚心吊膽的把身子屈倒去聽了。

「你去死罷，你去死罷，你怎麼會下流到這樣的地步！」

他心裏雖然如此的在那裏痛罵自己，然而他那一雙尖著的耳朵，卻一言半語也不願意遺漏，用了全副精神在那裏聽著。

地上的落葉息索息索響了一下。

解衣帶的聲音。

男人嘶嘶的吐了幾口氣。

舌尖吮吸的聲音。

女人半輕半重，繼繼續續的說：

「你！……你！……你快……快〇〇罷。……別……別……別被人……被人看見了。」

他的面色，一霎時的變了灰色了。他的眼睛同火也似的紅了起來。他的顎骨同下顎骨呷呷的發起顫來。他再也站不住了。他想跑開去，但是他的兩隻腳，總不聽他的話，他苦悶了一場，聽聽兩人出去了之後，就同落水的貓狗一樣，回到樓上房裏去，拿出被窩來睡了。

7

他飯也不吃，一直在被窩裏睡到午後四點鐘的時候才起來。那時候夕陽曬滿了遠近。平原彼岸的樹林裏，有一帶蒼煙，悠悠揚揚的籠罩在那裏，他踉踉蹌蹌的走下了山，上了那一條自北趨南的大道，穿過了那平原，無頭無緒的儘是向南的走去，走盡了平原，他已經到神宮前的電車停留處了。那時候卻好從南面有一乘電車到來，他不知不覺就踏了上去，既不知道他究竟爲什麼要乘電車，也不知道電車是往什麼地方去的。

走了十五、六分鐘，電車停了，運車的教他換車，他就換了一乘車，走了二、三十分鐘，電車又停了，他聽見說是終點了，他就走了下來。他的面前就是築港了。

前面一片汪洋的大海，橫在午後的太陽光裏，在那裏微笑。超海而南有一髮青山，隱隱的浮在透明的空氣裏。西邊是一脈長堤，直馳到海灣的心裏去，堤外有一處燈台，同巨人似的，立在那裏。幾艘空船和幾隻舢板，輕輕的繫著的地方浮蕩。海中近岸的地方，有許多浮標，飽受了斜陽，紅紅的浮在那裏。遠處風來，帶著幾句單調的話聲，既聽不清楚是什麼話，也不知道是從哪裏來的。

他在岸邊上走來走去，走了一會忽聽見那一邊傳過了一陣擊磬的聲來。他跑過去一看，原來是爲喚渡船而發的，他立了一會，看有一隻小火輪從對岸過來了。跟著了一個四、五十歲的工人，他也進了那隻小火輪去坐下了。

渡到東岸之後，上前走了幾步，他看見靠岸有一家大莊子在那裏。大門開得很大，庭內的假山花草，佈置得楚楚可愛。他不問是非，就踱了進。走不上幾步，他忽聽得前面家中有女人的嬌聲叫他說：

「請進來呀！」

他不覺驚了一下，就呆呆的站住了，他心裏想：

「這大約就是賣酒食的人家，但是我聽見說，這樣的地方，總有妓女在那裏的。」

一想到這裏，他的精神就抖擻起來，好像是一桶冷水澆上身來的樣子。他的面色立時變了。要想進去又不能進去，要想出來又不得出來；可憐他那同兔兒似的小膽，同猿猴似的淫心，竟把他陷到一個大大的難境裏去了。

「進來呀！請進來呀！」

裏面又嬌滴滴的叫了，帶著笑聲。

「可惡東西，你們竟敢欺我膽小麼？」

這樣的怒了一下，他的面色更同火也似的燒了起來。咬緊了牙齒，把腳在地上輕輕的蹬了一蹬，他就捏了兩個拳頭，向前進去，好像是對了那幾個年輕的侍女宣戰的樣子。但是他那青一陣紅一陣的面色，和他的面上微微兒那在那裏震動的筋肉，總隱藏不過。他走到那幾個侍女的面前的時候，幾乎要同小孩似的哭出來了。

「請上來！」

「請上來！」

他硬了頭皮，跟了一個十七、八歲的侍女上樓去，那時候他的精神已經有些鎮靜下來了。走了幾步，經過一條暗暗的夾道的時候，一陣惱人花粉香氣；同日本女人特有的一種肉的香味，和頭髮上的香油氣息合作了一處。噴的撲上他的鼻孔來。他立刻覺得頭暈起來，眼睛裏看見了幾顆火星，向後邊跌也似的退了一步。他再定晴一看，只見他的前面黑闇闇的中間，有一長圓形的女人的粉面，堆著了微笑，在那裏問他說：

「你！你還是上靠海的地方去呢？還是怎樣？」

他覺得女人口裏吐出來的氣息，也熱敷敷地噴上他的面來，他不知不覺把這氣息深深的吸了一口，他的意識，感覺到他行爲時候，他的面色又立刻紅了起來，他不得已只能含含糊糊的答應她說：

「上靠海的房間裏去。」

進了一間靠海的小房間，那侍女便問他要什麼菜。他就回答說：

「隨便拿幾樣來罷。」

「酒要不要？」

「要的。」

那侍女出去之後，他就站起來推開了紙窗，從外邊放了一陣空氣進來。因爲房裏的空氣，沈濁得很，他剛才在夾道中聞過的那一陣女人的香味，還剩在那裏，他實在是被這一陣氣味壓迫不過了。

一灣大海，靜靜的浮在他的面前，外邊好像是起了微風的樣子，一片一片的海浪，受了陽光的返照，同金魚的魚鱗似的，在那裏微動。他立在窗前看了一會，低聲的吟了一句詩出來：

「夕陽紅上海邊樓。」

他向西的一望，見太陽離西南的地平線只有一丈外高了。呆呆的看了一會，他的心想怎麼也離不開剛才的那個侍女，她的口裏的頭上的面上和身體上的那一種香味，怎麼也不容他的心思去想別的東西。他才知道他想吟詩的心是假的，想女人的肉體的心是眞的了。

停了一會，那侍女把酒菜搬了進來，跪坐在他的面前，親親熱熱的替他上酒。他心裏想仔仔細細的看她一看，把他的心裏的苦悶都告訴了她，然而他的眼睛怎麼也不敢平視她一眼，他的舌根怎麼也不能搖動一搖動。他不過同啞子一樣，偷看看她那擱在膝上一雙纖嫩的白手，同衣縫裏露出來的一條粉紅的圍裙角。

原來日本的婦人都不穿褲子，身上貼肉只圍著一條短短的圍裙，外邊就一件長袖的衣服，衣服上也沒有鈕扣，腰裏只縛著一條一尺多寬的帶子，後面結著一個方結。她們走路的時候，前面的衣服每一步一步的掀開來，綑以紅色的圍裙，同肥白的腿肉，每能偷看，這是日本女子特別的美處；他在路上遇見女子的時候，注意的就是這些地方。他切齒的痛罵自己，畜生！狗賊！卑怯的人！也便是這個時候。

他看了那侍女的圍裙角，心頭便亂跳起來，愈想同她說話，但愈覺得講不出話來。大約那侍女是看得不耐煩起來了，便輕輕的問他說：

「你府上是什麼地方？」

一聽這一句話，他那清瘦蒼白的面上，又起了一層紅色，含含糊糊的回答了一聲，他吶吶的總說不出清晰的回話來，可憐他又站在斷頭台上了。

原來日本人輕視中國人，同我們輕視豬狗一樣。日本人都叫中國人作「支那人」，這「支那人」三字，在日本，比我們罵人的「賤賊」還更難聽，如今在一個如花的少女前頭，他不得不自認說：「我是支那人」了。

「中國呀中國，你怎麼不強大起來！」

他全身發起抖來，他的眼淚又快滾下來了。

那侍女看他發顫發得厲害，就想讓他一個人在房裏喝酒，好教他把精神安靜安靜，所以對他說：

「酒就快沒有了，我再去拿一瓶來罷？」

停了一會，他聽得那侍女的腳步聲又走上樓來。他以為她是上他這裏來的，所以把衣服整了一整，姿勢改了一改。但是他被她欺騙了。她原來是領了二、三個另外的客人，上隔壁的那一間房間裏去的。那兩三個客人都在那裏對那侍女取笑，那侍女也嬌滴滴的說：

「別胡鬧了，隔壁還有客人在那裏。」

他聽了就立刻發起怒來，他心裏罵他們說：

「狗才！俗物！你們都敢來欺侮我麼？復仇復仇，我總要復你們的仇。世間哪裏有眞心的女子！那侍女的負心東西，你竟敢把我丟了麼？罷了罷了，我再也不愛女人了，我再也不愛女人了。我就愛我的祖國，我就把我的祖國當作了情人罷。」

他馬上就想跑回去發憤用功。但是他的心裏，卻很羨慕那隔壁的幾個俗物。他的心裏，還有一處地方在那裏盼望那個侍女再回到他這裏來。

他按住了怒，默默的喝乾了幾杯酒，覺得身上熱起來。打開了窗門，他看太陽就快要下山去了。又連飲了幾杯，他覺得他面前的海景都朦朧起來。西面堤外的燈台的黑影，長大了許多。一層茫茫的薄霧，把海天融混成了一片，在這一層渾沌不明的薄紗影裏，西方將落的太陽，好像在那裏惜別的樣子。他看了一會，不知道是什麼緣故，只覺得好笑。呵呵的笑了一回，他用手擦擦自家那火熱的雙頰，便自言自語說著：

「醉了醉了！」

那侍女果然進來了，見他紅了臉，立在窗口在那裏癡笑，便問他說：

「窗開了這樣大，你不冷的麼？」

「不冷不冷，這樣好的落照，誰捨得不看呢？」

「你眞是一個詩人呀，酒拿來了。」

「詩人，我本來是一個詩人，你去把紙筆拿了來，我馬上寫首詩給你看看。」

那侍女出去了之後，他自家覺得奇怪起來。他心裏想：

「我怎麼會變了這樣大膽的？」

痛飲了幾杯新拿來的熱酒，他更覺得快活起來，又禁不得呵呵笑了一陣。他聽見隔壁房間裏的那幾個俗物，高聲的唱起日本歌來，他也放大了嗓子唱著說：

「醉拍闌干酒意寒，江湖寥落又冬殘。劇憐鸚鵡中州骨，未拜長沙太傅官。一飯千金圖報易，幾人五噫出關難，茫茫煙水回頭望，也爲神州淚暗彈。」

高聲的唸了幾遍，他就在蓆上醉倒了。

8

一醉醒來，他看看自家睡在一條紅綢被裏，被上有一種奇怪的香氣。這一間房間也不很大，但已不是白天的那一間房間了。房中掛著一張十燭光的電燈，枕頭邊上擺著了一壺茶，兩隻杯子，他倒了兩、三杯，喝了之後，就踉踉蹌蹌的走到房外去。他開了門，卻好白天的那侍女也跑過來了。她問他說：

「你！你醒了麼？」

他點了一點頭，笑微微的回答說：

「醒了！便所是在什麼地方的？」

「我領你去罷。」

他就跟了她去。他走過日間的那條夾道的時候，電燈點得明亮得很。遠近有許多歌唱的聲音，三弦的聲音，大笑的聲音傳到他的耳朵裏來。白天的情節，他都想出來了。一想到酒醉之後，他對那侍女說的那些話的時候，他覺得面上又發起燒來。

從廁所回到房裏之後，他問那侍女：

「這被是你的麼？」

侍女笑著說：

「是的。」

「現在是什麼時候了。」

「大約是四點四十五分的樣子。」

「你去開了賬來罷！」

「是。」

他付清了賬，又拿了一張紙幣給那侍女，他的手不覺微顫起來。那侍女說：

「我是不要的。」

他知道她是嫌少了。他的面色又漲紅了，袋裏摸來摸去，只有一張紙幣了，他就拿了出來給她說：

「妳別嫌少，請妳收了罷。」

他的手震動得更加厲害，他的話聲也顫動起來了。那侍女對他看下一眼，就低聲的說：

「謝謝！」

他筆直跑下了樓，套上了皮鞋，就走到外面來。

外面冷得非常，這一天大約是舊曆的初八、九的樣子，半輪寒月，高掛在天空的左半邊。淡青的圓形蓋裏，也有幾點疏星，散在那裏。

他在海邊上走了一回，看看遠岸的燈，同鬼火似的在那裏招引他。細浪中間，映著了銀色的月光，好像是山鬼的眼波，在那裏開閉的樣子。不知是什麼道理，他忽想跳入海裏去死了。

他摸摸身邊看，乘電車的錢也沒有了。想想白天的事情看，他又不得不痛罵自己。

「我怎麼走上那樣的地方去的？我已經變了一個最下等的人了。悔也無及，悔也無及。我就在這裏死了罷。我所求的愛情，大約是求不到的了。沒有愛情的生涯，豈不同死灰一樣麼？唉！這乾燥的生涯，這乾燥的生涯，世上的人又都在那裏仇視我，欺侮我，連我自家的親弟兄，自家的手足，都在那裏排擠我到這世界外去，我將何以為生，我又何必生存在這多苦的世界裏呢！」

想到這裏，他的眼淚就連連續續的滴了下來。他那灰白的面色，竟同死人沒有分別了。他也不舉起手來揩揩眼淚，月光射到他的面上，兩條淚線，倒變了葉上的朝露一樣放起光來。他回轉頭來，看看他自己那又瘦又長的影子，就覺得心痛起來。

「可憐你這清影，跟了我二十一年，如今這大海就是你的葬身地了。我的身子，雖然被人家欺侮，我可不該累你也瘦弱到這步田地的。影子呀影子，你饒了我罷！」

他向西面一看，那燈台的光，一霎變了紅、一霎變了綠的在那裏盡它的本職。那綠的光射到海面上的時候，海面就出現一條淡青的路來。再向西天一看，他只見西方青蒼蒼的天底下，有一顆明星，在那裏搖動。

「那一顆搖搖不定的明星的底下，就是我的故國，也就是我的出生地。我在那一顆星的底下，也曾度過十八個秋冬，我的鄉土呀！我如今再也不能見你的面了。」他一邊走著，一邊儘在那裏自傷自悼的想這些傷心的哀話。走了一會，再向那西方的明星看了一眼，他的眼淚便同驟雨似的落下來了，他覺得四邊的景物，都模糊起來。把眼淚揩了一下，立住了腳，長嘆了一聲，他便斷斷續續的說：

「祖國呀祖國！我的死是你害我的！」

「你快起富起來！強起來罷！」

「你還有許多兒女在那裏受苦呢！」

（一九二一年）

【評析】

《沉淪》是郁達夫第一本小說集的書名，收錄了〈沉淪〉、〈南遷〉、〈銀灰色的死〉等三篇小說。而〈沉淪〉一篇，自發表以來，一直是郁達夫最受爭議的小說；同時也幾乎與「郁達夫」畫上等號，成為郁達夫小說的代名詞。〈沉淪〉之所以引發爭議與回響，主要原因是小說中的內容選材與表現露骨，猛烈地震撼了當時文壇。

在〈沉淪〉小說中，郁達夫可以說是以自己作為寫作的藍本，藉由第三人稱的「他」作為小說的主角，表面上的故事是在描寫身為留日中國學生的「他」，對於異性的幻想與對於愛情的渴求。郁達夫在小說敘述的過程裡，大膽而露骨的將年輕男子對於女性的種種變態綺想，毫不假修飾的展現出來，包括行為上的偷窺、自慰，以及精神上的淫蕩、欲念。而在充滿肉欲的情思中，「他」是如囈語般的說著：「蒼天呀蒼天！我並不要知識，我並不要名譽，我也不要那些無用的金錢，你若能賜我一個伊甸園內的『伊扶』，使她的肉體和心靈，全歸我有，我就心滿意足了。」但是，當追求異性與愛情的渴望不能得到滿足，「他」陷入了現實環境的冷酷與孤獨封閉的苦悶之中，於是在精神上與肉體上不斷的折磨自己，終至「沉淪」而無法自拔，最後即將跳海來結束自己的生命。

看起來這似乎是一篇情色肉欲的小說。然而，如果以小說的最後來看，「他」跳海以前的吶喊：

「祖國呀祖國！我的死是你害我的！」、「你快富起來！強起來罷！」、「你還有許多兒女在那裡受苦呢！」再回顧「他」所面對的現實，顯然愛情追求的不順遂、不滿足，與人際關係的被排斥、對於祖國憂患的焦慮有著密切的關係。因此，小說中的女性一方面是性欲發洩的對象，一方面也成爲「理想」追尋的化身。「他」在欲望與罪惡之間矛盾、掙扎，事實上是反映知識份子對於國家的關切與憂憤，既恨自己的無能，也展現出自己的無助。「他」是從愛情的苦悶與失望中，表達出中國人在日本人眼中的低賤，進而激昂起對於祖國的憂慮與吶喊。所以，〈沉淪〉不單純年輕男子對於「性」方面的苦悶，反而是透過「性」、「愛情」的追求交織出對於國族的殷切熱情。這是郁達夫的藝術構思，同時是〈沉淪〉的精采之處。

無論如何，〈沉淪〉在「性心理」方面的描寫與嘗試，在當時確實是引起爭議的。而〈沉淪〉所奠定的「自敘傳體」書寫，也成爲郁達夫小說創作的特色之一。如果說，郁達夫的〈沉淪〉是以「自敘傳體」來書寫男性對於女性的性渴求的代表作；那麼，一九二八年丁玲（一九〇四～一九八六）在《小說月報》所發表的〈莎菲女士的日記〉，則是以「日記體」來書寫當時「新女性」對於男性的性需求的代表作。在現代小說的發展中，這兩篇小說作品堪稱早期「性」書寫的雙璧。

【延伸閱讀】

一、郁達夫，《郁達夫全集》，台北：文化圖書公司，一九七四年。

二、劉方矩，〈浪漫大師郁達夫〉，《中外雜誌》，一九七五年三月，頁五三～五九。

三、郁達夫，《郁達夫選集》，台北：黎明文化事業公司，一九七七年。

四、秦賢次，〈郁達夫其人其文〉，《傳記文學》，一九七八年九月，頁五三～六〇。

五、郁達夫，《郁達夫傳奇》，台北：遠景出版社，一九八三年。

六、劉心皇，《郁達夫的愛情悲劇》，台中：晨星出版社，一九八六年。

七、侯吉諒等選評，《中國新文學大師名作賞析——郁達夫》，台北：海風出版社，一九九〇年。

八、袁瓊瓊、潘寧東，《多情累美人：郁達夫、王映霞的時代苦戀》，台北：聯經出版事業公司，二〇〇〇年。

【相關評論引得】

一、馬森，〈內視與自剖：郁達夫的小說〉，《國魂》，一九九七年一月，頁八九～九四。

二、馬森，〈從寫實主義到現代主義：論郁達夫小說的承傳地位〉，《成功大學學報》，一九九七年十一月，頁二九～四二。

三、張堂錡，〈中國現代小說中的成長意識——以郁達夫、丁玲、巴金作品為例〉，《幼獅文藝》，二〇〇〇年六月，頁七二～七五。

四、王希杰，〈郁達夫「沉淪」語言談片〉，《中國語文》，二〇〇〇年十一月，頁七七～八二。

（鍾宗憲／編撰）

送報伕

楊逵 著　胡風 譯

【作者簡介】

楊逵（一九〇五～一九八五），本名楊貴，台南大目降（今新化）人。幼年時曾親睹噍吧哖事件反抗軍民被屠殺的慘狀，民族意識萌芽極早。一九二四年，因拒絕與童養媳結婚，自台南州立二中退學，東渡日本，次年考入日本大學專門部文學藝能科夜間部就讀，日間當送報伕、泥水工以謀生。

這段經驗成爲他日後成名作〈送報伕〉的主要依據。在東京就讀其間，勞工運動、農民運動蓬勃展開，種下了他思想上走社會主義路線的因子。返台後，自此展開他一生光輝悲壯的政治、社會、文藝鬥士生涯，成功扮演了社會運動者與文學工作者的雙重角色。

代表作〈送報伕〉（日文原名〈新聞配達伕〉），首先經賴和推薦，刊於《台灣新民報》，可惜只刊了一半，後半即被查禁）曾獲日本東京《文學評論》第二獎（第一獎從缺），是台灣作家首度進軍日本文壇的先聲。他並以實際行動參與「台灣文化協會」、「台灣農民組合」對抗日本殖民統治，出入牢獄達十次之多，戰後創辦《一陽周報》，主編《力行報》的新文藝及台灣新文學叢刊。但不久即因二二八事件中下獄一百零五天，一九四九年又因起草「和平宣言」，被監禁綠島十二年。戰後，被貼上「政治犯」

標籤的楊逵，作品長期失去發表的舞台，在閉塞的政治氛圍中，一度被台灣社會遺忘，在台中大肚山上經營東海花園，耕讀蒔花營生，楊逵常自言，這段時期是「用鐵鍬把詩寫在大地上」。戰前他以日文寫作，戰後則努力學習中文，並以中文寫作。作品文類豐富，遍及小說、詩、散文、評論與戲劇，而以小說見長。其精神始終立於弱者、被壓迫者的一邊，堅毅不畏的向苦難及黑暗挑戰，展現了一種超越民族國籍、反抗資本主義的階級意識，以及對社會運動的終極希望和遠景，小說對台灣未來遠景懷抱著一種烏托邦的理想憧憬，同時隱藏著弱小民族堅強的戰鬥意志，亦呈現了楊逵樂天、積極的文學理念與生命情調。戰後曾獲鹽份地帶文藝營頒贈文學特殊貢獻獎，吳三連文藝獎文學特殊貢獻獎，以及台美文教基金會等多種獎項。出版小說集《鵝媽媽出嫁》，散文集《壓不扁的玫瑰》，戲劇集《樂天派》、《睜眼的瞎子》，書信集《綠島家書》等，惜均已絕版。目前有《楊逵全集》（國家文化資產保存中心出版，中研院文哲所編輯策劃）。

【正文】

「呵！這可好了！……」

我想。我感到了像背著很重很重的東西，快要被壓扁了的時候，終於卸了下來似的那種輕快。

因為，我來到東京以後，一混就快一個月了，在這將近一個月的中間，我每天由絕早到深夜，到東京市底一個一個職業介紹所去，還把市內和郊外劃成幾個區域，走遍各處找尋職業，但直到現在還沒有找到一個讓我做工的地方。而且，帶來的二十圓只剩有六圓二十錢了，留給帶著三個弟妹的母親的十圓，已經過了一個月，也是快要用完了的時候。

在這樣惴惴不安的時候，而且是從報紙上看到全國失業者三百萬的消息而吃驚的時候，偶然在××派報所底玻璃窗上看到了「募集送報伕」的紙條子，我高興得差不多要跳起來了。

「這可找著了立志底機會了。」

我胸口突突地跳，跑到××派報所底門口，推開門，恭恭敬敬地打了個鞠躬。

「請問……」

是下午三點鐘。好像晚報剛剛到，滿房子裏都是「咻！咻！」的聲音，在忙亂地疊著報紙。在短的勞動服中間，只有一個像是老闆的男子，頭髮整齊地分開，穿著上等的西裝，坐在椅子上對著桌子。他把煙捲從嘴上拿到手裏，大模大樣地和煙一起吐出了一句：

「什麼事？……」

「呃……送報伕……」

我說著就指一指玻璃窗上的紙條子。

「你……想試一試麼？……」

老闆底聲音是嚴厲的。我像要被壓住似地，發不出聲音來。

「是……的是。想請您收留我……」

「那麼……讀一讀這個規定，同意就馬上來。」

他指著貼在裏面壁上的用大紙寫的分條的規定。

第一條第二條第三條地讀下去的時候，我陡然瞠目地驚住了。

第三條寫著要保證金十圓。我再讀不下去了，眼睛發暈……。

過了一會兒回轉頭來的老闆，看我到那種啞然的樣子，問「怎樣？……同意麼？……」

「是……是的。同意是都同意，只是保證金還差四圓不夠……」

聽了我底話，老闆從頭到腳地仔細地望了我一會。

「看到你這付樣子，覺得可憐，不好說不行。那麼，你得要比別人加倍地認眞做事！懂麼？」

「是！懂了！眞是感謝得很。」

我重新把頭低到他底腳尖那裏，說了謝意。於是把另外鄭重地裝在襯衫口袋裏面，用別針別著的一張五圓票子和錢包裏面的一圓二十錢拿出來，恭恭敬敬地送到老闆底面前，再說一遍：

「眞是感謝得很。」

老闆隨便地把錢塞進抽屜裏面說：

「進來等著。叫做田中的照應你，要好好地聽話！」

「是，是。」我低著頭坐下了。從心底裏歡喜著，一面想：

——不曉得叫做田中的是怎樣一個人？……要是那個穿學生裝的人才好呢！……

1

電燈開了，外面是漆黑的。

老闆把抽屜都上好了鎖，走了。店子裏面空空洞洞的，一個人也沒有。似乎老闆另外有房子。

不久，穿勞動服的回來了一個，回來了兩個，暫時冷清清的房子裏面又騷擾起來了。我要找那個叫做田中的，馬上找住一個人打聽了。

「田中君！」那個男子並不回答我，卻向著樓上替我喊了田中。

「什麼？……，哪個喊？」

一面回答，從樓上衝下了一個男子，看來似乎不怎樣壞。也穿著學生裝。

「啊……是田中先生麼？……我是剛剛進店的，主人吩咐我要承您照應……拜託拜託。」

我恭敬地鞠一個躬，衷心地說了我底來意，那男子臉紅了，轉向一邊說：

「呵呵，彼此一樣。」

大概是沒有受過這樣恭敬的鞠躬，有點承不住罷。

「那麼……上樓去。」說著就登登地上去了。

我也跟著他上了樓。說是樓，但並不是普通的樓，站起來就要碰著屋頂。到現在為止，我住在本所（東京區名，工人區域）底××木賃宿（大多為失業工人和流浪者的下等宿舍）裏面。有一天晚上，什麼地方底大學生來參觀，穿過了我們住的地方，一面走過一面都說，「好壞的地方！這樣窄的地方睡著這麼多的人！」

然而這個××派報所底樓上，比那還要壞十倍。

蓆子底面皮都脫光了，只有草。要睡在草上面，而且是髒得漆黑的。

也有兩三個人擠在一堆講著話，但大半都鑽在被頭裏面睡著了。看一看，是三個人蓋一床，被從那邊牆根起，一順地擠著。

我茫然地望著房子裏面的時候，忽然聽到了哭聲，吃驚了。

一看，有一個十四五歲的少年男子在我背後的角落裏哭著。嗚嗚地響著鼻子。他旁邊的一個男子似乎在低聲地用什麼話安慰他，然而聽不見。我是剛剛來的，沒有管這樣的事的勇氣，但不安總是不安的。

——我有了職業正在高興，那個少年爲什麼這時候在嗚嗚地哭呢？……

結果我自己確定了，那個少年是因爲年紀小，想家想得哭了的罷。這樣我自己就安了心了。

2

昏昏之間，八點鐘一敲，電鈴就「令！令！令！」地響了。我又吃了一驚。

「要睡了，喂。早上要早呢……兩點到三點之間報就到的，那時候大家都得起來……」

田中這樣告訴了我。

一看，先前從那邊牆根排起的人頭，一列一列地多了起來，房子已經擠得滿滿的。田中拿出了被頭，我和他還有一個叫做佐藤的男子一起睡了。擠得緊緊的，動都不能動。

和把瓷器裝在箱子裏面一樣，一點空隙也沒有。不，說是像沙丁魚罐頭還要恰當些。在鄉間，我是在寬地方睡慣了的。鄉間底家雖然壞，但我底癖氣總是要掃得乾乾淨淨的。因爲我怕跳虱。

可是，這個派報所卻是跳虱窠，從腳上、腰上、大腿上、肚子上、胸口上一齊攻擊來了，癢得忍耐不住。本所底木賃宿也同樣是跳虱窠，但那裏不像這樣擠得緊緊的，我還能夠常常起來捉一捉。

至於這個屋頂裏面，是這樣一動都不能動的沙丁魚罐頭，我除了咬緊牙根忍耐以外，沒有別的法子。

但一想到好容易才找到了職業，這一點點……就滿不在乎了。

「比別人加倍地勞動，加倍地用功罷。」想著我就興奮起來了。因爲這興奮和跳虱底襲擊，九點敲了，十點敲了，都不能夠睡著。

到再沒有什麼可想的時候，我就數人底腦袋。連我在內二十九個。第二天白天數一數看，這間房子一共鋪十二張蓆子。平均每張蓆子要睡兩個半人。

這樣混呀混的，小便漲起來了。碰巧我是夾在田中和佐藤之間睡著的，要起來實在難極了。想，大家都睡得爛熟的，不好掀起被頭把人家弄醒了。想輕輕地從頭那一面抽出來，但離開頭一寸遠的地方就排著對面那一排的頭。

我斜起身子，用手撐住，很謹慎地（大概花了五分鐘罷）想把身子抽出來，但依然碰到了佐藤君一下，他翻了一個身，幸而沒有把他弄醒……

這樣地，起來算是起來了，但要走到樓梯口去又是一件苦事。頭那方面，頭與頭之間相隔不過一寸，沒有插足的地方。腳比身體佔面積小，算是有一些空隙。可是，腳都在被頭裏面，哪是腳哪是空隙，卻不容易弄清楚。我仔仔細細地找，找到可以插足的地方，就走一步，好容易才這樣地走到了樓梯口。中間還踩著了一個人底腳，吃驚地跳了起來。

小便回來的時候，我又經驗了一個大的困難。要走到自己的舖位，那困難和出來的時候固然沒有兩樣，但走到自己底舖位一看，被我剛才起來的時候碰了一下翻了一個身的佐藤君，把我底地方完全佔去了。

今天才碰在一起，不知道他底性子，不好叫醒他；只好暫時坐在那裏，一點辦法也沒有。過一會，在不弄醒他的程度之內我略略地推開他底身子，花了半點鐘好容易才擠開了一個可以放下腰的空處。我趕快在他們放頭的地方斜躺下來。把兩隻腳塞進被頭裏面，在冷的十二月夜裏累出了汗才弄回了睡覺的地方。

敲十二點鐘的時候我還睜著眼睛睡不著。

3

被人狠狠地搖著肩頭，張開眼睛一看，房子裏面騷亂得好像戰場一樣。

昨晚八點鐘報告睡覺的電鈴又在喧鬧地響著。響聲一止，下面的鐘就敲了兩下。我似乎沒有睡到兩個鐘頭。腦袋昏昏的，沉重。

大家都收拾好被頭登登地跑下樓去了。擦著重的眼皮，我也跟著下去了。

樓下有的人已經在開始疊報紙，有的人用溼手巾擦著臉，有的人用手指洗牙齒。沒有洗臉盆，也沒有牙粉。不用說，不會有這樣文明的東西。我並且連手巾都沒有。我用水管子的冷水沖一沖臉，再用袖子擦乾了。接著急忙地跑到疊著報紙的田中君底旁邊，從他分得了一些報紙，開始學習怎樣疊了。起初的十份有些不順手，那以後就不比別人遲好多，能夠合著大家的調子疊了。

「咻！咻！咻！咻！咻！」自己的心情也和著這個調子，非常地明朗，睡眠不夠的重的腦袋也輕快起來了。

早疊完了的人，一個走了，兩個走了出去分送去了。我和田中是第三。

外面，因為兩三天以來積到齊膝蓋那麼深的雪還沒有完全消完，所以雖然是早上三點以前，但並不怎樣暗。

冷風颯颯地刺著臉。雖然穿了一件夾衣，三件單衣，一件衛生衣（這是我全部的衣服）出來，但我卻冷得牙齒閣閣地作響。尤其苦的是，雪正在融化，雪下面都是冰水，因爲一個月以來不停地繼續走路，我底足袋（相當於襪子，但勞動者多穿上有橡皮底的足袋，就可以走路或工作了）底子差不多滿是窟窿，這比赤腳走在冰上還要苦。還沒有走幾步我底腳就凍僵了。

然而，想到一個月中間爲了找職業，走了多少冤枉路，想到帶著三個弟妹走途無路的母親，想到全國的失業者有三百萬人……這就滿不在乎了。我自己鞭策我自己，打起精神來走，腳特別用力地踏。田中在我底前面，也特別用力地踏，用一種奇怪的步伐走著。每次從雨板塞進報紙的時候，就告訴了我那家底名字。

這樣地，我們從這一條路轉到那一條路，穿過小路和橫巷，把二百五十份左右的報紙完全分送了的時候，天空已經明亮了。

我們急急地往回家的路上走。肚子空空地隱隱作痛。昨晚上，六圓二十錢完全被老闆拿去作了保證金，晚飯都沒有吃：昨天底早上，中午——不……這幾天以來，望著漸漸少下去的錢，覺得惴惴不安，終於沒有吃過一次飽肚子。

現在一回去都有香的豆汁湯（日本人早飯時喝的一種湯）和飯在等著，馬上可以吃一個飽！——想著，就好像那已經擺在眼前一樣，不禁流起口涎來了。

「這次一定能夠安心地吃個飽。——這樣一想，腳上底冷，身上底顫抖，肚子底痛，似乎都忘記了一樣，爽快極了。」

可是，田中並不把我帶回店子去，卻走進稍稍前面一點的橫巷子，站在那個角角上的飯店前面。昏昏地，我一切都莫名其妙了。我是自己確定了店子方面會供給伙食的。但現在田中君卻把我帶到了飯店前面。而且，我一文都沒有。……

「田中君……」我喊住了正要拿手開門的田中君，說，「田中君……我沒有錢……昨天所有的六圓二十錢，都交給主人作保證金了。……」

田中停住了手，呆呆地望了我一會兒，於是像下了決心一樣。

「那麼……進去罷。我墊給你……」拿手把門推開，催我進去。

我底勇氣不曉得消失到什麼地方去了。……

好容易以爲能夠安心地吃飽肚子，卻又是這樣的結果。我悲哀了。

「但是，這樣地勞動著，請他墊了一定能夠還他的。」這樣一想才勉強打起了精神。吃了一個半飽。

「喂……夠麼？……不要緊的，吃飽呵……」

田中是比我想像的還要溫和的懂事的男子，看見我這樣大的身體，還沒有吃他底一半多就放下了筷子，這樣地鼓勵我。

但我覺得對不起他，再也吃不下去了，雖然肚子還是餓的。

「已經夠了。謝謝你。」說著我把眼睛望著旁邊。

因爲，望著他就覺得抱歉，害羞得很。

似乎同事們都到這裏來吃飯。現在有幾個人在吃，也有吃完了走出去的，也有接著進來的。——許多的面孔似乎見過。

田中君付了賬以後，我跟他走出來了。他吃了十二錢，我吃了八錢。

出來以後，我想再謝謝他，走近他底身體，但他底那種態度（一點都不傲慢，但不喜歡被別人道謝，所以顯得很不安）我就不作聲了。他也不作聲地走著。

回到店子裏走上樓一看，早的人已經回來了七八個。有的到學校去，有的在看書，有的在談話，還有兩三個人攤出被頭來鑽進去睡了。

看到別人上學校去，我恨不得很快地也能夠那樣。但一想到發工錢爲止的飯錢，我就悶氣起來了。不能總是請田中君代墊的。聽說田中君也在上學，一定沒有多餘的錢，能爲我墊出多少是疑問。

我這樣地煩悶地想著，靠在壁上坐著，從窗子望著大路，預備好了到學校去的田中君，把一隻五十錢的角子夾在兩個指頭中間，對我說：

「這借給你，拿著吃午飯罷，明後日再想法子。」

我不能推辭，但也沒有馬上拿出手來的勇氣。我凝視著那角子說：

「不……要緊？」

「不要緊。拿著罷。」他把那銀角子擺在我膝頭上，登登地跑下樓去了。

我趕快把那拿起來，捏得緊緊地，又把眼睛朝向了窗外。

對於田中底親切，我幾乎感激得流出淚來了。

「生活有了辦法，得好好地謝一謝他。」

我這樣地想了。忽然又聽到了「嗚嗚！」的哭聲，吃驚地回過了頭來，還是昨晚上哭的那個十四五歲的少年。

他戀戀不捨似地打著包袱，依然「嗚嗚！」地縮著鼻子，走下樓梯去了。

「大概是想家罷。」我和昨晚上一樣地這樣決定了，再把臉朝向了窗外。過不一會，我看見了向大路底那一頭走去，漸漸地小了，時時回轉頭來的他底後影。

不知怎地，我悲哀起來了。

那天送晚報的時候，我又跟著田中君走。從第二天早上起，我抱著報紙分送，田中跟在我後面，錯了的時候就提醒我。

這一天非常冷。路上的水都凍了，滑得很，穿著沒有底的足袋的我，更加吃不消。手不能和昨天一樣總是放在懷裏面，凍僵了。從雨板送進報紙去都很困難。

雖然如此，我半點鐘都沒有遲地把報送完了。

「你底腦筋眞好！僅僅跟著走兩趟，二百五十個地方差不多沒有錯。……」

在回家的路上，田中君這樣地誇獎了我，我自己也覺得做得很得手。被提醒的只有兩三次在交叉路口上稍稍弄不清的時候。

那一天恰好是星期日，田中沒有課。吃了早飯，他約我去推銷定戶，我們一起出去了。我們兩個成了好朋友，一面走一面說著種種的事情。我高興得到了田中君這樣的朋友。

我向他打聽了種種學校底情形以後，說：

「我也趕快進個什麼學校。……」

他說：「好的！我們兩個互相幫助，拚命地幹下去罷。」

這樣地，每天田中君甚至節省他底飯錢，借給我開飯賬，買足袋。

「送報的地方完全記好了麼？」

第三天的早報送來了的時候，老闆這樣地問我。

「呃，完全記好了。」

這樣地回答的我，心裏非常爽快，起了一種似乎有點自傲的飄飄然心情。

「那麼，從今天起，你去推銷定戶罷，報可以暫時由田中送。但有什麼事故的時候，你還得去送的，不要忘記了！」老闆這樣地發了命令。不能和田中一起走，並不是不有些覺得寂寞，但曉得不會能夠隨自己底意思，就用了什麼都幹的決心，爽爽快快地答應了「是！」田中君早上晚上還能夠在一起的。就是送報罷，也不能夠總是兩個人一起走，所以無論叫我做什麼都好。有飯吃，能夠多少寄一點錢給媽媽，就行了。而且我想，推銷定戶，晚上是空的，並不是不能夠上學（日本有爲白天做事的人辦的夜學）。

於是從那一天起，我不去送報，專門出街去推銷定戶了。早上八點鐘出門，中午在路上的飯店吃飯，晚上六點左右才回店，僅僅只推銷了六份。

第二天八份，第三天十份，那以後總是十份到七份之間。

每次推銷回來的時候，老闆總是怒目地望著我，說成績壞。進店的第十天，他比往日更猛烈地對我說：

「成績總是壞！要推銷十五份，不能推銷十五份不行的！」

十五份！想一想，比現在要多一倍。就是現在，我是沒有休息地拚命地幹。到底從什麼地方能夠多推銷一倍呢？

我著急起來了。

第二天，天還沒有亮，我就出了門，但推銷和送報不同，非會到人不可，起得這樣早卻沒有用處。和強賣一樣地，到夜深爲止，順手推進一家一家的門，哀求，但依然沒有什麼好效果。而且，這樣冷的晚上，到九點左右，大概都把門上了門，一點辦法都沒有。

這一天好容易推銷了十一份。離十五份還差四份。雖然想再多推銷一些，但無論如何做不到。累得不堪地回到店子的時候，十點只差十分了。八點鐘睡覺的同事們，已經睡了一覺，老闆也睡了。第二天早上向老闆報告了以後，他兇兇地說：

「十一份？……，不夠不夠……還要大大地努力。這不行！」

事實上，我以爲這一次一定會被誇獎的，然而卻是這副兇兇的樣子，我膽怯起來了。雖然如此，我沒有說一個「不」字。到底有什麼地方比奴隸好些呢？

「是……是……」我除了屈服沒有別的法子。不用說，我又出去推銷去了。這一天慘得很。我傷心得要哭了。依然是晚上十點左右才回來，但僅僅只推銷了六份。十一份都連說「不行不行，」六份怎樣報告呢？……（後來聽到講，在這種場合同事們常常捏造出烏有讀者來暫時度過難關。可是，捏造的烏有讀者底報錢，非自己剮荷包不可。甚至有的人把收入底一半替這種烏有讀者付了報錢。當然，老闆是沒有理由反對這種烏有讀者的。）

第二天，我惶惶恐恐地走到主人底前面，他一聽說六份就馬上臉色一變，勃然大怒了。臉漲得通紅，用右手拍著桌子。

「六份？……你到底到什麼地方玩了來的？不是連保證金都不夠很同情地把你收留下來的麼？忘記了那時候你答應比別人加倍地出力麼？走你底！你這種東西是沒有用的！馬上滾出去！」他以保證金不足爲口實，咆哮起來了。

和從前一樣，想到帶著三個弟妹的母親，想到三百萬的失業者，想到走了一個月的冤枉路都沒有找到職業的情形，咬著牙根地忍住了。

「可是……從這條街到那條街，一家都沒有漏地問了五百家，不要的地方不要，定了的地方定了，在指定的區域內，差不多和捉虱一樣地找遍了。……」

我想這樣回答，這樣回答也是當然的，但我卻沒有這樣說的勇氣。而且，事實上這樣回答了就要馬上失業。所以我只好說：

「從明天起要更加出力，這次請原諒……」除了這樣哀求沒有別的法子。但是，老實說，這以上，我不曉得應該怎樣出力。第二天底成績馬上證明了。

那以後，每天推銷的數目是，三份或四份，頂多不能超過六份。這並不是我故意偷懶，實在是因爲在指定的區域內，似乎可以定的都定了，每天找到的三四個人大抵是新搬家的。

「因爲同情你，把你底工錢算好了，馬上拿著到別的地方去罷。本店辦事嚴格，規定是，無論什麼時候，不到一個月的不給工錢。這是特別的，對無論什麼人不要講，拿去罷，到你高興的地方去。可憐固然可憐，但像你這樣沒有用的男子，沒有辦法！」

是第二十天，老闆把我叫到他面前去，這樣教訓了以後，就把下面算好了的賬和四圓二十五錢推給我，馬上和忘記了我底存在一樣，對著桌子做起事來了。

我失神地看了一看賬：

每推銷報紙一份　五錢

推銷報紙總數　八十五份

合計　四圓二十五錢

我吃驚了，現在被趕出去，怎麼辦，……尤其是，看到四圓二十五錢的時候，我暫時啞然地不能開口。接連二十天，從早上六點鐘轉到晚上九點左右，僅僅只有四圓二十五錢！

「既是錢都拿出來了，無論怎樣說都是白費。沒法。但是，只有四圓二十五錢，錯了罷。」這樣想就問他：

「錢數沒有錯麼？」

老闆突然現出兇猛的面孔，逼到我鼻子跟前：

「錯了？什麼地方錯了？」

「一連二十天……」

「二十天怎樣？一年，十年，都是一樣的！不勞動的東西，會從哪裏掉下錢來！」

「我沒有休息一下。……」

「什麼？沒有休息？反對罷？應該說沒有勞動！」

「……」我不曉得應該怎樣說了。灰了心，想：

「加上保證金六圓二十錢，就有十圓四十五錢，把這二十天從田中君借的八圓還了以後，還有二圓二十五錢。吵也沒有用處。不要說什麼了，把保證金拿了走罷。」

「沒有法子！請把保證金還給我。」我這樣一說，老闆好像把我看成了一個大糊塗蛋，嘲笑地說：

「保證金？記不記得，你讀了規定以後，說一切都同意，只是保證金不夠？忘記了麼？還是把規定忘記了？如果忘記了，再把規定讀一遍看！」

我又吃驚了：那時候只是耽心保證金不夠，後面沒有讀下去，不曉得到底是怎樣寫的……我胸口「東！東！」地跳著，讀起規定來。跳過前面三條，把第四條讀了：

那裏明明白白地寫著：

第四條、只有繼續服務四個月以上者才交還保證金。

我覺得心臟破裂了，血液和怒濤一樣地漲滿了全身。

睨視著我的老闆底臉依然帶著滑稽的微笑。

「怎麼樣？還想交回保證金麼？乖乖地走！還在這裏纏，一錢都不給！剛才看過了大概曉得，第七條還寫著服務未滿一月者不給工錢呢！」

我因為被四條嚇住了，沒有讀下去，轉臉一看，果然，和他所說的一樣，一字不錯地寫在那裏。的確是特別的優待。

我眼裏含著淚，歪歪倒倒地離開了那裏。玻璃窗上面，惹起我底痛恨的「募送報伕」的紙條子，鮮明得可惡地又貼在那裏。

我離開了那裏就乘電車跑到田中底學校前面，把經過告訴他，要求他：

「借的錢先還你三圓，其餘的再想法子。請把這一圓二十五錢留給我暫時的用費。

田中向我聲明他連想我還他一錢的意思都沒有。

「沒有想到你都這樣地出去。你進店的那一天不曉得看到一個十四五歲的小孩子沒有，他也是和你一樣地上了鉤的。他推銷定戶完全失敗了，六天之間被騙去十圓保證金，一錢也沒有得到走了的。」算是混蛋的東西。

「以後，我們非想個什麼對抗的法子不可！」他下了大決心似地說。

原來，我們餓苦了的失業者被那個比釣魚餌底牽引力還強的紙條子釣上了。

我對於田中底人格非常地感激，和他分手了。給毫無遮蓋地看到了這兩個極端的人，現在更加吃驚了。

一面是田中，甚至節儉自己底伙食，借給我付飯錢，買足袋，聽到我被趕出來了，連連說「不要緊！不要緊！」把要還他的錢，推還給我；一面是人面獸心的派報所老闆，從原來就因爲失業困苦得沒有辦法的我這裏把錢搶去了以後，就把我趕了出來，爲了肥他自己，把別人殺掉都可以。

我想到這個惡鬼一樣的派報所老闆就膽怯了起來，甚至想逃回鄉間去。然而，要花三十五圓的輪船火車費，這一大筆款子就是把腦殼賣掉了也籌不出來的，我避開人多的大街走，當在上野公園底椅子上坐下的時候，暫時癱軟了下來，心裏面是怎樣哭了的呀！

過了一會，因爲想到了田中，才覺得精神硬朗了一些。想著就起了捨不得和他離開的心境。昏昏地這樣想來想去，終於想起了留在故鄉的，帶著三個弟妹的，大概已經正在被饑餓圍攻的母親，又感到了心臟和被絞一樣地難過。

同時，我好像第一次發見了故鄉也沒有什麼不同，顫抖了。那同樣的是和派報所老闆似地逼到面前，吸我們底血，剮我們底肉，想擠乾我們底骨髓，把我們打進了這樣的地獄裏面。

否則，我現在不會在這裏這樣狼狽不堪，應該是和母親弟妹一起在享受著平靜的農民生活。

到父親一代爲止的我們家裏，是自耕農，有五平方「反」（日本田地計數，爲一平方町的十分之一）的田和五平方「反」的地。所以生活沒有感到過困難。

然而，數年前，我們村裏的××製糖公司說是要開辦農場，爲了收買土地大大地活動起來了。不用說，開始誰也不肯，因爲是看得和自己底性命一樣貴重的耕地。

但他們決定了要幹的事情，公司方面不會無結果地收場的。過了兩三天，警察方面下了舉行家長會議的通知，由保甲經手，村子裏一家不漏地都送到了。後面還寫著「隨身攜帶圖章。」

我那時候十五歲，是公立學校底五年生，雖然是五六年以前的事，但因爲印象太深了，當時的樣子還能夠明瞭地記得。全村子捲入了大恐慌裏面。

那時候父親當著保正，保內的老頭子老婆子在這個通知發下來之前就緊張起來了的空氣裏面，戰戰兢兢地帶著哭臉接續不斷地跑到我家裏來，用了打顫的聲音問：

「怎麼辦？……」

「怎麼得了？……」

「什麼一回事？……」

同是這個時候，我有三次發見了父親躲著流淚。

在這樣的空氣裏面，會議在發下通知的第二天下午一點開了。會場是村子中央的媽祖廟。因爲有不到者從嚴處罰的預告，各家底家長都來了，有四五百人罷。相當大的廟擠得滿滿的。學校下午沒有課，我躲在角落裏看情形。因爲我幾次發現了父親底哭臉甚爲耽心。

鈴一響，一個大肚子光頭殼的人站在桌子上面，裝腔作勢地這樣地說：

「爲了這個村子底利益，本公司現在決定了在這個村子北方一帶開設農場。說好了要收買你們底土地，前幾天連地圖都貼出來了，叫在那區域內有土地的人攜帶圖章到公司來會面，但直到現在，沒有一個人照辦。特別煩請原料委員一家一家地去訪問所有者，可是，好像都有陰謀一樣，沒有一個人肯答應。這個事實應該看作是共謀，但公司方面不願這樣解釋，所以今天把大家叫到這裏來。回頭大人（日據時期台胞對警察的稱呼）和村長先生要講話，使大家都能夠了解，講過了以後請都在這紙上蓋一個印。公司預備出比普通更高的價錢……呃哼！」這一番話是由當時我們五年生底主任教員陳訓導翻譯的，他把「陰謀」、「共謀」說得特別重，大家都吃了一驚，你望望我我望望你。

其次是警部補老爺，本村底警察分所主任。他一站到桌子上，就用了凜然的眼光望了一圈。於是大聲地吼：

「剛才山村先生也說過，公司這次的計劃，徹頭徹尾是爲了本村利益。對於公司底計劃，我們要誠懇地感謝才是道理！想一想看！現在你們把土地賣給公司……而且買得到高的價錢，於是公司在這村子裏建設模範的農場。這樣，村子就一天一天地發展下去。公司選了這個村子，我們應該當作光榮的事情……然而，聽說一部分人有『陰謀』，對於這種「非國民」，我是決不寬恕的。……」

他底翻譯是林巡查，和陳訓導一樣，把「陰謀」、「非國民」、「決不寬恕」說得特別重，大家又面面相覷了。

因爲，對於懷過陰謀的余清風、林少貓等的征伐，那血腥的情形還鮮明地留在大家底記憶裏面。

最後站起來的村長，用了老年底溫和，只是柔聲地說：

「總之，我以為大家最好是依照大人底希望，高興地接受公司底好意。」說了他就喊大家底名字。都動搖起來了。

最初被喊的人們，以為自己是被看作陰謀底首領，臉上現著狼狽的樣子，打著抖走向前去。當上面叫「你可以回去！」的時候，也還是呆著不動，等再吼一聲「走！」才醒了過來，逃到外面去！在跑回家去的路上，還是不安地想：沒有聽錯麼？會不會再被喊回去？無頭無腦地著急。像王振玉，聽說走到家為止，回頭看了一百五十次。

這樣地，有八十名左右被喊過名字，回家去了。

以後，輪到剩下的人要吃驚了。我底父親也是剩下的一個。因為不安，人中間騰起了嗡嗡的聲音，伸著頸，側著耳朵，會再喊麼？會喊我底名字麼？……這樣地期待著，大多數的人都惴惴不安了。

這時候，村長說明了「請大家拿出圖章來，這次被喊的人，拿圖章來蓋就可以回去」以後，喊出來的名字是我底父親。

「楊明……」一聽到父親底名字，我就著急得不知所措，屏著氣息，不自覺地捏緊拳頭站了起來。

——會發生什麼事呢？……

父親鎮靜地走上前去。一走到村長面前就用了破鑼一樣的聲音，斬釘截鐵地說：

「我不願意賣，所以沒有帶圖章來！」

「什麼？你不是保正麼！應該做大家底模範的保正，卻成了陰謀底首領，這才怪！」站在旁邊的警部補，咆哮地發怒了，逼住了父親。

父親默默地站著。

「拖去！這個支那豬！」

警部補狠狠地打了父親一掌，就這樣發了命令，不曉得是什麼時候來的，從後面跳出了五六個巡查。最先兩個把父親捉著拖走了以後，其餘的就依然躲到後面去了。

看著這的村民，更加膽怯起來，大多數是，照著村長底命令把圖章一蓋就望都不向後面望一望地跑回去了。

到大家走完爲止，用了和父親同樣的決心拒絕了的一共有五個，一個一個都和父親一樣被拖到警察分所去了。後來聽到說，我一看到父親被拖去了，就馬上跑回家去把情形告訴了母親。

母親聽了我底話，即刻急得人事不知了。

幸而隔壁的叔父趕來幫忙，性命算是救住了，但是，到父親回來爲止的六天中間，差不多沒有止過眼淚，昏倒了三次，瘦得連人都不認得了。

第六天父親回來了，他又是另一付情形，均衡整齊的父親底臉歪起來了，一邊臉頰腫得高高的，眼睛突了出來，額上滿是疱子。衣服弄得一團糟，換衣服的時候，我看到父親底身體，大吃一驚，大聲叫起了出來：

「哦哦！爸爸身上和鹿一樣了！……」

事實是父親底身上全是鹿一樣的斑點。

那以後，父親完全變了，一句口都不開。

從前吃三碗飯，現在卻一碗都吃不下，倒床了以後的第五十天，終於永逝了。

同時，母親也病倒了，我帶著一個一歲、一個二歲、一個四歲的三個弟妹，是怎樣地窘迫呀！

叔父叔母一有空就跑來照應，否則，恐怕我們一家都完全沒有了罷。

這樣地，父親從警察分所回來的時候被丟到桌子上的六百圓（據說時價是二千圓左右，但公司卻說六百圓是高價錢）因爲父親底病、母親底病以及父親底葬式等，差不多用光了，到母親稍稍好了的時候，就只好出賣耕牛和農具餬口。

我立志到東京來的時候，耕牛、農具、家裏的庭園都賣掉了，剩下的只有七十多圓。

「好好地用功……」母親站在門口送我，哭聲地說了鼓勵的話。那情形好像就在眼前。

這慘狀不只是我一家。

和父親同樣地被拖到警察分所去了的五個人，都遇到了同樣的命運。就是不做聲地蓋了圖章的人們，失去了耕田，每月三五天到製糖公司農場去賣力，一天做十二個鐘頭，頂多不過得到四十錢，大家都非靠賣田的錢過活不可。錢完了的時候，村子裏的當局者們所說的「村子底發展」相反，現在成了「村子底離散」了。

沉在這樣回憶裏的時候，不知不覺地太陽落山了，上野底森林隱到了黑闇裏，山下面電車燦爛地亮起來了，我身上感到了寒冷，忍耐不住。我沒有吃午飯，覺得肚子空了。

我打了一個大的呵欠，伸一伸腰，就走下坡子，走進一個小巷底小飯店，吃了飯。想在乏透了的身體裏面恢復一點元氣，就決心吃了一個飽，還喝了兩杯燒酒。

以後就走向到現在爲止常常住在那裏的本所底××木賃宿。

我剛剛踏進一隻腳，老闆即刻看到了我，問：

「哎呀！……，不是台灣先生麼！好久不見。這些時到哪裏去了。……」

我不好說是做了送報伕，被騙去了保證金，辛苦了一場以後被趕出來了。

「在朋友那裏過……過了些時……」

「朋友那……唔，老了一些呢！」他似乎不相信，接著笑了：

「莫非幹了無線電討擾了上面一些時麼？……哈哈哈……」

「無線電？……無線電是什麼一回事？」我不懂，反問了。

「無線電不曉得麼？……到底是鄉下人，鈍感……」

雖然老頭子這樣地開著玩笑，但看見我似乎很難為情，就改了口：

「請進罷。似乎疲乏得很，進來好好地休息休息。」

我一上去，老闆說：

「那麼，楊君幹了這一手麼？」

說著做一個把手輕輕伸進懷裏的樣子。很明顯地，似乎以為我是到警察署底拘留所裏討擾了來的。當時不懂得無線電是什麼一回事，但看這次的手勢，明明白白地以為我做了扒手。我沒有發怒的精神，但依然紅了臉，不尷不尬地否認了：

「哪裏話！哪個幹這種事！」老頭子似乎還不相信，疑疑惑惑地，但好像不願意勉強地打聽，馬上嘻嘻地轉成了笑臉。

事實上，看來我這付樣子恰像剛剛從警察署底豬籠裏跑出來的罷。

我脫下足袋，剛要上去。

「哦，忘記了。你有一封掛號信！因爲弄不清你到哪裏去了，收下放在這裏……等一等……」說著就跑進裏間去了。

我覺得奇怪，什麼地方寄掛號信給我呢？

過一會，老頭子拿著一封掛號信出來了。望到那我就吃了一驚。母親寄來的。

「到底爲了什麼事寄掛號信來呢？……」

我覺得奇怪得很。

我手抖抖地開了封。什麼，裏面現出來的不是一百二十圓的匯票麼！我更加吃驚了。我疑心我底腦筋錯亂了。我胸口突突地跳，一個字一個字地讀著很難看清的母親底筆跡。我受了大的衝動，好像要發狂一樣。不知不覺地在老頭子面前落了淚。

「發生了什麼事麼？……」

老頭子現著莫名其妙的臉色望著我，這樣地問了，但我卻什麼也不能回答。收到錢哭了起來，老頭子沒有看到過罷。

我走到睡覺的地方就鑽進被頭裏面，狠狠地哭了一場。……

信底大意如下：

——說東京不景氣，不能馬上找到事情的信收到了。想著你帶去的錢也許已經完了，耽心得很。沒有一個熟人，在那麼遠的地方，一個單人，又找不到事情，想著這樣窘的你，我胸口就和絞著一樣。但故鄉也是同樣的。有了農場以後，弄到了這步田地，沒有一點法子。所以，絕對不可軟弱下來，想到回家。房子賣掉了，得到一百五十圓，寄一百二十圓給你。設法趕快找到事情，好好地用功，成功了以後才回來罷。我底身體不能長久，在這樣的場合不好討擾人家，留下了三十圓。阿蘭和阿鐵終於死掉了。本不想告訴你的，但想到總會曉得，才決心說了。媽媽僅僅只有祈禱你底成功，在成功之前，無論有什麼事情也不要回來。……

這是媽媽底唯一的願望，好好地記著罷。如果成功以後回來了，把寄在叔父那裏的你唯一的弟弟引去照看照看罷。要好好地保重身體。再會。……——

好像是遺囑一樣的寫著。我著急得很。

「也許，已經死掉了罷……」這想頭鑽在我底腦袋裏面，去不掉。

「胡說！那來這種事情。」我翻一翻身，搖著頭出聲地這樣說，想把這不吉的想頭打消，但毫無效果。

這樣地，我通晚沒有睡覺一會，跳虱底襲擊也全然沒有感到。

我腦筋裏滿是母親底事情。

母親自己寫了這樣的信來，不用說是病得很厲害。看發信的日子，這信是我去做送報伕以前發的，已經過了二十天以上。想到這中間沒有收到一封信，……我更加不安起來了。

我決心要回去。回去以後，能不能再出來我沒有自信，但是，看了母親底信，我安靜不下來了。

「回去之前，把從田中君那裏借來的錢都還清罷。順便謝謝他底照顧，向他辭一辭行。」

這樣想著，我眼巴巴地等著第二天早上的頭趟電車，終於通夜沒有合眼。

從電車底窗口伸出頭去，讓早晨底冷風吹著，被睡眠不足和興奮弄得昏昏沉沉的腦袋，陡然輕鬆起來了。

「這或許是最後一次看到東京。」這樣一想，連××派報所底老闆都忘記了，覺得捨不得離開。昨晚上想著故鄉，安不下心來，但現在是，想會見的母親和弟弟底面影，被窮乏和離散的村子底慘狀遮掩了，陡然覺得不敢回去。

這樣的感情底變化，從現在要去找的不忍別離的田中君底魅力裏面受到了某一程度的影響，是確實的。

那種非常親切的，理智的，討厭客氣的素樸……這是我當作理想的人物底模型。

我下了××電車站，穿過兩個巷子，走到那個常常去的飯店子的時候，他正送完了報回來。

我在那裏會到了他。

原來他是一個沒有喜色的人，今天早上現得尤其陰鬱。

但是，他的陰鬱絲毫不會使人感到不快，反而是易於親近的東西。

他低著頭，似乎在深深地想著什麼，不做聲地靜靜地走來了。

「田中君！」

「哦！早呀！昨天住在什麼地方？……」

「住在從前住過的木賃宿裏。……」

「是麼！昨天終於忘記了打聽你去的地方……早呀！」

這個「早呀！」我覺得好像是問我，「有什麼急事麼？……」

所以我馬上開始說了。但是，說到分別就覺得寂寞，孤獨感壓迫得我難堪：

「實在是，昨天回到木賃宿去，不意家裏寄了錢來了。……」

我這樣一說出口，他就說：

「錢。……那急什麼！你什麼時候找得到職業，不是毫無把握麼？拿著好啦！」

「不然……寄來了不少。回頭一路到郵局去。而且，順便來道謝。……」

覺得說不下去，臉紅了起來。

「道謝？如果又是那一套客氣，我可不聽呢……」他迷惑似地苦笑了。

「不！和錢一起，母親還寄了信來，似乎她病得很厲害，想回去一次。……」

他馬上望著我底臉，寂寞似地問：

「叫你回去麼？」

「不……叫不要回去！……，好好地用功，成功了以後再回去。……」

「那麼，也許不怎樣厲害——」

「不……似乎很厲害。而且，那以後沒有一點消息不安得很……」

「呀！有信。昨天你走了以後，來了一封。似乎是從故鄉來的。我去拿來，你在飯店子裏等一等！」

說著就向派報所那邊走去了。

我馬上走進飯店子裏等著，聽說是由家裏來的信，似乎有點安心了。

但是，信裏說些什麼呢？這樣一想，巴不得田中君馬上來。

飯館底老闆娘子討厭地問：

「要吃什麼？……」

不久，田中氣喘喘地跑來了。

我底全神經都集中在他拿來的信上面。他打開門的時候我就馬上看到了那不是母親底筆蹟，感到了不安。心亂了。

不等他進來，我站起來趕快伸手把信接了過來。

署名也不是母親，是叔父底。

我底臉色陰暗了。胸口跳，手打顫。明顯地是和我想像的一樣，母親死了。半個月以前……而且是用自己底手送終的。

我所期望的唯一的兒子：

我再活下去非常痛苦，而且對你不好。因爲我底身體死了一半……。

我唯一的願望是希望你成功，能夠替像我們一樣苦的村子底人們出力。

村子裏的人們底悲慘，說不盡。你去東京以後，跳到村子旁邊的池子裏淹死的有八個。像阿添叔，是帶了阿添嬸和三個小兒一道跳下去淹死的。

所以，覺得能夠拯救村子底人們的時候才回來罷。沒有自信以前，絕不要回來！要做什麼才好我不知道，努力做到能夠替村子底人們出力罷。

我怕你因爲我底死馬上回來，用掉冤枉錢，所以寫信給叔父，叫暫時不要告訴你……諸事保重。

媽媽

這是母親底遺書。母親是決斷力很強的女子。她並不是遇事嘩啦嘩啦的人，但對於自己相信的，下了決心的，卻總是斷然要做到。

哥哥當了巡查，蹧蹋村子底人們，被大家厭恨的時候，母親就斷然主張脫離親屬關係，把哥哥趕了出去，那就是一個例子。我來東京以後，她底勞苦很容易想像得到，但她卻不肯受做了巡查的她底長男我底哥哥底照顧，終於失掉了一男一女，把剩下的一個託付給叔叔自殺了。是這樣的女子。

從這一點看，可以說母親並沒有一般所說的女人底心，但我卻很懂得母親底心境。同時，我還喜歡母親底志氣，而且尊敬。

現在想起來，如果有給母親讀……的機會，也許能夠做柴特金女史那樣的工作罷，當父親因爲拒絕賣田而被捉起來了的時候，她不會昏倒而採取了什麼行動的罷。

然而，剛剛看了母親底遺囑的時候，我非常地悲哀了。暫時間甚至勃勃地起了想回家的念頭。

你的母親在×月×日黎明的時候吊死了。想馬上打電報告訴你，但在母親手裏發現了遺囑，懂得了母親底心境，就依照母親底希望，等到現在才通知你。母親在留給我的遺囑裏面說她只有期望你，你是唯一的有用的兒子。你底哥哥成了這個樣子，弟弟還小，不曉得怎樣……

她說，所以，如果馬上把她底死訊告訴你，你跑回家來，使你底前途無著，那她底死就沒有意思。弟弟我在鄭重地養育，用不著耽心。不要違反母親底希望，好好地用功罷。絕對不要起回家的念頭。因爲母親已經不是這個世界底人了……

叔父

「看不到母親了。她已經不是這個世界底人了。」這樣一想，我決定了應該斷然依照母親底希望去努力。下了決心：不能夠設法爲悲慘的村子出力就不回去。

當我讀著信，非常地興奮（激動），心很亂的時候，田中在目不轉睛地望著我，看見我收起信放進口袋去，就耽心地問：

「怎樣講？」

「母親死了？」

「死了麼？」似乎感慨無量的樣子。

「你什麼時候回去？」

「打算不回去。」

「……？」

「母親死了已經半個月了……而且母親叫不要回去。」

「半個月……台灣來的信要這麼久麼？」

「不是，母親託付叔父，叫不要馬上告訴我。」

「唔，了不起的母親！」田中感歎了。

我們這樣地一面講話一面吃飯，但是，太興奮了，飯不能下咽。我等田中吃完以後，付了賬，一路到郵局去把匯票兌來了，蠻蠻地把借的錢還了田中。把我底住所寫給他就一個人回到了本所底木賃宿。

一走進木賃宿就睡了。我實在疲乏得支持不住。在昏昏沉沉之中也想到要怎樣才能夠爲村子底悲慘的人們出力，但想不出什麼妙計。

……存起錢來，分給村子底人們罷……，也這樣想了一想然而做過送報伕的現在，走了一個月的冤枉路依然是失業的現在，不用說存錢，能不能賺到自己底衣食住，我都沒有自信。

我陡然地感到了倦怠，好像兩個月以來的疲勞一齊來了，不曉得在什麼時候，我沉沉地睡著了。因爲周圍底吵鬧，好像從深海被推到淺的海邊的時候一樣，意識朦朧地醒來的時候也常常有，但張不開眼睛，馬上又沉進深睡裏面去。

「楊君！楊君！」

聽見了這樣的喊聲，我依然是在像被推到淺的海邊的時候一樣的意識狀態裏面；雖然稍稍地感到了，但馬上又要沉進深睡裏面去。

「楊君！」

這時候又喊了一聲，而且搖了我底腳，我吃了一驚，好容易才張開了眼睛。但還沒有醒。從朦朧的意識狀態回到普通的意識狀態，那情形好像是站在濃霧裏面望著它漸漸淡下去一樣。一回到意識狀態，我看到了田中坐在我底旁邊。我馬上踢開了被頭，坐起來。我茫茫然把房子望了一圈。站在門邊的笑嘻嘻的老闆，望著我底狼狽樣，說：

「你恰像中了催眠術一樣呀……你想睡了幾個鐘頭？……」

我不好意思地問：

「傍晚了麼？……」

「哪裏……剛剛過正午呢……哈哈哈……但是換了一個日子呀！」說著就笑起來了。

原來，我昨天十二點過睡下以後，現在已到下午一點左右了……，整整睡了二十五個鐘頭。我自己也吃驚了。

老頭子走了以後，我向著田中。

他似乎很緊張。

「眞對不起。等了很久罷……」

對於我底抱歉，他答了「哪裏」以後，興奮地繼續說：

有一件要緊的事情來的……昨天又有一個人和你一樣被那張紙條子釣上了。你被趕走了以後，我時時在煩惱地想，未必沒有對抗的手段麼？一點辦法沒有的時候又進來了一個，我放心不下，昨天夜裏偷偷地把他叫出來，提醒了他。但是，他聽了以後僅僅說：

「唔，那樣麼！混蛋的東西……。」

隨和著我底話，一點也不吃驚。

我焦燥起來了，對他說：

「所以……我以爲你最好去找別的事情……不然，也要吃一次大苦頭。……保證金被沒收，一個錢沒有地被趕出去……。」

但他依然毫不驚慌，伸手握住了我底手以後，問：

「謝謝！但是，看見同事吃這樣的苦頭，你們能默不作聲麼？」

我稍稍有點不快地回答：

「不是因爲不能夠默不作聲，所以現在才告訴了你麼？這以外，要怎樣幹才好，我不懂。近來我每天煩惱地想著這件事，怎樣才好我一點也不曉得。」

於是他非常高興地說：

「怎樣才好……我曉得呢。只不曉得你們肯不肯幫忙？」

於是我發誓和他協力，對他說：

「我們二十八個同事的，關於這件事大概都是贊成的。大家都把老闆恨得和蛇蠍一樣。……」

接著他告訴了我種種新鮮的話。歸結起來是這樣的：

「爲了對抗那樣惡的老闆，我們最好的法子是團結。大家成爲一個，同盟罷×……（忘記了是怎樣講的）同盟罷×……說是總有辦法呢。「勞動者一個一個散開，就要受人蹧踴，如果結成一氣，大家成爲一條心來對付老闆，不答應的時候就採取一致行動……這樣幹，無論是怎樣壞的傢伙，也要被弄得不敢說一個不字……」這樣說呢。而且那個人想會一會你，我把你底事告訴了他以後，他說：

「唔……台灣人也有吃了這個苦頭的麼？……無論如何想會一會。請馬上介紹！」田中把那個人底希望也告訴了我。

說要收拾那個咬住我們，吸盡了我們底血以後就把我們趕出來的惡鬼，對於他們底這個計劃，我是多麼高興呀！而且，聽說那個男子想會我，由於特別的好奇心，我希望馬上能夠會到。

向被人蹧踴的送報伕失業者們教給了法子去對抗那個惡鬼一樣的老闆，我想，這樣的人對於因爲製糖公司、兇惡的警部補、村長等陷進了悲慘境遇的故鄉底人們，也會貢獻一些意見罷。

聽田中說那個人（說是叫做佐藤）特別想會我，我非常高興了。

在故鄉的時候，我以爲一切日本人都是壞人，恨著他們。但到這裏以後，覺得好像並不是一切的日本人都是壞人。木賃宿底老闆很親切，至於田中，比親兄弟還……不，想到我現在的哥哥（巡查），什麼親兄弟，不成問題。拿他來比較都覺得對田中不起。

而且，和台灣人裏面有好人也有壞人似地，日本人也一樣。

我馬上和田中一起走出了木賃宿去會佐藤。

我們走進淺草公園，筆直地向後面走。坐在那裏底樹蔭下面的一個男子，毫不畏縮地向我們走來。

「楊君！你好……」緊緊地握住了我底手。

「你好……」我也照樣說了一句，好像被狐狸迷住了一樣。是沒有見過面的人。但回轉頭過來看一看田中底表情，我即刻曉得這就是所說的佐藤君。我馬上就和他親密無間了。

「我也在台灣住過一些時。你喜歡日本人麼？」他單刀直入地問我。

「……」我不曉得怎樣回答才好。在台灣會到的日本人，覺得可以喜歡的少得很。但現在，木賃宿底老闆，田中等，我都喜歡。這樣問我的佐藤君本人，由第一次印象就覺得我會喜歡他的。

我想了一想，說：

「在台灣的時候，總以爲日本人都是壞人，但田中君是非常親切的！」

「不錯，日本底勞動者大都是和田中君一樣的好人呢。日本底勞動者反對壓迫台灣人，蹧蹋台灣人。使台灣人吃苦的是那些像把你底保證金搶去了以後再把你趕出來的那個老闆一樣的畜生。到台灣去的大多是這種根性的人和這種畜生們底走狗！但是，這種畜生們，不僅是對於台灣人，對於我們本國底窮人們也是一樣的，日本底勞動者們也一樣地吃他們底苦頭呢。……總之，在現在的世界上，有錢的人要掠奪窮人們底勞力，爲了要掠奪得順手，所以壓住他們……。」

他底話一個字一個字在我腦子裏面響，我眞正懂了。故鄉底村長雖然是台灣人，但顯然地和他們勾在一起，使村子底大眾吃苦……

我把村子底種種情形告訴了他。他用了非常深刻的注意聽了以後，漲紅了臉頰，興奮地說：

「好！我們攜手罷！使你們吃苦的和使我們吃苦的是同一種類的人！……」

這個會見的三天後，我因為佐藤君底介紹能夠到淺草家一家玩具工廠去做工。我很規則地利用閒空的時間……（原文刪去）

幾個月以後，把我趕出來了的那個派報所裏勃發了罷工。看到面孔紅潤的擺架子的××派報所老闆在送報伕地團結前面低下了蒼白的臉，那時候我底心跳起來了。

對那胖臉一拳，使他流出鼻涕眼淚來——這種欲望推著我，但我忍住了。使他承認了送報伕底那些要求，要比我發洩積憤更有意義。

想一想看！

鉤引失業者的「募集送報伕」的紙條子拉掉了！

寢室每個人要佔兩張蓆子，決定了每個人一床被頭，租下了隔壁的房子做大家底宿舍，蓆子底表皮也換了！

任意製定的規則取消了！

消除跳虱的方法實行了！

推銷一份報紙工錢加到十錢了！

怎樣？還說勞動者……！

「這幾個月的用功才是對於母親底遺囑的最忠實的辦法。」

我滿懷著確信，從巨船蓬萊丸底甲板上凝視著台灣底春天，那兒表面上雖然美麗肥滿，但只要插進一針，就會看到惡臭逼人的血膿底迸出。

（一九三二年）

【評析】

〈送報伕〉寫於一九三二年，是以楊逵在一九二七年所發表的短篇作品〈自由勞動者的生活剖面〉為基礎，再擴展故事架構而成。描寫來自台灣的青年楊君，由於故鄉台灣在日本殖民政權的糖業政策下，協助糖業資本家，迫使農民賤售賴以維生的土地，成為製糖會社的附庸，生活困頓。楊君的父親甚至因此而死，楊君為之而東渡日本，以尋求新的思想視窗，以及新的希望願景。來到東京的楊君，由於貧窮，一邊求學、一邊在派報所打工，卻遭到派報所老闆的欺騙與勞力剝削，幾乎落得衣食無憑，資本家猙獰、殘忍的面目，剝削壓榨勞動人民以至不恤生死的行徑，細節描述細膩而發人深省。後來多虧在同一個派報所打工的日本青年田中與佐藤的幫助，才能熬過困境。最後是報童聯合起來，團結對抗老闆，終於逼使資本家妥協讓步。

小說末尾，楊君帶著在東京學習到的經驗踏上返鄉之路，在無盡的黑暗之中，似乎綻露出一線光亮，一切的惡臭血膿，終將迸出，並且消失，而光明的遠景，就在不遠的將來。這篇小說凸顯了尖銳的階級對立意識，要勞動人民團結站起來對抗資本家剝削的意識。小說圍繞著一個中心思想：只要被剝削的弱勢者願意勇敢地團結起來，就可以讓強勢者屈服，提供合理的工作條件，回復基本的尊嚴與人權。

小說以楊君爲主角，頗有楊逵自我況味的效果，無形之中，拉近與讀者的距離。而從敘述角度、情節安排來看，作者對小說時間作了藝術性的倒置，完成以小說傳達自己思想的效果——資產與無產階級的矛盾衝突。呂正惠評述此作，相當肯定楊逵的高明的敘述技巧和生動的細節描寫。在〈送報伕〉中，有同理心的日本人是同志，無同理心的兄長卻成爲壓迫者，楊逵透過〈送報伕〉，所表達的階級論述，非狹隘的族群主義與階級決定論。小說內容的現實關照方面，其中關於經濟大恐慌、失業問題、階級剝削、蔗農問題、殖民統治本質、知識份子的角色扮演和弱勢者團結自救等，都是此後楊逵作品的主題。在文學語言及創作手法方面，楊逵堅持以寫實主義的手法，書寫現實社會的議題，文字淺白素樸，慣用虛實對比，以凸顯對現實的批判與嘲諷，類此的文學風格，在〈送報伕〉中清楚可見。

【延伸閱讀】

一、林梵（林瑞明），《楊逵畫像》，台北：筆架山出版社，一九七八年。
二、張恆豪編，《楊逵集》，台北：前衛出版社，一九九一年二月。
三、呂正惠，〈論楊逵的小說藝術〉，《新地文學》第三期，一九九〇年八月，頁一七～三二。

【相關評論引得】

一、林載爵，〈台灣文學的兩種精神——楊逵與鍾理和的比較〉，《中外文學》第二卷第七期，一九七三年十二月，頁四～二〇。
二、河原功著，楊鏡汀譯，〈楊逵的文學活動〉，《台灣文藝》第九四期，一九八五年六月，頁一八二～一九九（又登《文季》第二卷第五期，一九八五年五月，頁四三～六七）。

三、張恆豪，〈存其眞貌——談『送報伕』譯本及其延伸問題〉，《台灣文藝》第一〇二期，一九八六年九月，頁一三九～一四九。

四、林瑞明，〈人間楊逵〉，《台灣文學的本土觀察》，台北：允晨出版社，一九九六年七月，頁四五～六〇。

五、陳芳明，〈楊逵的反殖民精神〉，《左翼台灣——殖民地文學運動史論》，台北：麥田出版社，一九九八年十月，頁七五～九八。

六、黃惠禎，《楊逵及其作品研究》，台北：麥田出版社，一九九四年七月。

（許俊雅／編撰）

文學方塊

寫實主義

（鍾宗憲／輯錄）

寫實主義（realism）或稱為「現實主義」，是泛指一種忠實地將生命現象（現實的現象）在文學作品中再現的寫作態度與手法；同時，也被用來專指十九世紀反對浪漫主義（romantic）的一個文學運動。

如果從整個二十世紀文學思潮發展的角度來看，寫實主義強調的是所謂「真實」，要求文學創作必須符合客觀現實世界的真實情景，至少必須是讀者在現實生活中所能夠經驗到的景況；因此寫實主義者反對浪漫主義的過度想像，甚至認為那是一種自我欺騙。而較晚出現的現代主義（modernism），雖然不能說完全反對寫實主義，但是現代主義所謂的「真實」，卻是指個人心理（主體）的具體感受所反映出來的現象世界（客體），也就是客體真實存在受到主體個別感知的制約，客體因主體而存在。所以具有寫實主義傾向的創作者，往往會直接描寫、反映一般常見的日常生活現實，儘可能不去加油添醋、也不扭曲變形。在這個傾向上，寫實主義和自然主義（naturalism）是相當接近的，只是寫實主義沒有自然主義要求上的絕對與情感上的宿命。

其實，寫實主義的主張，本來就是文學創作的基本方法之一。中國史傳文學的實錄傳統、《詩經》以下的社會寫實詩歌，乃至於像《紅樓夢》、《儒林外史》這樣的小說作品，都具有寫實主義的色彩。所以寫實主義並非西方文學或現代文學的專利品。但是十九世紀流行於歐美文壇的寫實主義，對於現實世界往往帶有較為強烈的批評態度。其影響所及，二十世紀中國文學（包括台灣文學）的寫實主義作品，也經常被認為具有批評現實、鼓吹改革的意義。像魯迅（周樹人，一八八一～一九三六）的〈阿Q正傳〉、賴和（賴和，一八九四～一九四三）的〈一桿「稱仔」〉，就是典型的例子。

牛車

呂赫若　著　林至潔　譯

【作者簡介】

呂赫若（一九一四～一九五一？），本名石堆，台中豐原潭子人。一九三四年自台中師範學校畢業，擔任峨嵋國小老師，並開始以呂赫若爲筆名，創作文學作品。當時正值社會主義思潮澎湃，農工階級運動昌盛之際，此時潮衝擊對於其日後的文學理念與社會實踐有相當大的影響。一九三五年，小說〈牛車〉於日本《文學評論》發表，當時他年方二十二，初試啼聲即備受文壇矚目。一九三六年，〈牛車〉與楊逵的〈送報伕〉、楊華的〈薄命〉，入選中國作家胡風所編的《山靈——朝鮮台灣短篇集》。一九三九年赴東京聲專音樂學校學習音樂，演過歌劇，一九四二年返台後積極參與文學、音樂、戲劇活動，如加入《台灣文學》編務、籌組「厚生演劇研究會」，推動台灣新劇。一九四三年，台北公會堂舉行決戰文學會議，他的〈財子壽〉一文獲得會中頒贈的第二回「台灣文學賞」。一九四四年，第一本小說集《清秋》，由台北清水書店出版，是當時台灣作家中唯一出版的個人別集。

作品具有濃厚的社會主義思想傾向，對人性的貪婪、人倫道德的崩潰、人民艱辛生活的眞相、女性無奈的悲劇命運、皇民化運動下台灣人民心靈的扭曲，表現出高度的關懷與同情。見證了當時的社會經濟結構和農村家庭組織病態，能精確掌握文學本質，其藝術手法以客觀冷靜著稱，文字精鍊自然，人物心理和事件處理細膩深刻。呂赫若也是和楊逵一樣，在戰後未曾停止文學的腳步，繼續邁步向前的少數作家之一，他在一九四六年已經能用中文寫小說：〈戰爭的故事——改姓名〉、〈戰爭的故事——一個獎〉、〈月光光——光復以前〉和〈冬夜〉四篇。一九四九年，他曾出任台北一女中音樂教師，並在中山堂舉辦過音樂演唱會。不久之後，呂赫若忽然從台灣消失，關於他的轉變和下落，留下的是無法證實的傳言（大約一九五〇年代，在汐止鹿窟山區不慎被毒蛇咬死），外表俊逸、才情洋溢的呂赫若，是左翼文學人物、聲樂家、劇場的主角，激越的政治道上的不歸人，一生宛如彗星般的璀璨卻又短暫，留給人無限的懷念。有《呂赫若集》（前衛）及《呂赫若小說全集》（聯合文學出版）。

【正文】

1

「傻瓜！可不可以安靜點？」

扭曲那張暴躁到似乎想哭的臉龐，木春毆打弟弟的頭。於是，「啊——」弟弟彷彿劃破咽喉般地大喊，整個人趴到地上，手腳亂動，還把油罐打翻了。「你這傢伙……」木春握緊拳頭，蜷曲上半身。「我要再打你了噢！」不過，抬起的手腕突然失去力氣。木春柔聲地說：

「蠢蛋！哭又能如何？阿母就快要回來了。會弄髒衣服的。」

因為他憶起之後這個家中又將上演的場面，那是個恐怖的場面。木春已完全倍感威脅。日復一日，傍晚工作完畢歸來的雙親，立刻開始爭吵，最後互相扭打。即將九歲的木春躲在床的暗處凝視一切的動靜。弟弟則號咷大哭。「木春！你是木偶嗎？」阿母咬牙大聲斥責。「喂！和哥哥一起去玩。」悄悄地從床的暗處走出來，木春抓起弟弟直往門外飛奔。然後在田間小路坐下來，仔細地告訴弟弟。「阿城。你不覺得很可怕嗎？在那時候大哭……」

爬到看得到裂痕的餐桌上，木春把手伸進飯桶中。刷！刷！把桶底的米粒抓在一塊捏成圓團，然後讓弟弟的手抓住。

「來！來！不要哭了。來吃這個。再哭，等阿母回來，就要倒楣了。阿城啊。」

弟弟立刻停止哭泣，津津有味的小口咬著。鼻涕和著淚水，與飯一起吞下去。

「好吃吧！」

兄弟兩人早已習慣吃冷飯。阿母早上去工廠的時候，就說這是中午的份。剩飯白天會變冷，但還有些水氣。雙親不在家時，他們自由地看家。想到時，就朝飯桶裏抓起飯來吃。兄弟兩人就是這樣長大的。然後，他們的肚子漸漸隆起，大到像個懷孕的女人。不過，卻不曾生過什麼病。

玩了一整天，筋疲力竭時，耳際響起門口竹門的吱咯聲。木春不由得睜大雙眼。「阿母回來囉！」搖起身旁的弟弟，連忙到門口一瞧。回來的是阿爸楊添丁。

木春以恰似訴說父親一天的外出及表露自己的不滿之口吻說：

「阿爸！今天很早嘛！」

「是啊……」楊添丁的身子轉向孩子們回答說。

「你阿母已經回來了嗎？」

給拉進牛棚的黃牛吃飼料草，他解開鈕釦原地佇立。然後利用斗笠將風灌進胸部。

「是嗎！」父親輕輕點頭。「肚子餓了嗎？」隔了一會兒後問他們。

木春點點頭。

天色越來越暗。傍晚火紅似鮮紅的天空，白鷺成列呼嘯飛過。沒有半點風，燠暑逼人。他不禁縮起身子，蚊子成群在前方嗡嗡飛舞。

楊添丁把甘蔗枯葉束點火，拋入灶中，然後站起來，把水倒入鍋中，開始清洗起來。

「木春！要煮飯了。你阿母還沒有回來……」

為了不使他們哭泣，楊添丁面向望著灶火的孩子們柔聲地說。

接著到後面的田裏巡視一下，母親阿梅就回來了。

她不和丈夫交談，把斗笠和便當盒輕輕放下，再度在廚房裏出現，把最小的小孩拉近，上下盯著他的身體看了一會兒，然後似罵非罵地說：「你又隨便亂躺了。再把衣服弄得這麼髒，就不幫你洗了……」

發覺苗頭不對，木春在灶的黑暗處縮起身體。

「怎麼了？怎麼這麼晚……」楊添丁正面看著妻子說。「眞是愚蠢的女人。也不早點回來，難道不覺得孩子們很可憐嗎……」

「哼！說他們很可憐……」阿梅把鍋子從丈夫的手中奪過來似地抓住，然後靠近米桶，冷不妨打開蓋子往裏面瞧。

「你如果瞭解到這點，孩子就不用吃冷飯，而且我也不用去鎮上的工廠。你這個窩囊男人還敢說什麼？」

「什麼？你又來了……」離開灶邊兩、三步。然後衝過來似的，楊添丁停了下來。

「是啊。我已經說過好幾次了。奔波一天，卻賺不到三十錢的男人，不是窩囊是什麼。你看！米桶空空的，令人想哭。好像明天的米會從天上掉下來似的……」

阿梅故意敲打桶子的底板。

「照這樣說來，你認爲是因爲我懶惰的緣故囉？」楊添丁看著不講理的女人，突然間勃然大怒。

「我可是拚足了老命，一刻也不曾懈怠。晚上也無法好好睡，天一亮就出門，你應該也看到這種情形吧。」

「啊！我不想聽。誰知道你出去都在做什麼。仔細一想，大家都知道。在米價昂貴的從前，可以快樂地過日子。卻在米價便宜的今天，每天爲米煩惱。會有這種蠢事嗎？」

「對啊！你說對了！以前輕輕鬆鬆一天就可賺到一圓。現在到處奔波，卻賺不到三十錢。這是什麼原因你知道嗎？」

楊添丁轉身咳嗽。

「要知道什麼？我只知道你在逃避。不是賭博、懶惰，就是去找女人……」

挪開視線，阿梅以灶爲中心，開始忙碌起來。

「不對，都不對。連吃飯時間都來不及的我，怎麼會做這種事？因爲雇主減少。」

楊添丁斬釘截鐵地回答。

「哼！給自己找台階下。雇用與不雇用都在於你。只要認眞地請對方雇用，又怎麼會不被雇用呢？窩囊的人……」

「混蛋！」怒火中燒的楊添丁大叫著挨近，抓住女人的頭髮用力拉扯。阿梅發出悲鳴，身子後仰，抓起身邊的飯碗，扔向男人。最小的孩子開始放聲哭泣。

「貧窮也是因為時運不濟啊。你這個女人……」

互相揪住一會兒。瞬間想起什麼，楊添丁以血紅的眼睛瞪著老婆。

「……什麼？總歸一句話，你是說我懶惰不賺錢？」

再怎麼遲鈍的楊添丁，也能感覺到自己的家近年來已逐漸跌落到貧窮的谷底。在雙親遺留下來的牛車上迷迷糊糊拍打黃牛的屁股，走在危險、狹窄的保甲道時，口袋裏隨時都有錢。即使在家中發呆，從四、五天前，就有人爭著拜託請他運米、運甘蔗。等到保甲道變成六個榻榻米寬的道路，交通便利時，即使親自登門拜訪，也無功而返。結果，連老婆都得把小孩放在家裏，不是去甘蔗園，就是去鳳梨工廠，否則明天的飯就無著落。是因為自己不夠認真嗎……楊添丁自問自答。不！自己還比以前更認真，一天也不曾懈怠。想到老婆每天衝口說他懶惰、窩囊，脾氣暴躁的他越想越氣，恨不得想把老婆殺掉。等到事後靜靜思考，那也是因為擔心生活的緣故，於是憎恨之心立刻煙消雲散，這種情形屢見不鮮。他心焦如焚。總之，在生活上，必須與我們眼睛所看不到的壓迫作戰。

曙光乍現。咕嚕！咕嚕！耳際響起空牛車前進的聲音。楊添丁靠近黃牛的旁邊走著。

鄉村夏天的清晨非常涼爽。雜草上的露水尚重，每踏出一步，就濕潤了腳掌心，讓人有種冰冷的感覺。在道路上可以看到田裏零零星星有幾個農夫，以及牛的身影在眼前晃過。自行車與載貨兩輪車從後面拚命追過遲緩的牛車，突然間看了一下楊添丁的臉，然後揚長而去。

鎮上還在睡夢中。直到出現從鄉下蜂湧而至的一群農夫，整個鎮才被搖醒。不過，鎮中央的二樓還深深陶醉在夢中。只有鎮郊骯髒的白鐵屋頂下的市場，以及破舊的板壁，洋溢著擁擠之喧嘩聲。人們露出大夢初醒的臉，頻頻叫囂著，穿梭在早晨的空氣中。不禁讓人覺得已捲入擔心、競爭、怒號與歡喜的漩渦中。

「噓、噓……」

來到河邊商業地帶的萬發碾米廠門前，楊添丁輕撫牛的鼻筋，讓車子停下來。他把斗笠放在車上，然後慢吞吞地鑽進碾米廠的入口。房間裏的電動機正在嗡嗡響著。

四、五個農夫坐著聊天。

「喲！這麼早啊。」

從大清早就坐在辦公桌上拚命撥算盤的碾米廠老闆對楊添丁說。

「陳先生！今天是不是有什麼要搬運的……」

「啊！」米店老闆臉也不抬，輕輕發出不算回答的聲音。但也只是這樣，沒有其他下文，繼續默默熱中撥打算盤。楊添丁就站在泥巴地的房間，凝視所有的動靜。

從剛才就拿出煙管拚命抽著、滿臉皺紋的老翁，似乎在說些什麼。楊添丁這才聽懂他說的話。

「米這麼便宜，還是我出生後第一次遇到。就好像是農夫免費種稻似的。再加上碾米費，不管賣多少米，還是賺不到一錢。眞是蠢話。」

在旁邊聽著的一位滿嘴牙垢的人說：

「老頭！那是因爲你自己在賣米！才會這麼說。你看我。連吃的米都不夠，當然便宜比較好囉。」

「哼！這是你一個人在說。米價高表示景氣好。大家都以高爲目標。越來越便宜的話，你就完蛋了。」

碰！老翁敲打菸草，用力地說。

「原來如此。」農夫們吞下口水屏神凝聽。

「是嗎？對我來說都是一樣的。總之，就是……」

「蠢蛋！」

老翁打斷滿口牙垢的人的話題，口沫橫飛地斥責。

「啊！算好了。八圓五十一錢。與帳目符合……」

把算盤掛到牆上，米店老闆對老翁說。老翁睜大雙眼。

「你看！你看！」以下顎對剛才的農夫表示就是這樣。

「陳先生！今天怎麼樣？」

楊添丁抓住時機，囁嚅地說。

「啊！是你啊？」米店老闆以一副現在才發覺的表情看著楊添丁的臉。「必須要搬走的稻殼是很多……」

「那麼，讓我來吧。」

「不過，已經叫運貨卡車搬走，實在很不湊巧。」

楊添丁悶不吭聲地站著，動也不動地凝視米店老闆的臉。

「不過，陳先生！如果有卡車無法去的地方，也讓我的牛車效勞一下。」

正因爲生活的需要，他無法說些「是嗎？」就走出去。

「說的也是。不過，你也要想想。有時爲了趕時間，雖然我有三、四部載貨兩輪車，還是得租卡車。買賣也沒有做那麼大，而且我也想過要使用你的牛車。我並不是沒有想到從以前就經常爲我搬運的你。不過，現在不能再使用牛車了。你去別處看看吧。」

米店老闆坐在椅子上，以親切的口吻再三叮嚀。

滿臉皺紋的老翁頻頻點頭，交換看著米店老闆與楊添丁，然後插嘴說：

「現在不是牛車的時。大家都在做這種買賣。不！山裏的人都有載貨兩輪車，而且比遲鈍的牛車更好。在我小時候，牛車相當多。現在卻不多見了，不是嗎？總之，它比不上那快速的運貨卡車和載貨兩輪車喲。」

「嗯。不管怎麼說，就是這麼不景氣。我也不能只爲他人著想。買賣還是希望賺錢，如果還是像從前一樣靠著慢呑呑的牛車，那就無法有多大助益。」米店老闆苦笑著說。

「啊！我也覺得靠牛車爲生很辛苦……」

突然間覺得筋疲力竭，楊添丁心情浮動，一口氣喝光番茶（粗茶）。

滿臉皺紋的老翁突然想到什麼，把煙管放在肩上。

「不只是牛車。從清朝時代就有的東西，在這種日本天年，一切都是無用的。原本我家的稻穀，就是委託那個放尿溪的水車。可是，當這種碾米機出來後，那個就慢到無話可說。反正都要付出相同的工資，那就決定靠這個囉。不只是我，大家都這麼認爲。如今，那個水車已經不見蹤影了吧？總之，日本東西很可怕。」

「是啊。」

農夫們聽得目瞪口呆，直盯著老翁的臉。他們認爲文明的利器都是日本獨特的東西。覺得自己的事好像被提出來，楊添丁感到厭煩。但是，初次聽到這裏也有和自己類似情形的人，於是燃起他的好奇心，始終佇立不動。

街道已經全亮，陽光燦爛。公車的警笛大響，邊載乘客邊飛馳而過。

一位從店裏眺望此情景、年約三十歲的矮小男人，回頭看著大家的臉說：

「聽你這麼一說，我也突然想起。由於那汽車的緣故，也不知道被折磨到什麼程度。農夫利用時間和鄰居一起抬轎，多少能賺點錢。可是，那個傢伙，如果每一條路都毫不客氣地行駛，那我們的生意就會一落千丈，賺的錢就剛好只夠付稅金。」

「哈！哈！哈！那不是白費力氣嗎？」

「那也是爲了要活下來啊。」米店老闆難得會和他一起笑。

「就是啊。完全是蠢話。因此，我立刻就放棄，把心血全部放在種田。這樣就大概過了三年。」三十歲的男人屈指一算，無限感慨地嘟囔著。

「清朝時代的東西還是不適合在日本天年。趕快把那些東西收拾起來，做個農夫也能有所得呢。」你是不是對麻煩的牛車感到棘手啊？米店老闆說著，稍微看了一下楊添丁的臉。

「我也認爲或許當農夫會強過以牛車爲生。不過，那……」

眞是坐享其成又好管閒事——楊添丁憤憤不平地離開萬發碾米廠。

砰地一聲拍打牛背，當牛車開始動起來時，他又擔心現在該往哪裏去。現在即使踏遍鎮上的每一個角落，也找不到肯雇他的人。這是從以前楊添丁早就知道的情形。鎮上的商人都無情。他不免心生怨恨。不過，正因爲爲了生活的需要，他不能把情緒表露於臉上。他下定決心，當別人用不上它的時候，至少十次也要勉強對方用一次。但是，在沒有人雇用他的時候，他就要像這樣遍訪鎮上的舊宅。

咚咚經過陋巷的碎石路，來到田裏時，河岸有間鳳梨罐頭工廠。楊添丁在漆上藍色油漆的辦公室門前停了下來。

貨運卡車就在工廠旁邊，發出噗噗的警笛聲，然後揚長而去。

「喂！不要！不行！不行！」

戴眼鏡、看起來好像很威風的男人，從辦公室裏一看到他，一句話也沒有說，就立刻揮手大聲斥責。

由於對方是個穿西服的男人，楊添丁呆若木雞。冷不防被斥責，他嚇得目瞪口呆。

「不要！不要啊！欸——」

不得已，他又站到別家的製材工廠、米店、批發店等的門前。還是沒有人要雇用他，都婉言拒絕。

「想在這個鎮上賺錢，可眞是越來越難了。啊——還是只能賺到農夫的錢。」

坐在牛車上，身子隨著晃動，楊添丁閉眼陷入沉思中。

2

「哎喲！楊添丁！在這麼好的地方與你相遇。」

「啊，是阿生啊！你要去哪裏？」

楊添丁從車上抬起頭來，就在前面十步的地方，農夫王生望向這邊。那張有稜有角的臉毫無表情，肆無忌憚地向前走了兩、三步。

「最近忙嗎？」

一走近，王生說完這句話，突然跳上牛車，與楊添丁並排蹲著。

「不！剛好相反。」

「哦——這傢伙……依我看來，你過得特別好。首先，只要讓這隻牛走路，就會有錢到手。眞好啊。」

「哼！哪有這麼好的事。也不知做農夫有多好。」

楊添丁低頭沉思。

「農夫也很辛苦啊。不過，明天你的牛車有空嗎？」王生輕敲著車板問他。

突然間，油然而生某種喜悅的預感，楊添丁不由得坐直身子。

「啊！當然有空。有什麼可以用到我的地方嗎？」

……

隔天早晨，一聽到第一聲雞啼，楊添丁就立刻起床，點亮燈籠。伸手不見五指的房間，煙霧突然冉冉上升，朦朦朧朧亮了起來。拿出毛巾，捲在頭上後，稍微瞄了一眼床上，阿梅與孩子們都伸出手，睡得正酣。楊添丁很快地說：「該走了。」

外頭漆黑，宛如塗上煤焦油。他走去牛圈，給黃牛一束乾草後，就開始拉車。雖說是夏天，冷風颼颼，他不禁縮起脖子，赤腳都沾濕了。喀噠！喀噠！每次車子搖晃前進，蠟燭的黃色火光痙攣似地顫抖後就消失了。咯噔！咯噔！縱貫道路上鋪的小石子，與車輪一摩擦就發出悲鳴。在黑暗中，聲音更加悲淒與大聲。

到達約定的地點，仔細一瞧，王生尙未到達。約好今天早晨要裝載竹籠到名谷芭蕉市。沒有月亮，一片漆黑。只有沒逃掉的星星寥寥可數，微弱地一閃一爍。來自道路附近的農家，只有雞鳴，以戳破紙之勢互相呼應，聽起來相當刺耳。楊添丁心想，這麼早就出來工作者，只有和我類似的人。可是，妻子還說我懶惰、窩囊。啊——楊添丁深深嘆了一口氣。到底我的妻子是個什麼樣的女人。……而且，話說回來，我這麼拚命，也無法賺到錢，這是個什麼樣的世界啊！難道神明也瞎眼了嗎？一時之間，他怨恨不認可自己能工作的神明，悲傷、難爲情的心情襲上心頭。

「喂！你在嗎？」

黑暗中突然響起低沉的聲音。聲音之大令人毛骨悚然。現在的心情立刻飛走。楊添丁大聲回答：

「已經幾點了？」

「已經等很久了。」站起來提高燈籠讓對方瞧見。……

是王生。砰！把挑著的竹籠放到牛車旁，立刻忙著解開繩子。好像是他家人的一位姑娘與兩位少年也同樣挑來竹籠。姑娘頭戴斗笠，在燈籠朦朧的陰影下，一個勁兒地舞動雙手。少年們也低下頭。

「兩點左右吧？因爲距離第一聲雞鳴沒多久……」

楊添丁邊迅速地把竹籠堆放到牛車上邊回答。好不容易找到眼前東西的喜悅之情湧到咽喉，他勇氣百倍地拿出力量。太有幫助了……開朗的心中直呼「太感謝了！太感謝了！」於是向對方表達感謝之情。

「喂！會幫助貧窮人的，還是只有貧窮人啊。」

鎮上的人不僅不雇用他，還像追狗似地趕他。思及此情景，親睦之感使得楊添丁的聲音顫抖，不時把臉朝向四十歲的男人王生。

「哪裏！這種事……」王生大致以否定的口吻說。他似乎立刻感覺到楊添丁話裏的含意。

「起初我也是考慮要帶著家人一起挑過去。但因為路途遙遠，只好作罷。載貨兩輪車是最理想了。不過，沒有人肯借我。所以才拜託你的。」

把竹籠裝到簡單的牛車上不需花費十分鐘。

向家人交代幾句就讓他們回去後，王生走到牛車的旁邊。

「從現在開始出發到芭蕉市，大約需要多少時間呢？」

從一跨出步伐就頻頻惦記時間的王生問他。

「啊！要三個多小時啊。五點過後就會到達。沒有問題……」

楊添丁不時回頭看對方的臉。

從岔路開始，暗黑的路上響起「喀噠！喀噠！」的聲音。兩、三個燈籠搖搖晃晃地移動。楊添丁立刻感覺那些都是牛車同業。因為只有他們才會這麼一大清早就組成大隊出門。

「喲——」等清楚看到彼此的樣子時，對方先發出聲音。「你也很早嘛！去名谷嗎？」

「啊！去芭蕉市。好久不曾這樣了。」

轆轤響個不停，牛車三、四輛排成長列。一種類似祭祀的愉快感覺使王生心生蕩漾。走在前頭的人發出像是老人的聲音，悄悄地在議論些什麼事。

給黃牛一鞭後，楊添丁說：

「怎麼樣啊？景氣好嗎？」

「景氣！啊哈哈……」就在前面的四十歲男人笑著回過頭。

「這個時候走在這種地方，想也知道。如果景氣好的話，這時候正在睡覺呢。」

說的也是。我也是……寂寞湧上楊添丁的心頭。

「這種事是可以預料的。因爲大家都相當清楚……」

四十歲的男人接著快步走，以嘶啞的聲音開始大聲唱歌。

陳三一時有主意

五娘小姐……

他的歌聲迴蕩，衝破黑暗。有人以鼻音附和。

楊添丁無法模仿。如今才驚覺，爲了生活，自己的心以到達無法歌唱、無法快樂的地步。於是羡慕起開朗唱著歌的人。

牛車在道路的中央前進。

突然間，四十歲的男人停止唱歌，拔出車台的側棒，離隊走近路旁。

提起燈籠一照，石標佇立一旁。

「這個畜生！」鼓起勇氣，他想將石標擊倒。砰！不管他如何毆打，石標始終文風不動。他朝氣勃勃地發牢騷。

「啐！混球……」

「好……我來了。」

飛奔過來的男人立刻找來一塊大石頭。兩個人合力把它抬起來，然後用力丟過去。反覆兩、三次後，石標就輕易擊倒。

「活該！」

把它拋入田裏後，兩人放聲大笑回到原地。

白天他們每次經過石標的旁邊，總是掀起怒火與反抗心。經常想著要逮住機會來將它擊倒。石標上寫著「道路中央禁止牛車通行」。因為汽車要在平坦鋪著小石塊的路中央行駛。

「我有繳納稅金啊。道路是大家的。哪有汽車可通行、我們不能通行的道理。」

儘管抱持這種想法，由於白天「大人」很可怕，所以沒有通過這裏的勇氣。因為他們知道，萬一不留神打路中央經過，被發覺的話，就會被科以罰金。隨著道路中央越來越好，路旁的牛車道卻通行困難。黃色的土面一被堅硬的車輪輾過，就會出現溝痕，看起來像嚴重凹凸的皺紋。因此，車子無法前進，車輪陷入深溝，備極辛苦。再加上完全沒有整修，越發變成崎嶇的山谷。

「這種路能通行嗎？」

在沒有他們在的早晨，是不會經過過這種路的。他們一副唯我獨尊的表情，毫不客氣地將平坦的路中央劃出溝道。

「好想看汽車那傢伙哭喪的臉。這時候就敵不過牛車先生吧。哈……」

剛才那位四十歲的男人來到楊添丁的旁邊，一個人開朗地笑著。

「汽車那傢伙的確是個可憎的壞東西。」

楊添丁同意地說。

他們再怎麼沒學問也深知，近年不景氣越發跌落到谷底，都是因爲受到汽車的壓迫。機械奴！畜生！我們的強敵。日本物啊……心中燃起敵愾心。

黑暗中，轆轆聲夾雜著歌聲。大家盡情地歌唱。到處都傳來雞鳴聲，偶爾有狗吠聲，讓人感覺拂曉即將來臨。

從旁邊的甘蔗園飛出一條人影。由於正巧是在王生的身邊，他有點吃驚，瞠目以視。

不過，立刻明白他就是走在前頭拉牛車者。他的腋下抱著一束甘蔗尾（甘蔗梢子），急急忙忙小跑步。在朦朧的燈籠光線中，看到他剝嫩葉給牛車。

王生悄悄地對旁邊的楊添丁說：

「喂！那樣割下甘蔗尾沒有關係嗎？被逮到會很麻煩吧？」

「什麼話，又不是丟掉……」楊添丁豁出去似地說。「因爲是給黃牛吃。而且現在這時候就是我們的世界。就算把它們全部割下來，也沒有人知道啊。」

何況這麼早就出來做事的只有我——楊添丁的腦海掠過這種想法。

工作完畢離開名谷芭蕉市時，已經將近八點。

天氣非常晴朗，太陽燃燒著街道。

「啊！太有幫助了。四十錢。可以買到四、五天的米。」

楊添丁在心裏盤算著。不可思議的是，沒有睡眠不足的疲憊感，只有獲得金錢的喜悅。金錢的用途讓他感到有旺盛的精力。

「那隻母老虎，再也不會發牢騷。」

另外，面對妻子的心情突然愉快起來。他有自信這次一定要讓妻子覺悟，不由得面露微笑。鎮郊櫛比鱗次的骯髒房子埋在砂塵中。木板與鐵皮屋頂掉落，雞、火雞與鵝在路上吵鬧，到處都是糞便。汽車很少會挨進這裏。它就是所謂的台灣人鎮。官廳視其爲不衛生的本島人之巢窟，根本就置之不理。

楊添丁從路樹梅檀下邊鞭打黃牛邊移動腳步。突然間停止步伐，「啊！」瞬間，他的眼睛發出驚異莫名的神情。「你、現在……」

「哈……。好久不見了。得了！得了！」

揮手笑著站在他眼前的男人——就是牛車的同行林老。他因賭博經常在拘留所鑽進鑽出。楊添丁之前聽說他因竊盜而被送進監獄。現在突然出現在眼前，無怪乎他會如此大驚失色。

「你現在不是進入煉瓦城（日語指監獄）嗎？」楊添丁再度大叫。

「且慢！」林老眼神銳利地睨視他。把食指放在自己的嘴上來制止對方，然後環視一下周遭，小聲地說：

「是的。你也知道了嗎？進入不久。」

「不久？」

「嗯，六個月啊。又不是殺人……」

兩人離開街道朝田裏走去。

與鐵路線平行的製磚工廠排放出的黑紫色煤煙，使空氣污濁，且朝向行人的臉上吹去。

「只有六個月？竊盜……」楊添丁歪著頭，吃驚似地喃喃自語。「只有六個月！我以為是兩、三年。」

「哈……。得了！得了！你還是一樣很認眞啊。」

「你說認眞？你、是為了這個啦……」

楊添丁比個吃飯的手勢。然後，突然想起。

「今天你也出門啊？」

「不，我已經歇業。把牛賣掉了。荒唐！因為現在工作的是傻瓜。遊玩才是聰明的。」

林老偷窺楊添丁的臉，斬釘截鐵地說。

「你說什麼？」楊添丁把臉瞪圓。

「是的。工作的是傻瓜。因為日本天年嘛！能賺多錢的工作……都是奪取的。我們啊！工作的是傻瓜。」

一字一句拋出似地說。接著，林老跳上車台。

「不過，你不是必須要讓肚子溫飽嗎？」

「哼！工作不能溫飽。對吧！」林老嘟囔著。「與其辛苦流汗才賺到四十錢、五十錢，倒不如悠哉悠哉遊玩，這麼滾一下就可賺到十圓、二十圓。」

「滾？……」楊添丁不由得吞下口水，直望著對方的嘴。

「是啊。而且，輸的時候，也可以出去工作一夜，偷些有錢人的錢，沒問題……不就又有錢了。萬一被捕，也才一年。那段時間，讓它們養就行了……」

「讓他們養？……」楊添丁蹙眉。

「嗯，在煉瓦城中讓他們養。我在束手無策時，就故意去讓他們養。也沒有什麼可怕的。看守已經變成我的朋友了。」

「是嗎？我以爲那是個非常恐怖的地方……」

楊添丁感動似地眨眨眼。

3

披頭散髮的阿梅快速走著。哭腫的眼眶出現一個紅圈，臉頰濕潤。最小的小孩非常害怕，在母親的腕中縮小身子。

「聽誰說的？你是知道的。」

楊添丁隨後以充滿血絲的眼睛走著。交換凝視雙親一舉一動，木春忽隱忽現追趕。

夫婦一工作完畢回來，又因錢的事而互相揪住。正因爲長久以來持續不斷，楊添丁終於無法忍受而爆發。

「這樣你也……。你爲什麼這麼不明事理。」

在強有力的男人面前，女人軟弱如豆腐。阿梅慘遭修理，狼狽不堪。也眞有她的，腦裏盡是怒火，抓住男人的弱點大喊。

「出去！家是我的，窩囊的男奴。出去。」

因爲楊添丁入贅她家。家的戶長是阿梅。

「啊……」

農夫們從田裏眺望兩人的情形，疑惑地發出聲音。

「怎麼回事？又來了嗎？」

楊添丁一副沒聽見的表情，看也不看傳來聲音的地方，始終頭低低的。阿梅也裝模作樣。他們夫婦的吵架在村裏相當有名，可說是到了人盡皆知的程度。這麼一來，楊添丁的心情也覺得厭煩，想避開遇見的人。

夫婦的口舌之爭繼續不止。一米寬的保甲道會彎彎曲曲經過田裏，終點就是保正的家。夫婦進入那個家。

保正的家富麗堂皇。紅屋頂沐浴在夕陽下，庭樹的枝葉間可以看到雪白的牆壁。門口亮著兩盞電燈。保正是村裏首屈一指的大地主，說他將近十年都是由官府選派的，亦無言過其實。

營養好、長得圓滾滾的小狗飛奔出來狂吠。哎呀！阿城大叫，讓母親抱緊。

保正聽完夫婦的你一言我一語後，那張將近六十歲、滿是皺紋的臉上浮現微笑。他說：

「啊、嗯，是嗎……。不過，夫婦吵架，只要情緒平息，感情又會和睦。不用擔心。一回到家，就會忘得一乾二淨。請想想看。」

「不！」楊添丁用力地繼續說。「這傢伙嘛！不把我當丈夫看待。無論我怎麼解釋說是景氣差的關係，她就是聽不進去。說是因爲我賭博啦！有小老婆啦！竟然會有這種妻子。現在說要叫我出去……」

「畜生。好像說著了不起的事。……因爲是事實，也是沒有辦法的事吧。也不知道我是多麼的辛苦。……給我出去！」

阿梅立刻邊抽噎邊大聲斥責。

「這件事我已經明白了。添丁所說的是眞的。現在這個時機很不景氣。而且牛車更是如此。」

保正以一切瞭然於心的聲音說，俯視他們夫婦。

「生活相當困難吧。因此，夫婦嘛……」

保正竭力述說夫婦和合協力的必要性。

「說是不景氣、不景氣。會有工作卻賺不到錢的事嗎？是誰每天爲吃飯的米傷透腦筋啊。不爲家裏著想的男奴、畜生。」

阿梅揮動手腕叫喚。

「這個混帳，又……」男人勃然大怒，旁若無人。

「啊，好了！好了。的確是這樣。你的想法也有一番道理。不景氣也有關係，只要認眞，凡事就不會都引以爲苦。總之，那就是變成富人與變成乞丐的界線不同。怎麼樣啊？添丁。」

保正以刺探的眼光朝著楊添丁。

「提到認眞的話，我已經超過頭了。如果這樣還說我不認眞，那我就不知道怎麼樣才算是認眞。啊！我已經不知道了。」楊添丁呻吟著。

「而且，現在叫我出去……這還能算是夫婦嗎？」

「你才是。不顧夫婦之情的男奴。」

保正思索著。他打算立刻解決問題，好把他們趕回去。於是說：

「那麼，這樣好了。如果賺不到錢，那就放棄以牛車爲業。夫婦都去當農夫。這麼一來，丈夫就無法賭博或蓄妾。而且妻子也能瞭解丈夫的認眞。況且，農夫至少生活過得去。」

楊添丁的眼睛突然發光。「我從以前也就希望能這樣。照我看來，不知道當農夫有多好。」不過，瞬間，他又洩氣了。「不過，現在我窮到連農夫也無法當成。佃耕需要押租金吧？」

「當然啊。沒有押租金，無法佃耕！」保正笑了。

忽——楊添丁嘆了一口氣。突然想起什麼，向保正三拜四拜。

「嗯，保正伯。可不可以讓我佃耕？」

聽他這麼一說，保正「嗯……」呻吟著，一副豈有此理的表情。

「別開玩笑了。這種事無法辦到。什麼同情不同情的，這個世界一切都講錢。」

保正不想再跟他們夫婦繼續說下去。從椅子上一站起來，立刻改變口吻說。

「回家考慮好了。一回到家，就會和好了。」

「不要！這種男人要出去！家是我的。」

阿梅像個孩子似地意氣用事。

今天到此爲止……保正滿懷怒氣地睨視阿梅。

「那麼，你們在這裏等一下。保正伯不是只是你們兩人的保正伯。我去叫大人來。到時候，告訴大人就好了。至少也有冷飯可吃。」

夫婦心生畏懼，於是回去黑漆漆的草屋。劃根火柴點亮燈火，拉出角落的椅子坐下來，楊添丁以平靜的聲音對直接躺在床上睡覺的妻子說：

「喂！煮飯吧！」

小孩看到雙親的情形，溫順地縮著身子。雖然肚子餓癟了，只是默默地看著。阿梅沒有回答。丈夫大驚，不由得緊張起來。不！吵架已經結束了……妻子的這種態度，使得楊添丁突然又怒火中燒。但爲了生活、生活——按捺住自己的心情，對妻子表示妥協。

「我想過了。在日本天年，以這種牛車爲業是絕對不行的。你這麼大吵大鬧，還不是爲了這個。那麼，我想照保正伯所說的，當個農夫。這樣比較好……」

阿梅的身子動也不動。楊添丁一直看著她繼續說。

「來存錢吧。一直到有押租金爲止。這麼一來，就可以賣掉車子當個農夫。喂！就從現在開始。努力地存錢……」

莫名地興奮與覺悟充塞他的心胸。他感覺到充滿著一種迄今所沒有、清爽的希望。

「哼！」

阿梅這才翻過來望著他。楊添丁呆然若失。

「存錢？存你的骨頭吧？」

楊添丁溫柔地詢問惡言相向的妻子：「爲什麼？」

「連吃飯的錢都沒有，還能存嗎？那麼，從哪裏存啊？」

「不……」楊添丁雖然覺得她言之有理，但以某種含意，不負責任地說出。

「你說中重點了。你也想看看。雖然是暫時的一段時間，忍耐以能賺錢的方法來做。我是我，你是你……」

「方法？你總是說些蠢事……而且能賺錢的話，應該就不會辛苦。爲何要叫苦。」

阿梅不高興地面向中間。

楊添丁注視著她一會兒。不久後，無力地站起來，挨近床鋪，畏縮地對妻子說：

「因爲是暫時的，不，暫時就好了。那……這樣也好。只要能賺錢，我是無所謂的。」

4

夏日持續著燠熱的天氣，宛如從上頭蓋上一塊被燒得通紅的鐵板。

不知不覺中，部落的人們傳出有關牛車一家人的謠言。

「你看！那個女人，什麼……是阿梅哦。」

「那傢伙啊，可眞是了不起啊！是那個哦。」

「咦？那麼……」

大家一見面就竊笑著。

「原來如此。是爲了賺錢啊。添丁知道嗎？」

「啊——最近沒有看到他。聽說去別的地方了。不過，他有耳朵，當然知道囉。」

驚愕的臉上浮現憎惡的表情。四、五個人聚在一起屏神聆聽。

「喂！她幾歲了？」年輕人性急地插嘴。

「蠢蛋！白癡！」有人叫喊。

「哼！你要去嗎？三十歲的女人。算了吧。」

大家哄堂大笑，彷彿滑稽得不得了。

阿梅裝作毫不知情，經過部落時，會和認識的人交談幾句，一點也沒有露出從事那種行業的表情。對她來說，維繫生命的「錢」比現在的傳言更重要。

「畜生！傳出謠言的是那些傢伙吧……」

有時，阿梅一一想起在鎮上魔窟遇見部落面熟的男人，就不由得怒火中燒。當她想到那也是爲了金錢、爲了生活時，心想只要裝作聽不懂的樣子即可。

「阿母……」

夜夜遲歸，當阿梅的腳踏入家門時，孩子們叫著抱住她，然後彆扭地直盯著母親的臉。孩子們感覺到母親最近都從鎮上夜歸。對小孩來說，心　相當寂寞與不平。

「肚子餓了嗎？想睡了吧？」

一看到孩子們的臉，眼眶不由得熱了起來。熄滅燈火，母子一起睡在黑漆漆的床上後，阿梅的眼睛還是睜的很大。在胡同　的情景歷歷湧上心頭。

雖說是三十歲的女人，由於是第一次，臉皮不夠厚，不自然得有點慌張。

被不認識的男人野蠻地用力抱住背時，她眞的很想哭。不過，當手中握著錢時，「得救了！」心情也就輕鬆起來。然後給站在門口監視的老太婆店主一些錢。要回家時，後悔的念頭又襲來，覺得自己做了非常惡劣的事。一時之間，她怒火大發，直想諷刺丈夫。

近日來，她覺得一切都很厭煩，很見不得人。

阿梅以悲哀的聲音對隔兩、三天回家的丈夫說：

「到底在做什麼……每天做些令人感到厭煩的事。你是個男人，竟然這麼窩囊嗎？」

忽然轉向別處，終於落淚。

「啊！都是爲了錢。只要有錢。畜生，都是爲了錢。」

楊添丁搖著被太陽曬黑的頭叫喊。

「我也是去運送山芋。還是不行。山道險峻，牛又筋疲力竭，錢也只有三十錢。供應我在那邊吃的，已經不是問題。」

夫婦兩人低下頭來。

「不要勉強了。小孩很可憐。」

「晚上很晚回來，兩個小孩很寂寞。總得想個辦法……」

「啊——」嘆口氣，楊添丁對妻子投以道歉的視線。

「怎麼樣了？你的錢……」

老婆賣身體的錢是一家之寶。

「你在說什麼……還不夠填補米店的借款。鳳梨工廠近日要解散，怎麼辦呢？」

「沒有辦法……」

不管楊添丁如何努力，還是一樣貧困交迫，今後該何去何從，他有點茫然。

使這家無法再度站起的致命傷，是在之後的四、五天發生的。

青空漂浮著如吐散的唾液之白雲。暑氣毫不客氣地纏人。伸開雙手、彷彿要將人擁抱入懷的山巒，其山腰到處都露出紅色的肌膚，那是因爲陽光刺眼的緣故。竹叢、相思樹林、甘蔗園，大家都保持沉默，沐浴在烈日下，顯得精神奕奕。

從山麓到樹林，始終持續些微傾斜。隔著有石塊的一條河，有塊烏秋與蝴蝶、蜻蜓在上面翩翩飛舞的田園。在這塊變成農夫只要一步踏錯就會墜落的梯田裏，栽種時沒有間隔的嫩苗採取不動的姿勢。夾著這塊地，鋪著小石子的白色道路經過。

汽車與載貨兩輪車轟隆轟隆在它的上面跑著。

蹙眉的農夫們，前後一人、兩人、或三人，邊走邊說話。帶著斗笠，或撐著舊式的傘等，也有整個頭露出，兩手放在背後，一副毫不介意流汗的樣子。

「今天，多少錢？」後面的人問。

「豆粕還在漲價。十幾錢哦……」前面的人回答。

於是，大家嚷著「哦——」洗耳恭聽。

「肥料很貴，米很便宜……我也很傷腦筋。」歪著頭說。

來到栴檀樹下，從綿延的道路眺望田裏的那個人，為了引起同伴的注意，他指著田裏。

「這邊的水田有許多石塊啊。水好像也不夠。」

「的確！」對方點點頭。為了看得更仔細，眼珠子都發光。然後，話題從自己的經驗開始發展，針對水田的事就談得沒完沒了。

水色的公車之引擎響個不停，追過他們，散發出如白色濃霧的塵煙，然後揚長而去。

農夫們撇過臉，邊避開邊走著。

楊添丁坐在車台上，眼睛微開地看著。黃牛也若無其事，慢吞吞地走在前頭。堅硬的車輪有時陷入凹凸的路面，劇烈搖晃到讓坐在板上的他之頭部疼痛起來。儘管如此，他還是半蹲半坐，沐浴在炎熱的陽光下，悠哉悠哉地打瞌睡。

楊添丁已經想累了。為了錢，為了生活，把他追得走投無路的壓迫，始終縈繞在他的腦海，使他煩惱不已。為了衝破難關，連妻子也淪落到獸道。總是無法順心如意，不禁懷疑是不是前世的因緣。對鎮上失望後，他以靠山的部落為目標，到處拜託人家，以運送山芋行商。然而，在靠山的部落裏，連一片金子也沒有掉下來。那不是個能滿足他的心的現實。到今天回家為止，雖然僅僅十天，口袋裏所賺到的純利有八十五錢。

十天賺八十五錢……這樣如何能生活呢？想到妻子與小孩時，楊添丁的心情就變得很暗澹。一切都已經不知道該如何了。生活、錢、妻子、畜生、牛車……經常在他的腦海翻騰不已時，他感到虛幻自暴自棄地，坐在車台上打瞌睡。

他感覺到確實有人靠近。就在楊添丁把眼睛睜開的同時，情況整個改變。「完了！」瞬間叫出來，當他從車上飛跳下來時，已經來不及了。

就在他的眼前，大人以一張可怕的臉睨視著他。

「喂，幹你老母！」

就在大人揮動著粗壯的手腕時，瞬間他的臉就挨了一掌。

他感覺到臉上有一股熱迅速上升，不由得哆哆嗦嗦地發抖。

「你不知道不能坐在車上嗎？」大人漲紅著臉痛斥他。

「嗯，我……」

也不知道該說些什麼才好，嘴裏不停蠕動。咱！楊添丁的臉頰又挨了一巴掌。

「這部牛車是你的嗎？」

大人從口袋裏拔出筆記本與鉛筆，彎下身子，看著車台的執照，開始流利地書寫。

「大、大人！請饒我一次，拜託……」

楊添丁以一張欲哭的臉，像大人再三拜託。因爲他深知，只要被記下執照，之後會遭到什麼樣的處罰。

「幹你老母。清國奴。」

把筆記本和鉛筆收起來後，大人俯視正在哀求他的楊添丁。狠狠地痛斥他一頓後，就騎上腳踏車走了。

「啊！我的運氣眞差。怎麼辦呢？」

一直注視著他的離去，處罰的事不斷湧上心頭，楊添丁的心情因此焦慮不安。

罰金二圓！隔天的傍晚，甲長拿來努庫派出所的通知單。

「明天上午九點！沒有問題吧。」要回家的時候，甲長再次強調。

「明天？」楊添丁以非常狼狽的表情回頭看甲長。生活窮困的現在，明天應該是拿不出二圓。他嗯嗯地呻吟。然後慌慌張張地走出去。

這天晚上，他抓住踏著夜露歸來的妻子，一開始就把這件事提出來。

「喏！就是我現在所說的。請忍耐一下，給我二圓。」

在叨叨絮絮辯解後，楊添丁哀求地仰望妻子。最近他對妻子所抱持的自卑感情，促使他不論遇到任何事都對妻子採取這樣的態度。

正在換衣服的阿梅稍微模糊的臉上，瞬間充滿著怒氣。

「啊！不行！」目睹此情景的楊添丁，反射地感到失望。

「我，不知道。沒有錢……」

盛怒之餘，阿梅反而以冷淡的聲音回答。現在她的臉上看似在嘲笑。楊添丁不曾像此時這樣憎恨妻子。

「啊，請不要這樣說。因爲對方是大人，拖延一下，又會被修理得很慘。喏！拜託你。」

楊添丁努力地壓抑情緒，以討妻子歡心的口吻說。

「拜託？你不是說過要給我錢嗎？沒有錢，說拜託、拜託，又能怎麼辦呢？……」

阿梅正面看著丈夫，非常生氣地大叫。

「沒有這回事。到現在爲止，你在鎭上做了什麼事……到明天爲止。喏！你明白了嗎？」楊添丁焦急地說。

「因爲到明天爲止，不要吵架，請拿出來。你是說，我被大人修理也沒有關係囉？」

「我不知道。像你這種男人還會介意嗎？……家裏已經苦到這個地步，竟然還能悠哉悠哉地在牛車上打瞌睡。光是嘴裏說要爲家裏著想。」

似乎已絕望到極點，她含淚長嘆。丈夫說要認眞，全是在欺騙她。因此她覺得很委屈。

「爲了家，作了痛苦的決定，如此的賣身，我眞傻啊。」

越想越覺得委屈，阿梅終於哭了出來。

察覺到妻子話中的含意，楊添丁的態度突然整個一變。

「畜生。」楊添丁忿忿地大叫。

「我明白了。鎮上的男人比我更有味道。」對妻子露出可怕的樣子，然後粗魯地站起來。

「明天以前沒有二圓。那很簡單。我再也不受你照顧了。事到如今……」

楊添丁衝出外面，身影消失在黑暗中。

太陽尚未升起，但天已大亮。

走了一夜，兩腳筋疲力竭，僵硬得抬不起來。粗糙的紅色皮膚被露水沾濕了。由於整夜未眠，頭痛得很厲害。

「畜生！畜生！你等著瞧吧！」楊添丁走著走著，心中有股衝動，頻頻喃喃自語。這種做法最能帶給他滿足感。

懸掛在天秤棒兩端的麻袋，像香腸般圓滾滾的。裏面容納了滿滿一袋的鵝。

不時，從窒息的痛苦發出，「嘎！嘎！」嘶啞的叫聲，群鵝在裏面亂動。在寧靜、冰涼的空氣中，突然大聲響著。每次楊添丁都像心臟被握住般的驚懼與混亂。覺得自己的臉變得很蒼白、很小，表現出慌張的樣子。

「這樣不行。要更鎮定……」

他以武者的樣子不斷叱責與鼓舞自己，然後快速走著。

「哼嗨！」

他強迫自己裝出平靜，然後換肩扛袋子，穿越甘蔗園。

黑色的山巒越來越明亮。到了山腰，竹子、相思樹、芭蕉、甘蔗……開始清清楚楚地浮現影子。

宛如放煙幕的雲逐漸從天空中消失。

當山巒沐浴在光線中時，可以看到山麓西藝街的屋頂。瞬間，到處都有炊煙嬝嬝。不久後，街上像散落的火柴盒之房子在眼前展開。

壓抑正在顫抖的自己，楊添丁超然地踏入街上。彷彿已鎖定目標，他朝向市場走去。

市場傳來喧鬧聲。山裏的人、鄉下的農夫等大聲叫罵。鳳梨、李子、筍、蔬菜、木柴……氾濫地排列在市場的入口。

楊添丁左右環視，然後進入市場。

沒走幾步，後面傳來「喂」的呼喊聲。他大吃一驚，不由得回頭一看。

「啊！」

突然間，他把扛著的東西拋出去，然後跑起來。跑著跑著，當覺得後面的鞋聲與「咔喳」的聲音越來越近時，他的衣服突然被抓住。

「大、大人……」

他發出一聲垂死般的叫聲。之後，有關他的事就杳無音訊。

（一九三五年）

【評析】

〈牛車〉的時空舞台爲一九三〇年代的台灣農村，一方面現代化的風潮正襲向素樸的農業社會，另一方面則是全球性的經濟不景氣，社會變遷、農村凋敝、人性扭曲異化。呂赫若這篇小說即是反映日本殖民統治下台灣的農村社會和農民生活，以及對現代化的虛僞提出質疑、省思與批判之作。小說描寫主角楊添丁以牛車爲業，但後來汽車取代了牛車，他比以前更努力工作，生活卻越來越艱難，兩個小孩總是挨餓，最後，妻子阿梅出賣肉體，楊添丁鋌而走險，摸黑偷鵝，東窗事發而被警察追捕，一家的命運走到了絕境。

楊添丁與其他純樸的農民一樣，並不知道他們的生產方式已無法與現代化的驟進競爭。傳統產業已逐漸遭到淘汰，即使有工作，也是賺不到錢。「不只是牛車。從清朝時代就有的東西，在這種日本天年，一切都是無用的。……總之，日本東西很可怕。」爲了現代化農村，鄉間道路拓寬了，運輸效率也提升了，但資本主義也一步步向庶民生活掠奪資源，使得廣大農民掙扎於生死邊緣。這些先進工具的引進台灣，並沒有使島民享受到現代化的好處。它就像賴和所說「啊！時代的進步與人民的幸福原來是兩回事！」

透過〈牛車〉，二十二歲的呂赫若以冷眼凝視現代化的巨輪，以熱情關懷卑微受困的庶民，他暗示了台灣人並未放棄勤勞純樸的生活，只是受到外來強權的侵蝕後，勤勞已不再是維持生活的保證。日本殖民以現代化的提升進步作爲台灣人被統治的合理性，這種片面的灌輸、虛構，他以農民生活的窘困徹底顛覆了其神話式的宣揚。

本文採第三人稱旁知觀點，以敏銳細膩的寫實手法，精細描摹人物對話；以樸素之語言，複雜之心理刻劃，道出文中主角人物的際遇與個性。復以今昔對比手法，傳達糾葛時代的變遷：日本天皇與清朝時期、自動車與轎子、碾米機與水車、運貨車與牛車，凡此急遽變化的情景，正隱藏著生命的危機——困頓、家變。此作同時也展現了他對女性問題的一貫思索，當時的台灣婦女在父權及殖民壓迫下兩受其害，是弱勢中的弱勢，是社會底層中的底層。這些都是閱讀時可以留意的面向。

【延伸閱讀】

一、呂赫若著，林至潔譯，《呂赫若小說全集》，台北：聯合文學，一九九五年七月。

二、陳映真等，《呂赫若作品研究：台灣第一才子》，台北：聯合文學，一九九七年十一月。

【相關評論引得】

一、葉石濤，〈從〈送報伕〉、〈牛車〉到〈植有木瓜樹的小鎮〉〉，《大學雜誌》第九〇期，一九七五年十月，頁六二～六五（收入氏著《作家的條件》，台北：遠景出版社，一九八一年）。

二、施淑，〈最後的牛車——論呂赫若的小說〉，《呂赫若集》，台北：前衛出版社，一九九一年，頁三〇一～三〇九。

三、許俊雅，〈冷筆寫熱腸——論呂赫若的小說〉，《台灣文學散論》，台北：文史哲出版社，一九九四年，頁二七三～三二〇。

四、林明德，〈日據時代台灣人在日本文壇——以楊逵〈送報伕〉、呂赫若〈牛車〉、龍瑛宗〈植有木瓜樹的小鎮〉爲例〉，《聯合文學》第十一卷第七期，一九九五年五月，頁一四二～一五一。

五、陳芳明，〈殖民地與女性——以日據時期呂赫若小說爲中心〉，《左翼台灣——殖民地文學運動史論》，台北：麥田出版社，一九九八年十月，頁一九九～二一八。

六、王建國，〈呂赫若小說研究與詮釋〉，高雄：中山大學中文所碩士論文，一九九九年七月。

（許俊雅／編撰）

蒼蠅

鍾理和

【作者簡介】

鍾理和（一九一五～一九六〇），台灣屏東人。長治公學校畢業，進入私塾學習漢文，後受同父異母兄和鳴鼓勵，接觸新文學作品，也決定以文學創作為職志，更奮發學習中文。十六歲，嘗試寫作，其中有短文〈由一個叫花子得到的啓示〉與小說〈雨夜花〉。十八歲，在父親經營的農場當助手，行駛鄉間的小火車上，結識鍾台妹女士，從此展開驚天動地的愛情。因這段感情遭到閉塞的客家社會，與頑固的家庭制度所不容，一九三八年夏天，憤而離家出走，隻身遠赴大陸東北，入瀋陽「滿州自動車學校」，學習謀生技能，兩年後回台攜台妹奔赴中國結婚。其後又遷居北平（當時瀋陽、北平均為日本佔領），開始專注寫作。因戰爭謀生不易，曾當翻譯、賣煤炭。光復那年，集結成《夾竹桃》，由北平馬德增書店發行，是生前第一本，也是唯一的創作集。書中充滿年輕銳利的批判眼光，以旁觀者對古老中國民族做了深刻的審視與反省。

一九四六年三月攜眷返台，隨即應聘到屏東內埔初中擔任代用國文老師，後因肺疾日漸惡化，翌年辭去內埔初中教職，返美濃笠山定居。雖然後來死裡逃生（耗盡家產及鑿掉七根肋骨才挽回性命），但家計全賴台妹維持。一生備極艱辛，一女一子夭折，長子鐵民又因長期營養不良摔傷成駝背，幸識林海音、鍾肇政，及文友廖清秀、文心、陳火泉鼓勵，才重燃生機，努力創作。罹病、散盡家財、殘廢的長子，繼續無情地打擊他，被封建社會視為叛逆的同姓之婚，並未因時間而獲得包容和諒解。

一九五四年年底《笠山農場》草稿初成，是他生前唯一完成的長篇小說，一九五六年十一月榮獲中華文藝獎金長篇小說獎。一九七六年十一月張良澤曾編成《鍾理和全集》八冊出版，一九九七年高雄縣文化中心復出版了《鍾理和全集》。

其作品就取材而言，大約可分三類：一、中國大陸生活的回憶和對台灣人命運的感思，如〈門〉、〈白薯的悲哀〉；二、個人生活經驗，有濃厚的自傳色彩，如〈貧賤夫妻〉；三、農村、農民與鄉居生活，如〈故鄉〉、〈做田〉。在他的日記、小說與散文中，經常誠懇而真切地描繪出客家人的生活與客家婦女的堅忍與偉大。語言質樸，悲境中仍可見其樂觀積極的一面。一生經歷台灣淪日五十年的後半期，也在大陸淪陷區的偽政權度過八年，終其一生足跡所至，包括台灣、瀋陽、北平、上海等，經驗的廣度與深度，皆為同時期作家罕見。現已公認為戰後初期台灣重要作家。

一九六〇年盛夏，他在病床上修訂中篇小說《雨》，舊疾復發，咯血而逝，得年四十六。他對文學感到無力，生前雖一再告誡家人「不得再有從事文學者」，然而在備嘗人間疾苦之後，仍執著於文學創作，不改其志，具現了作家追求理想的精神，陳火泉稱之為「倒在血泊中的筆耕者」，是對其不朽形象最傳神的寫照。

【正文】

臨走時，她回首送了他一個魅人的眼波，這裏面表示著什麼，他充分明白。她是以她的整個靈魂，以她最寶貴的東西，化作這回首一瞥送給他的。這裏包藏著她所能獻給他的一切：熱戀、恩愛，以及那觸到人心深處的處女的芳心。他感到一陣快樂，便以一個會心的微笑，回答了她。

她輕輕地走了。那豐滿的肩頭，優美的腳踝；那娉婷的背影，清藍的衫裾帶起一陣似夢似幻不可捉摸的香風。

她由門邊消逝了——

他目送著她的身影走出屋門，而後目光停留在那無邊深幽的門邊。他聽見她走在水泥地上的腳步聲——那是謹愼忌憚，但又爲熾熱的某種心事撩得有些慌亂的腳步聲。這聲音已越過水泥的前庭，走出兩旁有豬欄和柴草房的沙質土場了。

他屛聲靜氣，把每條神經化作無數耳朵，向四面豎起。聽吧！那小心翼翼地印在沙質土上又輕又細的足音！接著，那果樹園的竹門咿呀——輕輕地開了，然後是悉悉索索的聲音。那是用更輕微的手勢和更顫動的心在分開芭蕉葉和果樹枝。更遠了，更遠了……

——她是在那裏等他！

在蕉陰深處！

她的回首一瞥，那水汪汪溫軟軟的眸子，和下一刻便可以把她抱在懷中的思想，這一切在他心上燃起一把火。他的臉頰和耳朵全是熱的；瞳孔冒著煙霧；皮膚像有人拿了毛刷在輕輕地刷，使他感到一陣陣奇癢，又一陣陣麻酥。

他抬頭看壁上的鐘。長短針正指著一點又十分。然後他的視線又自壁鐘移向櫃上那昏昏欲睡的男子——她的哥哥。他一邊看著，一邊計劃如何脫身走開。這位稍顯肥胖的哥哥，額頭和鼻孔滲著細粒的汗珠，不住的張嘴哈氣。本來就有點笨鈍的人，這時更顯出一條牛樣的滿足感，好像他在世間只有一個願望：讓他好好睡場午覺。

午長人靜。火辣辣的夏日在外面扯起閃爍的火焰；暑氣逼人。那撞在玻璃窗上的蒼蠅嚶嚶鳴聲，更在人們慵懶和睏倦之上加足了催眠的力量。

他旋轉身子。他決心在這時候走。

忽然哥哥在那邊說話：

「呵。沒有一絲風！」

他一驚，急忙轉過身子。

哥哥閉攏眼睛，又哈出一口氣。他的兩道眉擠在一處，下巴拉得長長，看上去又醜陋、又愚蠢。有兩顆污濁的，比油脂還濃的眼淚，在眼眶裏轉著。

「好像風是死了！」

哥哥又咒罵起來，然後在櫃檯上伏了下去……。

他連一秒鐘也不敢浪費，轉身走出屋子。

在門口，他留心觀察四處，半個人影也不見，大概都像老鼠一般躲進洞裏去了；只聽見廚房那邊有幾個女人的說話聲。

他擺出清閑人的態度大模大樣的搖過前庭和土場。搖到有竹籬的園門前，又向兩邊觀察。很好！沒有一個人注意到他的行動。他半提半推的打開園門，又隨手把它帶上。這以後，已無須多費心思了，就放開步子逕向那——她是否已等得不耐煩了？——十分熟識的地方走去。芎蕉樹、芋、絲瓜架、楊桃樹……

——到了！

啊，她！她就在楊桃樹下那隻大水窖邊背向這邊立著。他想：她一定明白他正在向她走來，可是她卻佯裝不知。看！這不恨煞人嗎？就是她這種淘氣使他愛，又使他恨，覺得有些牙癢癢。他一陣興奮，於是一頭餓虎似的一躍上前，自後邊把她抱住，把她向自己這邊翻轉身。她如一株枯樹倒在他懷裏。於是兩個人的嘴唇就合在一起……。

他們感到窒息，感到暈眩和脹熱，好像掉在烈焰中，火氣由四面八方把他們包圍起來。又好像他們周身一切都變成柔軟的水，一點一點的向四面氾濫，洋洋灑灑，世界和他們兩個便都漂浮在那上面，漂過一個世紀：不，永恆——。

然而他們不知道！

吻後——那已不能以時間來計量了！——他們便坐在水窖的邊沿上，緊緊地偎依著。她的兩隻手被他握著。他們眼睛朦朧而恍惚，像醉酒的人半閉著；興奮後的疲勞淡淡地刻在他們那微紅的臉孔上。那大量的，如雨傾注的愛的慰撫，麻醉和壓倒了他們年輕純淨的靈魂。他們還沒有完全清醒過來。

沈默了一會兒之後，他們便開始了每次相同的問答。

「妳等好久了？」他說，一邊輕輕地撫摸著她的手背。

她閉了一會眼睛。「不！」

四圍很靜。深邃的芎蕉和果樹，把現實生活的瑣碎與煩擾統統給擋在外邊了。就是頭上的太陽透過繁茂的樹葉落下來，也是軟軟的、陰涼的。偶爾有陣微風從什麼地方蕩過，於是整個果樹園便充滿幽幽的神秘的低語；竹枝像老爺爺的手一樣顫動著。

「有沒有人看見你來？」她問他，抬頭看他的眼睛。

「沒有！」他說。

「我哥哥沒有看見你？」

「沒！」

四隻眼睛相對，兩顆心融會在一起了。微笑由兩人的口角漾開。

他揮開胳臂又把她抱在懷裏。

兩人的嘴唇又緊緊地合在一起，——。

猛的，他們好像聽見園門那邊有聲音嘩啦嘩啦地響了起來。哦，有人來了！哥哥來了！兩人人都驚恐了，來不及細察聲音的來源，站起來便慌慌張張分頭走開。

他急急忙忙越過後邊的籬笆，繞了個大圈走出去。好一會兒，他才懷著不安的疑惑但又大方地走進那間屋子。

果如他所料，她的哥哥還維持著剛才的姿勢伏在櫃檯上睡覺。屋裏一切照舊——一切都跌進昏沈的午夢中，蒼蠅的鳴聲——那幽幽的低唱，仍在無氣力的午夢的和平邊緣上歌唱著，彷彿嘲笑著人們的虛僞和做作。

他本能地看看壁鐘。一時三十分。才祇二十分鐘？他感到一陣懊悔。這時櫃檯上的男人動了動，然而沒有醒。他的頭側在一邊；他的臉壓歪了，像魚兒一般扭著嘴，涎水由嘴裏牽著一條線，沿著墊在下邊的手流在櫃檯上。那下邊已經有一大灘了。那手和臉孔、頸脖全冒著汗水。一隻蒼蠅放平了翼子在他臉上闊步著。它用兩隻前肢扛著尖喙這裏那裏刺著，那暗色的眼睛和翼子發出遲鈍的光閃。它在他眼角邊停下來，蹺起屁股，用兩隻後肢搓著，搓得神氣而有致。

他從門口向廚房和迴廊看了看。廚房裏依舊還是那幾個女人在說話；她和她的嫂嫂則在迴廊上聊天。兩個女人都漠然地看了他一眼，在她那陌生人似的冷淡做作的眼睛裏，似乎在告訴他：親愛的，明天見：今天就這樣完了！

櫃檯上的哥哥又動了動，從睡夢中舉起手往頭上邊拂了拂，然後，終於坐了起來。他的下巴印著一塊紅痕；一條灰色的涎水像蛛絲般的掛在下唇，看來像一個大白癡！他困難地睜開眼睛，一邊咒罵著：「熱死了！」他瞇細著眼睛，向屋裏抬了抬臉，於是詫異地說：

「怎麼，你還在這裏哪？」

他向她哥哥看了一眼，心裏感著些微憎惡，於是一句話沒說，默默地走出那間屋子。

（一九五四年）

【評析】

〈蒼蠅〉是鍾理和短篇小說中的精緻小品，也是其集子中難得一見的題材。全文約三千字，但筆致搖曳生姿，令人愛不釋手。這篇作品也讓人聯想起鍾理和的「同姓之戀」，那偷偷戀愛的少男少女幽會情懷。充滿憧憬而又無奈的開端。

小說描寫農村一個悶熱無風，令人慵懶無力的午後，一對男女謹慎小心地避開眾人耳目到果園幽會，正濃情蜜意時，卻被突來的聲響所驚恐，慌慌張張分頭走開。最後又若無其事地回到他人面前，假裝彼此毫無關聯。從事件的開始到結束，時間僅僅經歷了二十分鐘，但傳達了在風氣保守的農村裡少男少女偷情熱戀的緊張、盼望、焦急、慌亂心情，透過幽會前哥哥午睡的夢囈、咒罵聲音及園門嘩啦嘩啦的聲響效果，將緊張、懸疑氣氛充分渲染，這些細節描寫顯得相當細膩而深刻。此外，作者隱藏批判之思，藉蒼蠅的鳴聲表達他那充滿熱情又被壓抑的無奈，及對封建保守、虛偽做作的不滿。

〈蒼蠅〉的題材、內容，雖然不同於以往鍾理和的作品風格，但仍保有他作品一貫的鄉土色彩：葉石濤曾評：「短篇〈蒼蠅〉閃靈異彩，緊緊地扣住人們心靈，使你透不出氣來。……那緊張的情緒、情欲的燃燒、蒼蠅笨拙的動作、可憎的哥哥面目，皆逼眞得以巨大的力量壓倒你，使你讀完後彷彿能聽到情人們的心悸。」（〈鍾理和評介〉，《鍾理和集》，台北前衛出版社，頁二五六）。

〈蒼蠅〉或許也可以是鍾理和對自我追求的肯定與期許。在傳統社會裏長兄如父，代表的是絕對的父權，即使哥哥是癡胖、愚昧的，在昏睡中的他還是能讓幽會中的男女膽顫心驚。幽會結束之後，哥哥對於妹妹的幽會渾然不覺，仍繼續睡著，這是舊社會的蒙蔽無知，毫無生氣；男子「懷著不安的疑惑但又大方的走進那間屋子」；女子表現「冷淡做作的眼睛」，臣服於舊社會道德的人們的虛偽和做作，卻都在蒼蠅眼中看穿，任由它繼續愚弄與嘲笑。〈蒼蠅〉的命題及經營，可謂是神來之筆，一個醜陋、嗤鄙、似乎無關宏旨的場景，卻恰恰構成小說美學之所在，小說佳妙之處亦全在這裏，可說是鍾氏具有高度藝術價值的成功之作。

【延伸閱讀】

一、鍾理和著，鍾鐵民編，《鍾理和全集》，高雄：春暉出版社，一九九七年十月初版。

二、彭瑞金，《鍾理和傳》，台中：台灣省文獻委員會編印，一九九四年六月。

【相關評論引得】

一、林載爵，〈台灣文學的兩種精神——楊逵與鍾理和的比較〉，《中外文學》第二卷第七期，一九七三年十二月，頁四～二○。

二、彭瑞金記，〈葉石濤、張良澤對談——秉燭談理和〉，《台灣文藝》第五四期，一九七七年三月，頁七～一六。

三、鍾肇政〈爲文學而生，爲文學而死——紀念鍾理和八秩冥誕〉，《聯合文學》第十一卷第二期，一九九四年十二月，頁九一～九二。

四、彭瑞金，〈艱困年代的文學見證人——鍾理和〉，《聯合文學》第十一卷第二期，一九九四年十二月，頁九九～一○一。

五、楊照，〈抱著愛與信念而枯萎的人——記鍾理和〉，《聯合文學》第十一卷第二期，一九九四年十二月，頁一○二～一○五。

六、吳雅蓉，〈超越悲劇的生命美學——論鍾理和及其文學〉，國立中正大學中文所碩士論文，一九九九年。

七、網路資源：1. 鍾理和紀念館 http://www.gxp.ks.edu.tw/country/a/a3/a45.htm

2. 台灣客家文學館 http://cls.hs.yzu.edu.tw/hakka/

（許俊雅／編撰）

金鯉魚的百襇裙

林海音

【作者簡介】

林海音（一九一八～二〇〇一），本名林含英，台灣苗栗人。出生於日本大阪，五歲隨父母到中國北京，住在城南，在這裡度過了她的童年、青少年，直到戀愛、結婚、生子。北平世界新聞專科學校畢業之後，當過北平世界日報記者。一九三六年與同事夏承楹（何凡）結婚，一九四八年帶著幼子丈夫隨國民黨撤退回到台灣，隔年進《國語日報》任「週末」版編輯。

一九五四年擔任台北《聯合報》副刊主編。在聯副主編時期（一九五四～一九六三）拔擢不少邊緣卻優秀的本省籍作家。一九五五年底，出版第一本散文集《冬青樹》。一九五七年《文星》雜誌創刊，兼任文藝編輯及校核。一九六三年四月因在副刊刊登一首題為〈船〉的短詩，被台灣當局認為影射政府，不得已離開報社職位。

一九六四年受聘為「省教育廳兒童讀物編輯小組」主編。一九六五年應美國國務院之邀，赴美作四個月旅行訪問。一九六七年主編《純文學》月刊（至一九七二年結束，前後共出六十二期）。一九六八這年正好五十歲，自立門戶成立「純文學出版社」（至一九九五年結束，共計二十七年）。一九八五年散文集《剪影話文壇》獲選當年度台灣最具影響力的十本書。

林海音的文學創作涵蓋小說、散文隨筆、兒童文學等，類型多樣。單在小說部分，就有四部長篇小說：《曉雲》、《城南舊事》、《春風》、《孟珠的旅程》，三本短篇小說集：《綠藻與鹹蛋》《婚姻的故事》與《燭芯》，總計是二十六個短篇加四部長篇。一九八二年，以北平為背景的《城南舊事》由中國「上海電影製片廠」改編成同名電影，在海內外影展屢屢獲獎，使林海音成為海峽兩岸同樣著名的作家。除了寫作上的成就，她同時是傑出的報刊編輯與出版家，一生與台灣文學發展關係密切。西元二〇〇〇年，由女兒夏祖麗執筆的傳記：《從城南走來——林海音傳》由天下文化公司印行，可惜她此時臥病在床，不能親自參加溫馨熱鬧的新書發表會。隔年十二月一日，林海音病逝台北振興醫院，享年八十三歲。

【正文】

金鯉魚有一條百襇裙

金鯉魚有一條百襇裙。大紅洋緞的，前幅繡著「喜鵲登梅」。金鯉魚就喜歡個梅花。那上面可不是繡滿了一朵朵的梅花。算一算，足足有九十九朵。兩隻喜鵲雙雙一對的停在梅枝上，姿式、顏色，配得再好沒有；長長的尾巴，高高的翹著，頭是黑褐色的，背上青中帶紫，肚子是一塊白。梅花朵朵，真像是誰把鮮花撒上去的。旁邊兩幅是繡的蝴蝶穿花，週邊全是如意花紋的繡花邊。

裙子是剛從老樟木箱子裏拿出來的，紅光閃閃的平舖在大沙發上。珊珊不知怎麼欣賞才好，她雙手撫著胸口，興奮的嘆著氣說：

「唉！不得了，不得了，我從來沒有見過這麼美麗的百襉裙！」

她彎下腰伸手去摸摸那些梅花，那些平整的襉子，那些細緻的花邊。她輕輕的摸，彷彿一用力就會把那些嬌嫩的花瓣兒摸散了似的。然後她又斜起頭來，嬌憨的問媽媽：

「媽咪！這條百襉裙是你結婚穿的禮服嗎？」

媽媽微笑著搖搖頭。這時爸爸剛好進來了。媽媽看了爸爸一眼，對珊珊說：

「媽咪結婚已經穿新式禮服嘍！」

「那麼這是誰的呢？」珊珊又一邊輕撫著裙子一邊問。

「問你爸爸吧！」媽媽說。

爸爸並沒有注意她們母女在談什麼，他是進來拿晚報看的。這時他回過頭來，才注意到沙發上的東西。他扶了扶眼鏡，仔細的看了看，並沒有看出什麼來。

「爸，這是誰的百襉裙呀？不是媽咪跟你結婚穿的嗎？」珊珊還是問。

爸爸只是輕搖搖頭，並沒有回答，彷彿他也鬧不清當年結婚媽咪穿的什麼衣服了。但是停一下，他像又想起了什麼，扭過頭來，看了那裙子一眼，問媽說：

「這是哪裏來的？」

「哪裏來的？」媽咪謎語般的笑了，卻對珊珊說：

「是你祖母的呀！」

「祖母的？是祖母結婚穿的呀！」珊珊更加的驚奇，更加的發生興趣了。

聽說是祖母的，爸又伸了一下頸子，把報紙放下來，對媽咪說：

「拿出來做什麼呢？」

「問你的女兒。」媽媽對女兒講「問爸爸」，對爸爸卻又講「問女兒」了，總是在打謎語。珊珊又聳肩又擠眼的，滿臉洋表情，她笑嘻嘻的說：

「我們學校歡送畢業同學晚會，有一個節目是服裝表演，她們要我穿民初的新娘服裝呢！」

「民初的新娘子是穿這個嗎？」爸爸不懂，問媽媽。

「誰知道！反正我沒穿過！」媽咪有點生氣爸爸的糊塗，他好像什麼事都忘了。

「爸，你忘了嗎？」珊珊老實不客氣的說：「你是民國十年結婚的呀！結了婚，你就跑到日本去讀書，一去十年才回來，害得我和哥哥們都小了十歲（她撇了一下嘴）。你如果早十年生大哥，大哥今年不就四十歲了？連我也有二十八歲了呀！」

爸爸聽了小女兒的話，哈哈的笑了，沒表示意見。媽媽也笑了，也沒表示意見。然後媽媽要疊起那條百襉裙，珊珊可急了。說：

「不要收呀，明天我就要拿到學校去，穿了好練習走路呢！」

媽媽說：「我看你還是另想辦法吧！我是捨不得你拿去亂穿，這是存了四十多年的老古董咧！」

珊珊還是不依，她扭著腰肢，撒嬌的說：

「我要拿去給同學們看。我要告訴她們，這是我祖母結婚穿的百襉裙！」

「誰告訴你這是你祖母結婚穿的啦？你祖母根本沒穿過！」媽媽不在意的，隨口就講了這麼一句話，珊珊略現驚奇的瞪著眼睛看媽咪，爸爸卻有些不耐煩的責備媽媽說：

「你跟小孩子講這些沒有意思的事情幹什麼呢？」

但是媽媽不會忘記祖母的，她常說，因爲祖母的關係，爸爸終於去國十年回來了，不然的話，也許沒有珊珊的三個哥哥，更不要說珊珊了。

爸爸當然更不會忘記祖母，因爲祖母的關係，他才決心到日本去讀書的。

在這裏，很少——可以說簡直沒有人認識當年的祖母，當然更不知道金鯉魚有一條百襉裙的故事了。

六歲來到許家

許大太太常常喜歡指著金鯉魚對人這麼說：

「她呀，六歲來到許家，會什麼呀？我還得天天給她梳辮子，伺候她哪！」

許大太太給金鯉魚的辮子梳得很緊，她對金鯉魚也管得很緊。沒有人知道金鯉魚的娘家在哪兒，就知道是許大太太隨許大老爺在崇明縣的任上，把金鯉魚買來的。可是金鯉魚並不是崇明縣的人，聽說是有人從鎮江把她帶去的。六歲的小姑娘，就流離轉徙的賣到了許家。她聽明伶俐，人見人愛。雖然是個丫頭的身分，可是許大太太收在房裏當女兒看待。許家的丫頭多的是，誰有金鯉魚這麼吃香？她原來是叫鯉魚的，因爲受寵，就有那多事的人，給加上個「金」字，從此就金鯉魚金鯉魚的叫順了口。

許大太太生了許多女兒，大小姐，二小姐，三小姐，四小姐，五——還是小姐。到了五小姐，索性停止不生了。許家的人都很著急，許大老爺的官做得那麼大，如果沒個兒子，很彆扭。因此老太太要考慮給兒子納妾了。許大太太什麼都行，就是生兒子不行，她看著自己的一窩女兒，一個賽一個的標緻，如果其中有一個是兒子，也這麼粉團兒似的，該是多麼的不同！

那天許大太太帶著五個女兒，還有金鯉魚，在花廳裏做女紅。她請了龔嫂子來教女兒們繡花。龔嫂子是湖南人，來到北京，專給宮裏繡花的，也在外面兼教閨中婦女刺繡。許大太太懂得一點刺繡，她說顧繡雖然翎毛花卉山水人物無不逼肖，可是湘繡也有它的特長，因爲湘繡參考了外國繡法，顯得新鮮活潑，所以她請了龔嫂子來教刺繡。

龔嫂子來了，閨中就不寂寞，她常常帶來宮中逸事，都不是外面能知道的。所以她的來臨，除了教習以外，也還多了一個談天的朋友。

那天許大太太和龔嫂子又談起了老爺要納妾的事。龔嫂子忽然瞟了一眼金鯉魚，呶呶嘴，沒說什麼。金鯉魚正低頭在白緞子上描花樣。她這時十六歲了，個子可不大，小精豆子似的。許大太太明白了龔嫂子的意思，她尋思，龔嫂子的腦筋怎麼轉的那麼快，眼前擺個十六歲的大丫頭，她以前怎麼就沒想到呢！

金鯉魚是她自己的人，百依百順，逃不出她的手掌心。把金鯉魚收房給老爺做姨太太，才是辦法。她想得好，心裏就暢快了許多，這些時候，爲了老太太要給丈夫娶姨太太，她都快悶死了！

六歲來到許家，十六歲收房做了許老爺的姨太太，金鯉魚的個子還抵不上老爺書房裏的小書架子高呢！那不要緊，她才十六歲，還在長哪！可是，年頭兒收的房，年底她就做了母親了。金鯉魚眞的生了一個粉團兒似的大兒子，舉家歡天喜地，卻都來向許大太太道喜，許大太太高興得嘴都合不攏了。

許大太太不要金鯉魚受累，奶媽早就給僱好了。一生下，就抱到自己的房裏來撫養。許大太太沒有什麼可操心的了。許大老爺，就讓他歸了金鯉魚吧！她有了振豐——是外公給起的名字——就夠了。

有許大太太這樣一位大太太，怪不得人家會說：

「金鯉魚，你算是有福氣的，遇上了這位大太太。」

金鯉魚也覺得自己確是有福氣的。可是當人家這麼對她說的時候，她衹笑笑。人家以爲那笑意便是表示她的同意和滿意，其實不，她不是那意思。她認爲她有福氣，並不是因爲遇到了許大太太，而是因爲她有一個爭氣的肚子，會生兒子。所以她笑笑，不否認，也不承認。

無論許大太太待她怎麼好，她仍然是金鯉魚。除了振豐叫她一聲「媽」以外，許家一家人都還叫她金鯉魚。老太太叫她金鯉魚，大太太叫她金鯉魚，小姐們也叫她金鯉魚，她是一家三輩子人的金鯉魚！金鯉魚，金鯉魚，她一直在想，怎樣讓這條金鯉魚跳過龍門！

到了振豐十八歲，這個家庭都還沒有什麼大改變，只是這時已經民國了，許家的大老爺早已退隱在家做遺老了。

這一年的年底，就要爲振豐完婚。振豐自己嫌早，但是父母之命難違，誰讓他是這一家的獨子，又是最小的呢！對方是江寧端木家的四小姐，也才不過十六歲。

從春天兩家就開始準備了。兒子是金鯉魚生的，如今要娶媳婦了，金鯉魚是什麼滋味？有什麼打算？

有一天，她獨自來到龔嫂子家。

繡個喜鵲登梅吧

龔嫂子不是當年在宮裏走動的龔嫂子了，可是皇室的餘蔭，也還給她帶來了許多幸運。她在哈德門裏居家，雖然年紀大了，眼睛不行了，不能自己穿針引線的繡花，可是她收了一些女徒弟，一邊教，一邊也接一些定製的繡活，生意很好，遠近皆知。交民巷裏的洋人，也常到她家裏來買繡貨。

龔嫂子看見金鯉魚來了，雖然驚奇，但很高興。她總算是親眼看著金鯉魚從小丫頭變成了大丫頭，又從大丫頭收房作了姨奶奶，何況——多多少少，金鯉魚能收房，總還是她給提的頭兒呢。金鯉魚命中帶了兒子，活該要享後福呢！她也聽說金鯉魚年底要娶兒媳婦了，所以她見了面就先向金鯉魚道喜。金鯉魚謝了她，兩個人感嘆著日子過得快。然後，金鯉魚就說到正題上了，她說：

「龔嫂子，我今天是來找龔嫂子給繡點東西。」

於是她解開包袱，攤開了一塊大紅洋緞，說是要做一條百襇裙，繡花的。

「繡什麼呢？」龔嫂子問。

「就繡個喜鵲登梅吧！」金鯉魚這麼說了，然後指點著花樣的排列，她要一幅繡滿了梅花的「喜鵲登梅」，她說她就愛個梅花，自小愛梅花，愛得要命。她問龔嫂子對於她的設計，有什麼意見？

龔嫂子一邊聽金鯉魚說，一邊在尋思，這條百襇裙是給誰穿的？給新媳婦穿的嗎？不對。新媳婦不穿「喜鵲登梅」這種花樣，也用不著許家給做，端木家在南邊，到時候會從南邊帶來不知道多多少少繡活呢！她不由得問了：

「這條裙子是誰穿呀？」

「我。」金鯉魚回答得很自然，很簡單，很堅定。祇是一個「我」字，分量可不輕。

「噢——」龔嫂子一時楞住了，答不上話，腦子在想，金鯉魚要穿大紅百襇裙了嗎？她配嗎？許家的規矩那麼大，丫頭收房的姨奶奶，哪就輪上穿百襇裙了呢？就算是她生了兒子，可是在許家，她知道得很清楚，兒子歸兒子，金鯉魚歸金鯉魚呀！她很納悶。可是她仍然笑臉迎人的依照了金鯉魚所設計的花樣——繡個滿幅喜鵲登梅。她答應趕工半月做好。

喜鵲登梅的繡花大紅百襉裙做好了，是龔嫂子親自送來的。誰有龔嫂子懂事？她知道該怎麼做，因此她直截了當的就送到金鯉魚的房裏。

打開了包袱，金鯉魚看了看，表示很滿意，就隨手疊好又給包上了，她那穩定而不在乎的神氣，眞讓龔嫂子吃驚。龔嫂子暗地裏在算，金鯉魚有多大了？十六歲收房，加上十八歲的兒子，今年三十四嘍！到許家也快有三十年嘍，她要穿紅百襉裙啦！她不知道應當怎麼說，金鯉魚到底該不該穿？

金鯉魚自己覺得她該穿。如果沒有人出來主張她穿，那麼，她自己來主張好了。送走了龔嫂子回到房裏，她就知道「金鯉魚有條百襉裙」這句話，一定已經被龔嫂子從前頭的門房傳到太太的後上房了，甚至於跨院堆煤的小屋裏，西院的丁香樹底下，到處都在悄聲悄語在傳這句話。可是，她不在乎，金鯉魚不在乎。她正希望大家知道，她有一條大紅西洋緞的繡花百襉裙了。

很早以來，她就在想這樣一條裙子，像家中一切喜慶日子時，老奶奶，少奶奶，姑奶奶們所穿的一樣。她要把金鯉魚和大紅百襉裙，有一天連在一起——就是在她親生兒子振豐娶親的那天。誰說她不能穿？這是民國了，她知道民國的意義是什麼——「我也能穿大紅百襉裙」，這就是民國。

百襉裙收在樟木箱子裏，她並沒有拿出來給任何人看，也沒有任何人來問過她，大家就心照不宣吧。她也沒有試穿過，用不著那麼猴兒急。她非常沉著，她知道該怎麼樣的沉著去應付那日子——她眞正把大紅繡花百襉裙穿上身的日子。

可是到了冬月底，許太太發佈了一個命令，大少爺振豐娶親的那天，家裏婦女一律穿旗袍，因爲這是民國了，外面已經興穿旗袍了。而且兩個新人都是念洋學堂的，大家都穿旗袍，才顯得一番新氣象。許大太太又說，她已經叫了億豐祥的掌櫃的來，做旗袍的綾羅綢緞會送來一車，每人一件，大家選吧。許大太太向大家說這些話的時候，曾向金鯉魚掃了一眼。金鯉魚坐在人堆裏，眼睛可望著沒有人的地方，身子扳得紋風不動，她眞沉得住氣。她也知道這時有多少隻眼睛向她射過來，彷彿改穿旗袍是衝著她一個人發的。空氣不對，她像被人打了一悶棍子。她眞沒想到這一招兒，心像被啃蝕般的痛苦。她被鐵鍊鍊住了，想掙脫出來一下，都不可能。

到了大喜的日子，果然沒有任何一條紅百襉裙出現。不穿大紅百襉裙，固然沒有身分的區別了，但是，穿了呢？不就有區別了嗎？她就是要這一點點的區別呀！一條繡花大紅百襉裙的份量，可比旗袍重多了，旗袍人人可以穿，大紅百襉裙可不是的呀！她多少年就夢想著，有一天穿上一條繡著滿是梅花的大紅西洋緞的百襉裙，在上房裏，在花廳上，在喜棚下走動著。縩縩綷綷的聲音，是從熨得平整堅實的裙襉裙子裏發出來的。那個聲音，曾令她羨妒，令她渴望，令她傷心。

一去十年

當振豐趕到家，站在他的親生母親的病榻前時，金鯉魚已經在彌留的狀態中了。她彷彿睜開了眼，也彷彿哼哼的答應了兒子的呼聲，可是她什麼都不知道了。

這是振豐離國到日本讀書的十年後，第一次回家——是一個急電給叫回來的。不然他會呆多久才回來呢？

當振豐十八歲剛結婚時，就感覺到家中的空氣，對他的親生母親特別的不利，他也陷入痛苦中。他撫養著他的姐姐，寵慣著他的父親，關心著他的親友和僕從，敬愛他的親友和僕從，但是他也有一個那樣身分的親生的母親。他知道親生母親有什麼樣的痛苦，因爲傳遍全家的「金鯉魚有一條百襇裙」的笑話，已經說明了一切。在這個新舊思想交替和衝突的時代和家庭裏，他也無能爲力。還是遠遠的走開吧，走離開這個沉悶的家庭，到日本去念書吧！也許這個家庭沒有了他這個目標人物，親生母親的強烈的身分觀念，可以減輕下來，那麼她的痛苦也說不定會隨著消失了。他是懷著爲人子的痛苦去國的，那時的心情只有自己知道，讓他去告訴誰呢！

他在日本書唸得很好，就一年年的呆下去了。他吸收了更多更新的學識，一心想鑽研更高深的學問，更自私的顧不得國裏的那個大家庭了。雖然也時時會興起對新婚妻子的歉疚，但是結歸總是安慰自己說，反正成婚太早，以後的日子長遠得很呢。

現在他回來了，像去國是爲了親生母親一樣，回來仍是爲了她，但母親卻死了！死，一了百了。可是他知道母親是含恨而死的，恨自己一生連想穿一次大紅百襇裙的機會，都被剝削了，對她是一件多麼殘酷的事。她是鬱鬱不歡的度過了這十年的歲月嗎？她也恨兒子嗎？恨兒子遠行不歸，使她在家庭的地位，更不得伸張而永停在金鯉魚的階段上。生了兒子應當使母親充滿了驕傲的，她卻沒有得到，人們是一次次的壓制了她應得的驕傲。

振豐也沒有想到母親這樣早就去世了，他一直有個信念，總有一天讓這個叫「媽」的母親，和那個叫「娘」的母親，處於同等的地位，享受到同樣的快樂。這是他的孝心，悔恨在母親的有生之年，並沒有向她表示過，竟讓她含恨而死。

這一家人雖然都悲傷於金鯉魚的死，但是該行的規矩，還是要照行。出殯的那一天，爲了門的問題，不能解決。說是因爲門窄了些，棺材抬不過去。振豐覺得很奇怪，他問到底是哪個門嫌窄了？家人告訴他，是說的「旁門」，因爲金鯉魚是妾的身分，棺材是不能由大門抬出去的，所以他們正在計劃要把旁門的門框，臨時拆下一條來，以便通過。

振豐聽了，胸中有一把火，像要燃燒起來。他的臉漲紅了，抑制著激動的心情，故意問：

「我是姨太太生的，那麼我也不能走大門了？」

老姑母笑著責備說：

「傻孩子，怎麼說這樣的話！你當然是可以走大門……」

振豐還沒有等老姑母講完，便衝動的，一下子跑到母親的靈堂，扒伏在棺木上，捶打痛喊著說：

「我可以走大門，那麼就讓我媽連著我走一回大門吧！就這麼一回！就這麼一回！」

所有的家人親戚都被這景象嚇住了。振豐一直伏在母親的棺木上痛哭，別人也不知道該怎麼勸解，因爲太意外了。結局還是振豐扶著母親的棺柩，由堂堂正正的大門抬了出去。

他覺得他在母親的生前，從沒有能在行爲上表示一點孝順，使她開心，他那時是那麼小，那麼一事無知，更缺乏對母親的身分觀念的瞭解。現在他這樣做了，不知道母親在冥冥中可體會到他的心意？但無論如何，他沉重的心情，總算是因此減輕了許多。

現在算不得什麼了

看見媽媽捨不得把百襇裙給珊珊帶到學校去，爸爸倒替珊珊說情了，他對媽媽說：

「你就借她拿去吧，小孩子喜歡，就讓她高興高興。其實，現在看起來，這些都算不得什麼了！那時，一條百襇裙對於一個女人的身分，是那樣的重要嗎？現在想來，眞是不可思議的。看女學生只要高興，就可以隨便穿上它在台上露一露。唉！時代……」

話好像沒說完，就在一聲感喟下嘎然而止了。而珊珊只聽了頭一句，就高興得把百襇裙抱了起來。其餘，爸爸說的什麼，就完全不理會了。

媽媽也想起了什麼，她對爸爸說：

「振豐，你知道，我當初很有心要把這條百襇裙給放進棺材裏，給媽一齊陪葬算了，我知道媽是多麼喜歡它。可是………」

媽也沒再說下去了，她和爸一時都不再說話，沉入了緬想中。

珊珊卻只顧拿了裙子朝身上比來比去，等到裙子扯開來是散開的兩幅，珊珊才急得喊媽媽：

「媽咪，快來，看這條裙子是怎麼穿法嘛！」

媽拿起裙子來看看，笑了，她翻開那裙腰，指給爸爸和珊珊看，說：

「我說沒有人穿過，一點兒不錯吧？看，帶子都還沒縫上去哪！」

（一九六五年）

【評析】

〈金鯉魚的百襇裙〉收在一九六五年由文星書店初版的小說集《燭芯》，是林海音一系列描寫中國傳統婚姻制度與女性遭遇最具知名度的一篇。小說的時空背景是「民國初年」，中國正處在擋不住歐風美雨，「新舊交替」的大時代：佔少數的知識份子已經接受「新思潮」洗禮，走向五四革命，如林海音所熟悉的五四作家。但大多數中國女性還輾轉呻吟在舊式婚姻枷鎖下不得翻身，如小說女主角「金鯉魚」。

金鯉魚六歲就輾轉被賣到許家，他們沒有兒子，長大的金鯉魚成了老爺納妾的最佳人選。十六歲「年頭兒收的房，年底她就做了母親」。金鯉魚因爲「肚子爭氣」似乎很有福氣：托兒子的福，頗得家人寵愛。但說穿了其實是封建制度下，替人傳宗接代的工具而已。生下兒子十八年後，正逢兒子結婚大典，金鯉魚想讓自己風光一下，準備在婚禮時穿一件「繡有九十九朵梅花」，代表「身分」的大紅百襉裙。但許太太發了一道命令：娶親當天「家裏婦女一律穿旗袍」，因爲已經民國了，外面時興穿旗袍。很快粉碎她計畫許久的美夢。

主角取名「金鯉魚」就很有反諷的意味——在舊禮教之下，她永遠不能「母以子貴」地翻身「躍入龍門」。在名份上她也一點都不「金」，無論作「婢」作「妾」，位置永遠是低賤的，無論費多大力氣也脫不掉「姨太太」的次等身分。她死了，連棺材都不能由大門抬出去，兒子聽說母親因是妾的身分，他們「正在計畫著，要把旁邊的門框臨時拆下一條來，以便通過」時，奔進靈堂，扒伏在棺木上，捶打痛喊著：「我可以走大門，那麼就讓我媽連著我走一回大門吧！就這麼一回！就這麼一回！」

這不平的吶喊，來自悲戚的出殯場面，聲嘶力竭，既是故事裡的「人子」爲母親請命，更是作者林海音透過小說情節，爲全天下所有翻不了身的可憐女性呼喊，聲聲發自肺腑，力透紙背。小說作者同是女性，對於被壓在封建制度下痛苦呻吟的女性特別敏感。她看出金鯉魚在那個時代，其實只是一隻「被鐵鏈鏈住了，想掙脫一下都不可能」的鯉魚。作者雖只寫了某個姨太太的小故事，呈顯的卻是「大時代」

的女性悲哀：許大太太說：現在是「民國」了，大家該穿旗袍。但對金鯉魚來說，「民國」的意義是「我也能穿大紅百褶裙，這就是民國」。金鯉魚的悲劇，說明「民國」與她想像的完全不一樣——對中國女性而言，辛亥革命其實並未成功，它沒有給中國婦女帶來平等自由與解放。

做好的百襉裙，女主角一輩子沒有穿上的機會，題目已夠反諷；還要反諷的是：百襉裙的圖案設計成「喜鵲登梅」。女主角明明是一隻關在鎖鏈裡不得脫身的鵲，何喜之有？因此不喜之鵲「無梅可登」而成了一則「沒有人知道的故事」，長年被壓封在箱底。一直到她們的下下一代：受過五四新思潮洗禮的林海音，用流暢的白話文，同情的筆觸，挺身替受壓迫的女性代言，才把它從箱底「翻出來」重見天日。作者選擇一個民初「丫頭」的故事，生動述說著一個身分低微女人的一生，讓後代讀者看到也聽到，傳統婚姻制度下婦女的痛苦呻吟。

【延伸閱讀】

一、林海音，《穿過林間的海音——林海音影像回憶錄》，加入《林海音作品集》十二冊，台北：遊目族文化事業公司，二〇〇〇年五月。

二、夏祖麗，《從城南走來——林海音傳》，台北：天下遠見出版有限公司，二〇〇〇年十月。

三、李瑞騰，夏祖麗主編，《一座文學的橋——林海音先生紀念文集》，台南：國立文化資產保存研究中心籌備處出版，二〇〇二年十一月。

【相關評論引得】

一、陳姿夙，〈林海音及其作品研究〉，政治大學中文研究所碩士論文，一九九二年七月。

二、汪淑珍，〈林海音及其作品研究〉，東吳大學中文研究所碩士論文，一九九八年七月。

三、舒乙等主編，《林海音研究論文集》，北京：台海出版社，二〇〇一年五月。

四、李瑞騰主編，《霜後的燦爛——林海音及其同輩女作家學術研討會論文集》，台南：國立文化資產保存研究中心籌備處出版，二〇〇三年三月。

（應鳳凰／編撰）

文學方塊

後殖民主義

（鍾宗憲／輯錄）

從二十世紀晚期開始，廣受世人注意的後殖民主義（postcolonialism），其實是多種文化政治理論與批評方法的集合性理論。關於後殖民主義興起的時間，學界各有不同的看法，一般多認為是從十九世紀末開始萌發，尤其是一九四七年印度獨立以後所出現的一種新意識與新認知。但是後殖民主義理論的成熟與引發各界的重視，則是以愛德華・薩依德（E. Said）在一九七八年出版《東方主義》一書為代表標誌。

薩依德是巴勒斯坦人，生於耶路撒冷，經歷了埃及、黎巴嫩與歐洲各地的遷徙之後，到了美國定居。由於身世背景特殊，使薩依德總是從種族、歷史、階級、政治等思考面向出發，以「邊緣」面對「中心權力」的角度，去分析一切的社會文本與文化文本。如果以比較具體的方式來說，薩依德的《東方主義》揭示了一個觀念：世界的中心價值由強權國家所主導，無論是政治、經濟、文化等各個方面，都對弱勢而位處邊緣的國家民族產生影響，甚而引發對立、衝突；但是這樣的影響與對立應該予以超越，應該解構強權與中心價值的權威神話，解除「中心」與「邊緣」的結構關係，而以對話、互滲、共生的關係來取代。薩依德融合了傅科的「話語理論」與葛蘭西的「領導權理論」，強調東方主義是一種話語結構，主張恢復個體本質與經驗的價值，藉以消除霸權思考所帶來的影響。

後殖民主義是與強權對話的文化策略，能夠使邊緣文化重新認識自我及其國族社群的文化前景。從對於薩依德《東方主義》的認識展開，後殖民主義的文學態度是將文學經驗與文化政治經驗結合起來，進而強調社會意識與文學活動的關係。因此，後殖民主義所涉及到的層面相當複雜，包括各個時期、各個區域所進行的各種書寫以及其中反映出來的各種文化困境與文化歷史認知等等的問題。就對象而言，後殖民主義通常關心曾經或是現在處於中心之外的「邊緣」區域，有形與無形的被殖民者，如何反映、建構他們的歷史記憶與文化記憶？如何面對、敘述他們的傳統價值與現在所要追求的價值標的？尤其是被政治文化強權所滲入的種族、階級與性別問題。而後殖民主義所表現出來的，往往是一種文化批評的姿態與身分認同的危機。

鐵漿

朱西甯

【作者簡介】

朱西甯（一九二七～一九九八），本名朱青海，山東臨朐人。青少年時期適逢抗戰，於是棄學從軍，從上等兵至上校退役。曾任《新文藝》月刊主編、黎明文化公司總編輯，並曾在中國文化大學中文系文藝組兼任教職；其後便專事寫作。一九四七年，在南京《中央日報》副刊正式發表第一篇短篇小說〈洋化〉，一九五二年出版第一本小說《大火炬的愛》，後陸續出版長篇小說《貓》、《旱魃》、《畫夢紀》、《八二三注》、《華太平家傳》，短篇小說集《鐵漿》、《狼》、《破曉時分》、《冶金者》、《春城無處不飛花》，散文集《朱西甯隨筆》、《微言篇》等三十餘部作品，無論質量，皆極爲可觀，允爲當代台灣最重要小說家之一。其作有濃厚的鄉土風味，每篇各有其風貌，技巧運用豐富，同時具有現代主義的手法，不論是對現實黑暗的關注、人性複雜矛盾的揭露、生命與土地的掙扎或面對現代化的無力，都有深刻的感嘆、批判與反省。一九九八年因病辭世，遺作《華太平家傳》五十五萬言，歷時十八載，多次易稿，可謂嘔心瀝血。作者以生動鮮活的地方語言，細膩描畫生活細節，極具地方色彩與民間風情，以華氏一族之百年家史爲軸，寫出山東鄉下面臨西化衝擊造成的種種變化，二〇〇二年出版時，即同時榮獲《中國時報》開卷及《聯合報》讀書人年度十大好書推薦，頗獲好評。二〇〇三年三月二十三日，適逢作者辭世五周年，INK印刻謹以「朱西甯作品集」的出版，紀念並重溫作者一生致力於當代文學的豐碩成果。該書特請名作家劉大任先生撰序導讀，書後附錄朱西甯先生作品出版年表及相關評論、訪談索引，極具典藏及閱讀價值。

【正文】

人們的臉上都映著雪光，這場少見的大雪足足飛落了兩夜零一天，打前一天的下午起，三點二十分的那班慢車就因雪阻沒有開過來。

雪住了，天沒有放晴，小鎮的街道被封死。店門打開，門外的雪牆有一人高，總算還能看到白冷冷的天，沒有把人悶死在裏頭，人們跟鄰居打招呼，聽見聲音，看不見人，可是都很高興，覺得老天爺跟他們開了一個大玩笑，溫溫和和的大玩笑，挺新鮮有意思。

所以孟憲貴那個鴉片煙鬼子死在東嶽廟裏，直到這天過了晌午才被發覺，不知什麼時候就死了。這個死信很快傳開來。小鎮的街道中間，從深雪裏開出一條窄路，人們就像走在地道裏，兩邊的雪牆高過頭頂，多少年都沒有過這樣的大雪。人們見面之下，似乎老想拱拱手，道一聲喜。雪壕裏傳報著孟憲貴的死信，熱痰吐在雪壁上，就打深進去一個淡綠淡綠的小洞。深深的嘆口氣吧，對於死者總該表示一點厚道，可是心裏卻都覺得這跟這場大雪差不多一樣的新鮮。

火車停駛了，灰煙和鐵輪的響聲，不再攪亂這個小鎮，忽然這又回到二十年前的那樣安靜。

幾條狗圍坐在屍體的四周，耐心的不知道已經等上多久了，人們趕來以後，這幾條狗遠遠的坐開，還不甘心就走掉。屍首蜷曲在一堆凌亂的麥穰底下，好像死時有些害羞；要躲藏也不曾躲藏好，露出一條光腿留在外邊，麥穰清除完了，站上的鐵路工人平時很少來到東嶽廟，也趕來趕幫忙給死者安排後事。

僵便的軀體扳不直，就那樣蜷曲著，被翻過來，懶惰的由著人們扯他，抬他，帶著故意裝睡的神情，取笑誰似的。人睡熟的時候也會那樣半張著口，半闔著眼睛。而凍死的人臉上總是笑著。

孟家已經斷了後代，也沒有親族來認屍，地方上給湊合起一口薄薄的棺木。雪壕太窄了，棺材抬不到東嶽廟這邊來。屍首老停放在廟裏，怕給狗類啃了，要讓外鎮的人說話。一定得在天黑以前成殮才行。

屍體也抬不進狹窄的雪壕，人們只有用死者遺下的那張磨光了毛的狗皮給繫上兩根繩索，屍體放在上面，一路拖往鎮北鐵路旁的華聾子木匠鋪西邊的大塘邊兒上，那兒靠近火車站，過鐵道不遠就是亂葬崗。

屍體在雪地上沙沙的被拖著走，蜷曲成一團兒。一隻僵直的手臂伸在狗皮外邊，劃在踏硬的雪路上，被起伏的雪塊擋住，又彈回來，不斷的那樣划動，屬於什麼手藝上的一種單調的動作。他一輩子可並沒有動手做過什麼手藝，人們只能想到這人在世的最後這幾年，總是這樣歪在廟堂的廊簷下燒泡子的情景，直到這場大雪之前還是那樣，腦袋枕著一塊黑磚，不怕墊得痛。

鎮上的更夫跟在後面，拎一隻小包袱，包袱裏露出半截兒煙槍。孟憲貴身後只遺下這個。更夫一路撒著紙錢。

圓圓的一張又一張黃裱紙，飄在深深的雪壕裏。

薄薄的棺材沒有上漆。大約上一層漆的價錢，又可以打一口同樣的棺材，柳木材的原色是白的，放在雪地上，卻襯成屍肉的顏色。

行車號誌的揚旗桿，有半面都包鑲上雪箍，幾個路工在那邊清除變軌閘口的積雪，棺材停在大塘岸邊的一遍空地上。僵曲的屍體很難裝進那樣狹窄的木匣裏，似乎死者不很樂意這樣草率的成殮，執拗的在作最後的請求，有人提議給他多燒點錫箔，那隻最擋事的胳膊或許就能收攏進去。

「你把他煙槍先放進去吧，不放進去，他不死心哪！」

有人這麼提醒更夫，老太太們也忍不住要生氣，把手裏的一疊火紙摔到死者的臉上。「對得起你啦，煙鬼子！臨了還現什麼世！」

人們只有硬把那隻豎直的胳膊搉彎過來——也許折斷了，這才勉強蓋上棺蓋。拎著斧頭等候許久的華聾子於是趕緊釘棺釘。六寸的大鐵釘，三斧兩斧就釘進去，可是就不顯得他的木匠手藝好，倒有點慌慌張張的神色，深恐死者當眞又掙扎了出來。

決定棺材就停放在這兒，等化雪才能入土，除非他孟憲貴死後犯上天狗星，那麼薄的棺材眞經不住狗們撞上幾個腦袋，準就撞散了板兒，結果還是讓更夫調一罐石灰水，澆澆棺。

已經傍晚了，人們零星散去，雪地上留下一口孤伶的新棺，四周是零亂的足跡。焚化錫箔的輕灰，在融化的雪坑裏打著旋，那些紙錢隨著寒風飄散到結著厚冰的大塘裏，一張追逐著一張，一張追逐著一張。

有隻黑狗遠遠坐在道外雪堆上，尖尖的鼻子不時向空中劃動。孩子們用雪團去扔，趕不走牠。鐵道那一邊也有市面，叫做道外，二十年前沒有什麼道裏道外的。

人們替死者算算，看是多少年的工夫，那樣一份家業敗落到這般地步，算算沒有多少年，三十歲的人就還記得爭包官鹽槽的那些光景。那個年月裏，鐵路剛開始鋪築到這兒，小鎮上沒有現在這些生意和行商，只有一座官廳放包的鹽槽，給小鎮招來一些外鄉人，遠到山西爪仔，口外來的回回。

築鐵路那幾年，小鎮上人心惶惶亂亂的。人們絕望的準備迎受一項不能想像的大災難。對於這些半農半商的鎮民，似乎除了那些旱災、澇災、蝗災和瘟疫，屬於初民的原始恐懼以外，他們的生活是平和安詳的。

一個巨大的怪物要闖來了，哪吒的風火輪只在唱本裏唱唱，閒書裏說說，火車就要往這裏開來，沒有誰見過。傳說裏，多高多大多長呀，一條大黑龍，冒煙又冒火，吼著滾著，拉直線不轉彎的，專攝小孩子的小魂魄，房屋要震塌，墳裏的祖宗也得翻個身。傳說是朝廷讓洋人打敗仗，就得聽任洋人用這個來收拾老百姓。

量路線的時節就鬧過人命案，縣太老爺下鄉來調處也不作用；朝廷縱人挖老姓的祖塋嗎？死也要護的呀！督辦大人詹老爺帶了綠旗營的兵勇，一路挑著聖旨下來，朝廷也得講理呀。鐵路鋪成功，到北京城只要一天的工夫。這是鬼話，快馬也得五天，起旱步躂兒半個月還到不了。誰又去北京城去幹嗎？千代萬世沒去過北京城，田裏的莊稼一樣結籽粒，生意買賣一樣的將本求利呀！誰又要一天之內趕到北京去幹嗎啦？趕命嗎？三百六十個太陽才夠一個年，月份都懶得去記。要記生日，只說收麥那個時節，大豆開花的那個時節。古人把一個晝夜分做十二個時辰，已經嫌囉嗦。再分成八萬六千四百秒，就該更加沒意思。

鐵路量過兩年整，一直沒有火車的影兒。人們以爲吹了，估猜朝廷又把洋人抗住了。不管人們怎樣的仇視、惶懼、胡亂的猜疑，鐵路只管一天天向這裏伸展，從南向北鋪，從北向南鋪。人們像是傳報什麼凶信，謠傳著鐵路鋪到什麼集，什麼堡。發大水的年頭，就是這樣傳報著水頭到了哪裏，到了哪裏，人們的心情也就是這樣。在那麼多惶亂拿不出主意的人們當中，大約只有老太太們沉住氣些；上廟去求神，香煙繚繞裏，笑咪咪的菩薩沒有拍胸脯給人保什麼，總讓老太太們比誰都多點兒指望。

督辦大人唐老爺再度下來時，鎮上有頭有臉的都去攔道長跪了。督辦大人也是跟菩薩一樣咪咪笑，怎樣笑也不當用。詹大老爺不著朝服，面孔曬得黧黑黧黑的，袖子捲起兩三道，手腕上綁一隻小時鐘，在鎮上住了一宿，可並不是宿在鎮董的府上，縣太老爺也跟著一起委屈了。第二天，大人們趕一個絕早，循著路基南巡去了，除去那家客棧老闆捧著詹大人親題的店招到處去亮相，百姓們仍然沒有一個不咒罵，什麼指望也沒了，等著火車這個洋妖精帶來劫難吧！

「在劫在數呀！」

人們咒罵著，也就這樣的知命了。

鋪鐵路的同時，鎮上另一樁大事在鼓動，官鹽又到轉包的年頭，鎮上只有六百多戶的人家，連同近鄉近村的居戶，投包的總有三十多家。開標的時候，孟憲貴的老子孟昭有，一萬一千一百九十九兩銀子上了標。可是上標的不是他一個，沈長發跟他一兩銀子也不差。

官家的底標呆定就是那麼些，重標時，官廳就著派老爺下來當面來捻鬮。

孟沈這兩家上一代就有宿仇；上一代就曾爲了爭包鹽槽弄得一敗兩傷。爲那個，孟昭有一輩子瞧不起他老子。如今一對冤家偏巧碰上頭，官衙洪老爺兩番下來排解，扭不開這兩家一定非血拚不可。

孟家兩代都是耍人兒的，又不完全是不務正業，多半因爲有那麼一些恆產。

孟昭有比他老子更有那一身流氣，那一身義氣。平時要強鬥勝要慣了，遇上這樣爭到嘴邊就要發定五年大財運的肥肉，藉勢要洗掉上一代的冤氣，誰用什麼能逼他讓開？

「我姓孟的熬了兩代，我孟昭有熬到了，別妄想我再跟我們老頭一樣的窩囊。」

守著縣衙門著派下來的洪老爺，孟昭有拔出裹腿裏的一柄小鑲子，鮫皮鞘上綴著大紅穗。

「姓沈的，有種咱們硬碰硬吧！」

沈長發是個說他什麼樣的人、就是什麼樣的人的那種人；硬的讓著，軟的壓著。唯獨這一回是例外，五年的大財運，可以把張王李趙全都捏成一個模樣兒。

「誰含糊，誰是孫子！」沈長發捲著皮襖袖子，露出手脖上一大塊長長的硃砂痣。

洪老爺坐在太師椅上抽他的水煙，想起鬥鵪鶉。手抄到背後，扯一下壓在身底下太緊的辮子梢。

沈長發心裏撥著自家的算盤珠兒：鐵路佔去他九畝六分地，正要包下鹽槽補這個虧損。不過戳兩刀的滋味要比虧損九畝六分地大約要痛些。

「去！」衝著他跟前的三小子喝一聲：「回家去拿你爺爺那把刀子來——姓沈的沒弱過給誰。三十年前沈家爺爺就憑那把寶刀得天下，財星這又落到沈家瓦屋頂，一點不含糊！」

這話眞使孟昭有掉進醋缸裏，渾身螫著痛。只見他嗤的一聲，把套褲筒割開大半邊，一腳踏上長條凳。這是在鎮董府上的大客廳裏。

「洪老爺明鑑，各位兄台也請做個憑證。」

孟昭有握著短刀給四周拱拱手，連連三刀刺進自己的小腿肚。小鑲子戳進肉裏透亮過，擰一個轉兒拔出來，做得又誇張，又乾淨，似乎不是他的腿，他的肉。腿子舉起來，擔在太師椅的後背上頭，數給大家看，三刀六個眼兒，血作六行往下流，地上六遍血窩子。

「小意思！」

孟昭有一隻腿挺立在地上，靜等著黑黑紫紫黏黏的的血滴往下滴，落在大客廳的羅底磚上。那張生就的赤紅臉膛子，眞的一點也沒有變色。在場的人聽得見鮮血嗒嗒的滴落，遠處有鐵榔頭敲擊枕木的道釘，空氣裏震盪著金石聲。鐵路已經築過小鎮，快和鄰縣那邊接上軌。

孟昭有的女人送了一包頭髮灰來給他止血，被他扔掉了。羅底磚上六遍血窩子就快合成了一遍。沈家的三小子這才取來那柄刀。原是一柄宰羊刀，沈長發的上一代靠它從孟家手裏贏來包鹽槽的標。事後才配上烏木料嵌蚌雕梅花又鑲了銀的刀柄和鞘子。刀子拔出來，顯得多不襯，粗工細工配不到一起，儘管刀身磨得明晃晃，不生一點點的銹斑。

沈長發一雙眼睛被地上的血跡染紅了，外表看不太出，膽子已經有點兒寒。不臨到自己動刀，總不知道上人創那番家業有多英豪。一咬牙，頭一刀刺下去用過了勁兒，小腿肚的另一邊露出半個刀身，許久不見血，刀子焊住了。上來兩個人幫忙才拔出來。

客廳裏兩灘血，這場沒誰贏，沒誰輸，洪老爺打道回衙，這份排解的差事交給錢董替他照顧了。什麼樣的糾紛都好調處，唯有這樣的事誰也插不上嘴，由著兩家拚，眼看著這兩個對手各拿自己的皮肉耍。

過不兩天，一副托盤捧到鎭董府上去。托盤裏鋪著一塊大紅洋標布，三隻連根剁掉的手指頭橫放在上面。

孟昭有手上裹著布，露出大拇指和二拇指。家邦親鄰勸著不聽，外面世路上的朋友跑來勸說，也不生作用。

「難道沈長發那麼個冤種，我姓孟的還輸給他？」

彷彿誰若不鼓動他拚下去，誰就犯嫌疑，替沈家做了說客。

「我們那位老爺子已經讓我馱上三十年的石碑了；瞧著吧，鹽槽我是拿穩了。」

托盤原樣捧回來，上面多出三隻血淋淋的手指頭，一看就認出是沈長發的，隻隻都是木雕似的厚厚的灰指甲。

孟昭有沒有料想到姓沈的也有他這一手，一氣之下踢翻玻璃絲鑲嵌的屏風，飛濺著唾沫，暴雷似的吼叫起來：

「誰敢再攔著我？誰再攔著我，誰是我兒！」

他兒子可只有一個。那個二十歲的孟憲貴，快就要帶媳婦，該算是成年的人；白白瘦瘦的細高挑兒，身上總像少長兩根骨頭，站在哪兒非找個靠首不可。走道兒三掉彎，小旦出台走的是什麼身段，他就是那個樣子，創業守業都不是那塊料。他老子拚成這樣血慘慘的，早就把他嚇得躲到十里外的姥姥家。

鐵路已經鋪到了那邊，孟憲貴就整天趕著看熱鬧似的跟前跟後，總也看不厭。多冷的天氣多寒的風，也礙不著他。鐵路接通的日子，第一列火車掛著龍旗和彩虹。一節節的車廂，人們沒見過這樣裝著鐵轂轆的漂亮小房屋，一幢連一幢，飛快的奔來，又飛快的奔去。天上正落著雪，火車雪裏來，雪裏去，留下一股低低的灰煙，留下神奇和威風，人們的恐懼和憤恨似乎有些兒被驅散，留給孟憲貴一種說不出的悵惘，指不住他這一生有否坐火車的命。

正當他立下誓願，這輩子非要坐一趟火車不可的當兒，家裏卻來了人、冒著風雪來報喪，他爹爹到底把一條性命拚上了。

趕回來奔喪，一路上坐在東倒西歪的騾車裏，哭一陣，想一陣。過過年，官鹽槽就是他繼承，坐火車的誓願眞的就該如願了。可是一見他爹死得那樣慘，他可把魂魄兒嚇掉了。

飄雪的天，鎭董門前聚上不少的人。

鎭董是個有過功名的人家，門前豎著大旗桿，旗桿斗歪斜著，長年不曾上過漆，斗沿兒上盡是雀子糞，彷彿原本就漆過一道白鑲邊。

沒有人像孟昭有這樣的死。

遊鄉串鎭的生鐵匠來在小鎭上，支起鼓風爐做手藝。沒有什麼行業會比他們更得到歡迎，在許久沒有看到猴兒戲和野台子戲的時候，幾乎這就是一種頂有趣兒的娛樂。

鼓風爐的四周擺滿了沙模子，有犁頭、有燠子、火銃子槍筒和鐵鍋。人們提著糧食、漏鍋、破犁頭，來換現鑄的新傢什。

鼓風爐噴著藍火焰，紅火焰。兩個大漢踏著大風箱，不停的踏，把紅藍火焰鼓動直發抖，抖著往上衝。爐口朝著天，吞下整簍整簍的焦煤，又吞下生鐵塊。人們呼嚷著。這個要幾寸的鍋，那個要幾號的犁，爭著要頭一爐出的貨。

鼓風爐的底口扭開來，鮮紅鮮紅的生鐵漿流進耐火的端臼裏。

煉生鐵的老師傅握著長鐵杖，撥去鐵漿表層的浮渣，打一個手勢就退開了。踏風箱的兩個漢子腿上綁著水牛皮，笨笨的趕過來，抬起沉沉的端臼，跟著老師傅鐵杖的指點，濃稠的紅鐵漿，挨個挨個灌進那些沙模子。

這是頭一爐，一周遭澆灌下來，兩個大漢掛著滿臉的大汗珠。鐵漿把周圍五公尺以內都給烤熱了。

看熱鬧的人們忘記了雪，忘記了冷，臉讓鐵漿的高熱烤紅了，想起紅瓤西瓜擠出的甜汁子。

「西瓜湯，眞像西瓜湯。」

「好一個西瓜湯，才眞是大補品。」

「可不是大補的！誰喝罷，喝下去這輩子不用吃饜啦。」

就這麼當做笑話說，人們打鬧著逗樂兒。只怪那兩個冤家不該在這兒碰了頭。

孟昭有尋思出不少難倒人的鬼主意，總覺得不是絕招兒，這可給他抓住了。

「姓沈的，聽見沒？大補的西瓜湯！」

這兩個都失去三個指頭，都挨上三刀的對頭，隔著一座鼓風爐瞪眼睛。

「有種嗎，姓孟的？有種的話，我沈長發一定奉陪。」

爭鬧時，又有人跑來報信，火車眞的要來了。不知這是多少趟，老是傳說著要來，要來。跑來的人呼呼喘，說這一次眞的要來了，火車已經早就開到貓兒窩。

人們不知道受過多少回的騙，仍是沉不住氣，一撥一撥趕往鎮北去。

鎮董門前剩下不幾個人，雪花有的沒的在飄飛。

「鎮董爺，你老可是咱們的憑證！」

孟昭有把長辮子纏到脖頸上。「我那個不爭氣的老爺子，捱我咒上一輩子了，我還再落到我兒子嘴巴裏嚼咕一輩子？」

鎭董正跟老師傅計算這行手藝能有多大的出息；問他出一爐生鐵要多少焦煤，兩個夥計多少工錢，一天多少的開銷。

「我姓孟的不能上輩子不如人，這輩子又捱人踩在腳底下！」

「我勸你們兩家還是和解吧！」鎭董正經的規勸著，還沒完全聽懂孟昭有跟他叫喊些什麼。

「昭有，聽我的，兩家對半交包銀，對半分子利。你要是拚上性命，可帶不去一顆鹽粒子進到棺材裏。你多去想想我家老三給你說的那些新學理。」

鎭董有個三兒子在北京城的京師大學堂，鎭上的人們喊他洋狀元。他勸過孟昭有：「要是你鬧意氣，就沒說的了。要是你還迷戀著五年的大財運，只怕很難。」

洋狀元除掉剪去了辮子，帶半口京腔，一點也不洋氣。「我說了你不會信，鐵路一通你甭想還能把鹽槽辦下去，有你傾家蕩產的一天，說了你不信……」

這話不光是孟昭有聽不入耳，誰聽了也不相信的。包下官鹽槽而不走財運，眞該沒天理，千古以來沒有這例子。

遠處傳來轟轟隆隆怪異的聲音，人們從沒有聽過這聲音，除了那位回家過年的洋狀元。

立刻場上的人們又跑去了一批。

鼓風爐的火力旺到了頂點，藍色的火焰，紅色和黃色的火焰，抖動著，抖出刺鼻的硫磺臭。老師傅的鐵杖探進爐裏攪動，雪花和噴出的火星廝混成一團兒。

鼓風爐的底口扭開來，第二爐的鐵漿緩緩的流出，端臼裏鮮紅濃稠的岩液一點點的增多。

落雪的天氣，孟昭有忽然把上身脫光了，雖然少掉三個指頭，紮裏的布帶上血跡似還很新鮮，脫起衣服卻非常溜活。脫掉的袍子往地上一扔。雪落了許久，地上還不曾留住一片雪花。孟大娘正在家裏忙年，帶著一手的麵粉趕了來，可惜已經來不及，在場的人也沒有防備他這一手。

「各位，我孟昭有包定了；是我兒子的了！」

這人赤著膊，長辮子盤在脖頸上扣一個結子，一個縱身跳上去，托起已經流進半下子的端臼。

「我包定了！」

他衝著對手沈長發吼出最後一聲，擎起雙手，托起了鐵漿臼，擎得高高的，高高的。人們沒有誰敢搶上去攔阻，那樣高熱的岩漿有誰敢不顧死活去沾惹？鑄鐵的老師傅也愣愣的不敢近前一步。

大家眼睜睜，眼睜睜的看著他把鮮紅的鐵漿像是灌進沙模子一樣的灌進張大的嘴巴裏。

那只算是很短促的一瞥，又哪裏是灌進嘴巴裏？鐵漿劈頭蓋臉澆下來，一陣子黃煙裏著乳白的蒸氣衝上天際去，發出生菜投進滾油裏的炸裂聲，那股子肉類焦燎的惡臭隨即飄散開來。人們似乎都被這高熱的岩漿澆到了，驚懼的狂叫著。人們似乎聽見孟昭有最後一聲的尖叫，幾乎像耳鳴一樣的貼在耳朵的鼓膜上，許久許久不散失。

然而那是火車的汽笛在長鳴，響亮的，長長的一聲。

孟昭有在那一陣衝天的煙氣裏倒下去，仰面挺倒在地上。

鐵漿迅速就變做一條條脈絡似的黑色的固體，覆蓋著他那赤黑的上身，凝固的生鐵如同一隻黑色的大爪，緊緊抓住這一堆燒焦的肉。

一隻彎曲的腿，失去主能的還在微弱的顫抖。

整個腦袋完全焦黑透了，無法辨認那上面哪兒是鼻子，哪兒是嘴巴——剛剛還在叫嚷著「我包定了！」的那張嘴巴。

頭髮的黑灰隨著一小股旋風，習習盤旋著，然後就飄散了，煙氣兀自裊裊的從屍身的裏面升上來，棉褲兀自燃燒著，只是沒有火焰再跳動。

一陣震懾人心的鐵輪聲從鎮北傳過來，急驟的擊打著什麼鐵器似的。又彷彿無數的鐵騎奔馳在結冰的大地上。烏黑烏黑的灰煙遮去半邊天，天色越發陰黯了。

在場的不多幾個人，臉上都失去了人色，徨惶的彼此怔視著，不知是爲孟昭有的慘死，還是爲那個隱含著妖氣和災殃的火車眞的來到，而驚懼成這份神色。

風雪一陣緊似一陣，天黑的時辰，地卻白了，大雪要把小鎮埋進去，埋得這樣子沉寂。只有婦人哀哀的啼哭，哀哀的數落，劃破這片寂靜。

不受諒解和歡迎的火車，就此不分晝夜的騷擾這個小鎮，它自管來了，自管去了，吼呀，叫呀，強制著人們認命的習慣它。

火車帶給人們不需要也不重要的新東西，傳信局在鎮上蓋房屋，外鄉人到來推銷洋油、報紙和洋鹼。火車強要人們知道一天幾點鐘，一個鐘點多少分。

通車有半年，鎮上只有兩個人膽敢走進這條大黑龍的肚腹裏，洋狀元和官鹽槽的少主人孟憲貴。監槽抓在孟家的手裏，半年下來落進三千兩的銀子，這算是頂頂忠厚的辦官鹽。頭一年年底一結賬，淨賺七千六百兩。孟憲貴置地又蓋樓，討進媳婦又納了丫環，鴉片煙跟著也抽上癮。

火車不曾給小鎮帶來什麼災難，除掉孟昭有凶死得那樣慘。大家說，孟昭有是神差鬼使的派他破了凶煞氣。然而洋狀元的預言沒落空；到第二年，鹽商的鹽包裝上火車了，經過小鎮不落站。這一年淨賠一頃多田，鎮上開始使用煤油燈，洋胰子，人們要得算定了幾點幾分趕火車。要說人們對它還有多麼大的不快意，那該是只興人等它，不興它等人——無情無意的洋玩意！

五年過去了，十年二十年也過去了，鐵道旁深深的雪地裏停放著一口澆上石灰水的白棺材。

這夜月亮從雪層裏透出來，照著刺眼的雪地，照著雪封的鐵道，也照在這口孤零的棺材上，周圍的狗群守候著。

有一隻白狗很不安，走來走去的，只可看見雪地上牠的影子移動著。

雲層往南方移動，卻像月亮在向北面匆匆的飛馳。

狗群裏不知哪一隻肯去撞上第一頭。

那隻白狗望著揚旗號誌上的半月，齜出雪白的牙齒，低微的吼叫。然後牠憤恨的刨劃著蹄爪，揚起一遍又一遍的雪煙，雪地上刨出一個深坑，於是牠臥進去，牠的影子消失了，仍在低沉的吼哮。

那一盞半月又被浮雲暫時的遮去。夜有多深呢？人們都在沉睡了，深深的沉睡了。

（一九六三年）

【評析】

《鐵漿》為朱西甯早年創作的懷鄉小說代表作，共收錄〈賊〉、〈新墳〉、〈劊子手〉、〈捶帖〉、〈餘燼〉、〈紅燈籠〉、〈出殃〉、〈鎖殼門〉、〈鐵漿〉等九個短篇。在一則則鄉野傳奇的故事中，洋溢著為逞血氣而與命運抗衡的悲劇氣息，寫活了鄉野人物的心理，及歷史進化歷程中生命的悲涼與因應問題。本書的九個短篇中以〈鐵漿〉最受讚譽。內容敘述孟、沈兩家為爭鹽槽經營而結下夙仇，執拗的孟昭有為洗刷上一代的冤氣而飲下熱溶溶火紅西瓜汁般的鐵漿，以凶死為賭注爭得辦官鹽，可是時代變了，鹽包改由火車裝載，鹽槽再無利潤可圖，而他那不爭氣的兒子敗盡了家產，貧死雪地中。

小說先從鴉片鬼孟憲貴死亡說起，刻劃凍僵的屍體如何經過狹窄的雪壕運到鐵道旁的大塘兒，再回頭寫孟昭有如何執意爭取鹽槽，不惜一次次採取激烈自殘的嚇人手段，甚至喝下鐵漿的怵目驚心場面。最後又回到棺木停放的大塘兒邊，以人們的沉睡，說明了這樣的大悲劇也很快被人遺忘，充滿了無奈可悲的意緒。

有人說〈鐵漿〉是寫墮落的血氣英雄孟昭有，他明明知道火車來了，時代改變了，鹽運這件事也即將毫無利益，他爭強鬥狠，愚昧無知，以致無意義慘死。這固然是小說部分內容，如果我們統攝故事全部情節，那麼就可以看出作者對新舊文化交替、歷史遽變中的抉擇。小說裡孟昭有雖爭強鬥狠、意氣用事、不能接納新知，但作者對這人物多少是帶著相當的悲憫之情及尊重的。小說全篇有兩個情節軸線，一個是孟昭有和沈長發爭包鹽槽，另一個是火車即將通行對全鎮人民的巨大衝擊。在作者巧妙的佈局下，雙線情節交錯鋪展，增強了小說的張力，這是小說最精彩、最見作者匠心所在。前者顯而後者隱，前者主而後者輔，然而隱而輔的火車才是決定性的情節，而且是首尾籠罩全篇。火車的通行，象徵現代機械文明入侵到偏遠小鎮，衝擊到傳統文化的價值觀和生活方式，全村每一個人在心理或行動上極力抵抗；孟昭有是個堅決不服輸的人，但他用了一個曲折隱晦的手法來對抗火車：爭取鹽運，繼續將它做下去便是否定火車通行權，但這火車——代表西方機械文明、外力的衝擊——是抵抗不了的。孟昭有這知其不可而為的行徑，使他成為一個以傳統對抗西方機械文明的「最後英雄」！當孟昭有以短刀戳腿，鮮血嗒嗒滴落，與遠處鐵榔頭敲擊枕木道的聲響重疊；他臨死的最後一聲尖叫，和火車通過的響亮氣笛聲又再度重疊。然而這慘烈的叫聲終究淹沒於巨大的氣笛聲，就像孟昭有的頑強意氣，終究敵不過莽莽闖進來的新時代。他那頑強的抵抗意志是如此強大，猶如「鐵漿」冷卻後的鑄鐵一般之堅硬。作爲篇名的「鐵漿」，其象徵意義也就呼之欲出了。

小說採取了許多對比手法。孟昭有血性剛強、孟憲貴儒弱逸樂，父子個性截然不同，他們的死亡同在大雪紛飛的嚴寒中，但孟昭有死得壯烈乾脆，孟憲貴死得窩囊拖沓，兩相對照，孟昭有慘酷的死愈發荒蕪與不堪。本篇作品的筆調迂緩、緊湊各得其所，情節雙線鋪展，是篇精彩絕倫的力作，值得細加品味。

【延伸閱讀】

一、柯慶明，〈論朱西甯的一本短篇小說集：鐵漿〉，《境界的再生》，台北：幼獅出版社，一九七七年，頁四三〇～四五〇。

二、張大春，〈被忘卻的記憶者——朱西甯的小說語言與知識企圖〉，《中國時報》，一九九八年三月二十六日，第四十三版。

【相關評論引得】

一、張素貞，〈朱西甯的〈鐵漿〉〉，《現代小說選讀講義》，台北：中華函授學校，一九九六年三月三版，頁一～二五。

二、張大春，〈那個現在幾點鐘——朱西甯的新小說初探〉，《張大春的文學意見》，台北：遠流出版社，一九九二年五月，頁一〇一～一三一。

三、王德威，〈鄉愁的困境與超越——司馬中原與朱西甯的鄉土小說〉，《小說中國——晚清到當代的中文小說》，台北：麥田出版社，一九九三年，頁二七九～二九八。

四、張瀛太，《朱西甯小說研究》，台北：台大中文所博士論文，二〇〇一年一月。

（許俊雅／編撰）

兒子的大玩偶

黃春明

【作者簡介】

黃春明，台灣宜蘭人，一九三五年出生於羅東。從小是個頑皮、叛逆性格強烈的小孩。單從求學紀錄看，就曾先後遭到羅東中學、頭城中學、台北及台南師範學校等校退學，最後在屏東師專畢的業，才回鄉任教於小學。一九六二年在服役期間，小說〈城仔落車〉投稿《聯合報》副刊，受主編林海音賞識，逐漸走上寫作道路。

一九六六年結婚後遷居台北，服務於廣告界，並加入《文學季刊》雜誌，發表〈跟著腳走〉等具現代主義風格的作品。自〈青番公的故事〉以後，轉向鄉土寫實風格。一九六九年由仙人掌出版社印行第一本小說集《兒子的大玩偶》。一九七一年發表〈甘庚伯的黃昏〉，開啓一系列「反經濟殖民」的批判性小說。隔年爲中視策劃九十集「貝貝劇場」。一九七三年爲中視拍攝紀錄片「芬芳寶島」，開啓本土紀錄片新紀元。一九七四年由甫成立的「遠景出版社」印行《鑼》、《莎喲娜啦・再見》，以後又出版《小寡婦》、《我愛瑪莉》等，在文學市場捲起一陣旋風。八〇年代台灣電影興起新浪潮，黃春明多部小說搬上銀幕，其中《看海的日子》、《莎喲娜啦・再見》更由他自己擔任編劇。

他的小說關懷民眾在工商業雙重侵襲下，艱困的生存處境，見證老百姓與腳下泥土斷裂後，產生的種種不適應。最新小說集是一九九九年出版的「老人系列小說」：《放生》。黃春明是有名的「說故事高手」，小說獲得多種文學獎項之肯定。一九九三年推出一系列撕畫童話集：《愛吃糖的皇帝》、《短鼻象》、《小駝背》等。隔年創立「黃大魚兒童劇團」巡迴各地演出兒童舞台劇。九〇年代末，黃春明回故鄉宜蘭參與文化工作：成立「吉祥巷工作室」，投入社區發展規劃，編纂鄉土博物誌、語言教材。除了寫作，更將精力實際投注在農村老人與兒童身上。

【正文】

在外國有一種活兒，他們把它叫做「Sandwich-man」。小鎮上，有一天突然也出現了這種活兒。但是在此地卻找不到一個專有的名詞，也沒有人知道這活兒應該叫什麼。經過一段時日，不知道那一個人先叫起的，叫這活兒做「廣告的」。等到有人發覺這活兒已經有了名字的時候，小鎮裏大大小小的都管它叫「廣告的」了。甚至於，連手抱的小孩，一聽到母親的哄騙說：「看哪！廣告的來了！」馬上就停止吵鬧，而舉頭東張西望。

一團火球在頭頂上滾動著緊隨每一個人，逼得教人不住發汗。一身從頭到腳都很怪異的、仿十九世紀歐洲軍官模樣打扮的坤樹，實在難熬這種熱天。除了他的打扮令人注意之外，在這種大熱天，那樣厚厚的穿著也是特別引人的；反正這活兒就是要吸引人注意。

臉上的粉墨，教汗水給沖得像一尊逐漸熔化的蠟像。塞在鼻孔的小鬍子，吸滿了汗水，逼得他不得不張著嘴巴呼吸。頭頂上圓筒高帽的羽毛，倒是顯得涼快地飄顫著。他何嘗不想走進走廊避避熱，但是舉在肩上的電影廣告牌，教他走進不得。新近，身前身後又多掛了兩張廣告牌；前面的是百草茶，後面的是蛔蟲藥。這樣子他走路的姿態就得像木偶般地受拘束了。累倒是累多了，能多要到幾個錢，總比不累的好。他一直安慰著自己。

從幹這活兒了開始的那一天，他就後悔得急著想另找一樣活兒幹。對這種活兒他愈想愈覺得可笑，如果別人不笑話他，他自己也要笑的；這種精神上的自虐，時時縈繞在腦際，尤其在他覺得受累的時候倒逞強得很。想另換一樣活兒吧。單單這般地想，也有一年多了。

近前光晃晃的柏油路面，熱得實在看不到什麼了。稍遠一點的地方的景象，都給蒙在一層黃膽色的空氣的背後，他再也不敢穿望那一層帶有顏色的空氣看遠處。萬一眞的如腦子裏那樣晃動著倒下去，那不是都完了嗎？他用意志去和眼前的那一層將置他於死地的色彩掙扎著：他媽的！這簡直就不是人幹的。但是這該怪誰？

「老闆，你的電影院是新開的，不妨試試看。試一個月如果沒有效果，不用給錢算了。海報的廣告總不會比我把上演的消息帶到每一個人的面前好吧？」

「那麼你說的服裝呢？」

（與其說我的話打動了他，倒不如說是我那副可憐相令人同情吧。）

「只要你答應，別的都包在我身上。」

（爲這件活兒他媽的！我把生平最興奮的情緒都付給了它。）

「你總算找到工作了。」

（他媽的，阿珠還爲這活兒喜極而泣呢。）

「阿珠，小孩子不要打掉了。」

（爲這事情哭泣倒是很應該的。阿珠不能不算是一個很堅強的女人吧。我第一次看到她那麼軟弱而號啕的大哭起來。我知道她太高興了。）

想到這裏，坤樹禁不住也掉下淚來。一方面他沒有多餘的手擦拭，一方面他這樣想：管他媽的蛋！誰知道我是流汗或是流淚。經這麼一想，淚似乎受到慫恿，而不斷的滾出來。在這大熱天底下，他的臉肌還可以感到兩行熱熱的淚水簌簌地滑落。不抑制淚水湧出的感受，竟然是這般痛快；他還是頭一次發覺的哪。

「坤樹！你看你！你這像什麼鬼樣子！人不像人，鬼不像鬼，你！你怎麼會變成這個模樣來呢?!」

（幹這活兒的第二天晚上；阿珠說他白天就來了好幾趟了。那時正在卸裝，他一進門就嚷了起來。）

「大伯仔……」

（早就不該叫他大伯仔了。大伯仔。屁大伯仔哩！）

「你這樣的打扮誰是你的大伯仔！」

「大伯仔聽我說……」

「還有什麼可說的！難道沒有別的活兒幹啦？我就不相信，敢做牛還怕沒有犁拖？我話給你說在前面，你要現世給我滾到別地方去！不要在這裏污穢人家的地頭。你不聽話到時候不要說這個大伯仔反臉不認人！」

「我一直到處找工作……」

「怎麼？到處找就找到這沒出息的鳥活幹了?!」

「實在沒有辦法，向你借米也借不到……」

「怎麼？那是我應該的？我應該的？我，我也沒有多餘的米，我的米都是零星買的，怎麼？這和你的鳥活何干？你少廢話！你！」

（廢話？誰廢話？眞氣人。大伯仔，大伯仔又怎麼樣？娘哩！）

「那你就不要管！不要管不要管不要管——」

（呵呵，逼得我差點發瘋。）

「畜生，好好，你這個畜生！你竟敢忤逆我，你敢忤逆我。從今以後我不是你坤樹的大伯！切斷！」

「切斷就切斷，我有你這樣的大伯仔反而會餓死。」

（應得好，怎麼去想出這樣的話來？他離開時還暴跳地罵了一大堆話。隔日，眞不想去幹活兒了。倒不是怕得罪大伯仔，就不知道爲什麼灰心得提不起精神來。要不是看到阿珠的眼淚，使我想到我答應她說：「阿珠，小孩子不要打掉了。」的話；還有那兩帖原本準備打胎用的柴頭仔也都扔掉了；我眞不會再有勇氣走出門。）

想，是坤樹唯一能打發時間的辦法，不然，從天亮到夜晚，小鎭裏所有的大街小巷，那得走上幾十趟，每天同樣的繞圈子，如此的時間，眞是漫長的怕人。寂寞與孤獨自然而然地叫他去做腦子裏的活動；對於未來他很少去想像，縱使有的話，也是幾天以後的現實問題，除此之外，大半都是過去的回憶，以及以現在的想法去批判。

頭頂上的一團火球緊跟著他離開柏油路，稍前面一點的那一層黃膽色的空氣並沒有消失，他慵慵地感到被裹在裏面令他著急。而這種被迫的焦灼的情緒，有一點類似每天天亮時給他的感覺；躺在床上，看到暑光從壁縫漏進來，整個屋裏四周的昏暗與寂靜，還有那家裏特有的潮濕的氣味。他的情緒驟然地即從寧靜中躍出恐懼，雖然是一種習慣的現象，但是，每天都像一個新的事件發生。眞的，每月的收入並不好，不過和其他工作比起來，還算是不差的啦。工作的枯燥和可笑，激人欲狂。可是現在家裏沒有這些錢，起碼的生活就馬上成問題。怎麼樣？最後，他說服了自己，不安的還帶著某種的慚愧爬了起來，坐在阿珠的小梳粧台前，從抽屜裏拿出粉塊，望著鏡子，塗抹他的臉，望著鏡子，淒然的留半邊臉苦笑。白茫茫的波濤在腦子裏翻騰。

他想他身體裏面一定一滴水都沒有了，向來就沒有這般的渴過。育英國校旁的那條花街，妓女們穿著睡衣，拖著木板圍在零食攤吃零食，有的坐在門口施粉，有的就茫然的倚在門邊，也有埋首在連環圖畫裏面，看那樣子倒是很逍遙。其中夾在花街的幾戶人家，緊緊地閉著門戶，不然即是用欄柵橫在門口，並且這些人家的門邊的牆壁上，很醒眼的用紅漆大大的寫著「平家」兩個字。

「呀！廣告的來了！」圍在零食攤裏的一個妓女叫了出來。其餘的人紛紛轉過臉來，看著坤樹頭頂上的那一塊廣告牌子。

他機械的走近零食攤。

「喂！樂宮演什麼啊？」有一位妓女等廣告的走過他們的身邊時問。

他機械的走過去。

「他發了什麼神經病，這個人向來都不講話的。」有人對著向坤樹問話的那個妓女這樣地笑她。

「他是不是啞巴？」妓女們談著。

「誰知道他？」

「也沒看他笑過，那副臉永遠都是那麼死死的。」

他才離開她們沒有幾步，她們的話他都聽在心裏。

「喂！廣告的，來呀！我等你。」有一個妓女的吆喝向他追過來，在笑聲中有人說：

「如果他眞的來了不把你嚇死才怪。」

他走遠了，還聽到那一個妓女又一句挑撥的吆喝。在巷尾，他笑了。

要的，要是我有了錢我一定要。我要找仙樂那一家剛才倚在門旁發呆的那一個，他這樣想著。

走過這條花街，倒一時令他忘了許多勞累。

看看人家的鐘，也快三點十五分了。他得趕到火車站和那一班從北來的旅客沖個照面；這都是和老闆事先訂的約，例如在工廠下班，中學放學等等都得去和人潮沖個照面。

時間也控制的很好，不必放快腳步，也不必故意繞近，當他走出東明里轉向站前路，那一班下車的旅客正好紛紛地從柵口走出來，靠著馬路的左邊迎前走去；這是他幹這活的原則，陽光仍然熱得可以烤番薯，下車的旅客匆忙的穿過空地，一下子就鑽進貨運公司這邊的走廊。除了少數幾個外來的旅客，再也沒有人對他感到興趣，要不是那幾張生疏而好奇的面孔，對他有所鼓勵的話，他眞不知怎麼辦才好；他是有把握的，隨便捉一個人，他都可以辨認是外地的或是鎭上的，甚至於可以說出那個人大部分在什麼時間，什麼地方出現。

無論怎麼，單靠幾張生疏的面孔，這個飯碗是保不住，老闆遲早也會發現。他爲了目前反應，心都頹了。

（我得另做打算吧。）

此刻，他心裏極端的矛盾著。

「看哪！看哪！」

（開始那一段日子，路上人群的那種驚奇，眞像見了鬼似的。）

「他是誰呀？」

「那兒來的？」

「咱們鎭裏的人嗎？」

「不是吧！」

「唷！是樂宮戲院的廣告。」

「到底是那裏的人呢？」

（眞莫名奇妙，注意我幹什麼？怎麼不多看看廣告牌？那一陣子，人們對我的興趣眞大，我是他們的謎。他媽的，現在他們知道我是坤樹仔，謎底一揭穿就不理了。這干我什麼？廣告不是經常在變換嗎？那些冷酷和好奇的眼睛，還亮著哪！）

反正幹這種活，引起人注意和被奚落，對坤樹同樣是一件苦惱。

他在車站打了一回轉，被游離般的走回站前路。心裏和體外的那種無法調合的冷熱，向他挑戰。坤樹的反抗只止於內心裏面咒詛而已，五六公尺外的那一層黃膽色的空氣又隱約的顯現，他口渴得喉嚨就要裂開，這時候，家，強有力的吸引著他回去。

（不會爲昨晚的事情，今天就不爲我泡茶吧？唉！中午沒回去吃飯就太不應該了，上午也應該回去喝茶。阿珠一定更深一層的誤會。他媽的該死！）

「你到底生什麼氣，氣到我身上來。小聲一點怎麼樣，阿龍在睡覺。」

（我不應該遷怒於她。都是吝嗇鬼不好，建議他給我換一套服裝他不幹，他說：「那是你自己的事！」我的事？眞是他媽的狗屎！這件消防衣改的，已經引不起別人的興趣了，同時也不是這種大熱天能穿的啊！）

「我就這麼大聲！」

（嘖！太過分了。但是一肚子氣怎麼辦？我又累得很，阿珠眞笨，怎麼不替我想想，還向我頂嘴。）

「你眞的要逼人嗎？」

「逼人就逼人！」

（該死，阿珠，我是無心的。）

「眞的？」

「不要說了！」嘶著喉嚨叫：「住嘴！我！我打人啦啊！」當時把拳頭握得很緊，然後猛力的往桌子搥擊。

（總算生效了，她住嘴了，我眞怕她逞強。我想我會無法壓制地打阿珠。但是我絕對是無心的。把阿龍嚇醒過來眞不應該。阿珠那樣緊緊地抱著阿龍哭的樣子，眞教人可憐，我的喉嚨受不了，我看今天喝不到茶了吧？活該！不，我眞渴著哪。）

坤樹一路想著昨晚的事情，不覺中已經到了家門口，一股悸動把他引回到現實。門是掩著，他先用腳去碰它，板門輕輕的開了。他放下廣告牌子，把帽子抱在一邊走了進去。飯桌上罩著竹筐，大茶壺擱在旁邊，嘴上還套著那個綠色的大塑膠杯子。她泡了！一陣溫暖流過坤樹的心頭，覺得寬舒了起來。他倒滿了一大杯茶，駛直喉嚨灌。這是阿珠從今年夏天開始，每天爲他準備的薑母茶，裏頭還下了赤糖，等坤樹每次路過家門進來喝的。阿珠曾聽別人說，薑母茶對勞累的人很有裨益。他渴得倒滿了第二杯，同時心裏的驚疑也滿了起來。平時回來喝茶不見阿珠倒不怎麼，但爲了昨晚無理的發了一陣子牛脾氣的聯想，使他焦灼而不安。他放下茶，打開桌罩和鍋蓋，發覺菜飯都沒動，床上不見阿龍睡覺，阿珠替人洗的衣服疊得好好的。那裏去了？

阿珠從坤樹不吃早飯就出門後，心也跟著懸得高高的放不下來，本來想叫他吃飯的，但是她猶豫了一下，坤樹已經過了馬路了。他們一句話都沒說。阿珠揹著阿龍和平時一樣地去替人家洗衣服。她不安得眞不知怎做才好，用力在水裏搓著衣服，身體的擺動，使阿龍沒有辦法將握在手裏的肥皂盒，放在口裏滿足他的吸吮。小孩把肥皂盒丟開，氣得放聲哭了。阿珠還是用力的搓衣服。小孩愈哭愈大聲，她似乎沒聽見；過去她沒讓阿龍這般可憐的哭著而不理。

「阿珠，」就在水龍頭上頭的廁所窗口，女主人喊她。

她仍然埋首搓衣服。

「阿珠」這位一向和氣的女主人，不能不更大聲地叫她。

阿珠驚慌的停手，站起來想聽清楚女主人的話時，同時也意識到阿龍的哭鬧，她一邊用濕濕的手溫和的拍著阿龍的屁股，一邊側頭望著女主人。

「小孩子在你的背上哭得死去活來，你都不知道嗎？」雖然帶有點責備，但是口氣還是十分溫和。

「這小孩子。」她實在也沒什麼話可說。「給了他肥皂盒玩他還哭！」她放斜左邊的肩膀，回過頭向小孩：「你的盒子呢？」她很快的發現掉在地上的肥皂盒，馬上俯身拾過來在水盆裏一沾，然後甩了一下，又往後拿給阿龍了。她蹲下來，拿起衣服還沒搓的時候，女主人又說話了。

「你手上拿著的這一件紗是新買的，洗的時候輕一點搓。」

她實在記不起來她是怎麼搓衣服，不過她覺得女主人的話是多餘的。

好不容易把洗好的衣服晾起來，她匆匆忙忙地揹著阿龍往街上跑。她穿過市場，她沿著鬧區的街道奔走，兩隻焦灼的眼，一直搜尋到盡頭，她什麼都沒發現。她腦子裏忙亂的判斷著可能尋找到他的路。最後終於在往鎮公所的民權路上，遠遠的看到坤樹高高地舉在頭頂上的廣告牌，她高興的再往前跑了一段，坤樹的整個背影都收入她的眼裏了。她斜放左肩，讓阿龍的頭和她的臉相貼在一起說：

「阿龍，你看！爸爸在那裏。」她指著坤樹的手和她講話的聲音一樣，不能公然的而帶有某種自卑的畏縮。他們距離得很遠，阿龍什麼都不知道。她站在路旁目送著坤樹的背影消失在叉路口，這時，內心的憂慮剝了其中最外的一層。她不能明白坤樹這個時候在想些什麼，他不吃飯就表示有什麼。看他還是和平常一樣的舉著廣告牌走；唯有這一點教她安心。但是這和其他令她不安的情形糅雜在一起，變得比原先的恐懼更難負荷的複雜，充塞在整個腦際裏。見了坤樹的前後，阿珠只是變換了不同的情緒，心裏仍然是焦灼的。她想她該回去替第二家人家洗衣服去了。

當她又替人洗完衣服回到家裏，馬上就去打開壺蓋。茶還是整壺滿滿的，稀飯也沒動，這證明坤樹還是沒回來過。他一定有什麼的，她想。本來想把睡著了的阿龍放下來，現在她不能夠。她匆忙的把門一掩，又跑到外頭去了。

頭頂上的火球正開始猛烈的燒著，大部分路上的行人，都已紛紛的躲進走廊。所以阿珠要找坤樹容易得多了。她站在路上，往兩端看看，很快的就可以知道他不在這一條路上。這次阿珠在中正北路的鋸木廠附近看到他了，他正向媽祖廟那邊走去。她距離坤樹有七八個房子那麼遠，偷偷地跟在後頭，還小心的堤防他可能回過頭來。在背後始終看不出坤樹有什麼異樣，有幾次，阿珠借著走廊的柱子遮避，她趕到前面距離坤樹背後兩三間房的地方觀察他。仍然看不出有什麼異樣的地方。但是，不吃飯、不喝茶的事，卻令阿珠大大的不安。她一直不能相信她所觀察的結果，而深信一定有什麼，她擔憂著什麼事將在他們之間發生。這時阿珠突然想看看坤樹的正面。她想，也許在坤樹的臉上可以看到什麼。她跟到十字路口的地方，看坤樹並沒有拐彎而直走。於是她半跑的穿過幾段路，就躲在媽祖廟附近的攤位背後，等坤樹從前面走過來。她急促忐忑的心，跟著坤樹的逼近，逐漸的高亢起來。面臨著自己適才的意願的頃刻，她竟不顧旁人對她的驚奇，她很快的蹲到攤位底下，然後連接著側過頭，看從她旁邊閃過的坤樹。在這刹那間，她只看到不堪燠熱的坤樹的側臉，那汗水的流跡，使她也意識到自己的額頭亦不斷地發汗。阿龍也流了一身汗。

那包紮著一個核心的多層的憂慮，雖然經她這麼跟蹤而剝去了一些，而接近裏層的核心，卻敏感的只稍一觸及即感到痛楚。阿珠又把自己不能確知什麼的期待，放在中午飯的時候。她把最後的一家衣服也洗了。接著準備好中午飯，一邊給阿龍餵奶一邊等著坤樹。但是過了些時，還不見坤樹的影子踏進門，這使得她又激起極大的不安。

她揹著阿龍在公園的路上找到坤樹。有幾次，她眞想鼓起勇氣，跟上前懇求他回家吃飯。但是她稍微一走近坤樹，突然就感到所有的勇氣又消失了。於是，她只好保持一段距離，默默地且傷心的跟著坤樹。這條路走過那一條路，這條巷子轉到另一條巷子，沿途她還責備自己，說昨晚根本就不該頂嘴，害得他今天這麼辛苦，兩頓飯沒吃，茶水也沒喝，在這樣的大熱天，不斷的走路……。她流著淚，走幾步路，總得牽揹巾頭擦拭一下。

最後看到坤樹轉向往家裏走的路，她高興得有點緊張。她從另一條路先趕回到家門口的另一條巷口的地方，在那裏可以看到坤樹怎麼走進屋子裏，看他有沒有吃飯。坤樹走過來了。終於在門口停下了來。阿珠看到他走進屋子裏的時候，流出了更多眼淚，她只好用雙手掩面，而將頭頂在巷口的牆上，支柱著放鬆她的心緒。坤樹在屋裏的一舉一動，她都看在眼裏了。她也猜測到坤樹的心裏，正焦急地找她，這種想法，使她覺得多少還是幸福的。

當坤樹在屋裏納悶而急不可待的想踏出外面，阿珠揹著阿龍低著頭閃了進來。阿珠在對面竊視到坤樹喝了茶，一股喜悅地跨過來的時間，正好是坤樹納悶的整段。看到妻子回來了，另一邊看到丈夫喝了茶了，兩個人的心頭像同時一下子放了重擔。阿珠還是低著頭，忙著把桌罩掀掉，接著替坤樹添飯。坤樹把前後的廣告牌子卸下來放在一邊，將胸口的鈕子解開，坐下來拿起碗筷默默地吃了，阿珠也添了飯，坐在坤樹的對面用飯。他們一直沉默著，整個屋子裏面，只能聽到類似豬圈裏餵豬時的嚼嚼的聲音。坤樹站起來添飯，阿珠趕快抬起頭看看他的背後，又很快的低下頭扒飯。等阿珠站起來，坤樹迅速的看了看她的背後，在她轉身過來之前，亦將視線移到別的地方。坤樹終於耐不住這種沉默：

「阿龍睡了？」他知道阿龍在母親背後睡著了。

「睡了。」她還是低著頭。

又是一段沉默。

坤樹看著阿珠，但是以爲阿珠這一動將抬頭時，他馬上又把視線移開。他又說話了：

「今天早上紅瓦厝的打鐵店著火了你知道不知道？」

「知道。」

這樣的回答，坤樹的話又被阻塞了。又停了一會。

「上午米粉間那裏的路上死了兩個小孩。」

「唷！」她猛一抬頭，看到坤樹也正從飯碗裏將要抬頭時，很快的又把頭低了下去，「怎麼死的？」她內心是急切想知道這問題的，但語調上已經沒有開始的驚嘆那麼來得激動。

「一輛運米的牛車，滑下來幾包米，把吊在車尾的小孩壓死了。」

坤樹從幹了這活以後，幾乎變成了阿珠專屬的地方新聞記者，將他每天在小鎮裏所發現的事情，一五一十地告訴她，有時也有號外的消息，例如有一次，坤樹在公園路看到一排長龍從天主教堂的側門排到路上，他很快的專程的趕回家，告訴阿珠說天主教堂又在賑濟麵粉了。等他晚上回來，兩大口的麵粉和一廳奶粉好好的擺在桌上。

雖然某種尷尬影響了他們談話的投機，但總算和和氣氣的溝通了。坤樹把胸釦扣好，打點了一下道具，不耐沉默地又說：

「阿龍睡了？」

（廢話，剛才不是說了！）

「睡著了。」她說

但是，坤樹爲了前句話，窘得沒聽到阿珠的回答。他有點匆忙的走出門外，連頭也不回的走了。這時阿珠才站在門口，搖晃著背後的阿龍，一邊輕拍小孩的屁股目送著丈夫消失。這一段和解的時間約有半個小時的光景，然而他們之間的目光卻沒有眞正的接觸過。

農會的米倉，不但牆築得很高，同時長得給人感到怪異。這裏的空氣因巨牆的關係，有一團氣流在這裏旋轉，牆的巨影蓋住了另一邊的矮房，坤樹正向這邊走過來。他的精神好多了，眼前直穿到盡頭，再也看不到那一層黃膽色的阻隔，那麻木不覺的臂膀，重新恢復了舉在頭頂上的廣告牌子的重量感。他估量天色的時分和晚上的時間，埋怨此刻不是晚上，他實在想睡覺的事。他有這種經驗，只要這麼經過，他和阿珠之間的尷尬即可全消。其實爲了消融夫妻之間的尷尬算是附帶的。不知怎麼，夫妻之間有了尷尬，而到了某一種程度的時候，性慾就勃發起來。這麼白亮的時光，眞受坤樹咒詛，倉庫的四周，麻雀吱吱喳喳地叫個不停，他想到自己的童年，那時這一排矮房子還是一片空地，他常常和幾個小朋友跑到這裏打麻雀；當時他練得一手好彈弓。電線上的幾隻麻雀有的正偏著頭望他，他略微側著頭望上去，仍舊不變腳步地走著，側仰的頭和眼球的角度，跟著他每一步的步伐在變，突然後面有人跑過來的腳步聲，使他驚嚇得回轉過頭。這和他以前提防看倉庫的那位老頭子一樣。他爲他這動作感到好笑。那位老頭，早在他在這裏來打麻雀的時候就死掉了。屍體還是他們在倉庫邊的井旁發現的。想啊想地，電線上的麻雀已落在他的後頭了。

一群在路旁玩土的小孩，放棄他們的遊戲，嘻嘻哈哈地向他這邊跑來，他們和他保持警戒的距離跟著他走，有的在他的後面，面向著他倒退著走。在阿龍還沒有出生以前，街童的纏繞曾經引起他的氣惱。但是現在不然了，對小孩他還會向他們做做鬼臉。這不但小孩子高興，無意中他也得到了莫大的愉快。每次逗著阿龍笑的時候，都可以得到這種感覺。

「阿龍，阿龍——」

「你管你自己走吧，誰要你撒嬌。」

「阿龍——再見，再見……」

他們幾乎每天都是這樣的在門口分手。阿龍看到坤樹走了他總是要哭鬧一場，有時從母親的懷抱中，將身體往後仰翻過去，想挽留去工作的父親。這時，坤樹往往由阿珠再說一句：「孩子是你的，你回來他還在。」之類的話，他才死心走開。

（這孩子這樣喜歡我。）

坤樹十分高興。這份活兒使他有了阿龍，有了阿龍教他忍耐這活兒的艱苦。

「鬼咧！你以爲阿龍眞正喜歡你嗎？這孩子以爲眞的有你現在的這樣一個人哪！」

（那時我差一點聽錯阿珠這句話。）

「你早上出門，不是他睡覺，就是我揹出去洗衣服。醒著的時候，大半的時間你都打扮好這般模樣，晚上你回來他又睡了。」

（不至於吧，但這孩子越來越怕生了。）

「他喜歡你這般打扮做鬼臉，那還用說，你是他的大玩偶。」

（呵呵，我是阿龍的大玩偶，大玩偶?!）

那位在坤樹前面倒退著走的小街童，指著他嚷：

「哈哈，你們快來看，廣告的笑了，廣告的眼睛和嘴巴說這樣這樣地歪著哪！」

幾個在後頭的都跑到前面來看他。

（我是大玩偶，我是大玩偶。）

他笑著。影子長長地投在前面，有了頭頂上的牌子，看起來不像人的影子。街童踩著他的影子玩，遠遠的背後有一位小孩子的母親在喊，小孩子即時停下來，以惋惜的眼睛目送他，而也以羨慕的眼睛注視其他沒有母親出來阻止的朋友。坤樹心裏暗地裏讚賞阿珠的聰明，他一再地回味著她的比喻：「大玩偶，大玩偶。」

「龍年生的，叫阿龍不是很好嗎？」

（阿珠如果讀了書一定是不錯的。但是讀了書也就不會是坤樹的妻子了。）

「許阿龍。」

「是不是這個龍。」

（戶籍課的人也眞是，明知道我不太熟悉字才請他替我塡表，他還這麼大聲的問。）

「鼠牛虎兔龍的龍。」

「六月生的，怎麼不早來報出生？」

「今天才取到名字。」

「超出三個月未報出生要罰十五元。」

「連要報出生我們都不知道咧。」

「不知道？那你們怎麼知道生小孩？」

（眞不該這樣挖苦我，那麼大聲引得整個公所裏面的人都望著我笑。）

中學生放學了，至少他們比一般人好奇，他們讀著廣告牌的片名，有的拿電影當著話題，甚至於有人對他說：「有什麼用？教官又不讓我們看！」他不能明白他的意思，但是他很愉快，看到每一個中學生的書包，脹得鼓鼓的，心裏由衷的敬佩。

（我們有三代人沒讀過書了。阿龍總不至於吧！就怕他不長進。聽說註冊需要很多錢哪！他們眞是幸運的一群！）

兩排高大的桉的路樹，有一邊的影子斑花的映在路面，從那一端工業地區走出來的人，他們沒有中學生那麼興奮，滿臉帶著疲倦的神色，默默地犁著空氣，即使有人談笑也只是那麼小聲和輕淡。找這活幹以前，坤樹亦曾到紙廠、鋸木廠、肥料廠去應徵過，他很羨慕這群人的工作，每天規律的在這個時候，通過這涼爽的高桉路回家休息。除此之外，他們還有禮拜天哪。他始終不明白爲什麼被拒絕。他檢討過。他是無論如何也想不通的。

「你家裏幾個人？」

「我和我的妻子，父母早就去世了。我的……」

「好了好了，我知道。」

（眞莫名其妙！他知道什麼？我還沒說完咧。他媽的！好容易排了半天隊輪到我就問這幾句話？有些人連問都沒有，他只是點點頭笑一笑，那個應徵的人隨即顯得那麼得意。）

黃昏了。

坤樹向將墜入海裏的太陽瞟了一眼，自然而然不經心的快樂起來。等他回到樂宮戲院的門口，經理正在外面看著櫥窗。他轉過臉來說：

「你回來的正好，我找你。」

對坤樹來說，這是很不尋常的。他愣了一下，不安的說：

「什麼事？」

「有事和你商量。」

他腦子裏一時忙亂的推測著經理的話和此時那冷淡的表情。他小心的將廣告牌子靠在櫥窗的空牆，把前後兩塊廣告也卸下來，抱著高帽的手有點發顫。他眞想多拖延一點時間，但能拖延的動作都做了，是他該說話了。他憂慮重重的轉過身來，那濕了後又乾的頭髮，牢牢地貼在頭皮，額頭和顴骨兩邊的白粉，早已被汗水沖淤在眉毛和向內凹入的兩頰的上沿，露出來的皮膚粗糙得像患了病。最後，他無意的把小鬍子也摘下來，眼巴巴的站在那裏，那模樣就像不能說話的怪異的人形。

經理問他說：

「你覺得這樣的廣告還有效果嗎？」

「我，我……。」他急得說不出話來。

（終於料到了。完了！）

「是不是應該換個方式？」

「我想是的。」坤樹毫無意義的說。

（他媽的完了也好！這樣的工作有什麼出息。）

「你會不會踏三輪車？」

「三輪車？」他很失望。

（糟糕！）

坤樹又說：「我，我不大會。」

「沒什麼困難，騎一兩趟就熟了。」

「是。」

「我們的宣傳想改用三輪車。你除了踏三輪車以外，晚上還是照樣幫忙到散場。薪水照舊。」

「好！」

（嗨！好緊張呀！我以爲完了。）

「明天早上和我到車行把車子騎回來。」

「這個不要了？」他指著靠牆的那張廣告牌，那意思是說不用再這樣打扮了？

經理裝著沒聽到他的話走進去……。

（傻瓜！還用問。）

他覺得很好笑。然而到底有什麼好笑？他不能確知。他張大著嘴巴沒出聲的笑著。回家的途中，他隨便的將道具扛在肩上，反而引起路人驚訝的注視，還有那頂高帽掖在他的腋下的樣子，也是小鎮裏的人所沒見過的。

「看吧！這是你們最後的一次。」他禁不住內心的愉快，眞像飛起來的感覺。

是很可笑的一種活兒哪！他想：記得小時候，不知道那裏來的巡迴電影。對了，是教會的，就在教會的門口，和阿星他們爬到相思樹上看的。其中就有這樣打扮著廣告的人的鏡頭：一群小孩子纏繞著他。那印象給我們小孩太深刻了，日後我們還打扮成類似的模樣做遊戲，想不到長大了卻成了事實。太可笑了。

「他媽的！那麼短短的鏡頭，竟他媽的這樣，他媽的可笑。」坤樹沿途想著且喃喃自言自語地說個不完。

往事一幕一幕地又重現在腦際。

「阿珠，如果再找不到工作，肚子裏的小孩就不能留了。這些柴頭藥據說一個月的孕期還有效。不用怕，所有的都化成血水流出來而已。」

（好險哪！）

「阿珠，小孩子不要打掉了。」

（那麼說，那時候沒趕上看那場露天的電影，有沒有阿龍還是一個問題哪！幸虧我爬上相思樹看。）

奇怪的是，他對這本來想拋也拋不掉的活，每天受他咒詛不停，現在他倒有些敬愛起來。不過敬愛還是歸於敬愛，他內心的新的喜悅總比其他的情緒強烈得多。

「坤樹，你回來了！」站在路上遠遠望到丈夫回來的阿珠，出乎尋常的興奮地叫了起來。

坤樹驚訝極了。他想不透阿珠怎麼知道了？如果不是這麼回事，阿珠這般親熱的表現，坤樹認爲太突然而過於大膽了；在平時他遇到這種情形，一定會窘上半天。

當坤樹走近來，他覺得還不適於說話的距離時，阿珠搶先的說：

「我就知道你走運了。」他好像恨不得把所有的話都說出來。坤樹卻眞正的嚇了一跳。她接著說：

「你會不會踏三輪車？其實不會也沒關係，騎一兩趟就會熟的。金池想把三輪車頂讓給你咧。詳細的情形……」

他聽到此地才明白過來。他想索性就和她開個玩笑吧，於是他說：

「我都知道了。」

「剛看你回來的樣子，我猜想你也知道了。你覺得怎麼樣？我想不會錯吧！」

「不錯是不錯，但是——」他差一點也抑不住那令他快樂的消息，欲言又作罷了。

阿珠不安的逼著問：

「有什麼問題嗎？」

「如果經理不高興我們這樣做的話，我想就不該接受金池的好意了。」

「為什麼？」

「你想想，當時我們要是沒有這件差事，那眞是不堪想像，說不定阿龍就不會有。現在我們一有其他工作，一下子就把這工作丟了，這未免太過分吧！」這完全是他臨時想出來的話。但經他說了出來之後，馬上覺察到話的嚴肅與重要性，他突然變得很正經，與其說阿珠瞭解他的話，倒不如說是被他此刻的態度懾住了。她顯然是失望的，但至少有一點義理支持她，她沉默的跟著坤樹走進屋子裏，在一團困惑的思緒中，清楚的意識到對坤樹有一種新的尊敬。可能提到和阿龍有關係的緣故吧，她很容易的接受了這種說法。

晚飯，他們和平常一樣的吃著，所不同的是坤樹常常很神秘的望著阿珠不說話，除了有一點奇怪之外，阿珠倒是很安心，她在對方的眼神中，隱約的看到善良的笑意。在意識裏，阿珠覺得她好像把坤樹踏三輪車以後的生活計畫都說了出來，而不顧慮有欠恩情於對方的利益，似乎自責得很厲害。坤樹有意要把眞正好的消息，留在散場回來時告訴她。他放下飯碗，走過去看看熟睡的阿龍。

「這孩子一天到晚就是睡。」

「能睡總是好的囉。不然，我什麼事情都不能做，註生娘娘算是很幫我們忙，給我們這麼乖的孩子。」

他去到戲院工作了。

他後悔沒即時將事情告訴阿珠。因此他覺得還有三個小時才散場的時間是長不可耐的，也許在別人看來這是一件平凡的小事情。但是，對坤樹來說，無論如何是裝不了的，像什麼東西一直溢出來令他焦急。

（在洗澡的時候，差點說出來。說了出來不就好了嗎？）

「你怎麼把帽子弄扁了呢？」那時阿珠問。

（阿珠一向是很聰明的，她是嗅出一點味道來了。）

「噢！是嗎？」

「要不要我替你弄平？」

「不用了。」

（她的眼睛想望穿帽子，看看有什麼秘密。）

「好，把它弄平吧。」

「你怎麼這樣不小心，把帽子弄得這麼糟糕。」

（乾脆說了算了。嘖！眞是。）

這樣錯綜的去想過去的事情，已經變成了坤樹的習慣。縱使他用心提防再不這樣去想也是枉然的了。

他失神的坐在工作室，思索著過去生活的片斷，即使是當時感到痛苦與苦惱的事情，現在浮現在腦際裏亦能撲得他的笑意。

「坤樹。」

他出神的沒有動。

「坤樹。」比前一句大聲地。

他受驚的轉過身，露出尷尬的笑容望著經理。

「快散場了，去把太平門打開，然後到寄車間幫忙。」

一天總算眞正的過去了。他不像過去那樣覺得疲倦。回到家，阿珠抱著阿龍在外面走動。

「怎麼還沒睡？」

「屋子裏太熱了，阿龍睡不著。」

「來，阿龍——爸爸抱。」

阿珠把小孩子遞給他，跟著走進屋子裏。但是阿龍竟突然的哭起來，儘管坤樹怎麼搖，怎麼逗他都沒有用，阿龍愈哭愈大聲。

「傻孩子，爸爸抱有什麼不好？你不喜歡爸爸了嗎？乖乖，不哭不哭。」

阿龍不但哭得大聲，還掙扎著將身子往後倒翻過去，像早上坤樹打扮好要出門之前，在阿珠的懷抱中想掙脫到坤樹這邊來的情形一樣。

「不乖不乖，爸爸抱還哭什麼。你不喜歡爸爸了？傻孩子，是爸爸啊！是爸爸啊！」

坤樹一再堤醒阿龍似的：「是爸爸啊，爸爸抱阿龍，看！」他扮鬼臉，他「嗚魯嗚魯」地怪叫，但是一點用處都沒有。阿龍哭得很可憐。

「來啦，我抱。」

坤樹把小孩子還給阿珠，心突然沉下來。他走到阿珠的小梳粧台，坐下來，躊躇的打開抽屜，取出粉塊，深深的望著鏡子，慢慢的把臉塗抹起來。

「你瘋了！現在你打臉幹什麼？」阿珠眞的被坤樹的這種舉動嚇壞了。

沉默了片刻。

「我，」因爲抑制著什麼的原因，坤樹的話有點顫然地：「我，我，我……」

（一九六八年）

【評析】

〈兒子的大玩偶〉發表於一九六八年二月《文學季刊》第六期，是黃春明早期最具代表性小說之一。八〇年代改編成三段式電影，適由侯孝賢執導本段，成爲「台灣新電影時期」精彩之作。整篇故事從表面上看，不過說了小鎭一位「廣告活兒」一天的生活。仔細推敲，會注意到小說形式與主題都有特殊之處。

男主角坤樹向戲院老闆自我推薦，好不容易找到這個「三明治人」的職業：他把自己打扮成小丑模樣，大熱天背著戲院廣告招牌在大街小巷來回穿梭。如此怪模樣，既受街坊嘲笑，也遭長輩挖苦。但爲了賺取一家生活所需，尤其剛生下兒子，不得不與妻子兩人加倍辛苦賺錢。

從敘述策略來看，小說採取第三人稱「全知觀點」，亦即「說故事人」是無所不知的。本篇最大特色，便是巧妙運用西方現代主義「意識流手法」：意識流指「意識的流動」，坤樹和一般人一樣，雖獨自在路上行走，腦筋卻不會空白，他腦中「意識」不停地轉動，隨時流轉於過去、現在與未來之間。這種立體的敘述角度，使讀者不但看到烈日下，坤樹正汗流浹背的「現場動作」，透過他思想流動與回憶，還能進入坤樹的「心靈世界」，明白其職業的來龍去脈，以及為這「活兒」精神與身體所受的雙層壓力。

小說對白後面加了括弧的字，便是主角「現場的想法」，且用它來批判過去的動作。例如對白：「你總算找到工作了。」後面加了一段括弧：「(他媽的，阿珠還為這活兒喜極而泣呢)」，既顯露主人翁心中無奈、憤怒等種種情緒，也間接傳達他對妻兒的感情。這些心理活動的鋪陳，與進行中事件動作巧妙配合，塑造了一個活生生，有血有肉的男主角坤樹。如此寫法更讓情節單調的小說，呈現了複雜而多面的主題。

主題之一，父子關係的表達，喜劇與悲劇的顛倒混淆。通篇小說都在描寫「父親」角色，卻用「兒子的××」作題目，可見親子或親情在本文的重要性。結局的一幕，他為維持做「兒子玩偶」的父親角色，很尷尬地往臉上抹粉；這動作包含多少卑微人物的心酸無奈。他原可以輕鬆如願恢復本來面目，為了兒子還是痛苦地把面具戴上。坤樹這份對兒子的深厚情愛，提醒了讀者：人活在世上，愛竟是如此艱難！小丑形象原是為喜劇而設計的，然而他吃苦為兒子打工，頂著喪失尊嚴的形象，又明明在扮演悲劇角色。作為向物質世界討生活的卑微人物，坤樹何止是兒子的玩偶，根本也是社會的玩偶，甚至是命運的玩偶。

主題之二，呈現「人與面具」之間的多重意義。坤樹的面具是「職業的面具」，看似「自願」戴的，其實是為生活壓力，是為擁有兒子不得不戴。然而他的「有形」面具，因為怪誕可笑，不習慣而時刻想著要脫掉，恢復本來面目，雖然旁人已逐漸習慣。回頭看現實人生，每個職業中人，哪一個不是戴著有形無形的面具，而許多人終其一生，迷失在各式面具之下，從未有過「脫下面具」的機會與自覺。關於這篇小說的主題與寫作技巧，姚一葦寫於一九七二年的論文有詳細的評論分析。

【延伸閱讀】

一、劉春城，《愛土地的人——黃春明前傳》，台北：錦德圖書事業有限公司，一九八五年一月。

二、葉眞，《黃春明小說欣賞》，廣西教育出版社，一九九八年六月

三、黃春明，《黃春明小說集一九六二～一九六八——青番公的故事》，台北：皇冠出版社，一九八五年八月。

【相關評論引得】

一、葉笛，〈黃春明〈兒子的大玩偶〉分析〉，《幼獅文藝》第三十卷一期，一九六九年一月。

二、姚一葦，〈論黃春明的〈兒子的大玩偶〉〉，《現代文學》第四十八期，一九七二年十一月。

三、唐文標，〈兒子的大玩偶——旅人札記〉，《中國時報》人間副刊，一九八三年八月二十一日。

四、蔡源煌，〈小人物的面具：試論黃春明小說中的表意衝突〉，《中華文化復興月刊》第十卷第九期，一九七七年九月，頁三四～四二。

（應鳳凰／編撰）

三腳馬

鄭清文

【作者簡介】

鄭清文（一九三二～），筆名莊園、谷嵐，出生於桃園李姓農家，自幼即過繼給台北新莊開木器店的舅父。七歲入小學，受日本教育，戰後在台北讀初中時才開始學習中文。台大商學系畢業，服務於銀行。一九五八年在林海音主編的「聯合報副刊」發表處女作「寂寞的心」。以後，陸續發表許多新作。一九六二年，「文星雜誌」舉辦創刊五週年紀念徵文，鄭清文以短篇〈我的傑作〉獲獎，從此奠定寫作信念。他以故鄉舊鎭、現代工商社會爲背景，刻劃出台灣人民的悲歡和尊嚴。此外，他相當關心兒童和少年，爲他們創作了不少童心童趣及深富啓蒙作用的作品。除了小說、童話之創作，他在文學評論以及文學作品翻譯方面也有豐碩的成果。作品集如：《簸箕谷》、《故事》、《校園裡的椰子樹》、《現代英雄》、《最後的紳士》以及《峽地》童話集《燕心果》、《天燈．母親》等，一九九八年由麥田出版短篇小說全集。

其小說無論就主題、人物刻劃、場景的掌握、氣氛的釀造、觀點應用，或意象的統一性而言，都可謂達到藝術上登峰造極的成就，其特有的含蓄清淡風格，及對人性的深層探索，尤備受眾人推崇。摯友李喬曾很精當指出鄭清文小說主題有四：一、著重悲劇過程的探討；二、描寫得救的過程，得救在於自覺奮鬥，不斷成長；三、從深層面看社會問題；四、人生難免在取捨中備嘗痛苦，但因之呈現生之意義。他生平服膺作家契訶夫、海明威，稱許契訶夫「文學只做見證，不做裁判」的說法及其對人類的憐憫之心；推崇海明威的「冰山理論」，認爲「因爲簡單，所以它可以含蓄得更多」。因此其文字含蓄而簡明清朗，內涵思想卻豐富。在虛無、華麗、詭魅的文風中，鄭清文質樸自然的小說，不啻是一道清流。

他的小說多次入選年度、國內外選集，曾獲台灣文藝第四屆台灣文學獎、第十屆吳三連文藝獎、第十六屆時報文學獎短篇小說推薦獎、金鼎獎。之後更以《三腳馬》（*Three-Legged Horse*）英譯本一書，獲得享譽美國的「桐山環太平洋書卷獎」（Kiriyama Pacific Rim Book Prize）（一九九九年度小說獎），此爲台灣作家首次得到這項重要的國際文學獎。

【正文】

1

我從台北坐了三個鐘頭的車，到外莊找我工專時的同學賴國霖。最近我們開了一次同學會，難得自畢業以後二十多年第一次再見到他。在會上，大家做自我介紹的時候，才知道他回到故鄉開一家木刻工廠，專門製銷各種木刻品。

他的工廠規模相當的大，占地有兩百多坪，前落兼做店面。我來這裏，主要是找些馬匹的作品。我收集馬匹多年，已收集了大大小小兩千多件，有木頭的，也有石頭的。今年是馬年，我預備利用這個機會多收集一些。

他已給我看了許多木刻。也許因爲大量生產的關係，那些作品都過於規格化。我們正在走動觀看，突然牆角有一隻奇特的馬引起了我的注目。那隻馬低著頭，好像在吃草，也好像不是。牠的臉上有一抹陰暗的表情，好像很痛苦，也好像很羞慚的樣子。我收集了那麼多的馬，就從來沒有看過這樣的表情，就是繪畫，恐怕也找不到。

我把它拿起來仔細的看了一下，才發現那隻馬竟跛了一條腿。這使我感到非常驚奇和惋惜。從馬身上的線條看，牠比另外的馬都來得生動有力，尤其是臉部的表情，絕對不是其他的作品所可以比擬的。牠是素面的，沒有上漆，甚至於沒有用砂紙磨過，還可以看到刀鏤的痕跡。從牠被放在不顯眼的地方看來，可以推測牠沒有受到重視。賴國霖看到我拿在手裏把玩，不忍釋手，就告訴我說：

「那是一個怪人刻的。他喜歡刻一些殘廢的馬，我們去他家收購，有時隻數不夠，他就把殘廢的加了進去，他說不能賣，等他多出來，把殘廢的換回去，就像當做零錢找來找去。」

「你店內有沒有他刻的？我是說普通的馬。」

「有，這就是。」他隨手拿一隻給我看。「你覺得怎麼樣？」

「這就奇怪。跟其他的差不多。也許你們使用模子的關係。不過，牠的眼睛，和其他的不一樣。你看一般的馬的眼睛是看側面的，他的馬是看前面的。還有，這些鬃毛，尾部和大腿也不一樣。但完全不能和那一隻跛腳的比。你看，這是動的、活的馬，而且有表情。要表現動物的表情，實在太難了。」

「他刻的馬，都是經過我們再修整過的。我們都說他太懶，連砂紙都不磨一下。爲了這，我們還扣他的工錢呢。」

「那個人的作品多不多？」

「我也說不出來。看他把東西亂堆在一起，我們也不知道什麼是作品，什麼不是。不過，我們所要的，卻越來越少了。以前，我們一個禮拜要去收一次，現在就要兩三個禮拜，甚至一個月才去一次。他放著正經的工作不做，一個人躲在那裏，刻一些奇奇怪怪的東西。」

「他眞的不賣？我是說，像那些跛腳馬？」

「我也不知道。誰知道這個怪人心裏想著什麼。」

「你是不是可以帶我去看他？」

「去看他？做什麼？」

「我想看看有什麼特別的東西。」

「特別的東西？」

「就是跛腳馬之類的奇奇怪怪的東西。」

賴國霖用機車載我去。我們在彎彎曲曲的山路上駛了有半個鐘頭。當我們駛到坡頂就停了下來。由高處望下看，看到山巒間有一塊比較平坦的地方，大概只有一、二十戶民家散落其間，有的相鄰，有的隔開一些距離。

「那就是深埔村。」賴國霖說，又開了機車，駛下山坡。

那是一間非常簡陋的土塊厝，所切的土塊都已蝕損，裏頭的稻草已鬆開，像尺蠖翹出來。這一間土塊厝算是邊房，正廳也是土塊厝，只是在表層多塗上石灰，看起來比較新淨。

門是半掩著。賴國霖輕推了一下，一走進去，我就聞到木料的香味。因爲外面陽光強烈，突然走進到幽暗的房間，眼前什麼都看不見。我們在裏面站了一下，才漸漸看到在竹格子的小窗底下坐著一個六十多歲的老人。白多於黑的頭髮剪得很短，鬍髭也已有五、六分長。

「國霖嗎？」

「是的，吉祥叔，我給你帶來一位客人。」

「客人？從哪裏來的？」他望著我看了一下。

「台北。」

「台北市嗎？」

「是的。」賴國霖說。

當我的眼睛已習慣，我就把四周掃視一下。在窗下有一尺高的工作檯，放著木槌和各種雕刻刀。老人坐在地上一塊扁平的小板上，雙腳微曲，往前伸，雙腿間放一隻還不知是何物的木塊，地上全是木片，牆角橫豎地堆著一些作品。

「你的朋友是台北來的？」我還沒有看清楚那些作品，老人又開口了。

「是的，他是我的同學，在台北讀書時的同學。」

「你知道台北的近郊有一個叫舊鎮的地方？」

「我是舊鎮的人，我在那裏住了三十年，一直到十幾年前才搬到台北。」

「你住在舊鎮什麼地方？」

「警察分局對面。」

「警察分局，是不是以前的郡役所？」

「是的。」

「從你的歲數和住的地方看來，你應該認得我。」他說，慢慢轉向我。

「我認識你？」

「還認不出來？」他指著自己的鼻梁說。從眉間到鼻梁上有一道白斑，好像是一種皮膚病。

「是不是……」

「你認得了？我就是白鼻狸。你是誰的兒子？」

我告訴他父親的名字，也告訴他父親以前開木器店。

「我記得他。我以前曾經打過他。」

「我知道。父親曾經告訴過我。」

「你父親還在嗎？」

「不，已去世了。」

「他有沒有講過我什麼？」

「……」

「你說，我不會介意。」

「我父親說，三腳的比四腳的更可惡。」

他沈默了片刻，然後從工作檯上拿起一個四、五寸大的相框。「你認識她嗎？」

「不認識。」

「她是我的查某人。」

「我好像記得她的姐姐和妹妹都當過老師。」

「對，對的」

「這一位呢？」我指了左下角一張兩寸大，已發黃的照片。

「這是我的第一張照片。我第一次到台北時照的，寄回來給我母親的。」

照片上是剃著光頭。我注意看著他的鼻梁上，卻找不到那一道白色斑。他好像已覺察到。

「那是照相師修過的。爲了這，他還還多拿了我五錢。」

「你是說，很小就已有了？」

「嗯，很小，很小……」

2

「烏腳礜，白鼻狸……」

一行五人，以阿狗爲首，各人拿著陀螺，半走半跑，往墓仔埔前進。阿祥比那五個人中最小的阿河還矮了半個頭，也在後面緊緊地跟著。

「烏腳礜，白鼻狸，轉去，不要跟屎尾。」殿後的阿金大聲說，把手裏的陀螺猛打下去。

「我也有……」阿祥說。天氣很冷，說話時會冒出白煙。

「有什麼？有蘭鳥？」阿成說。

「我也有干樂。」

「什麼干樂？自己刻的？比蘭核還小！」阿進說。

「我阿舅說，要買一顆這麼大的給我。」阿祥說，用手比了一個碗口。

「買來再講。」阿金說。

「我阿舅住在台北。」

「台北有什麼稀罕。」

「轉去，不轉去，拿你來脫褲。」

阿祥一手捏著陀螺，一手拉著褲頭。他的褲頭繫著一條布繩子。他太小，沒有辦法像大人，把褲頭一摺一塞就可以繫牢。

「轉去。」阿金回頭推了他一把，他倒退了一步。阿金是阿福伯的最小兒子。第一次叫他「白鼻狸」的就是他。

有一次阿福伯在山上捉了一隻白鼻狸，放在鐵絲籠裏，準備拿到外面去賣。牠的毛黃裏帶黑，鼻梁是一條長長的白斑，通到淺紅色的圓圓的鼻尖。牠的一隻腳被圈套夾斷了，走起路，一跛一跛的。

這以後，大家都叫他白鼻狸，好像已忘掉了他的名字。

「你也是白鼻狸。」阿金突然指著他的鼻子說。

他怔怔地望著五個人，看他們彎進竹屏背後。

他舉起手，把手裏的陀螺打下去，但沒有打好，陀螺橫轉起來。

「幹！死干樂！」阿祥罵了一聲。

他撿起陀螺，把繩子纏好，順著原路折回來，看路邊有一壺茶，就蹲下去猛灌了兩碗。

他回到阿福伯的菜圃邊，本來，在這四面環山的一點耕地，是一片貧瘠的赤仁土，居民都種植著番薯、樹薯或花生，只有阿福伯經常到外面，聽了人家的意見，闢了不到半分地的一小坵，改種了一些蔬菜。

他感到下腹脹脹的，但還不夠。他站在菜圃邊等著。那些捲心白菜已種下一個月了吧，菜心開始曲捲，種在邊緣的，已有三棵的葉子轉黃了。如果不是阿金，也不會有人叫他白鼻狸了。他想著。冷風迎面吹過來，在竹屏上呼嘯。他略微縮著身子。小腹更加鼓脹起來了。他看看四周，知道沒有人，就趕快拉起褲管，用力把小腹一擠。尿水冒著煙向第四棵白菜灌了下去。尿水灌著菜葉，和菜心。他用力擠，集中在一棵白菜上。尿也在土上冒泡，但很快地消失在土裏。他感到滿身舒暢，萬一有人看到，他就說在灌肥。

「咿哎！」突然有人大喊一聲，從竹屏後猛衝了出來。

阿祥顫了一下，還沒有看清楚是誰，尿已收進去了。

衝出來的，卻是阿狗和阿金他們五個人。他實在不能相信。他們怎麼能繞了一個大圈子，躲到這邊的竹屏來了？

「我知道一定是你這隻白鼻狸。」

「我怎麼了？」

「你灌尿。」

「我灌肥呀。替你們灌肥還不好？」

「難道你不知道灌燒尿，會鹹死菜。你看看那三棵。」

「那不是我弄的。」

「不是你，還會有誰？」

「眞的不是我。」

「白鼻狸偷吃果子，還會說是牠吃的？我們抓白鼻狸來剝皮，把他的褲子脫下來。」阿金說，雙手把他抱住。

「不要，不要。」他掙扎著。手亂揮，腳亂踢。

阿進抓住他捏著陀螺的手。阿河阿成拉了他的腳。只有阿狗站在一邊笑著。

阿金把他的褲子往下一拉，褲頭滑出布繩子，好像竹筍脫殼，褲頭鬆開，褲也掉了下來。

「哈、哈、哈！」阿金拉掉他的褲子，往空中一撒褲子順著風飄了一下，飄落在地上。

「哈、哈、哈！」大家也跟著大笑起來。

阿祥猛掙著身子。風很冷，吹著他的屁股和下肢，但他不顧一切，拿起陀螺，對準阿金背部猛砸過去。

「哎唷！」阿金叫了一聲，伸手到背部一摸，手指已染了血。

「娘的！」阿金回頭過來，用拳頭往他的臉上猛揮過來。

他的牙齒撞了一下，咬到了自己的舌頭。嘴裏鹹鹹的，他知道已流血了。

3

天空碧藍如洗，太陽猛烈地照著，一望過去，起起伏伏的山巒，盡是鬱綠的相思樹，在無風的太陽底下，靜靜地佇立著。

阿祥已走了兩個小時的路。赤仁土的山路只有一、兩公尺寬，沿著一條小溪蜿蜒而下。這是通往外界的唯一一條路。每當雨後，水牛走過，就在路上留下許多腳印，經太陽曬乾，就變得尖銳刺腳。

阿祥打著赤腳，邊走邊跑，裹著書本和便當的包袱巾從右肩到左腰打斜地繫著。

他在山路上又行走了一段，然後下坡到溪邊，踏上鋪在水中的石頭。水位較低的時候，隔著半步的距離鋪著的石頭便露出水面，人可以踩踏過去，一到下雨天水位漲高，有些地方也深過腰部，聽說在暴風雨的季節，溪水猛漲，曾有人想硬涉過去，卻被溪水沖走了。

有人迎面而來，是阿福伯。在鄉下，住在路程兩、三個小時內的人，都算鄰居。

「阿福伯。」他叫了一聲，有點不好意思，他一路上一直怕見到熟人，他正在溪中央，要躲也來不及。

「阿祥，你上街了。」

阿福伯並沒有問他爲什麼不上學。鄉下沒有禮拜幾的觀念，也不重視上學不上學。

他一腳踩進水中，讓阿福伯過去。水很涼，他覺得很舒服，乾脆就兩腳都站到水裏，腳底有點滑。是長在石頭上的青苔。他站穩了腳，把手也伸進水裏浸一下，連心裏都感到涼爽。

如果阿福伯碰到父親，告訴他說在路上碰到了自己，父親追問起來該怎麼辦？他站上來，回頭看看阿福伯，但他更怕那位新來的日本老師井上先生。井上先生白白胖胖，和又黑又乾的村人都不一樣。井上先生來的第二天，就叫學生把桌椅全部搬到後面，騰出空地來，叫大家跪下去，用竹棍子在每一個人頭上敲了一下。井上先生看看他的鼻子，又加了一棒。

「馬鹿野郎，青蕃，無教育，捧庫拉……」

井上先生一邊喊一邊打，全班學生沒有一個人知道爲什麼被打，這一件事發生之後，隔天就有十分之一的學生不再來上課。

「讀書有什麼用？」有人說。

「我才不去跪他。我只跪我祖公。」

阿祥挨打的機會要比其他的同學多，每一、兩個禮拜，至少要被打一次。每次被打，腦袋上都腫起來，像長著一個瘤。爲什麼呢？他實在想不出道理，也許是因爲鼻上那一道白斑。

他實在不想讀下去，但每次都想到阿舅。阿祥所以能到一個鐘頭路程的內埔去讀書，完全是阿舅竭力說服父親的。

「你要認眞讀書，讀完了來台北。」

阿祥知道他今天一定會挨打，本來，他是不會遲到的。他走到半路，在路邊樹上看到一隻奇怪的鳥。牠的樣子像水鴨，但鼻上卻有一塊紅肉冠，有點像蕃鴨，但小得多。他不知道這叫什麼鳥。他追了一程，結果連跑帶衝趕到學校，還是沒有趕上。

井上先生揮動著竹棍子的樣子一直在他眼前晃動，還有那棍子敲在頭上的清脆聲音。他跪在地上等著，要來就快一點來，但又怕它眞的來，一棍打下去，眼淚都擠了出來。

他在學校——說得正確一點只是分教場，附近徘徊了一下。忽然又想起阿舅住在台北，要坐火車去，他到現在連火車都沒有看過。聽說，火車走在鐵軌上，那是要到外莊才能看到的。

他走過了中埔，太陽已相當的高，也相當的熱。他走到樹蔭下，把包袱巾解下，取出便當。飯是夠的，佐餐的只有三片蘿蔔乾和一小撮豆豉。有時，父母到街上才買一點鹹魚回來。不到幾分鐘，他把所有的東西都裝進肚子，太陽已快到中天了。從家裏走到內埔的分校要一個多小時，由內埔到中埔也要一個多小時，由中埔到外莊也要一個多小時，加起來也要四個小時多。

他的心又開始蹦蹦地跳著。這和想到井上先生的棍子的時候是差不多的，不過他早已把井上先生的事忘掉了。

他不知道火車什麼樣子，也不知道鐵軌什麼樣子。阿舅雖然曾經在稻埕上畫給他看過，但他還是沒有正確的輪廓和確實的感覺。

他也曾經要求父母帶他出去。但他們都說他太小。

他爬過一個小山崙，忽然看到山凹下去。他站在崙頂，在兩堵山壁之間，看到了鐵路，那就是鐵路嗎？他以爲要到外莊才能看到，他知道這裏離外莊不遠，卻還不到外莊。

兩條鐵軌向兩邊延伸。他不知道那一邊是通往台北的。那一邊都是一樣的吧。他凝然望著。他的視線順著鐵路來回地移動著。一邊，在遠處，他看到了一個山洞。

他攀下山坡，鐵軌是鋪在許多木頭上，木頭上有煤屑、有鐵鏽。他蹲下去看看鐵軌的上面銀亮而平滑，在太陽下不停地閃著光。他用手去摸它，好像上次偷摸土地公的臉一般。

「嗚——嗚——嗚——」從山洞那邊傳來汽笛的聲音。

他猛醒過來，起立退到山邊。火車從他面前急擦過去。他什麼都看不清楚。火車過去之後，才覺得車上有人看著他，對他笑著。

他拔腳追了過去。火車就在他面前，他追著，追著。

4

小學一畢業，阿祥就到台北阿舅所開的食堂幫忙，他先學掃地、洗碗筷、擦桌子，然後端菜，招呼客人。後來，他也學會騎腳踏車送麵飯。他學得很快，尤其他很會認路。雖然他第一次到大都市來，時間又不很長，卻比那些來得更久，年紀更大的孩子更管用。

阿舅很高興，有時也叫他去採購或跑銀行，他很快就成爲阿舅最得力的助手。

有一天，已是深夜十一時以後，他送麵到榮町一家布店，有四、五個店員正在玩四色牌。

「麵來了，有燒沒？」一個店員說。

「白鼻的。」另一個叫他。「湯那會這麼少？你偷飲了？」

他騎車子送來，難免盪出一些湯。而且麵泡久了，也會吸湯。

「對，他眞像白鼻狸。喂，少年家呀，聽說你是從內山來的，那邊一定有很多的白鼻狸吧。」另一個幫腔說。

「趕快洗牌了，不去睬他嘛。」

「喂，是你老爸白鼻，還是你老母白鼻？」

「不要講笑，講笑也要有程度。」另一個說。

阿祥用雙手把麵一碗一碗端起來放在桌上。他很用力，手在發抖。他怕把湯再盪了出來。他把提麵箱的蓋子蓋好，當他再騎上腳踏車的時候眼淚已流了出來。他一腳踩在地上，用手背把眼淚擦掉。爲什麼？爲什麼每一個人都叫他白鼻狸呢？他想離開故鄉，也是因爲在那裏每一個人都叫他白鼻狸。來到城市裏，認識的人不多，但只要一熟，就又叫他白鼻。

這幾個人他並不熟，卻這樣叫他，而且還侮辱他的父母，他沒有直接回到店裏，他到公園邊的派出所去報案，說有人賭博。

警察要他帶路。因爲送食物去過派出所，他和警察也認識。警察把那些人抓去拘留。雖然他只到門口，沒有跟警察進去，他們也猜想他去報案的。他們在牢裏叫飯的時候，把他臭罵了一頓。

他又去報告，警察警告他們，如再這樣就不放他們出去。

這時候，他更清楚地覺得，人分成兩種，一種是欺負人的，一種是受人欺負的。井上先生是前一種，自己是第二種。但現在，他親眼看到那幾個店員由第一種變成第二種，而自己又好像從第二種變成了第一種。

那些店員釋放出來以後，曾經到店裏找過阿舅和他聲言要報復。但他不怕他們，警察曾經說他是好國民，好日本國民，以後有什麼事和他們多多聯絡。

有一次，阿祥在晚上送麵的時候，從巷子裏跑出幾個人，把他連車帶人推倒在地上，痛打一頓，等他爬起來，碗和箱都破了，輪圈也已扭彎，他又跑去報案，警察來了，那些人也早已沒有蹤影了。

他回來店裏，阿舅很不高興。

「我對你講過，我們生意人，應該規規矩矩做生意，其他的事全不必管。你卻不聽。最好，你先回鄉下去，也比較安全，等一些時候，我再寫信叫你來。」

阿祥並沒有回鄉下，他跑到派出所訴苦。他們看他聰明，就留下來做工友，因爲他是台灣人，有語言上的方便，又因爲送飯麵的關係，對附近的地形和居民都很熟悉，他們有時也帶他出去辦案，有時也叫他自己打聽一些消息。在名義上，他是工友，卻兼有線民的身分。

在這一段時間，他感觸最深的是隔開拘留所的那一道木格子。不管是誰，一進那，就銳氣全消，變得那麼柔順，不管是知識份子，或者是有錢的商人，都會趴在格子上求他給他們一杯水。

有時，他也看到警察把犯人提出來，帶到後面的浴室，用水龍頭沖著他們，像鼠籠裏的老鼠一般，沖得全身透濕，連腳都發軟。有時，警察還把橡皮管插進犯人的嘴裏，用手捏住犯人的鼻子，把水不停的灌進去，犯人一邊哀叫，一邊把水不停地呑，等肚子都漲了，警察叫他趴在地上用腳蹬著，教他把水吐出來。

目前，他只是一個工友，只是一個未成年的孩子，但只因他站在木格子的外邊，裏面的人都要用哀求的眼睛望著他。在裏面的人，從來沒有叫他白鼻的。

當然，他是要站在木格子的這一邊的。但他不是要做一輩子的工友，也不是一輩子的線民，他要把這木格子擴大到整個社會。他要做警察，只有這樣，所有的人才會尊敬他，才會畏懼他。

他把這種決心告訴那些警察，他們教他讀什麼書，怎樣讀，也教他如何參加考試。他第一次沒有考取，第二次卻順利地通過，而且名列前茅。

5

曾吉祥和吳玉蘭坐在石階，石階有二十多級，每級寬二尺，高八寸，長有二十多尺，上面是通往慈佑宮的寬大的通道，下面就是大水河的水面，石階本身就是河堤的一部分，也算是碼頭。

烏黑的天空上點綴著稀疏的星星，從四周照出來的探照燈時明時滅，有時獨自尋索，有時在天空上交會在一起。

日本已向美國宣戰，預防是必要的。

「不行，阿爸說結婚不能用日本的儀式。」吳玉蘭微低著頭，眼睛注視著大水河的流水。水影隨著探照燈的明滅而閃爍不定。

「你老爸眞頑固。」

「不能說他頑固。他說，我們有我們的儀式。」

「你是受過教育的人，不能像那種無教育的人。」

「阿爸也讀過書，只是讀不同的書。他曾經說過，讓我們姐妹讀書最沒有用，讀一些奇奇怪怪的東西，講起話來，沒有一句聽得懂。」

「部長桑勸我這樣做。他勸我，其實這就是命令。」

「我姐夫也說我們應該用自己的儀式。他還到過內地讀書呢。」

「妳不要再提到他，他是可疑的人物。他需要我保護，將來也需要我救他。本來，親戚裏有他這樣的人，對我很不利。他們將不會信任我。至少不會像以前那樣信任我。這一次，我決定要用日本人的儀式，有一半也是爲了妳有這樣的親戚。」

「不過阿爸說，不照我們的方式，就不准我們。」

「不准，就……」曾吉祥倏地站了起來。

「曾桑。」吳玉蘭也站了起來。

「妳自己怎麼想呢？」

「……」

「妳的決定很重要。在台灣，還沒有這種例子。寶貴就寶貴在第一次。妳可能還不知道。政府正在計劃推廣皇民化運動。以後，不但要按照日本的儀式結婚，還要拜他們的神，還要改姓名，譬如說，我姓曾，可以改成曾我，曾我兄弟的曾我。妳們姓吳，日本人也有，不過很少，而且讀法不同，要徹底皇民化，最好也要改個姓。日本現在已把南洋的許多地方占領過來，以後我們都要去南洋，那地方太大了，我們要去做指導者。」

「我姐夫說，日本會……」

「不要說，妳要說什麼，我已知道。妳一說出來就犯罪。我就不能不捉人。我不能捉妳，因為我必須保護妳，但妳的親戚，我就無能為力了。我有責任保護國家。任何人造謠就是危害國家，日本一定會打勝仗的。部長桑說得對，我們應該做模範，開風氣，我們要看許許多多的人追隨在我們的後面。」

「……」

「妳怎麼說？」

「我答應過您的話，一定會做到。」

兩個月前，他們一起在宿舍後面的網球場打球，雖然是公共球場，由於運動的性質和意識的問題，只有一些日本人、警察、老師和讀中學以上的男女學生，這些屬於所謂優秀份子才能使用。

兩個人打完球之後，她就到他宿舍休息，順便看看他的球拍，以前，她雖然也去過，卻都是和其他的朋友一起去。

他打網球是在訓練所受訓時學習的。他學過柔道、劍道和網球。柔道、劍道是護身術，也是晉陞的手段。他已是黑帶。網球卻是社交活動的重要一環。他在台北做工友的時候，就已把這看在眼裏了。她的球技雖然不出色，他卻喜歡她的體態。自從和她打球之後，她的影子就一直在腦際出現。她穿著白色的短衣，白色的短褲。白色的襪子、白色的布鞋，纏著白色的髮帶，手裏拿著球拍，微蹲著身子的體態，還有那嬌甜的聲音。這些都是家庭和教育的結果。

從教育而言，她比他高，她雖然不是有名的高女，卻也是私立的女學校畢業的。和他只有小學畢業完全不能相比。

今天，她也穿著一身的白，只是頭髮有些散亂。她把白色髮帶取下來，用手把頭髮往後攏一攏，她和他坐得那麼近。但兩個人之間卻有那麼大的距離。要消滅這種距離，只有一個辦法，就是征服她，而現在卻是一個最難得的機會。

他一下子撲過去。

「您要我，應該好好的商量。您再碰我，我只有一死。」她低沈地說。

「原諒我。」他跪在榻榻米上，雙手托前，頭一直低到可以觸著榻榻米。「我很愛妳。請妳答應我。」

「……」

「玉蘭桑……」

「你父母也贊成用日本儀式？」

「他們鄉下人，不會有什麼意見，就是有什麼意見，我也可以說服他們，萬一說服不了，我還是要用這種儀式。」他的聲音很堅決，也有點高昂。

他說完，視線由吳玉蘭身上慢慢轉開，看著大水河的對岸，再轉向天空。幾道探照燈依然交迭在天上尋索。在大水河的下游那邊便是台北市，他依稀看到總督府的高塔。

「噗通。」河裏遠處傳來渾重的聲音，有人擲了石頭。

「噗通。」「噗通。」石頭越擲越近，一直擲到石階下的水面。

「誰！」曾吉祥大聲叫了起來。

「不理他們。」

「顯然是故意的。」

「今天，就是故意的，也不理他們。」

「噓！」從堤頂那邊傳來吹口哨的聲音。

「查脯帶查某！」是小孩子的聲音。

「噓！」

「噗通。」

「咿唷，查脯帶查某。」

「白鼻的。」

「畜生！」曾吉祥倏地站起來。

「曾桑，拜託您。」

「好吧，不過……」

「我可以答應。」

「您父母呢？」

「我會盡力勸他們。」

6

「日本輸了。」

「日本輸了。」

開始，大家都竊竊私語，還有點不敢相信。大家都知道日本雖然不會打到一兵一卒，雖然日本的報紙一再說著沖繩玉碎，雖然米國已在廣島和長崎投了兩顆原子彈，雖然大家都知道日本遲早要投降，但大家都沒有料到是今天。

今天，大家都似乎感到有點異樣。早上，天空一片晴朗，卻寧靜得出奇。已沒有警報，也沒有飛機的聲音。

郡役所裏，大家顯得很緊張，精神有點恍惚。

有人把收音機放在郡役所前庭，到了中午時分，郡守以下每一個人都跪在地上聆聽天皇陛下的玉音。收音機的效果並不好，雜音太多，而且天皇陛下的聲音在顫抖，顯得已泣不成聲了。

開始，大家只是默默地跪著，然後有人跟著飲泣。每一個人都緊張地握著拳頭，頭越垂越低。有人用手搥地。

曾吉祥也跪在人群之中，他不知道是悲還是苦。他只是楞楞地跪著。這件事好像與他無關，也好像有切身的關係。

玉音播放完畢，大家還向收音機行禮，久久無法站立起來。

「日本輸了。」

這一句話變成有分量了，他看到郡守起來。街長、課長、主任、巡查部長繼續起來。有些人垂頭喪氣，但也有些人好像已有了決心，臉上露出堅決的表情。

「日本輸了。」他走到街上，已有人大聲地說。

「日本輸了？」回到家裏，妻迎面出來，幫他脫下衣服。

「輸了。」

「以後怎麼辦？」

「我也不知道。」一輩子裏，他沒有這樣徬徨過。

「米國兵會把每一個人都殺死？」

「妳相信？」

「我當然不相信。」

「那妳還問？」

「日本人眞會宣傳。就是現在，我還想著從沖繩的絕崖縱身自殺的女學生，我是指那些姬百合。」

「妳想那些幹麼？」

「我是說，如果您……」

「我怎麼樣？」

「如果您下一聲命令，我什麼都不怕。」

「馬鹿，我們不同，我們不是日本人。」

「我知道不是日本人，但您是日本警察呀。」

「我把這制服丟掉就行了。」

「可以丟嗎？」

「日本已沒有國家了，難道還會管我？」

「可是……」

「郡守還命令我們本島人維持治安。」

「玉蘭，玉蘭。」有人在外面喊著。

「姊姊，請進來。」

「妳姊夫說，曾桑要趕快逃。」

「為什麼？」

「妳看現在民眾還平靜，因為事情來得太突然，大家不知道怎麼做。也許明天，也許是一個禮拜之後，一旦有人發難，說不定還會打死人呢。」

「那我們母子怎麼辦？」

「孩子可以暫時放在我家。」

但曾吉祥還不相信民眾會怎樣。他說他有義務維持舊鎮的治安。

到第二天，舊鎮也開始有了情況。

開始是巡查部長的自殺，在播放玉音當天，內地就有幾個日本的大官自殺。自殺好像會傳染，報紙上幾乎天天都有報導，部長雖然只是一個小官，但在舊鎮卻是一件大事。

舊鎮本來是平靜的小鎮，鎮民都安分守己。但報復之風很快地傳到了舊鎮。

據說，最先發難的是一個鑲牙師的兒子。鑲牙師沒有執照，接近密醫，這個鑲牙師在戰時因爲一位開業牙科醫師的密告，被抓去拘留。一旦終戰，他兒子在中學學過柔道，就去找牙醫算帳，在公眾面前把對方摔在地上。然後，這個兒子又去找抓過父親的琉球籍警察。

這時，民眾一下子覺醒過來，大家喊著「冤有頭，債有主」，各自尋找仇人報復。

有些警察被拉在廟前跪著，向代表著我們的神陪罪。有個屠夫，在戰時因私宰被警察抓去拘留灌水，這時候卻拿著宰豬的尖刀抵著兩個警察的背部從海山頭走到草店尾，押著他們遊街示眾。他很得意，比誰都得意。

台灣人的警察，大部分是辦事務的，與民眾沒有什麼瓜葛，都能相安無事。只有一個姓賴的，被大家拖到慈佑宮前面的廣場。

「打死他！」有人喊著。

「打死這走狗！」有人應著。

「饒我，饒我。」他跪在地上，不停地叩頭哀求，他的妻子也跪在旁邊。

「打死他！」又有人喊著。

「狗，三腳，死好。」有人踢他。

「死狗呀，打死你！」，又有人拿著棍子棒他。

「哎唷，哎唷！」

姓賴的警察，只是第二號罪人。他被打斷了一條腿。

「把姓曾的，把白鼻狸抓出來。」但沒有一個人知道白鼻狸逃到哪裏去。當民眾來敲門的時候，曾吉祥迅速地逃到屋頂上。當天晚上，他悄悄地逃出了舊鎮。卻沒有機會帶走他的妻子。

但大家並沒放棄他。大家把他家裏的一些家具打壞之後，扣住了玉蘭。

「人，我也不知道跑到哪裏。除此之外，你們有什麼要求，我都可以辦，你們打死我，我也不會有怨言。」

大家決定要她在慈佑宮廟前演戲，一連三天，在這三天內，她要準備香煙，讓鎮民無限制取吸。

那時，被日本禁止已久的子弟戲開始復出，爆竹的聲音已替代了炸彈的聲音，大家都可以再聽到鑼聲和鼓聲。民眾開始在各廟寺行香，答謝眾神賜給平安。

在慈佑宮的對面，靠著河堤邊的地方搭著戲台，戲棚的前簷上用紅紙寫著「民族罪人曾吉祥敬奉」幾個大字。在戲棚前和廟前之間，用平底籮一籮一籮放滿香煙，輝煌的燈光，把這一條通道照得有如白天。每一籮香煙上面，都掛著紅旗，同樣寫著「民族罪人曾吉祥敬奉」幾個大字。他的妻子玉蘭就跪在廟上向全鎮民謝罪。

「來呀，來去吃白鼻仔煙！」鎮民相互招呼，熙熙攘攘前往慈佑宮。「來呀，來去看白鼻仔戲！」

雖然大家沒有抓到他，心裏不無遺憾，但聊勝於無，時間一過，也把這一件事淡忘掉了。

7

「當時你幾歲？」曾吉祥老人問我。

「十二歲吧。」我略微想了一下。

「你還記得那麼清楚？」

「這是一件大事情。」

「已三十三年了？」

「嗯，三十三年了。」

「唉，舊鎮，舊鎮……」

「你沒有再回去過？」

「回去？怎麼回去？」他略微抬起頭來看我，而後又低下了，我很清楚地看到他的鼻子，雖然歲月使他的整個臉都已老化，卻無法消除鼻部那道不同的顏色。

「唉，舊鎮，舊鎮是我的夢魘。」他又嘆了一口氣說，他的眼睛望著牆壁，但他的視線卻好像已穿過牆壁看到牆外的一點，遙遠的一點。

「我不知道什麼叫夢魘。也許舊鎮的經驗便是我的夢魘吧。我一直想忘掉舊鎮，卻不能夠。雖然，我離開舊鎮已那麼久，我一閉起眼睛，就會看到那些善良，有時也是愚蠢的人的臉孔。我也記得你的父親，那個子矮小、雙腳向外彎的善良的木匠，鎮上的人都以伯叔稱呼他。他已不在了？」

「嗯，不在了。」

「我因為要他做一個書桌，他遲疑了一下，我就打了他一個嘴巴，他年紀比我大，但我還是打他，我的背上背負著一個國家。我當時這麼想著。我還記得他看我的眼神。那眼睛充滿著憎惡和忿恨。但，我覺得權威比仇恨還要強大。」

「我也記得那個叫柴扒鳳的女人。她應該是你們的鄰居。在領配給豬肉的時候插了隊，我就叫她跪在大家面前，頭上還頂著一木桶的水。既然是配給，每個人都可以買到。卻有人一定要插隊。這本來是一件小事，我也可以裝著不知，但我曾經聽日本人指著這一點，貪小便宜不惜破壞秩序的這一點，指責台灣人的愚蠢和無教育。以前，日本老師以這樣的眼光看我，我卻很快學會以同樣的眼光看自己的同胞。」

「我也記得那個叫阿灶的屠夫。有人密告他豬肉裏灌了水。他不承認，我就叫他吃水。現在，我還聽得到他哀叫和求饒的聲音。」

「那是一場噩夢，沒有終止的噩夢。我有極強的記憶力和敏銳的推斷力。我以這做本錢，完成了自己，以王者的姿態君臨舊鎮。我自以為是虎、是獅子。但骨子裏，我卻是貓、是狗。我學會借重日本人的力量。」

「我自認為是王爺，但舊鎮的人卻把我看做瘟神，我知道他們在避開我，但也有人逢迎我，正如我逢迎日本人一般。玉蘭也曾經勸過我不能過分，因為舊鎮是一個小鎮，她家又是個舊家，推算起來，幾乎有三分之一的鎮民不是她家的親戚便是朋友，但我如何能放手呢？人在權威的絕頂，自然會沈醉其中，而忘掉了自己。」

「然而，有一天，日本打敗了。老實說，就是日本人自己也有預感，只是沒有想到會來得那麼快，因爲事情來得太突然，我還沒來得及想怎麼辦的時候，玉蘭的姊夫，那位律師就叫我逃匿。」

「我不聽他的話，我以爲我還可以繼續領導鎮民，一直到有一天忽然發現這些馴鹿已變成了猛虎。在倉皇中，我一個人逃出了舊鎮，回到鄉下來。這是唯一可以逃避的地方。眞沒有想到父親竟不收留我。他說我不再是他的兒子，我知道因爲結婚的儀式開罪了他。我實在沒有想到一個鄉下人有這種氣節。幸好母親苦苦央求，他才把這個放農具的小倉庫騰出來給我暫住。父親有一點田地，但他不讓我耕種。其實，我也無法耕種，母親偷偷地送東西來給我吃。」

「我在默默地等著玉蘭來團聚，或者情勢平靜下來，我可以去找她。眞想不到，經過不到兩個月，她竟因爲患了傷寒，獨自走了。當這個消息傳到這裏，我實在不能相信。」

「我還記得，當時她家周圍還圍著草繩，大家都說傳染病，遠遠地繞過。」

「這時候，我忽然感到我是世界上最孤獨的人。在這世界上，再也沒有什麼可以替代她的了。現在，我還記得她打球的姿勢。戰爭剛結束的時候，她曾經表示過，如果我自殺，她會毫不猶豫地跟著我，我也好像可以看到她一個人跪在廟前向民衆謝罪的情形。」

「聽說，在面對著狂暴的民衆，她是那麼鎭靜，那麼勇敢。她以一個弱女子，爲了我這個人，擔負了民族罪人的重負。民衆罵她，她向民衆求恕，但不是爲了她自己。有人唾她，她也不去拭擦。我是一個男人，卻讓自己的女人出醜受辱。」

「難道她不會有怨言嗎？我連見她最後一面也不能夠，她就是有怨言，又如何申訴呢？我不知道她是怎樣瞑目的。」

「我何幸得到這樣一個女人呢？我的罪孽太深，所以必須得到她而又喪失她？在所有的人，包括我的親人都厭棄我的時候，只有她一個人默默地承受著，而我還沒有機會表示感激和愧疚之情，她就默默地走了。」

「她一死，我的整個心也死了。其實，要死應該早一點死，在日本投降的時候，我就應該死。許多日本人都自殺殉國，我卻沒有這份勇氣。我卻說我不是日本人。我是一個民族的罪人，我應該以死來謝罪。但我沒有，我反而逃到這深山來，你看我這個人有多可恥，我逃到這裏來，讓她替我向國民謝罪，而我卻還在心裏想著有一天當情勢平靜下來的時候，我還可以回去當警察呢。」

「但玉蘭的死，使我的想法完全改變了，從那一天開始，世上再沒有曾吉祥這個人了。其實，在日本投降那一天，他就應該不復存在了。他的人民，他的親戚朋友，他的父母都已唾棄他了，只是他忝不知恥地留了下來而已。」

「唉，玉蘭。」他又拿起那張照片仔細地看著。「你眞的認不出她？」他的手在發抖，他的眼神還有一點木然，看來還是乾涸的。

「我知道她。可能當時年紀太小，實在認不出來。」

「不認得她的人，何止是你一個人！以你的年齡還不認得她，可能全舊鎮，已沒有幾個人認得她的吧。剛才你還說，舊鎮擴展很快，你回去，在街上已不容易碰到熟人了。我知道人家會很快地把她忘掉的。」

「你沒有替她刻個像？」

「我試過，但不能刻。她雖然是我的妻，雖然曾經那麼近，我卻不能刻。她離開我太遠了，她的身體，我曾經摸過，但那不是屬於我的。她的心雖然曾經屬於我，我卻捉摸不到。她的臉，她那臨去的臉，是帶著什麼表情呢？到現在還沒有人告訴我。」

「我知道她只有一個心願。就是死在我的身邊，埋在我的身邊。聽說她的父母都已先後去世，聽說舊鎮都已改變了，我卻一直沒有再去過。我不敢去。開始，我怕那些人記恨於我，而後，我又怕我的不純玷污她的土地。我沒有臉再見到她的親人。我也想把她的骨灰帶到這個地方來的，但我怕她在生的時候沒有來過，會不會太生疏。」

「她的兒子也已長大成人。我說她的兒子，因爲我沒有資格。目前，他已離開舊鎮到台北去，本來，我想事情平靜過去，就把他們接到身邊來，沒有想到她猝然撒手而去，把他留給她姊姊撫育成人，他也曾經來看過我，叫我去和他同住，但我不敢面對著他，看著他比什麼都痛苦。他有一點像玉蘭，我希望他能像其他的人一般唾棄我。」

「我想應該把我和玉蘭的事告訴他。但我不能夠開口。在沒有人的時候，我可以和玉蘭說話，但如果她眞的出現，我怕一句話也說不出來的吧。我無法刻玉蘭，這也是一個原因吧。」

「你刻那些馬，是一種自責？」

「當時，台灣人稱日本是狗，是四腳，替日本人做事的是走狗，是三腳。」

「你爲什麼只刻馬？而不刻其他的動物？」

「因爲他們要的是馬。我刻著，刻著，突然間，好像在那些馬身上看到了自己，所以就試著把自己刻上去。」

我把地上、牆角的馬一隻一隻拿起來，雖然每一隻的姿勢都不一樣，卻都有一個共同的特點。牠們的表情和姿態都充滿著痛苦和愧怍。

「你打算如何處理牠們？」

「我也不知道。」他遲疑了一下。「也許，有一天，我會把牠們全部燒掉。」

「燒掉？」

「因爲牠們和別人無關。」他無力地說。

「你能不能賣一隻給我？」我鼓起勇氣說。其實，我心裏想著，只要我付得起，我想全部買下來。

「賣給你？」他又遲疑了一下，把臉慢慢轉向我。「好吧，你挑一隻吧。這三十三年來，我沒有見過舊鎮的人，我一直想見舊鎮的人。也一直怕見到。」

「但，我也已離開舊鎮了。」

「至少，你知道舊鎮曾經有一個叫白鼻狸的警察。」

我挑了一隻。牠三腳跪地，用一隻前腳硬撐著身體的重量，牠的頭部微微扭歪，嘴巴張開，鼻孔張得特別大，好像在喘氣，也好像在嘶叫，牠的鬃毛散亂。我再仔細一看，有一隻後腿已折斷，無力地拖著。

「這一隻，就送給你吧。」他遲疑了一下說。

「爲什麼？」

「我心裏一直怕挑到這一隻。怕來的事，往往來得早。有一天晚上，我夢見玉蘭回來。我已好久沒有夢見過她了。我怕已把她忘了。我看到她，跪在我面前哭著。我也哭了。我一直以爲不再會有眼淚了。但那天晚上，我哭得連枕頭都濕了。早上，我一起來，就決心把所有的工作推開，一心刻著一隻馬。就是你手裏的這一隻。看馬要看眼睛，你看看牠的眼睛吧。」

我先看馬，再看他。他那個乾涸無神的眼睛突然濕潤起來。

我趕快把頭轉開，把手裏的馬輕輕地放了回去，拉著賴國霖默默地退出來。

（一九八六年）

【評析】

〈三腳馬〉描寫日治時代鄉下小孩曾吉祥，自小即因鼻樑上的白斑被取笑為「白鼻狸」。被歧視包圍著長大的他，一心想要離鄉尋求新天地，然而來到城市之後，卻發現外貌上的缺陷依然是眾人取笑的話題。孤獨、自卑的他，終於找到一種方式來發洩其報復的心理——他去向日本統治者告密，陷害那些欺負他的台灣人被抓去拘留。從此以後，倚恃當權者、認同當權者，作威作福壓迫同胞；為「四腳仔」日本人當線民的曾吉祥，在敢怒不敢言的鄉人眼中，是一個令人憎恨的「三腳仔」。光復之初，為了逃避鄉人的報復，曾吉祥倉皇逃回老家，獨留其妻玉蘭面對眾人，她忍辱跪在廟前為他贖罪、求恕。兩個月後得傷寒而死。自覺罪孽深重的曾吉祥從此獨居山中以雕刻維生，他所刻的三腳馬的表情和姿態都充滿著痛苦和愧怍，作心理懺悔的自我救贖。

在小說中鄭清文順著曾吉祥年齡的增長逐步探索了其悲劇人生的形成，曾吉祥因著鼻子上缺陷的白斑，從小受同儕欺凌，上學又受老師輕視，轉換環境後仍不得擺脫，受傷又自卑的心靈開始扭曲變形，在報復念頭的驅使下，他憑著己身的努力當上了可以支配別人命運的警察，站上權力頂端，在人生當中他終於首次嚐到可以不再被人欺侮、輕視的「尊榮」，從一個被動受害者的角色，轉變成主動加害的角色。之後，他爲虎作倀，壓迫欺凌自己的鄉人，以掃除長久以來在心中揮之不去的自卑陰影。他本來只爲找回讓自己可以好好活下去的尊嚴，卻在命運的擺弄下、人性的沉淪下，不知不覺成了日本殖民統治者的幫兇。

出於一份深深的悲憫與同情，作者探索了悲劇形成的過程，他告訴我們一個人來到這世界上，不是一開始就有三腳馬這種人，但後來爲何變成如此呢？是曾吉祥本身的性格，還是社會的扭曲價值觀抑或是歷史大環境下的必然，透過情節的描寫，可以理解作者除了著重悲劇過程的探討之外，也凝視生命痛苦的事實，及自我救贖之必要。小說中作者固然可讓曾吉祥在日本戰敗後就自殺死亡，但如此一來反而減低小說悲劇的張力，也無法體現人擁有良知覺悟的能力，可以在悲劇人生中以求得超脫的積極性，所以他讓曾吉祥苟活著，讓他刻著一隻又一隻的三腳馬，這過程雖然苦痛卻是解除苦難必須付出的代價。

小說以第一人稱旁知觀點來敘事，增加故事的眞實性和親切感，幾個場景的描寫也非常細膩成功，一點也不吉祥的「曾吉祥」，從小就被同伴拒絕、捉弄及被日籍老師莫名的責打，這些都在他心中留下一道道很深很深的傷口，迫切催化他想離開小鎭的心理。害怕責打而蹺課的曾吉祥沿著鐵軌追逐火車開往台北的畫面，代表了他希望遠離嘲笑和歧視，迎向一個沒有特殊眼光的新生活。小說開端提到被抓的白鼻狸被關在籠子裡，牠斷了一條腿，呈現出痛苦狀，曾吉祥就在這時候被嘲笑爲「白鼻狸」，這些描寫與小說中後續的的三腳仔、三腳馬情節，可說前後呼應。這些細節經營使小說藝術更爲出色，動人心魄。

【延伸閱讀】

一、齊邦媛，〈新莊、舊鎮、大水河——鄭清文短篇小說和台灣的百年滄桑〉，《霧漸漸散的時候》，台北：九歌出版社，一九九八年十月，頁二七一～二八〇

二、鄭清文，《鄭清文短篇小說全集‧卷三：三腳馬》，台北：麥田出版社，一九九八年六月。

【相關評論引得】

一、李喬、葉石濤、彭瑞金等，〈鄭清文作品討論會〉，《文學界》第二期，一九八二年四月，頁六～三三。

二、林瑞明，〈描繪人性的觀察家——鄭清文的文字與風格〉，《鄭清文集》，台北：前衛出版社，一九九三年，頁三三七～三五三。

三、董炳月，〈歷史風俗畫與心靈備忘錄——評「鄭清文的小說」〉（上、下），《幼獅文藝》，一九九五年一、二月，頁八四～九一；八四～八八。

四、許素蘭，〈發現鄭清文的台灣小說〉，收入《鄭清文短篇小說全集‧卷五：秋夜》，台北：麥田出版社，一九九八年六月，頁三～一五。

五、劉慧貞，〈悲劇的探索與救贖——鄭清文《三腳馬》〉，《聯合報》，二〇〇〇年九月十日，第三七版。

（許俊雅／編撰）

文學方塊

現代主義

（鍾宗憲／輯錄）

現代主義（modernism）指的是十九世紀末到二十世紀三〇年代流行於歐美地區的一種文藝思潮。其主要背景，是由於受到工業革命與資本主義高度發展的衝擊，都市化現象和生活價值觀的改變，使得人們被迫脫離自然田園的生活、人與人之間的情感疏離，金錢、科技造成生命的物化與異化，於是人們開始反省、懷疑「人」的生活意義與存在的價值。而這種高漲的「自覺」意識，其實就是現代主義的主要精神所在。

因此，在文學作品的表現當中，作者個人的內心世界成為作品的焦點，個人心靈的活動與意識的流轉成為創作的主題，連帶的影響了作品的形式。現代主義作品往往反映出對於現代生活的厭倦與自我的徬徨，也產生出因為疏離、放逐而造成的一種美學態度。現代主義作家認為文藝創作是對於現實的扭曲，「扭曲」是更接近心理作用的「真實」；同時也是對於現實的超越，唯有超越才是永恆的藝術。

現代主義作品的基本創作態度是「為藝術而藝術」，一般多認為是有意識的企圖擺脫傳統藝術創作的侷限，所以經常出現「跳躍」、「混亂」、「錯置」的表達形式。讀者通常必須設法回歸作者的創作意識，否則很難理解作者所希望表達出來的意念。西方的現代主義作品，可以法國作家波特萊爾的《惡之華》、奧地利作家卡夫卡的《變形記》為代表。對於本國而言，現代主義流行於二十世紀中晚期的台灣、以及二〇世紀八〇年代以後的大陸。由於現代主義的流行，甚至在二十世紀七〇年代的台灣文壇，引發了一系列的「鄉土文學論戰」。

廣義的現代主義，包括了許多相關思潮，如象徵主義、頹廢主義、唯美派、實驗派、意識流、超現實主義、魔幻寫實主義等，影響範圍相當深遠。但是現代主義也有為人所詬病之處，即「陷入虛無，遠離現實」。

花橋榮記

白先勇

【作者簡介】

白先勇，一九三七年生於廣西南寧，在桂林讀小學。父親白崇禧為國民黨名將。從童年到青少年，歷經中日戰爭、國共內戰，先後流徙於桂林、重慶、南京、上海、廣州、香港。一九五二年遷居台灣，讀台北建國中學。曾考入台南成大水利系，自覺興趣不合一年後轉攻文學。一九五七年進入台灣大學外文系，畢業赴美留學，獲愛荷華大學碩士學位。以後在美國加州大學聖塔巴巴拉分校東亞系任教，講授中國語言及文學直到退休。

大學二年級開始發表作品：最早是在業師夏濟安主編的《文學雜誌》上發表短篇小說〈金大奶奶〉（一九五八）；以後大部分作品發表在自己與台大外文系同學們共同創辦的《現代文學》雜誌上，如短篇小說〈月夢〉、〈玉卿嫂〉（一九六〇）等。六、七〇年代出版有短篇小說集《謫仙記》（文星書店，一九六七）、《遊園驚夢》（仙人掌，一九六八）、《台北人》（晨鐘出版社，一九七一）及散文集《驀然回首》（爾雅，一九七八）等。一九八三年由遠景出版社印行長篇小說《孽子》，是他第一部長篇小說。二〇〇二年出版最新一部散文雜文集《樹猶如此》。

白先勇小說創作能融合中西文學特色，將西方現代小說技巧運用於中國傳統情境之中，其描寫新舊交替時代的人物與故事，尤富於歷史興衰與人世滄桑之感。由於他個人特殊的背景與閱歷，論者形容白先勇小說不但寫實與象徵手法並重，他作品背後所蘊藏的歷史感悟、人世滄桑、文化鄉愁，從內裡散發出一種蒼涼詩境，令讀者在掩卷之後仍然低迴不已。關於白先勇的研究與評論，二〇〇一年七月發行的《中外文學》雜誌第三五〇期編爲「白先勇專號」，全書除了相關論文及特稿訪談外，彙編〈白先勇創作評論資料〉，便於研究者進一步查考。

【正文】

提起我們花橋榮記，那塊招牌是響噹噹的。當然，我是指從前桂林水東門外花橋頭，我們爺爺開的那家米粉店。黃天榮的米粉，桂林城裏，誰人不知？哪個不曉？爺爺是靠賣馬肉米粉起家的，兩個小錢一碟，一天總要賣百把碟，晚來一點，還吃不著呢。我還記得奶奶用紅絨線將那些小銅板一串串穿起來，笑得嘴巴都合不攏，指著我說：妹仔，你日後的嫁妝不必愁了。連桂林城裏那些大公館請客，也常來定我們的米粉。我跟了奶奶去送貨，大公館那些闊太太看見我長得俏，說話知趣，一把把的賞錢塞到我袋子裏，管我叫「米粉丫頭」。

我自己開的這家花橋榮記可沒有那些風光了。我是做夢也沒想到，跑到台北又開起飯館來。我先生並不是生意人，他在大陸上是行伍出身的，我還做過幾年營長太太呢。哪曉得蘇北那一仗，把我先生打得下落不明，慌慌張張我們眷屬便撤到了台灣。頭幾年，我還四處打聽，後來夜裏常常夢見我先生，總是一身血淋淋的，我就知道，他已經先走了。我一個女人家，流落在台北，總得有點打算，七拼八湊，終究在長春路底開起了這家小食店來。老闆娘一當，便當了十來年，長春路這一帶的住戶，我閉起眼睛都叫得出他們的名字來了。

來我們店裏吃飯的，多半是些寅吃卯糧的小公務員——市政府的職員嘍、學校裏的教書先生嘍、區公所的辦事員嘍——個個的荷包都是乾癟癟的，點來點去，不過是些家常菜，想多榨他們幾滴油水，竟比老牛推磨還要吃力。不過這些年來，也全靠這批窮顧客的幫襯，才把這片店面撐了起來。

顧客裏，許多卻是我們廣西同鄉，大家聊起來，總難免攀得上三五門子親戚。這批老光桿子，尤其是在我們店裏包飯的，都是清一色的廣西佬，為著要吃點家鄉味，才常年來我們這裏光顧，在我這裏包飯，有的一包三年五載，有的竟至七年八年，吃到最後一口飯為止。像那個李老頭，從前在柳州做大木材生意，人都叫他「李半城」，說是城裏的房子，他佔了一半。兒子在台中開雜貨鋪，把老頭子一個人甩在台北，半年匯一張支票來。他在我們店裏包了八年飯，砸破了我兩打飯碗，因為他的手扯雞爪風，捧起碗來便打顫。老傢伙愛唱「天雷報」，一唱便是一把鼻涕，兩行眼淚。那晚他一個人點了一桌子菜，吃得精光，說是他七十大壽，哪曉得第二天便上了吊。我們都跑去看，就在我們巷子口那個小公園裏一棵大枯樹上，老頭子吊在上頭，一雙破棉鞋落在地上，一頂黑氈帽滾跌在旁邊。他欠的飯錢，我向他兒子討，還遭那個挨刀的狠狠搶白了一頓。

我們開飯館，是做生意，又不是開救濟院，哪裏經得起這批食客七拖八欠的。也算我倒楣，竟讓秦癲子在我店裏白吃了大半年。他原在市政府做得好好的，跑去調戲人家女職員，給開除了，就這樣瘋了起來，我看八成是花癡；他說他在廣西容縣當縣長時，還討過兩個小老婆呢。有一次他居然對我們店裏的女顧客也毛手毛腳起來，我才把他攆了出去。他走在街上，歪著頭，斜著眼，右手伸在空中，亂抓亂撈，滿嘴冒著白泡子，吆喝道：「滾開！滾開！縣太爺來了。」有一天他跑到菜場裏，去摸一個賣菜婆的奶，那個賣菜婆拿起根扁擔，照頭一棍，當場打得他額頭開了花。去年八月裏刮颱風，長春路一帶淹大水，我們店裏的桌椅都漂走了。水退的時候，長春路那條大水溝冒出一窩窩的死雞死貓來，有的爛得生了蛆，太陽一曬，一條街臭烘烘。衛生局來消毒，打撈的時候，從溝底把秦癲子鉤了起來，他裏得一身的污泥，硬邦邦的，像個四腳朝天的大烏龜，誰也不知道他是什麼時候掉到溝裏去的。

講句老實話，不是我衛護我們桂林人，我們桂林那個地方山明水秀，出的人物也到底不同些。榮縣、武寧，那些角落頭跑出來的，一個個齜牙咧嘴。滿口夾七夾八的土話，我看總帶著些苗子種。哪裏拚得上我們桂林人？一站出來，男男女女，誰個不沾著幾分山水的靈氣？我對那批老光桿子說：你們莫錯看了我這個春夢婆，當年在桂林，我還是水東門外有名的美人呢！我替我們爺爺掌櫃，桂林行營的軍爺們，成群結隊，圍在我們米粉店門口，像是蒼蠅見了血，趕也趕不走，我先生就是那樣把我搭上的。也難怪，我們那裏，到處青的山，綠的水，人的眼睛也看亮了，皮膚也洗得細白了。幾時見過台北這種地方？今年颱風，明年地震，任你是個大美人胚子，也經不起這些風雨的折磨哪！

包飯的客人裏頭，只有盧先生一個人是我們桂林小同鄉，你一看不必問，就知道了。人家知禮識數，是個很規矩的讀書人，在長春國校已經當了多年的國文先生了。他剛到我們店來搭飯，我記得也不過是三十五六的光景，一逕斯斯文文的，眼也不抬，口也不開，坐下去便悶頭扒飯，只有我替他端菜添飯的當兒，他才欠身笑著說一句：不該你，老闆娘。盧先生是個瘦條個子，高高的，背有點佝，一桿蔥的鼻子，青白的臉皮，輪廓都還在那裏，原該是副很體面的長相；可是不知怎的，卻把一頭頭髮先花白了，笑起來，眼角子兩撮深深的皺紋，看著出很老，有點血氣不足似的。我常常在街上撞見他，身後領著一大隊蹦蹦跳跳的小學生，過街的時候，他便站到十字路口，張開雙臂，攔住來往的汽車，一面喊著：當心！當心！讓那群小東西跑過街去。不知怎的，看見他那副極有耐心的樣子，總使我想起：我從前養的那隻性情溫馴的大公雞來，那隻公雞竟會帶小雞的，牠常常張著雙翅，把一群雞仔孵到翅膀下面去。

聊起來我才知道，盧先生的爺爺原來是盧興昌盧老太爺。盧老太爺從前在湖南做過道台，是我們桂林有名的大善人，水東門外那間培道中學就是他辦的。盧老奶奶最愛吃我們榮記的原湯米粉，我還跟著我們奶奶到盧公館去過呢。

「盧先生，」我對他說道：「我從前到過你們府上的，好體面的一間公館！」

他笑了一笑，半晌，說道：

「大陸撤退，我們自己軍隊一把火，都燒光嘍。」

「哦，糟蹋了。」我嘆道。我還記得，他們園子裏種滿了有紅似白的芍藥花。

所以說，能怨我偏向人家盧先生嗎？人家從前還不是好家好屋的，一樣也落了難。人家可是有涵養，安安份份，一句閒話也沒得。哪裏像其他幾個廣西苗子？摔碗砸筷，雞貓鬼叫，一肚子發不完的牢騷，挑我們飯裏有砂子，菜裏又有蒼蠅。我就不由得光火，這個年頭，保得住命就是造化，不將將就就的，還要刁嘴呢！我也不管他們眼紅，盧先生的菜裏，我總要加些料：牛肉是腱子肉，豬肉都是瘦的。一個禮拜我總要親自下廚一次，做碗冒熱米粉：滷牛肝、百葉肚、香菜麻油一澆，灑一把油炸花生米，熱騰騰的端出來，我敢說，台北還找不出第二家呢，什麼雲南過橋細粉！這碗米粉，是我送給盧先生打牙祭的，我這麼巴結他，其實還不是爲了秀華。

秀華是我先生的姪女兒，男人也是軍人，當排長的，在大陸上一樣的也沒了消息。秀華總也不肯死心，左等右等，在間麻包工廠裏替人織繭線，一雙手都織出了老繭來，可是她到底是我們桂林姑娘，淨淨扮扮，端端正正的。我把她抓了來，點破她。

「乖女，」我說：「你和阿衛有感情，爲他守一輩子，你這份心，是好的，可是你看看你嬸娘，就是你一個好榜樣，難道我和你叔叔還沒有感情嗎？等到今天，你嬸娘等成了這副樣子——不是我說句後悔的話，早知如此，十幾年前我就另打主意了。就算阿衛還在，你未必見得著他，要是他已經走了呢？你這番苦心，乖女，也只怕白用了。」

秀華終於動了心，掩面痛哭起來。是別人，我也懶得多事了，可是秀華和盧先生都是桂林人，要是兩人配成了對，倒是一段極好的姻緣。至於盧先生那邊，連他的家當我都打聽清楚了。他房東顧太太是我的麻將搭子，那個湖北婆娘，一把刀嘴，世人落在她口裏，都別想超生，可是她對盧先生卻是百般衛護。她說她從來也沒見過這麼規矩的男人，省吃省用，除了拉拉弦子，哼幾板戲，什麼嗜好也沒得。天天晚上，總有五六個小學生來補習。補得的錢便拿去養雞。

「那些雞呀，就是盧先生的祖爺爺祖奶奶！」顧太太笑道：「您家還沒見過他侍候那些雞呢，那份耐性！」

每逢過年，盧先生便提著兩大籠蘆花雞到菜市場去賣，一隻隻鮮紅的冠子，光光亮的羽毛——總有五六斤重，我也買過兩隻，屁股上割下一大碗肥油來。據顧太太估計，這麼些年來，做會放息，利上裏利，盧先生的積蓄，起碼有四五萬，老婆是討得起的了。

於是一個大年夜，我便把盧先生和秀華都拘了來，做了一桌子的桂林菜，燙了一壺熱熱的紹興酒。我把他們兩個，拉了又拉，扯了又扯，合在一起。秀華倒有點意思，儘管抿著嘴巴笑，可是盧先生這麼個大男人，反而害起臊來，我慫恿著他去跟秀華喝雙杯，他竟臉紅了。

「盧先生，你看我們秀華這個人怎麼樣？」第二天我攔住他問道。他忸怩了半天也答不上話來。

「我們秀華直讚你呢！」我瞅著他笑。

「不要開玩笑了——」他結結巴巴的說。

「什麼開玩笑？」我截斷他的話，「你快請請我，我替你做媒去，這杯喜酒我是吃定了——」

「老闆娘，」盧先生突然放下臉來，一板正經地說道：「請你不要胡鬧，我在大陸上，早訂過婚了的。」

說完，頭一扭，便走了。氣得我渾身打顫，半天說不出話來，天下也有這種沒造化的男人！他還想吃我做的冒熱米粉呢！誰不是三百五一個月的飯錢？一律是肥豬肉！後來好幾次他跑來跟我搭訕，我都愛理不理的，直到秀華出了嫁，而且嫁得一個很富厚的生意人，我才慢慢地消了心頭那口氣。到底算他是我們桂林人，如果是外鄉佬！

一個九月中，秋老虎的大熱天，我在店裏流了一天的汗，到了下午五六點，實在熬不住了，我把店交給我們大師傅，拿把蒲扇，便走到巷口那個小公園裏，去吹口風，透口氣。公園裏那棵榆樹下，有幾張石凳子，給人歇涼的。我一眼瞥見，盧先生一個人坐在那裏。他穿著件汗衫，拖著雙木板鞋，低著頭，聚精會神地在拉弦子。我一聽，他竟在拉我們桂林戲呢，我不由得便心癢了起來。從前在桂林，我是個大戲迷，小金鳳、七歲紅他們唱戲，我天天都去看的。

「盧先生，你也會桂林戲呀！」我走到他跟前說道。

他趕忙立起來招呼我，一面答道：

「並不會什麼，自己亂拉亂唱的。」

我在他身旁坐下來，嘆了一口氣。

「幾時再能聽小金鳳唱出戲就好了。」

「我也最愛聽她的戲了。」盧先生笑著答道。

「就是呀，她那齣《回窯》把人的心都給唱了出來！」

我說好說歹求了盧先生半天，他才調起弦子，唱了段《薛平貴回窯》。我沒料到，他還會唱旦角呢，挺清潤的嗓子，很有幾分小金鳳的味道：十八年老了王寶釧——聽得我不禁有點刺心起來。

「人家王三姊等了十八年，到底把薛平貴等著了——」盧先生歇了弦子，我吁了一口氣對他說，盧先生笑了一笑，沒有做聲。

「盧先生，你的未婚妻是誰家的小姐呀？」我問他。

「是羅錦善羅家的。」

「哦，原來是他們家的姑娘——」我告訴盧先生聽，從前在桂林，我常到羅家綴玉軒去買他們的織錦緞，那時他們家的生意做得很轟烈的。盧先生默默地聽著，也沒有答話，半晌，他才若有所思地低聲說道：

「我和她從小一起長大的，她是我培道的同學。」盧先生笑了一下，眼角子浮起兩撮皺紋來，說著他低下頭去，又調起弦子，隨便地拉了起來。太陽偏下去了，天色暗得昏紅，起了一陣風，吹在身上，溫濕溫濕的，吹得盧先生那一頭花白的頭髮也顫動起來。我倚在石凳靠背上，閉起眼睛，聽著盧先生那咿咿呀呀帶著點悲酸的弦音，朦朦朧朧，竟睡了過去。忽兒我看見小金鳳和七歲紅在台上扮著《回窯》，忽兒那薛平貴又變成了我先生，騎著馬跑了過來。

「老闆娘——」

我睜開眼，卻看見盧先生已經收了弦子立起身來，原來早已滿天星斗了。

有一陣子，盧先生突然顯得喜氣洋洋，青白的臉上都泛起一層紅光來。顧太太告訴我，盧先生竟在佈置房間了，還添了一床大紅絲面的被窩。

「是不是有喜訊了，盧先生？」有一天我看見他一個人坐著，抿笑抿笑的，我便問他道。盧先生臉上一紅，往懷裏掏了半天，掏出了一封信來，信封又粗又黃，卻是折得端端正正的。

「是她的信——」盧先生嚥了一下口水，低聲說道，他的喉嚨都哽住了。

他告訴我，他在香港的表哥終於和他的未婚妻聯絡上，她本人已經到了廣州。

「要十根條子，正好五萬五千塊，早一點我也湊不出來——」盧先生結結巴巴地對我說。說了半天我才解過來他在講香港偷渡的黃牛，帶一個人入境要十根金條。盧先生一面說著，兩手卻緊緊地捏住那封信不肯放，好像在揪住他的命根子似的。

盧先生等了一個月，我看他簡直等得魂不守舍了。跟他說話，他也恍恍惚惚的，有時一個人坐在那裏，倏地低下頭去，自己發笑。有一天，他來吃飯，坐下扒了一口，立起身便往外走，我發覺他臉色灰敗，兩眼通紅。我趕忙追出去攔住他。

「怎麼啦，盧先生？」

他停了下來，嘴巴一張一張，咿咿嗚嗚，半天也迸不出一句話來。

「他不是人！」突然他帶著哭聲地喊了出來，然後比手劃腳，愈講愈急，嘴裏含著一枚橄欖似的，講了一大堆不清不楚的話：他表哥把他的錢吞掉了，他託人去問，他表哥竟說不知道有這麼一回事。

「我攢了十五年——」他歇了半晌，嘿嘿冷笑了一聲，喃喃自語地說道。他的頭一點一點，一頭花白的頭髮亂蓬蓬，不知怎的，我突然想起盧先生養的那些蘆花雞來，每年過年，他總站在菜市裏，手裏捧著一隻鮮紅冠子黑白點子的大公雞，他把那些雞一隻隻餵得那麼肥。

大概有半年光景，盧先生一直茶飯無思，他本來就是個安靜人，現在一句話也沒得了。我看他一張臉瘦得還有巴掌大，便又恢復了我送給他打牙祭的那碗冒熱米粉，哪曉得他連我的米粉也沒胃口了，一碗總要剩下半碗來。有一個時期，一連兩個禮拜，他都沒來我們店裏吃飯，我以爲他生病，正要去看他，卻在菜場裏碰見了他的房東顧太太。那個湖北婆娘一看見我，一把揪住我的膀子，一行走，一行咯咯地笑，啐兩聲，罵一句：

「這些男人家！」

「又有什麼新聞了，我的顧大奶奶？」我讓她揪得膀子直發疼，這個包打聽，誰家媳婦偷漢子，她都好像守在人家床底下似的。

「這是怎麼說？」她又狠狠地啐了一口，「盧先生那麼個人，也這麼胡搞起來。您家再也猜不著，他跟什麼人姘上了？阿春！那個洗衣婆。」

「我的娘！」我不由得喊了起來。

那個女人，人還沒見，一雙奶子先便擂到你臉上來了，也不過二十零點，一張屁股老早發得圓鼓隆咚。搓起衣裳來，肉彈彈的一身。兩隻冬瓜奶，七上八下，鼓槌一般，見了男人，又歪嘴，又斜眼。我頂記得，那次在菜場裏，一個賣菜的小夥子，不知怎麼犯著了她，她一雙大奶先欺到人家身上，擂得那個小夥子直往後打了幾個踉蹌，劈劈拍拍，幾泡口水，吐得人家一頭一臉，破起嗓門便罵：幹你老母雞歪！那副潑辣勁，那一種浪樣兒。

「阿春替盧先生送衣服，一來便鑽進他房裏，我就知道，這個台灣婆不妥得很。有一天下午，我走過盧先生窗戶底，聽見又是哼又是叫，還當出了什麼事呢。我墊起腳往窗簾縫裏一瞧，呸——」顧太太趕忙朝地下死勁吐了一泡口水，「光天化日，兩個人在房裏也那麼赤精大條的，那個死婆娘騎在盧先生身上，蓬頭散髮活像頭母獅子！撞見這種東西，老闆娘，您家說說，晦氣不晦氣？」

「難怪，你最近打牌老和十三么，原來瞧見寶貝了，」我不由得好笑，這個湖北九頭鳥，專愛探人陰私。

「嚼蛆！」

「盧先生倒好，」我嘆了一口氣說：「找了一個洗衣婆來服侍他，日後他的衣裳被單倒是不愁沒有人洗了。」

「天下的事就怪在這裏了，」顧太太拍了一個響巴掌，「她服侍盧先生？盧先生才把她捧在手上當活寶貝似的呢。人家現在衣服也不洗了，指甲擦得紅通通的，大模大樣坐在那裏聽收音機的歌仔戲，盧先生反而累得像頭老牛馬，買了個火爐來，天天在房子炒菜弄飯給她吃。最氣人的是，盧先生連床單也自己洗，他哪裏洗得乾淨？晾在天井裏，紅一塊，黃一塊，看著不知道多噁心。」

第二天，我便在街上碰見了盧先生和阿春，兩個人迎面走來。阿春走在前頭，揚起頭，聳起她那個大胸脯，穿得一身花紅柳綠的，臉上鮮紅的兩團胭脂。果然，連腳指甲都塗上了蔻丹，一雙木屐，劈劈啪啪踏得混響，很標勁，很囂張。盧先生卻提著個菜籃子跟在她身後，他走近來的時候，我猛一看，嚇了一大跳。我原以為他戴著頂黑帽子呢，哪曉得他竟把一頭花白的頭髮染得漆黑，染得又不好，硬邦邦地張著；臉上大概還塗了雪花膏，那麼粉白粉白的，他那一雙眼睛卻坑了下去，眼塘子發烏，一張慘白的臉上就剩下兩個大黑洞。不知怎的，我突然想起從前在桂林看戲，一個叫白玉堂的老戲子來，五十大幾了，還唱扇子生。有一次我看他的「寶玉哭靈」，坐在前排，他一唱哭頭，那張敷滿了白粉的老臉上，皺紋陡地通通現了出來，一張嘴，便露出了一口焦黑的煙屎牙，看得我心裏直難過，把個賈寶玉竟唱成了那副模樣。盧先生和我擦肩而過，把頭一扭，裝著不認識，跟在那個台灣婆的屁股後頭便走了。

盧先生和阿春的事情，我們長春路的人都傳反了，我是說盧先生遭阿春打傷了那樁公案。阿春在盧先生房裏偷人，偷那個擦皮鞋的馬仔，盧先生跑回去捉姦，馬仔一腳把他踢倒地上，逃跑了，盧先生爬起來，打了阿春兩個耳光子。

「就是那樣闖下了大禍！」顧太太那天告訴我，「天下也有那樣凶狠的女人？您家見過嗎？三腳兩跳她便騎到了盧先生身上，連撕帶扯，一口過去，把盧先生的耳朵咬掉了大半個。要不是我跑到街上叫救命，盧先生一定死在那個婆娘的手裏！」

顧太太一直喊倒楣，家裏出了那種醜事。她說依她的性子，當天就要把盧先生攆出去，可是盧先生實在給打狠了，躺在床上動都動不得。盧先生傷好以後，又回到了我們店裏包飯了。他身上耗剩了一把骨頭，脖子上的幾條青疤還沒有褪；左邊耳朵的耳垂不見了，上面貼著一塊白膠布，他那一頭染過的頭髮還沒洗乾淨，兩邊太陽穴新冒出的髮腳子仍舊是花白的，頭頂上卻罩著一個黑蓋子，看著不知道有多滑稽。他一進來，我們店裏那些包飯的廣西佬，一個個都擠眉眨眼瞅著他笑。

有一天，我在長春國校附近的公共汽車站那邊，撞見盧先生。他正領著一群剛放學的小學生，在街上走著，那群小學生嘰嘰喳喳，打打鬧鬧的，盧先生走在前面，突然他站住回過頭去，大喊一聲：

「不許鬧！」

他的臉紫漲，脖子粗紅，額上的青筋都疊暴起來，好像氣得什麼似的。那些小學生都嚇了一跳，停了下來，可是其中有一個小毛丫頭卻骨碌骨碌地笑了起來。盧先生跨到她跟前，指到她臉上喝道：

「你敢笑？你敢笑我？」

那個小毛丫頭甩動著一雙小辮子，搖搖擺擺笑得更厲害了。盧先生拍的一巴掌便打到了那個小毛丫頭的臉上，把她打得跌坐到地上去，「哇——」的一聲大哭了起來。盧先生又叫又跳，指著坐在地上的那個小毛丫頭，罵道：

「你這個小鬼，你也敢來欺負老子？我打你，我就是要打你！」

說著他又伸手去揪那個小毛丫頭的辮子。那些小學生嚇得哭的哭，叫的叫。路上的行人都圍了過去，有的哄著那些小孩子，有兩個長春國校的男老師卻把盧先生架著拖走了。盧先生一邊走，兩隻手臂猶自在空中亂舞，滿嘴冒著白泡子，喊道：

「我要打死她！我要打死她！」

那是我最後一次看見盧先生，第二天，他便死了。顧太太進到他房間時，還以爲他伏在書桌上睡覺，他的頭靠在書桌上，手裏捏著一管毛筆，頭邊堆著一疊學生的作文簿。顧太太說驗屍官驗了半天，也找不出毛病來，便在死因欄上填了「心臟麻痺」。

顧太太囑咐我，以後有生人來找房子，千萬不要告訴別人，盧先生是死在她家裏的。她請了和尚道士到她家去念經超渡，我也去買了紙錢蠟燭來，在我們店門口燒化了一番。盧先生在我們店裏進進出出，總也有五六年了。李老頭子、秦癲子，我也爲他們燒了不少錢紙呢。

我把盧先生的賬拿來一算，還欠我兩百五十塊。我到派出所去拿了許可證，便到顧太太那兒，去拿點盧先生的東西來做抵押。我們做小生意的，哪裏賠得起這些閒錢。顧太太滿面笑容過來招呼我，她一定以爲我去找她打牌呢。等她探明了我的來意，卻冷笑了一聲說道：

「還有你的份？他欠我的房錢，我向誰討？」

她把房門鑰匙往我手裏一塞，便徑自往廚房裏去了。我走到盧先生房中，裏面果然是空空的。書桌上堆著幾本舊書，一個筆筒裏插著一把破毛筆。那個湖北婆不知私下昧下了多少東西！我打開衣櫃，裏面掛著幾件白襯衫，領子都翻毛了，櫃子角落頭卻塞著幾條發了黃的女人三角褲。我四處打量了一下卻發現盧先生那把弦子還掛在牆壁上，落滿了灰塵。弦子旁邊，懸著幾幅照片，我走近一瞧，中間那幅最大的，可不是我們桂林水東門外的花橋嗎？我趕忙爬上去，把那幅照片拿了下來，走到窗戶邊，用衣角把玻璃框擦了一下，借著亮光，覷起眼睛，仔細地瞧了一番。果然是我們花橋，橋底下是灕江，橋頭那兩根石頭柱還在那裏，柱子旁邊站著兩個後生，一男一女，男孩子是盧先生，女孩子一定是那位羅家姑娘了。盧先生還穿著一身學生裝，清清秀秀，乾乾淨淨的，戴著一頂學生鴨嘴帽。我再一看那位羅家姑娘，就不由得暗暗喝起采來。果然是我們桂林小姐！那一身的水秀，一雙靈透靈透的鳳眼，看著實在叫人疼憐。兩個人，肩靠肩，緊緊地依著，笑瞇瞇的，兩個人都不過是十八九歲的模樣。

盧先生房裏，什麼值錢的東西也搜不出，我便把那幅照片帶走了，我要掛在我們店裏，日後有廣西同鄉來，我好指給他們看，從前我爺爺開的那間花橋榮記，就在灕江邊，花橋橋頭，那個路口子上。

（一九七〇年）

【評析】

〈花橋榮記〉寫於一九七〇年，最早刊《現代文學》雜誌第四十二期，以後收入白先勇著名小說集《台北人》，成爲全書十四個短篇其中一篇。依照作者的年齡背景不難推測，書裡的「台北人」，其實都是「台北大陸人」，本篇小說男女主角自然不能例外。

女主角是五、六〇年代台北長春路一家小吃店「老闆娘」：她的爺爺大陸時期在廣西桂林開一家米粉店叫「花橋榮記」，生意昌隆，家喻戶曉。後來她嫁給一個軍官，當過營長太太。不幸的中國內戰，使得她丈夫下落不明。她隨大批軍眷撤退台灣以後，爲了謀生，便在台北也開了一家同名小吃店。小說人物便圍繞著她的四周展開——女性角色大半是她的親友鄰居，男性角色則是長期光顧她這家小吃店的客人：廣西同鄉們。其中斯文的「盧先生」是國校老師，長得高瘦青白知書達禮；另一個叫「秦癲子」，在廣西當過縣長，現在的他，不但調戲女職員被機關開除，又去摸一個賣菜婆的奶，被打得額頭開花，最後跌進陰溝裏淹死；第三個「李老頭子」，從前做木材生意，城裏的房子他佔一半，人稱「李半城」，現在卻流落台北又老又病，先被兒子遺棄，最後上吊而死。這些角色的故事與際遇，可以說是《台北人》各篇人物的縮影。

歐陽子評論〈白先勇的小說世界〉，曾將此書的主題命意歸納成「今昔之比」、「靈肉之爭」與「生死之謎」，這樣的對照，也都在上述人物身上看到例證。他們「過去」在大陸，都擁有美好的青春與財富，「如今」流落台北街頭，無不破敗、消沈、低俗；過去是美麗的，屬「靈」的一面，例如盧先生日日思念的初戀情人；而今天都只剩老病，貧窮與肉欲，就像盧先生與洗衣婦阿春的姘居。

白先勇筆下的台北人總是沈迷在輝煌的過去，遲遲不願也不能面對現實。然而「現實」是殘酷的，他們先後都遭到現實的沈重打擊：當盧先生發現受騙，與未婚妻團聚之希望落空，竟而轉向肉欲，生命於是一步步加速萎頓滅亡：心靈的腐化也就是肉身的死亡。不論性別國籍，只要是人，誰能躲開歲月的腐蝕污染，誰又能長保青春不老？台北人的悲劇，到底是大陸與島嶼之間地理環境的差別，還是統治方式有異？或者只是白先勇個別的感嘆與心靈滄桑。

從小說家安排人物的方式，看出他們不同的省籍背景。白先勇作品裡幾位台灣籍配角，全是負面人物，如本文的洗衣婦阿春，她的粗魯兇惡，被拿來與主角家鄉靈秀的女友做對比。這些配角往往是醜陋與低俗的代言人，就有評論家認爲：對這些角色的負面描述，只會不斷加深讀者對台灣人負面的刻板印象。我們還可從另一角度來詮釋這現象：或許外省作家初到台灣的年份，接觸到的只能是社會表象；外來者的身分限制著他們，使小說家只能看到台灣文化外在與粗俗的一面，台灣人文藝術的細緻深層處，恐怕還要依賴世代生長於台灣的書香子弟來描寫與表達。

「花橋榮記」開在「長春路」底，盧先生在就在「長春國校」教書，不知道作者是不是故意用「花」、「長春」等等相反的意象，來反諷外省人聚落的既不花也不春，與盧先生的提早夭折。作者與他筆下人物有相同歷史背景，瞭解他們的心理轉折。表面上看，作者寫的是一群外省人在台灣的痛苦無奈，實際上白先勇以生動的小說技巧兼春秋筆法，鮮明描繪了這群華夏沒落貴族流落在島嶼他鄉的時代悲劇。

【延伸閱讀】

一、白先勇，《台北人》，台北：晨鐘出版社，一九七一年初版，爾雅出版社，一九八三年再版。

二、袁良駿，《白先勇論》，台北：爾雅出版社，一九九一年六月。

三、林幸謙，《生命情節的反思——白先勇小說主題思想之研究》，一九九二年，國立政治大學中文系碩士論文。台北：麥田出版社一九九四年。

四、劉俊，《悲憫情懷——白先勇評傳》，台北：爾雅出版社，一九九五年十一月。

【相關評論引得】

一、歐陽子，〈「花橋榮記」的寫實架構與主題意識〉，《書評書目》第三十一期，一九七五年十一月（收入氏著《王謝堂前的燕子》，台北：爾雅出版社，一九七六年四月）。

二、高天生，〈可憐身是眼中人：討論白先勇的小說〉，《中國論壇》第十二卷九期，一九八三年四月，頁三八～四一。

三、楊惠南，〈重讀白先勇的「花橋榮記」〉，《首都早報》，一九八九年七月十八日。

四、趙錫彥，〈小吃店老闆和他的男人——《花橋榮記》裡重現白先勇式的時代滄桑〉，《中國時報》，一九九九年六月十二日。

（應鳳凰／編撰）

鄉村的教師

陳映眞

【作者簡介】

陳映眞，本名陳永善，台灣鶯歌人，一九三七年生於竹南一個篤信宗教的知識份子家庭。早期以許南村的筆名寫隨筆和評論。在他十歲的一九四七年，台灣發生二二八事變，當時他雖然年小，但「鶯歌車站前被人打在地上的外省客商的呻吟，大人們談論國民黨軍隊橫掃時的恐懼神色」都深留在他記憶中。

在他二十歲時，養父去世，家道忽然中落，使他很早就面對嚴酷的生活考驗。據他自己的分析，這種灰暗的記憶，以及因之而來的挫折敗北的情緒，是他早期作品中那種慘綠蒼白色調的主要來源。一九五八年他到淡水英專（淡江大學）就讀後，產生濃厚的求知欲，除了學校的進度外，他開始大量閱讀包括馬克斯主義等相關禁書，爲他打開激進主義的世界。一九五九年在尉天驄主編的《筆匯》上發表第一篇小說〈麵攤〉，兩年間，二十三歲的他已陸續發表〈我的弟弟康雄〉、〈家〉、〈鄉村的教師〉、〈故鄉〉、〈死者〉、〈祖父與傘〉等，這些小說多少帶著自傳色彩，苦悶與哀愁的情緒與思想，憂悒、感傷、蒼白苦悶是他此時的寫照。

一九六一年自淡江畢業後，到私立中學任英文教師，繼續發表〈那麼衰老的眼淚〉、〈加略人猶大的故事〉，六三年發表〈文書〉，六四年〈將軍族〉，直到一九六八年，已發表不少小說的他，接受愛荷華國際寫作計畫邀請，正準備動身赴美之際，卻因「民主台灣同盟案」入獄七年，也在台灣文壇消失七年，直到一九七五年出獄後，由遠景出版小說集《將軍族》、《第一件差事》，才重新復出文壇。

一九七七年投入「鄉土文學論戰」。一九七九年〈夜行貨車〉獲吳濁流文學獎。八〇年代參與《文季》、《夏潮論壇》等雜誌編務。一九八三年小說〈山路〉獲《中國時報》小說推薦獎。一九八五年創刊《人間雜誌》，紀實報導台灣弱勢民眾的生活實況。一九八八年《陳映眞作品集》十五卷自費印行。解嚴之後，參與籌組「中國統一聯盟」，擔任聯盟主席。西元二〇〇〇年前後，重新提筆創作〈忠孝公園〉等小說。主要著作有：小說集《我的弟弟康雄》、《唐倩的喜劇》、《上班族的一日》、《萬商帝君》、《鈴鐺花》、《忠孝公園》；評論集《知識人的偏執》、《孤兒的歷史、歷史的孤兒》；訪談集《思想的貧困》；隨筆集《鳶山》；序文及書評集《鞭子和提燈》；政論集《中國結》。二〇〇二年《陳映眞小說集》全套六卷，由作者親自校訂新版，交洪範書店印行。

【正文】

1

青年吳錦翔自南方的戰地歸國的時候，台灣光復已經近於一年。那時候，差不多該活著回來的，都回來了。就如現在這個依山的大湖鄉裏的五家征屬，都已不知不覺地在熱切的懸念中吹熄了數年來的希望了。然而這樣的幻滅卻並不意味著他們的悲哀。這大約是由於在戰爭中的人們，已經習慣於應召出征和戰死的緣故。加之以光復之於這樣一個樸拙的山村裏，也有其幾分興奮的。村人熱心地歡聚著，在林厝的廣場，著實地演過兩天的社戲。那種撼人的幽古的銅鑼聲，五十餘年來首次響徹了整個山村。這樣的薄薄的激情，竟而遮掩了一向十分喜歡誇張死失的悲哀的村人們，因此他們更能夠如此平靜而精細地撕著自己的希望——

「我們健次是無望的了，」老頭說，詛咒著：「有人同他在巴丹島同一個聯隊。那人回來，說，後來留在巴丹的，都全被殲滅了！」

傍晚的山風吹著。人們一度又一度地反覆著這個戰爭直接留在這個小小的山村的故事，懶散地談著五個不歸的男子，當然也包括吳錦翔在內的了。沒有人知道他們在那一年死去。或許這就是村人們對於這個死亡冷漠的原因罷。然則，附帶地，他們也聽到許多關於那麼一個遙遠遙遠的熱帶地的南方的事：那裏的戰爭、那裏的硝煙、那裏的海岸、太陽、森林和瘧疾。這裏異鄉的神祕，甚至於征人之葬身於斯的事實，都似乎毫無損於他們的新奇的。

但是，這一切戰爭的激情經過了近於一年的時光，已經漸漸的要平靜下來了。一切似乎沒有什麼改變；因爲坡上的太陽依舊是那樣的炙人，他們自己也依舊是勞苦的；並且生活也依舊是一種日復一日的惡意的追趕。宿命的、無趣味的生活流過又流過這個小小的村社，而且又要逐漸地固結起來的了。

在這樣的時候，吳錦翔竟悄然地歸國了。村人們在雨天的燠臭和別人的肩項之間，驚嘆地注視著這個油燈下的倖存者：一個矮小，黝黑的（當然啦）但並不健康的青年。森黑森黑的鬍鬚爬滿了他尖削的頰和頷，隨著陌生的微笑，這些鬍髭彷彿都蠕動起來了。

「太平了。」他說，笑著。

「是啊，太平了。」大家和著說。他竟還記得鄉音啊！當然的，當然他記得。只是這人離開故鄉已有五年。他還說，太平了。眾人都興奮起來。

「我們健次呢？」老頭說。是呵，他們都無聲地和著說，健次他們呢？回來嗎……

吳錦翔出乎眾人意表地只回了一個惶恐的眼色。他搬著手指，咯吱咯吱的聲音在靜默中響起來眞是異樣的。

「他們一直送我到婆羅洲，」他站了起來，「我在巴丹就同他們分手了。」

人眾感動起來。那麼遙遠的地方呀。他們說，婆羅洲，日本人講的Borneo，多麼遙遠的地方呀。歸來的青年終於回到他那不自在的微笑裏，他說：

「太平了。」

「太平了。」他們和著說。可不是的嗎？即使說征人都已死去，或許說不定也會像吳錦翔一樣突然歸來的罷。然而戰爭終於過去了。夜包圍著雨霽的山林。月亮照在樹葉上、樹枝上，閃耀著。而山村又一度閃爍著熱帶的南方的傳奇了。他們時興地以帶有重濁土音的日語說著Borneo，而且首肯著。

2

寡婦根福嫂變得健碩而且開心了。她不但意外的從戰火裏拾回她的兒子，而且更其重要的是：第一，錦翔依舊像出征前那樣順從和沈靜；第二，由於他自小以苦讀聞於山村，現在竟被鄉人舉到山村小學裏任教去了。這是體面的事。一向善於搬弄的根福嫂，便到處技巧地在眾人前提起她戰爭歸來的兒子。一等大家少不得要稱讚他的順從、他的教師的職位的時候，她便又愛著而且貶抑地自謙起來。

「是啦，」她總是這樣地說：「是啦。不過他依舊是不更事的。像那樣的身體，像他那樣的人，怎樣也不是能夠下田的料唷……」

在她這樣說的時候，她的母性的心是飽滿的了。她是個力強的母親，健康而快活的。她評論著二十六歲的兒子好像他仍舊是個虛弱的孩子一樣。而大約也正是這種母親的欲望，使她執拗地繼續租種著一塊方寸的小園地，天一亮便去趕鎮上的集。她要養活兒子，她滿心這樣想著，搖晃著肩上的擔子。太陽從山坡後面的斷嶺升了起來。清晨的霧悒結在坡上、田裏和長而懶散的村道上。

在四月的時候，吳錦翔接下了這個總共不到二十個學生的山村小學。五年的戰火，幾乎使他因著人的大愚和人的無助的悲慘，而覺得人無非只是好鬥爭的、而且必然要鬥爭的生物罷了。知識或者理想在那個定命的戰爭、爆破、死屍和強暴中成了什麼呢？然而當戰爭像夢一般過去了的時候；當他又不可思議地活著回到這個和平而樸拙的山村以後，因著接辦這樣一個小小的學校，吳錦翔的小知識份子的熱情便重又自餘燼中復燃了起來。

忽然所有他在戰爭以前的情熱都甦醒了過來。而且經過了五年的戰爭，這些少年的信仰，甚至都載著彷彿更具深沈的面貌，悠悠的轉醒了。由於讀書，少年的他曾祕密地參加過抗日的活動；由於讀書，由於他的出身貧苦的佃農，對於這些勞力者，他有著深的感情和親切的同情。而且也由於他的讀書和活動，銳眼的日本官憲便特意把他徵召到火線的婆羅洲去。「而我終於回來了。」他自語著，笑了起來，搬著指頭咯吱咯吱地響著。爆破、死亡的聲音和臭味；熱帶地的鬼魂一般地婆娑著的森林，以及火焰一般的太陽，又機械地映進入他的漫想裏。然而在這個新的樂觀和入世的熱情之前，這些灼人的悲慘，無非只是簡單的記憶罷了。而何況在他裏面，有一種他平生初次的對於祖國的情熱。「這是個發展的機會呀。」他自語地說著，從小學的大而明亮的窗口望著對面的山坡：那些梯子一般的水田；那些一任坡上的太陽烘烤著褐黑色的背脊的農民們；那些窗下山腳的破敗但仍不失其生命的農家。四月的風，糅和著初夏的熱，忽忽地從窗子吹進來，又從背後的窗子吹了出去。一切都好轉的，他無聲地說：這是我們自己的國家，自己的同胞。至少官憲的壓迫將永遠不可能的了。改革是有希望的，一切都將好轉。

開學的時候，看著十七個黝黑的學童，吳錦翔感覺到自己的無可說明的感動。他愛他們，因爲他們是稚拙的；愛他們，因爲他們襤褸而且有些骯髒。或許，這樣的感情應不單只是愛而已，他覺得甚至自己在尊敬著這些小小的農民的兒女們。他對他們笑著，簡直不知道應該怎樣把自己的熱情表達給他們。務要使這一代建立一種關乎自己、關乎社會的意識，他曾熱烈地這樣想過：務要使他們對自己負起改造的責任。然而此刻，在這一群瞪著死板的眼睛的無生氣的學童之前，他感到無法用他們的語言說明他的善意和誠懇了。他用手勢，幾度用舌頭潤著嘴唇，去找尋適當的比喻和詞句。他甚至走下講台，溫和地同他們談話，他的眼睛燃燒著，然而學童們依舊是侷促而且無生氣的。

五月的下旬，國定的教科書運到了。教師吳錦翔一直是熱心的。設若戰爭所換取的就僅是這個改革的自由和機會，他自說著：或許對人類也不失是一種進步的罷。五月的風吹著，他已習慣於這山崗上的風聲和竹篠拽動的音響了。只看見山坡的稜線上的叢樹，在風裏搖曳於五月的陽光之中。這世界終於有一天會變好的，他想。

3

第二年入春的時候，省內的騷動和中國的動亂的觸角，甚至伸到這樣一個寂寞的山村裏來了。新的激情再度流行在簡單而好事的村民社會中。每個人都在談論著，或者喧說著誇大過了的消息。這時候，教師的吳錦翔逐漸的感到自己的內裏的混亂和矇矓的感覺。他努力地讀過國內的文學；第一次他開始不用現存的弊端和問題看他的祖國。過去，他曾用心地思索著中國的愚而不安的本質，如今，這愚和不安在他竟成了中國之所以爲中國的理由，而且由於這個理由，他對於自己之爲一個中國人感到不可說明的親切了。他整日閱讀著「像一葉秋海棠」的中國地圖；讀著每一條河流，每一座山岳，每一個都市的名字。他彷彿看見在渾濁而浩蕩的江河上的舢舨，宿著龍和留著白鬍子神仙的神祕山巒；石板路的都市，掛滿了優秀的正楷寫成的招牌的都市；病窮而骯髒的、安命而且愚的、倨傲而和善的、容忍但又執著的中國人。在這樣的感情中，他固然是沒有像村人一般有著省籍的芥蒂，但在這樣的感情中，除了血緣的親切感之外，他感到一股大而曖昧的悲哀了。這樣的中國人！他想像著過去和現在國內的動亂，又彷彿看見了民國初年那些穿著俄國軍服的革命軍官；那些穿戴著像是紙糊的軍衣軍帽的士兵們；那些烽火；那些頹圮；連這樣的動亂便都成了中國之所以爲中國的理由了。這是一個悲哀，雖其是矇矓而曖昧的——中國式的——悲哀，然而始終是一個悲哀的；因爲他的知識變成了一種藝術，他的思索變成了一種美學，他的社會主義變成了文學，而他的愛國情熱，卻只不過是一種家族的、（中國式的！）血緣的感情罷了。

幼稚病！他無聲地喊著。這個喊聲有些激怒了自己，他就笑了起來：幼稚病！啊，幼稚病！有什麼要緊呢？甚至於「幼稚病」，在他，是有著極醇厚的文學意味的。他的懶、他的對於母親的依賴、他的空想的性格、改革的熱情，對於他只不過是他的夢中的英雄主義的一部分罷了。想著想著，吳錦翔無助地頹然了。中國人！他囁嚅著。窗外的梯田上的農民，便頓時和中國的幽古連接起來，帶著中國人的另一種筆觸，在陽光中勞動著，生活著。

入夏的時候，他已陸陸續續的看到許多來自國內的人，戴著白色的草梗西帽，穿著白色的南方襯衫，靛青顏色的軟而寬的褲子，腳上是長的白襪子和黑布鞋。這雖然和意想中的中國人有些距離，然而這距離是極易於和解的。撤退的那一年，有一隊軍隊駐在村外的祠堂。他特意的去看過他們。他們的笨拙綁腿；軍械的油味；兵的體臭；軍食的特別味道，每一樣事物都是典型的。他彷彿從他們看見了數百十年來的中國的兵火了。兵眾的那種無可如何的現世的表情，他是能一張張的讀出而且了解的。這樣古老而且奇怪的中國呀，他自說著。走到鄉村道上，感到一種中國的懶散。中秋方才過去，一入晚，便看見一輪白色而透明的月掛在西山的右首。田裏都灌滿了水，在夕陽的餘暉閃爍著。不久便又是插秧的時節了。秧苗田的細緻的嫩綠，在晚風中溫文地波動著。吳錦翔吸著菸，矇矓之間，想起了遣送歸鄉之前在集中營裏的南方的夕靄。自這桃紅的夕靄中，又無端地使他想起中國的七層寶塔。於是他又看見了地圖上的中國了。冥冥裏，他忽然覺到改革這麼一個年老、懶惰卻又倨傲的中國的無比的困難來。他想像著有一天中國人都挺著腰身，匆匆忙忙地建設著自己的情形，竟覺得滑稽到忍不住要冒瀆地笑出聲音來了。

4

逐漸地，過了三十歲的改革者吳錦翔墮落了。他如今只是一個懶惰的有良心的人；他絕不再苦讀到深夜如少年時一般，因爲次日的精神不振對於學生是一種損失。每學期剩下來的簿本一定賣掉以添購體育用具；他從沒有讓學生打掃他自己的房子或利用他們的勞力爲他自己的廚房蓄水；他爲貧苦的學生出旅費參加遠足。凡此種種，當然少不得有人嘲笑他的愚誠的。但這些行爲對於吳錦翔畢竟不只是一定種道德或良心而已，而是一個大的理想大的志願崩壞後的遺跡。所以對於那樣的嘲笑，他倒是能夠承之有餘了。他的另外一個基於同一個良心的行爲，是他的堅持不娶。這是頗使根福嫂傷心的事。可是結婚對於吳錦翔，將會成爲一個小的社會問題。這個墮落了的改革者，是連自己的生活都懶於料理了。此外，他已經有他的排遣之道了：偶爾到鎮上去看一場便宜的電影，順便帶回來幾本出租的日文雜誌，津津有味地讀著其中的通俗小說。但另外的嗜好則就有些可責了：他成了一個喝酒的人。不過他畢竟是個溫和的人物，他沒有什麼酒癖，但偶爾也會叫人莫名其妙地醉著哭起來，像小兒一般。不過這到底還是少有的事。

那一年夏天，他赴了一個學生的席。這是他的學生第一個應召入營的。席筵擺在正廳裏，圍坐著一家大小。紅櫝桌子下排著一大瓶土米酒。在燈光下，每個人都興奮著；都紅著臉。

「身體得顧著呀！」老頭說，伸著一隻酒杯到青年人的面前。

「當然的。」青年人說，端起自己的酒，喝了，說：「謝謝。」

青年人笑著，注視著狂飲的老師。一隻大狗在桌子下咯吱咯吱地吃著骨頭。

「老師！」青年人說。

「來，喝酒罷。」吳老師爲學生篩著酒，瞇著眼。除了刮得發青的下肥子臉，滿臉都通紅了。

「可也眞快。」老年人說。

「快呢。」大家和著說。青年人兀自笑著，都沈默了。

「快什麼，嗯？」吳老師說，強瞪著眼：「快麼？……人肉鹹鹹的，能吃麼？嗯？」

大家笑了起來。

「能吃嗎？人肉鹹鹹的啦，豈是能吃的嗎！」他細聲地說，詢問於老年人。老年人笑著，拍著他的肩，說：

「自然，自然。人肉是鹹的，那能吃呢？」

「我就吃過。」大家都還懶散地笑著，「在婆羅洲，在Borneo！」

於是大家都沈默了。

「沒東西吃，就吃人肉……娘的，誰都不敢睡覺，怕睡了就被殺了吃。」他瞇起眼睛，聳著肩，像是掙扎在一隻刺刀之下。

「眞是鹹鹹的麼？」

「鹹的？——鹹的！還冒泡呢。」

「……」

「吃過人心麼？嗯？」

「……」

「吃過麼？……拳頭那麼大一個，切成這樣……一條一條的——」他用筷子沾著酒，歪歪斜斜地在桌子上劃著小長條子，「裝在hango（飯盒）……」

大家都危坐著，聽見桌底下咯吱咯吱的聲音，卻有些悚然了。

「放在火上，那心就往上跳！一尺多高！」

「……」

「就趕緊給蓋上，聽見它們，叮咚叮咚地，跳個不停，跳個，不停。很久，叮叮咚咚的……」

大家都噤著。這時候，吳老師突然用力摔下筷子，向披著紅緞的青年怒聲說：

「吃過麼？都吃過麼？嗯？……」

接著就像小兒一般哼哼哀哀地哭了起來。

5

第二天酒醒的時候，吳錦翔從窗口看見一隊鑼鼓迎著三、四個披著紅緞的青年走出山村去了。家族們穿著花花綠綠的衣服，簇擁在後面。他感到一陣空虛，無意義地獨自笑了起來。鑼鼓的聲音逐漸遠去，但那銅鑼的聲音仍舊震到人心裏面。太陽燃燒著山坡；燃燒著金黃耀眼的稻田；燃燒著紅磚的新農家。山坡的稜線上的樹影，在正午的暑氣中寂靜地站著。突然間，他彷彿又回到熱帶的南方，回到那裏的太陽，回到婆娑如鬼魅的樹以及砲火的聲音裏。鑼鼓的聲音逐漸遠去，砲火的聲音逐漸遠去。他傾聽著雨打一般的脆鼓聲，頃刻之間，又想起了在飯盒裏躍動的心肌打在盒蓋盒壁的聲音來。他擦著一臉一身的汗，有些詫異於自己的這個突然的虛弱和眩暈了。

吳錦翔吃過人肉人心的故事，立刻傳遍了山村。從此以後，吳錦翔到處遇見異樣的眼色。學生們談論著；婦女們在他背後竊竊耳語；課堂上的學童都用死屍一般的眼睛盯著他。他不住地冒著汗。學生的頭顱顯得那麼細小。那些好奇的眼睛，使他想起婆羅洲土女的驚嚇的眼神。他揩著汗。夏天的山風忽忽地吹著，然則他仍舊在不住地冒著汗。

他的虛弱不住地增加著。南方的記憶；袍澤的血和屍體，以及心肌的叮叮咚咚的聲音，不住地在他的幻覺中盤旋起來，而且越來越尖銳了。不及一個月，他就變得瘦削而且蒼白了。再過了不到一個半月的時光，根福嫂發現她的兒子竟死在床上。左右伸張的瘦手下，都流著一大灘的血。割破靜脈的傷口，倒是十分乾淨的。白色而有些透明的，那種切得不規則的肌肉，有些像新鮮的旗魚肉。眼睛張著。門牙緊緊地咬著下嘴唇，襯著錯雜的鬍髭、頭髮和眉毛。無血液的白蠟一般的臉上，都顯著一種不可思議的深深懷疑的顏色。

直到中午，根福嫂在死屍的旁邊癡癡地坐著出神，間或摸摸割切的傷口，看看那一灘赭紅的血和金蠅。及至中午，她就開始尖聲號啕起來了。沒有人清楚她在山歌一般的哭聲中說了些什麼。年輕的人有些惱怒於這樣一個陰氣的死和哭聲；而老年人則泰半都沈默著。他們似乎想說些什麼，而終於都只是懶懶地嚼嚼嘴巴罷了。但到了入夜的時候，這哭聲卻又沈默了。那天夜裏有極好的月亮，極好的星光，以及極好的山風。但人們似乎都不約而同地提早關門了。

（一九六〇年）

【評析】

〈鄉村的教師〉首刊於一九六〇年八月《筆匯》革新號二卷一期，小說發表時陳映眞還正在大學唸英文系，充分顯現他早慧，及深受魯迅小說包括社會主義思潮影響，一種纖細、悒鬱的寫作風格。本文也是國民黨文網高張時代，少數以二二八爲背景，卻漏網能公開發表的小說。當然，作者突出男主角空妄的理想性，用陰鬱黯淡加深氣氛，因此而掩閉了一般讀者耳目。

小說場景選在戰後初期一個偏僻的小山村。吳錦翔於「台灣光復」一年左右，亦即約「事件」前一年，村人都以爲他死在戰場了，沒想到被日本政府調去南洋當兵的他，突然生還回到家鄉。小說便從他意外回鄉並開始擔任山村小學教師寫起。

男主角回鄉後的心理變化，在故事中有細膩的鋪陳。吳錦翔受了五年叢林戰爭洗禮，如今劫後餘生，便逐漸燃起一個懷有社會主義理想的，知識份子的熱情，準備盡力幫助他所尊敬的勞動農民的兒女們，「由他們自己來擔負起改革自己鄉土的責任」。可惜他的理想破滅，二二八事變發生，他發現改革一個「年老、懶惰卻又倨傲的中國」竟有無比的困難。

吳錦翔的典型存在於台灣小說史最大意義之一，便是藝術地呈現了戰後初期，一個受日本教育之台灣知識份子的「中國觀點」。換句話說，陳映眞很早就留意到：地理上夾在大陸與日本中間的台灣島，與他們更有著民族與語群之間複雜的歷史關係。吳錦翔待在偏僻的山村，仍整日閱讀著「像一葉秋海棠」的中國地圖。「那些穿戴著像是紙糊的軍衣軍帽的士兵們；那些烽火；那些頹圮」，以及「掛滿了優秀的正楷寫成的招牌的都市；病窮而骯髒的、安命而且愚的、倨傲而和善的、容忍但又執著的中國人……」，出現於陳映眞筆下，這些鮮活的中國映象，對只能從教科書或口號來認識「中國」的大批戰後讀者而言，有著莫大吸引力。

戰爭的欺罔性使吳錦翔對自己滅絕人性的行爲心生懷疑。在戰爭中他有過可怕的「生吃人心」的經驗。因這種污濁而萌發的原罪意識、懺悔情緒，加上他面對村人的眼光，無從洗刷自己卑污的靈魂，最後導致他的自殺身亡。通篇小說貫串著虛無悲愴的色彩，正如施淑的論文所形容：那種「厭悒的、纖麗的東洋色調，……自然主義的藝術風格」，「一開始就以暗鬱的調子，表現著從深淵浮現出來一般的美麗。」

此外，劉紹銘一篇論文更提到：吳錦翔描述在叢林裡軍隊餓得人吃人，將一顆人心蓋在便當盒裡，放在火上烤時，「聽見它們叮咚叮咚地，跳個不停」的一幕，在呈現其小說一貫「愛」的主題時，頗具象徵意味。因年輕小說家日夜所懷抱的，正是一顆「對痛苦，對人加於人的殘忍特別敏感的心」。評論家舉本文一幕場景，點出其象徵意涵，可說別具慧眼，準確地說明了小說家陳映眞早期的文學特質。

【延伸閱讀】

一、黎湘萍，《台灣的憂鬱：論陳映眞的寫作與台灣的文學精神》，北京：三聯書店，一九九四年十月。

二、許南村，〈後街——陳映眞的創作歷程〉，《陳映眞小說集》，台北：洪範書店，二〇〇二年。

三、林鎮山，〈再會「淒慘的無言的嘴」——論陳映眞《將軍族》〉，《台灣小說與敘事學》，台北：前衛出版社，二〇〇二年九月。

四、呂正惠，〈從山村小鎮到華盛頓大樓——論陳映眞的歷程及其矛盾〉，《文星》第一〇六期，一九八六年四月，頁一三三～一四〇。

【相關評論引得】

一、劉紹銘，〈愛情的故事：論陳映眞的短篇小說〉，《中外文學》第一卷第四期，一九七二年九月，頁十二～三〇。

二、馮偉才，〈陳映眞早期小說的象徵意義〉，《台灣香港文學論文選第一輯》，福建人民出版社，一九八三年十月，頁一四七～一六五。

三、施淑，〈台灣的憂鬱——論陳映眞早期小說及其藝術〉，《兩岸文學論集》，台北：新地出版社，一九九七年六月。

（應鳳凰／編撰）

拉子婦

李永平

【作者簡介】

祖籍廣東的李永平，一九四七年生於馬來西亞婆羅州。中學畢業後到台灣，以僑生身分入台大外文系就讀，畢業後留系擔任助教，曾任《中外文學》雜誌執行編輯。以後赴美深造，獲美國密蘇里州華盛頓大學比較文學博士學位，再回到台灣就職。曾在中山、東吳、東華等各大學英文系任教職。小說創作曾獲台北聯合報、中國時報小說獎；《吉陵春秋》一書入選「亞洲周刊二十世紀中文小說一百強」。

李永平十八歲還未唸大學時，以初寫的一篇《婆羅州之子》，在婆羅州文化局華文徵文比賽中獲獎，奠定了寫作基礎。大學時代寫的小說〈拉子婦〉，受到老師顏元叔的賞識，更鼓舞他繼續走寫作之路。一九七九年以〈日頭雨〉一文獲聯合報短篇小說獎首獎。而他費時八年的《吉陵春秋》出版後，也得到余光中等評論家的讚美，認爲小說中複雜的原鄉想像，「爲當代小說拓出了一片似眞似幻的迷人空間」，本書獲得一九八六年「時報文學獎」小說推薦獎。

李永平八〇年代末辭去教職專業寫作，蟄居四載完成五十萬字小說《海東青——台北的一則寓言》（一九九二年聯合文學出版）。以寓言方式描寫「海東都會」（台北？）的繁華墮落。這本小說幾乎沒有情節可言，文字詰屈晦澀，「敘述一則亙古的道德箴言」，蘊含預警和惕勵的時代意義。更新的作品是一九九八年由同家出版社印行的《朱鴒漫遊仙境》，以及天下出版公司的《雨雪霏霏：婆羅洲童年記事》（二〇〇二年），《迢迢：李永平自選集一九六八～二〇〇二》（二〇〇三年麥田出版社印行）。

【正文】

昨日接到二妹的信。她告訴我一個噩耗：拉子嬸已經死了。

死了？拉子嬸是不該死的。二妹在信中很激動地說：「二哥，我現在什麼都明白了。那晚家中得到拉子嬸的死訊，大家都保持緘默，只有媽說了一句話：『三嬸是個好人，不該死得那麼慘。』二哥，只有一句憐憫的話呵！大家爲什麼不開腔？爲什麼不說一些哀悼的話？我現在明白了。沒有什麼莊嚴偉大的原因，只因爲拉子嬸是一個拉子，一個微不足道的拉子！對一個死去的拉子婦表示過分的悲悼，有失高貴的中國人的身分啊！這些日子來，我一閉上眼睛，就彷彿看見她。二哥，你還記得她的血嗎？……

……」

拉子嬸是三叔娶的土婦。那時我還小，跟著哥哥姊姊們喊她「拉子嬸」。在沙勞越，我們都喚土人「拉子」。一直到懂事，我才體會到這兩個字所蘊含的一種輕蔑的意味。但是已經喊上口了，總是改不過來；並且，倘若我不喊拉子，而用另外一個好聽點、友善點的名詞代替它，中國人會感到很彆扭的。對於拉子嬸，我有時會因爲這樣喊她而感到一點歉意。長大後的唯一的一次見面中，我竟然還當面這樣喊她，而她卻一點也沒有責怪我的意思。媽說得對，她是個好人。我猜想她一生中大約不曾大聲說過一句話。二妹曾告訴我，拉子嬸是在無聲無息中活著。在昨天的信上，二妹提起她這句話，只不過把「活著」

改成「挨著」罷了。想不到，她挨夠了，便無聲無息地離開了。

我只見過拉子嬸兩次面。第一次見到她是在八年前。那時學校正放暑假；六月底，祖父從家鄉出來，剛到沙勞越。聽說三叔娶了一個土女，赫然震怒，認爲三叔玷辱了我們李家門風。我還約略記得祖父坐在客廳拍桌子、瞪眼睛，大罵三叔是「畜牲」的情景。父親和幾個叔伯嬸娘站在一旁，垂著頭，不敢作聲，只有媽敢上前去勸祖父。她很委婉地說：「阿爸，您消消氣罷，您這些天來漂洋過海也夠累的了。其實，聽說三嬸人也蠻好的，老老實實，不生是非，您就認這個媳婦罷。」

祖父拍著桌子，喘著氣說：「妳婦人家不懂得這個道理，李家沒有這個畜牲，我把他給『黜』了。」

父親聽說祖父要把三叔逐出家門，立刻跪在老人家跟前，哭著要祖父收回成命。我和二弟那時正躲在簾後，二弟先看見爸爸下跪，叫我擠過來看。我剛一探出頭，猛然聽得一個蒼老的聲音喝道：「小鬼頭作什麼？」是祖父的聲音！我和二弟嚇得跑出屋子。

後來的事情，媽告訴大姊的時候，我也偷聽了一些。祖父雖然口口聲聲不認拉子婦是他三兒媳，但到底沒把三叔趕出家門。媽說，聽說三嬸「長相」很好，並且也會講唐人話。過幾天，三叔就會從山裏出來，那時祖父見了三嬸的「人品」，想來也會消消火氣的。三叔長年在偏遠的拉子村做買賣，一年裏頭難得出來古晉城一兩回。這次祖父南來，父親本來很早就寫信通知三叔，可是祖父卻早到了。

我把拉子嬸要來古晉拜見家翁的消息傳揚開去，家中年輕的一輩便立刻起勁地哄鬧起來。六叔那時已經長出小鬍子了，卻像一個池塘邊捕到一隻蛤蟆的孩子般的興奮。他喊我們到園子裏的榕樹下，兩隻小眼睛在我們臉上溜了五六回，故作一番神秘之狀才壓低嗓門說：「嘿！小老哥，曉得拉子嬸生得怎麼樣的長相嗎？」

「曉得！曉得！拉子嬸是拉子婆，我看過拉子婆！」大夥搶著答應。

六叔撇了撇嘴巴，搖晃著腦袋，帶著警告的口吻說：「拉子嬸是大耳拉子喔！」

大夥立刻被唬住了。那時華人社會中還流傳大耳拉子獵人頭的故事。我還聽二嬸說過，古晉市近郊那座吊橋興工時，橋墩下就埋了好多顆人頭，據說是用來鎮壓水鬼的。

「大耳拉子！曉得嗎？大耳拉子的耳朵好長喲。瞧，就這麼長！」六叔得意地拉著自己的耳朵，想把它拉到下巴那個位置。他咧著嘴哇的一聲哭起來：「嘿！小老哥，大耳拉子每天晚上要割人頭的呀！」

把我們唬得面面相覷了，他又安慰我們，說他有辦法「治」大耳拉子，要大夥一起「搞」她。大夥都連忙答應。

我第一個見到拉子嬸。三叔領她進大門時，我正在院子裏逗蟋蟀玩。我叫了一聲三叔，三叔笑著說：「阿平，叫三嬸。」我記得我沒叫，只是愣愣地瞪著三叔身後的女人。那時年紀還小，不曉得什麼叫「靚」，只覺得這女人不難看，長得好白。她懷裏抱著一個小娃兒。

「阿平眞沒用，快來叫三嬸！」三叔還是微笑著。那女人也笑了，露出好幾顆金牙。我忽然想起六叔的叮囑，便冒冒失失地衝著那女人喊一聲：「拉子嬸！」

我不敢再瞧他們，一溜煙跑去找六叔。不一會，六叔率領十來個姪兒姪女聲勢浩大地闖進廳中。家中大人都聚集在堂屋裏，只不見祖父。大伯說：「孩兒們，快來見過三叔和三——三嬸。」

「三叔！拉——子——嬸！」

「拉子婦」這三個字喊得好響亮，我感到很得意，忽然覺得有點不對勁，大家好像都呆住了。我偷偷瞧爸爸他們，不得了！大人好像都生氣啦。那女人垂著頭，臉好紅。我連忙溜到媽媽身後。

大伯和父親陪著三叔匆匆走出去。孩子們立刻圍成一個大圈子，遠遠地盯住拉子婦，偶爾有一些低聲的批評和小小的爭論。後來大約覺得拉子婦並不可怕，便漸漸地圍攏上前，挨到她身邊。嬸嬸們遠遠地坐在一旁，聊著她們自己的天，有時還打幾個哈哈，完全沒把眼前這位貴客放在眼中。只有媽坐在拉子婦的身邊，和她說話。媽問道：「妳是從哪個長屋來的？」拉子婦慌慌張張地看了媽一眼，膽怯地笑一笑，才低聲答道：「我從魯馬都奪來的。」媽又問道：「店裏買賣可好？」拉子婦又慌慌張張地看了媽一眼才紅著臉回答：「好——不很好。」我感到很詫異，媽每問她一句話，她便像著了慌似的臉紅起來。我想如果我是媽，早就問得氣餒了，但媽還是興緻勃勃地問下去。

二弟和二妹忽然在拉子婦面前爭吵起來。先是很小聲的，漸漸地嗓門大起來。

「我早就曉得她不是大耳拉子。」二弟指著拉子婦的耳朵說。

「誰不是？瞧，她耳朵比你的還長。」二妹說。

「呸！比你的還長！」

「呸呸！希望你長大時討個拉子婆！」

媽生氣了，把他們喝住。嬸嬸們那邊卻有一個聲音懶洋洋地說道：「阿烈啊，討個拉子婆有什麼不好呀？會生孩子喔！」大家都笑了，拉子婦也跟著大家急促地笑著，但她的笑容難看極了，倒像是哭喪著臉一般。只有媽沒笑。

其實拉子婦並不是大耳拉子。後來我從鄉土教育課本上得知，大耳拉子原本叫做海達雅人，集居在沙勞越第三省大河邊；小耳拉子是陸達雅人，住在第一省山林中。拉子嬸是第一省山中人，屬陸達雅族。

孩子們把拉子嬸瞧夠了，便對她懷中的娃兒發生興趣。他模樣長得好有趣，眼睛很大，鼻子卻是扁扁的。大夥逗他笑。四弟做鬼臉逗他，把他逗哭了。拉子嬸著了慌，一面手忙腳亂地哄著孩子，一面偷眼瞧瞧我媽又瞧瞧嬸嬸們。嬸嬸停止聊天，瞪著拉子嬸（其實是瞪著她的孩子）我媽說：「亞納想是要吃奶了。把奶瓶給我，我喚阿玲給妳泡一瓶牛奶。」拉子嬸紅著臉低著頭，囁嚅地說：「我給孩子吃我的奶。」她解開衣鈕，露出一隻豐滿的乳房，讓孩子吮吸她的奶頭。這時四嬸忽然叫起來：「我說呀，拉子本來就是吃母奶長大的。二嬸，妳何必費心呢？」

這時父親和三叔走進來。三叔的臉色很難看，好像很生氣，又像是哭喪著臉。我猜他們剛從祖父房裏出來。祖父沒出來吃中飯，我媽把飯菜送進他房間。

飯後，我媽把拉子嬸帶進她房裏。我想跟進去，被媽趕了出來，經過廚房時聽見二嬸在嘀咕：「吃呀就大口大口的扒著吃，塞飽了，抹抹嘴就走人，從沒見過這樣子當人家媳婦的，拉子婦擺什麼架勢……」

第二天早上，祖父出來了。他板著臉坐在大椅子裏悶聲不響。大人都坐在兩旁，半點聲息也沒有。拉子嬸站在我媽身邊，頭垂得很低，兩隻臂膀也垂在身側。媽用手肘輕觸她一下，她才略略把頭抬起來。這一瞬間，我看見她的臉色好蒼白。拉子嬸慢慢走向茶几，兩隻腿隱隱顫抖。她舉起手——手也在顫抖著—倒了一杯茶，用盤子托著端送到祖父跟前，好像說了一句話（現在回想起來，那句話應該是：「阿爸，請用茶。」）祖父臉色突然一變，一手將茶盤拍翻，把茶潑了拉子嬸一臉。祖父罵了幾句，站起來，大步走回房間。大家面面相覷，誰也不作聲，只有拉子嬸怔怔地站在大廳中央。

那天下午，三叔說要照料買賣，帶著拉子嬸回山坳去。

多年後聽媽說，當時祖父發脾氣是因爲三嬸敬茶時沒有跪下去。

第一次見面，拉子嬸留給我們的印象一直不曾磨滅。可是一直到六年後，我才有機會再見到她。那時因爲家中產業的事，父親命我進山去見三叔。我央二妹同去。

這次進山，是我和二妹六年來夢寐以求的。這段日子裏關於拉子嬸的訊息，全都是從山中來客那兒得知。可是，家中大人從不主動向他們探問，就是母親，我那最關心拉子嬸的好母親，也只希望客人說溜了嘴的時候，會偶然無意的透露一點關於拉子嬸的消息，因此我們所知的也就非常少。家中只曉得三嬸又多生了一個孩子，產後身體便一直很孱弱。後來有個冒失的客人在酒醉飯飽之餘，揭發了一個驚人的消息：「你們三頭家不知幾世積的德，人家十八歲的大姑娘都看上他，哈哈！如今人家碰到他都問幾時吃他的喜酒哩。」這個消息在我們家自然引起一陣騷動，但是彷彿沒有人比嬸嬸們更來勁了。她們幾個人湊在一起逢人便說，她們老早就知道我們三叔不是糊塗人，怎麼會把那個拉子婦娶來作一世老婆？不會的，斷斷不會的。我們三叔原本就是個有眼光的商人哩！除她們之外，家中其他大人都不怎麼熱心；就是我媽，也只是暗地裏嘆息兩回罷了。此時祖父已經過世，六叔出國讀書，六年前圍繞在「那個拉子嬸」身邊瞪著她的孩子們，如今都已經長大了。自從拉子嬸第一次到家中之後，大夥便常常在一起談論她。隨著年齡的增長，大夥對小時候的胡鬧都感到一點歉意。尤其是二妹，常常說她對不起三嬸，要找機會去看她。我和其他的男孩子又何嘗不是有同樣的想法，只是身爲男人，不好說出口罷了。三叔進城時，大夥便纏住他，要他說三嬸的事。二妹警告他不可欺負我們三嬸。每回三叔都笑嘻嘻答應，誰想如今他竟要娶小老婆呢？

進了山，才能見到眞正的沙勞越，婆羅洲原始森林的一部分。三叔的舖子就在這座原始森林裏。這是一個孤獨的小天地：舖子四周只有幾十家經營胡椒園的中國人，幾里外，疏落地散佈著拉子的長屋。只有一條羊腸小徑通到山外的小鎭。這個小天地是幾乎與世隔絕。

三叔當然變得多了，兩鬢已冒出些許白髮。我們談了幾句話，正要向他探問三嬸，外面進來一個老拉子婦。三叔簡單地說：「你三嬸」。我猛然一怔，她不正是我們進舖子時看見的那個蹲在舖前曬鹹魚的老拉子婦麼？怔忡間，二妹已喚了一聲三嬸；我只好慌忙喚一聲，喚過之後，我才發覺我竟然喊她拉子嬸。她驚異地笑一笑：「是哪一個姪子叫我呀？」並沒有責怪我的意思。她還是跟六年前一樣，卑微地看著人，卑微地跟人說話。只是她的面貌變化實在太大了，我不曉得應該怎麼講，我只能說她老了二十年，像個老拉子婦。

三叔剛問起家中景況，後房忽然傳出嬰孩的哭聲。三嬸向我們歉然一笑，便向後邊走去。她的步履輕飄飄，身體看來非常孱弱。

「三叔，三嬸又生了一個娃兒？」我問。

三叔簡短地「唔」一聲，眼睛只顧盯著茶杯。

「三叔，三嬸剛生下孩子，怎麼可以讓她在太陽底下曬鹹魚呢？」二妹低聲地責怪。

三叔沒有回答。

「三叔，雇個工人也不多幾個錢吧？」二妹說。

三叔猛然抬起頭來，把稀疏的眉毛一揚，粗聲說：「阿英，你當山裏的錢容易掙麼？」

二妹默然，但我曉得她心裡不服氣。

三嬸抱著孩子出來。她解開了上衣，讓孩子吮吸她的奶頭。我忍不住瞪著那隻奶子：它就是六年前在我們家展露的那個大乳房？委實又瘦又小，擠不出幾滴奶水。娃兒緊緊地抓住它，拚命地吮著乾癟的乳頭。二妹剛開口，我就立刻瞪她一眼，搶先說：「娃娃好乖，叫什麼名字？」三嬸想回答，三叔卻粗聲粗氣地說：「叫狗仔。」三嬸默默瞧我們一眼，垂下頭。

誰也找不出話來說。不一會，外面跑進了兩個孩子：一男一女都是同款的大眼睛、扁鼻子、褐色皮膚。三叔說：「快來叫哥哥姊姊。」兩個孩子呆呆瞧著陌生人。三叔眉頭一皺，大聲說：「聽見沒有？」孩子們彷彿受了驚嚇，愣在那裏沒出聲。

「蠢東西，爬開去」三叔罵了幾句。兩個孩子便垂著頭，默默地、慢慢地走開去。三叔在後邊還不斷嘀咕：「半唐半拉的雜種子，人家看見就吐口水！」他坐在店舖櫃檯後面罵了半天，忽然大聲說：「死在這裏做什麼？把他抱開去，我要跟阿平談正經事。」三嬸抱著孩子走了。

我把父親的話告訴三叔。他靜靜聽著，似乎不很留心。

但是我和二妹已經見到了夢寐以求一見的三嬸。我看看二妹，我明白她的心意。她恨不得立刻便去向三嬸說，我們對不起她，請求她寬恕我們小時的胡鬧；還要告訴她說，我們同情她，我們愛護她。可是我們兩個到頭來誰也沒有開口。可憐的二妹，每一次她總是說：「這回我一定要說了，不然會憋死我的。」可是每一次她總是說不出口。三嬸和她在一起時，她便強裝笑臉，說些不相干的話，彷彿心安理得的樣子。終二妹一生，她再也不會有機會說了，這會成爲她畢生憾事的。但這又何嘗不是我的畢生憾事呢？我們何止不知怎樣開口，我們後來還怕見到三嬸的身影。那一個籠罩著我們兩兄妹心頭的陰影日漸擴大，迫使我們吶喊，把所有的事，毫不欺瞞的說出來讓三叔聽，讓三嬸聽，也讓龍仔、蝦仔和狗仔三個孩子聽，還有讓那些想吃三叔喜酒的人也聽聽；然後三叔把三嬸和孩子趕回長屋，再明媒正娶，娶他那個十八歲的大姑娘進門來，這樣，一切便結束了，大家都可以鬆一口大氣。或者就讓我和二妹跟三叔大大的吵一場罷，逼他發誓和三嬸相偕到老，作一世夫妻。我和二妹卻沒有這個勇氣，而且連吶喊的力氣也沒有。大家彷彿都知道一切都將要過去了：三叔知道，那些想吃喜酒的人知道，三嬸也知道。三嬸傴僂的身子在店舖角落的陰影裏無聲無息走動著，像一個就要離去的靈魂，她會知道自己日後的命運嗎？她會知道的。但她不敢怨恨，她爲什麼要怨恨三叔呢？她是一個拉子婦。她也不會怨恨我和二妹。她對待我們非常好，但她不會說親暱的話。她管我叫「八姪」，管二妹叫「七姪女」，不像嬸娘們成天喊我「老八」，喊二妹「七妹子」，親熱得不得了。待在山裏第四天傍晚下起雨來，二妹站在屋簷下看雨。雨水打濕了她的頭髮，三嬸看見了便拿一頂草笠，靜靜走過來戴在二妹頭上，輕輕拍了拍她的肩膀。二妹後來告訴我，她那時流眼淚了，她把頭別開去，不讓三嬸看見。二妹哭著說：「她那麼愛我，我卻一直沒有對她說我愛她。」「誰叫她是個拉子呢？」我衝口說出這句不該說的話，它傷了二妹的心。但是，這是一句最實在的話：誰叫她是個拉子呢？

可憐那三個孩子，他們也知道阿爸要討小老婆嗎？也許他們心裡知道的。年紀較大的兩個兄妹整天躲在屋後瓜棚下，悄悄地玩他們的泥偶。他們不敢去看爸爸的臉，不敢去看那些想吃爸爸喜酒的支那人的臉，只敢看媽媽的，看小狗仔的。還是二妹有辦法，她把兩個孩子哄住了，我們之間建立了友誼。從兄妹口中我們問出了一些可怕的事：

「爸就是常喝酒，喝完了就抓媽來打。」小哥哥說。

「他還打我和龍仔。」小妹妹說。

「有一晚，爸又喝了酒，抱著小弟弟狗仔要摔死他，媽跪在地下哭喊，店裏的夥計阿春跑來把狗仔搶過去。」

「爸罵媽和阿春××。」

「爸常說，要把媽和我跟蝦仔、狗仔趕回長屋去。」

我該去勸三叔。我去了，但三叔只答我一句話：「拉子婦天生賤，怎好做一世老婆？」

第五天傍晚，我和二妹悶悶地在河邊散步。二妹遠遠看見三嬸蹲著搓洗衣服。我們悄悄走過去。三嬸看見我們，立刻顯露出驚惶失措的神色，想把一些東西藏起來，可是已經來不及了。我們看見那幾條褲子上沾著一大片暗紅色的血。我默默走開去。

晚上，二妹紅著臉告訴我，那血是從三嬸的下體流出來的。她告訴二妹，近來常流這樣的血。我立刻去找三叔。

「三叔，你要立刻送三嬸去醫院。」我顫抖著嗓門，一字一頓地說，儘量把字咬清楚。

「最近的醫院在二十六里外，阿平。」三叔平靜地說。他的兩隻手一邊飛快地在算盤上跳動著，一邊在帳本上記下數字。

「三叔，你不能把三嬸害死。」我大聲說，幾乎要迸出眼淚來了。

三叔立刻停下工作，抬起頭來，目光在我臉上盤旋著。他似乎很憤怒，又似乎很詫異。半晌，他霍地站起來，說：「叫你三嬸來。」

二妹攙扶著臉色蒼白的三嬸走進來。

「阿平說要送妳到醫院去。你肯去不肯去？」三叔厲聲說。

三嬸搖搖頭。

「阿平，」三叔回過頭來對我說：「她自己都不肯去，要你費心麼？」

翌辰，我和二妹告辭回家，三嬸和她的三個孩子一直送到村外。分手時，她低聲哭泣。

八個月後，三叔從山裏出來。他告訴家人，他把「那拉子婆」和她的三個孩子送回長屋去了。又過了四個月，也就是我來台灣升學的前幾天，三叔得意地帶著他的新婚妻子來到家中。她是一個唐人。

沒想到八個月後，拉子嬸靜靜死去了。

（一九七六年，本篇引自二〇〇三年修訂版）

【評析】

一九七二年〈拉子婦〉剛在《大學雜誌》發表時，作者還是台大外文系的學生，多少接受老師王文興、白先勇等前輩小說作家的影響。一九七六年李永平出版第一本短篇小說集，就用這篇題目作爲書名，見出此文正是作者踏入台灣文壇最早的成名之作。

小說透過一個年輕的，漢族男性的觀點，敘述家族一位長輩娶了當地「土著婦女」爲妻，最後又將之遺棄的悲傷故事。文本有幾個主題角度特別引起我們注意：其一，故事的場景在南洋，作者原從馬來西亞來台灣讀書留學，很自然以他成長的環境作爲小說背景。所謂「拉子婦」便是作者在「沙勞越」工作的三叔，娶進當地土著女子的稱呼。換句話說，小說呈現的是南洋華人的「移民世界」，審視移民

「土漢聯姻」的經過與結果。以台灣文壇爲範圍，近五十年間，前後已有不少與李永平同樣背景的，來自馬來西亞等地的華文作家。他們活躍於台灣文壇卻別有關懷的主題，這些成果可觀的「馬華文學」，已累積成戰後台灣文學歷史不可輕忽的支脈，本文正是其中具有代表性的小說。

其二，小說借用一個涉世未深晚輩的敘述口吻，開宗明義就說：『在沙勞越，我們都喚土人「拉子」。一直到懂事，我才體會到這兩個字所蘊含的一種輕蔑的意味』。這位被歧視與被壓迫的「土婦」，不但是「女性」，還身兼「母親」的角色。小說很完整的描述了拉子的一生，從他進入家門，如何遭到祖父斥責，家族的挖苦侮辱，最後回到拉子村，才幾年便給丈夫折磨得又老又病，終於被遺棄而枯萎的死去。

小說呈顯了「族群關係」或「種族歧視」主題的多面意涵。表面上看，自認文化歷史悠久的「漢民族」，似乎帶著族裔優越感移民南洋，且越是年長，有著威權的父親或祖父角色，越是看不起「非我族類」的土著或原住民。他們在小說裡，總是扮演著最憤怒激烈的角色。從男性漢族長者眼中，「拉子」就是「天生賤種」。

進一步觀察，漢人由於中國的戰亂或飢荒，不得已大批遷徙來到南洋，日久生根；對於具有「安土重遷」、「落葉歸根」民族性的華人而言，逐漸發生「土漢混種」的焦慮，正如王德威論文所說：本文是一篇有關海外移民的預言：「移民是否終將淪爲夷民？」拉子婦的下場固然值得同情，但她所象徵的威脅性角色：除了是土婦也是母親的角色，其實帶著異族的、混血的、繁殖的威脅。因此，小說呈現的主題，除了顯示拉子值得同情，另一個是南洋的華人移民——小說隱隱指向漢人文化最終難免和「拉子」一樣，免不了「被侮辱與被損害」的命運。

【延伸閱讀】

一、李永平，《迌迌：李永平自選集一九六八～二〇〇二》，台北：麥田出版社，二〇〇三年八月。

二、李永平，《雨雪霏霏：婆羅洲童年記事》，台北：天下遠見出版公司，二〇〇二年。

三、陳大為、鍾怡雯主編，《赤道形聲：馬華文學讀本Ⅰ》，台北：萬卷樓圖書公司，二〇〇〇年五月。

四、黃錦樹，《馬華文學與中國性》，台北：元尊文化公司，一九九八年元月。

【相關評論引得】

一、高嘉謙，〈誰的南洋？誰的中國？——試論「拉子婦」的女性與書寫位置〉，《中外文學》第二十九卷第四期（總號340：馬華文學專號），二〇〇〇年九月，頁一三九～一五四。

二、朱雙一，〈吉陵和海東：墮落世界的合影——李永平論〉，《聯合文學》第十一卷第五期，一九九五年三月，頁一五六～一六一。

三、李瑞騰，〈重讀拉子婦〉，《幼獅文藝》第五十一卷四期，一九八〇年四月，頁一三二～一四〇。

（應鳳凰／編撰）

文學方塊

鄉土文學論戰

（鍾宗憲／輯錄）

在台灣現代文學發展史上，曾經有過三次「鄉土文學論戰」：第一次發生於一九三〇年到一九三二年之間，黃石輝先生等人倡議以台灣話文寫台灣事物；第二次發生於一九四七年到一九四九年之間，以《台灣新生報》「橋」副刊為主要戰場，主張不能以中國意識來概括台灣文學；第三次發生於一九七七年到一九七八年之間，這次的鄉土文學論戰不但是七〇年代台灣文學界的大事，同時也是背景最複雜、論辯最激烈的一次。

從時代的脈絡來看，第三次鄉土文學論戰是一九七二年到一九七三年台灣文壇對於現代主義詩提出批判的再發展與再擴大。現代詩論戰的基本引爆點是針對台灣文學創作運用現代主義的兩個大問題：一是背離傳統，一味崇洋；二是陷入虛無，遠離現實。因此，批評者如唐文標強調現代詩創作必須具備民族性（認同民族傳統）與社會性（回歸本土現實）。事實上，這是關於西方思潮引進與傳統文化認知的「橫的移植，縱的繼承」主張的反省。關於「現代主義」的問題，大致上在這次論戰中已經獲得解決。然而那個時期，台灣正面臨嚴重的外交逆流、政治的長年保守封閉以及經濟的快速發展等問題，而產生出多重複雜的社會形勢。因此，社會醞釀出一股以「政治改革、回歸民族、關懷社會」為共同目標的思想潮流。於是又引發了「鄉土文學論戰」的出現。

所謂的「鄉土文學」，歷來定義不一。就第三次論戰而言，並非如反對者所說的「工農兵文學」、「普羅文學」，也不是一般認為的「鄉村文學」或「鄉愁文學」，更不是純然的「本土意識文學」。「鄉土」在此次論戰中的概念通常指的是：鄉土上的人民，也就是居人口多數的中下社會階層。而「鄉土文學」是以

文學方塊

寫實主義的精神與態度，去刻劃描寫處於社會基層的各種生活面貌，以及反映出人們所面臨的現實處境與願望。有的學者認為，當時的「鄉土文學」運動，實質上就是一種「回歸」運動：要求知識份子走出「純知識」的追求、走出西方觀念的籠罩，回到自己社會的現實問題上來；而這種「回歸」精神的落實就是去關切自己的「鄉土」。所以，第三次鄉土文學運動的主要發言人像是陳映真、尉天驄、王拓等人，他們都同時強調知識份子的責任感、藝術的使命與文學創作者對於現實所應具有的關懷。如果銜接之前的現代詩論戰所帶來的影響，鄉土文學運動也可以稱之為「民族」文學運動或是「社會寫實」文學運動。

第三次「鄉土文學論戰」之後，以「鄉土文學」為名的新文學思潮逐漸受到社會大眾的認同，也取代了以現代主義文學而成為當時台灣文壇主流。其實台灣現代文學的發展，從「反共文學」（戰鬥文學）以寫實的方式訴諸於播遷來台的軍民、到現代主義文學以文化菁英為訴求對象的純粹知性，乃至於鄉土文學的突顯台灣人民與土地的精神，是有其時代背景可尋。但是從一九六〇年代開始，黃春明、王禎和的鄉土文學小說，都發表在尉天聰與陳映真主編的「文學季刊」，其中所反映的鄉土寫實精神，未必都與政治意識型態有關。一九八〇年代以後，「鄉土文學」卻幾乎成為「台灣文學」的代名詞；「回歸鄉土」也就成為「回歸台灣意識」的主張。凡此，與政治意識型態為主導的後續發展，就與當時「鄉土文學論戰」的實質精神與內涵，大異其趣了。

如何測量水溝的寬度

黃凡

【作者簡介】

黃凡，本名黃孝忠。一九五〇年出生於台北市，中原理工學院工業工程系畢業。曾經在貿易公司與食品工廠任職，後來去職專心寫作，目前擔任《聯合文學》的社務委員。黃凡是台灣少數長期專事寫作的作家，創作數量十分可觀。因爲他的興趣廣泛，舉凡科學新知、政經議題、社會心理等範疇，均多有涉獵，所以他的寫作種類也相當多樣，著作有小說、專欄、政經評論等二十餘種，都表現出其豐富的知識和深刻的社會觀察，部分作品已被翻譯成德、日、英等國文字。尤其是他的小說創作，受到國際間普遍的推崇。

黃凡在高中以前，喜歡閱讀武俠小說與愛情小說；高中以後，接觸了羅曼·羅蘭、杜斯妥也夫斯基、海明威等人的作品；大學以後，他特別喜愛德國的鮑爾、美國的索爾·貝爾的小說，經常閱讀、研究這些人的作品，而深受這些作品的影響。其中以索爾·貝爾的《何索》（*Herzog*）對他影響最大。一九七九年，黃凡以處女作〈賴索〉一篇獲得時報文學獎的肯定後，開始展現其驚人的寫作能力，曾創下獲得《聯合報》與《中國時報》小說獎首獎最多次的紀錄。一九八〇年代是台灣社會與文學創作轉型的重要年代，也是黃凡創作的高峰期。僅以小說創作爲例，黃凡在十年之間連續出版了《賴索》、《大時代》、《零》、《自由鬥士》、《傷心城》、《天國之門》、《反對者》、《慈悲的滋味》、《上帝們》、《曼娜舞蹈教室》、《都市生活》、《上帝的耳目》、《東區連環泡》、《解謎人》（與林燿德合著）、《你只能活兩次》等十五本小說。其中包括政治小說、都市小說、科幻小說等種類，表現手法則寫實、現代、後設、後現代並具，或開風氣之先，或獨樹一幟，均使其作品受到文壇注目。概括而言，黃凡在一九八〇年代前期的作品，呼應當時台灣政治環境與意識形態的轉變，比較偏重於諷刺性的政治題材；一九八〇年代後期的作品，反映當時台灣經濟活動熱絡，文化更趨多元，側重於對於都市生活的觀察與描繪。至於黃凡科幻小說的創作意旨，則是寄託政治與都市兩大主軸內涵於科學幻想的形式與背景之中。

黃凡是一位知性型的作家，其寫作風格獨特新穎，作品常具有深刻的心理刻劃和對於現實的關注。評論家王德威曾表示黃凡的喜劇靈感狡黠冷峻，爲近年作家中所少見，即使最貌似「寫實」的作品，也會被他突如其來的幻想，攪得紛擾曲折。小說家葉石濤認爲把台灣現代社會的各個層面，用不被拘束的自由主義觀點，予以分析導入小說世界的當推黃凡。黃凡是台灣一九八〇年代最具代表性的小說家之一，他的作品也代表了那個年代小說的創作目標和創作方向。

【正文】

1

不管怎麼說，測量水溝永遠不會是個有趣的話題。當我們用言語來娛樂朋友時，最常被提到的是：

男女關係、經濟、醜聞、電影和笑話。我們咀嚼著機智的字眼，舌頭舔著幽默的嘴唇，然後收縮一下聲帶，藉以發出各種不同波長的聲音，這些聲音如果是有組織的、有意義的、或者有趣的，我們便稱它為話題。

是的，我也有一大套專門對付那些浮面傢伙的話題。除了前面提到的那幾項外，我的話題尚包括了天氣、藥物和貝殼（我收集這種東西，有滿滿一抽屜）。聽我說話談不上享受，但也不會是種苦刑；除非我一不小心溜了嘴，提到如何測量水溝寬度這回事。通常對方的反應是臉部肌肉突然地拉緊，唇邊線條加深、瞳孔放大、組成一副不可思議的表情。這種表情具有強烈的諷諭效果——我立刻收回底下的話。

至於本文的題目——如何測量水溝的寬度。這個問題一般人可以接受的答案是個反問句：

你如何測量靈魂的寬度？

此一形式的問答常見諸學院派的形上論爭中。例如：

「上帝在那裏？」

「人在那裏？」

或是禪宗的公案：

「求師父給我一個安心的法門。」

「你拿心來，我就給你安。」

然而，機鋒一不留心就會淪為逞口舌之利，這是我必須極力避免的。何況靈魂與水溝絕對不能相提並論，即令它們有某種關連性存在。這個關連性，坦白說，就是使我夜裏輾轉的主因。

如何測量水溝的寬度？如何測量靈魂的寬度？為什麼我如此熱衷這個問題？為什麼我始終無法擺脫這個習慣——隨時隨地想要「測量水溝的寬度」。

在這座城市，蛛網一樣遍佈著各式各樣的水溝，有圳、大排水溝、下水道，以及終年發散著臭味的小陰溝。我問過市府工務局本市到底有多少道水溝，他們答不上來。「你為什麼不去找環保局？」我於是打了四通電話，終於有一位小姐很客氣地說：「先生，你怎會想要知道水溝的數目？」我告訴她，這件事總得有人關心。水溝是城市的排泄管，就像你我的肛門，沒有人喜歡談論它，但總得有人關心。何況它們正迅速地自我們的視野內消失，像蚯蚓一樣隱入地層，在我們的腳底下喘息著、呻吟著、蠕動著，如果可能，還會打個嗝，臭氣便從柵欄型的水溝蓋縫隙衝出。但即使這種能讓你稍窺地底世界的溝蓋，也逐漸被密閉式的混凝土製品所取代，此類製品能夠承受數噸重的卡車和大象，能偽裝成高級路面，成為維護都市景觀的無名英雄。所以，總而言之，我們中間必得有人出來關心這件事。

「什麼事？那一件事？」

「聽著！第一個問題：本市有多少水溝？第二個問題：妳們用什麼方法測量它的寬度？」

「第一個問題：我不怎麼清楚。第二個問題：我猜他們是用皮尺量的，一定是這樣，我看過修水管工人……」

「小姐，」我打斷她的話，「你壓根兒就沒搞懂我的問題，我是說水溝，不是水管。」

然後，我又將我那一套水溝正從我們的視野內消失，而居然沒有人關心的看法重述了一遍。但是，不論我如何努力，話筒另一端的小姐還是沒法子弄懂，她喃喃地說了些抱歉之類的話。

「抱歉的應該是我，」我掛斷電話，「一有答案，我第一個通知妳。」

於是我有了個想法，那就是，除非我從頭說起，否則沒有人會理解這件事，更遑論它的重要性了。

2

一九六〇年五月卅日，這一天我們打算去測量水溝的寬度。

我們有五個人。

我，一九四九年出生，七一年大學物理系畢業，七六年進入彩虹花生醬公司，一直待到今天。不少人問我，爲什麼選擇花生醬，而非沙茶醬。據他們說沙茶醬遠景看好，這跟台灣人冬天吃火鍋有關等等。我的回答是，童年時我讀了一篇許地山的文章「落花生」，深受感動，他說「作人要學花生」。八〇年，老闆覺得花生不能滿足他的需要，遂決定投資製鞋業。一年後，彩虹公司已經能夠用豬皮製造足球鞋，並和一支球隊簽約，免費供應全年足球鞋。老闆同時希望我替他賣鞋子，我沒辦法回絕，便從花生醬製造部經理調爲運動鞋營業部副理，這其中的差別正如許地山從一位歌詠花生的作家變爲保險業推銷員。也就在同一年，我開始寫起詩來，寫了一陣子又改寫科幻小說。第一篇作品發表在一家晚報的副刊，是關於一種八爪外星生物穿鞋子的故事，因爲長了八隻腳，穿鞋子便成爲一件複雜的事。可惜這篇小說並未引起注意。事實上，這篇小說構想完全來自老闆，有一天，他感嘆地說了這麼一句，「爲什麼一個人只能有兩隻腳，不能有四隻腳、六隻腳？」總而言之，我熱切地期望成爲一位受人尊重的「科幻小說家」，雖然至今爲止一共完成三篇作品。

賴曉生，和我同年紀，一九七五年突然從南部某個地方寄給我一張明信片，此後下落不明。

曾一平，我對這個人記憶模糊，印象中他是我們這群人中身材最高的，老是走在後頭。

盧方，一九七六年死於車禍，我剪下這段新聞，夾在小學畢業紀念冊裏。那是一場大車禍，盧方搭乘的巴士在平交道上被火車攔腰撞上，斷裂的車體金屬成爲致命的利器，六具碎裂的屍體散佈在一百公尺長的鐵軌兩側。

陳進德，唯一與我接觸上的小學同學。一九八一年我調到運動鞋部門後的一個晚上，我突然心血來潮，打開電話簿，同樣的名字出現八個，我不厭其煩地撥電話，終於找到他。

「謝明敏，你記得這個名字嗎？」

「謝明敏？」

「廿一年前，清平國小六年四班。」

沈默。我看著名單上剩下的兩位陳進德，準備放棄。

「啊！你是——你眞的是——」

我們約好第二天見面。

在一家西餐廳，我用廣播找到他。我們毫不猶豫地伸出手，他的手掌肥厚溼潤，像只橙子。

「唉呀！」他猛力搖著我的手，「想不到，眞想不到……」

我們點了兩客炸雞全餐，那些雞塊炸得香噴噴的，金金黃黃的油汁從陳進德肥厚的下巴淌了下來，他抓起餐紙，用力擦著。

「你怎麼曉得我喜歡吃這玩意兒？」

「你忘了嗎？來這裏是你提議的。」我笑著說。

「其他人呢？你都聯絡了嗎？組個同學會怎樣？每年聚會那麼一兩次？」

「賴曉生搬到南部，曾一平不清楚，可能出了國。盧方幾年前死於一場車禍，你呢，在那兒得意？」

陳進德告訴我，小學畢業後，他讀了兩年初中，然後開始遊蕩。這期間他幹過小工，替賣膏藥的跑腿，拉保險，現在經銷中古車和賣二手貨汽車零件。

「你呢，看來混得不錯，怎麼樣？搞理髮廳是不是？」

「在一家運動鞋工廠混口飯吃。」

「愛迪達還是彪馬？」

「彩虹，滿有名的，每星期一、三、五都在電視上作廣告，你一定看過，先是一道彩虹，然後我們的鞋子就從彩虹的一端走向另一端，很有趣，你一定看過。」

陳進德顯然沒注意到這個廣告，他搔著頭，眼珠子轉了轉，之後揮揮手，改變話題，「你昨天說的大水溝，我好像有這麼個印象，不過，我們到臭水溝邊幹嘛？」

「大夥兒想要——」我換了個姿勢，「測量水溝的寬度。」

3

一九六〇年五月卅日，這一天，我們打算去測量水溝的寬度。

但正如推理小說家林登所說，「故事在眞正發生之前，已經在暗中進行好一段時間了。」因此，我必須從這一天的清晨開始說起，讓大家看看測量水溝的動機究竟如何發生的。

五月卅日清晨，氣候：應該是個晴朗的天氣。

「給我五毛錢！」

「作什麼？」我父親說，「昨天不是才給過你。」

「買簿子。」這是老套了，我已經準備好一本只寫了兩頁的簿子，剩下的工作就是把那兩頁撕掉。

我父親是個善良的人，嗜好酒和胡琴，但這兩件事不能湊在一起。我父親作古許久，我還保存著他的照片，每張照片裏他都咧著嘴笑，好像知道日後他的兒子會在一篇小說中描述他的笑容。不知道為什麼我一直覺得虧欠他。

（讀者諸君如果對他發生興趣，可以寫信到這個地址——台北市忠孝東路四段五五五號聯合副刊。

（我預備把這篇文章投給這家報紙。））

接著，我便興高采烈地帶著錢到學校。第三節下課時，我已經用掉了三毛錢。最後一毛錢，我給了個叫「金魚」的女生，她可能是全校最窮的女生，我給她一毛錢，她讓我把手伸進麵粉袋改良的裙子裏。

許多年後，我告訴同居的女友這個故事（當然男主角不會是我），她很生氣，認為我所以編造這麼個故事，純粹是受了社會版新聞的影響。

「你看多了色情、暴力的報導。」

「不騙妳，」我說，「這個女孩目前在電視台播報新聞。」

「胡說八道！」

（我們為這件事大吵一場，三個月後，她離我而去，臨走前丟下了一句話：「妄想狂！」我本來打算一輩子不原諒她，但是當我寫到這裏時，我忽然原諒她了。由此可見，小說淨化心靈的力量多麼大，尤其對作者。）

總之，我口袋裏再度空空如也。盧方提議放學後到大溝邊去，我便加入了。

我們五個人從學校側門出發，我個子最矮夾在中間，曾一平殿後。頭頭是賴曉生，他一向自認是我們這群人的領袖。

「大家注意！」賴曉生嚷了起來，「前面是原始森林！」

所謂原始森林不過是些矮灌木罷了，賴曉生拔了根樹枝象徵性地揮舞著。

「不要去那裏。」曾一平從我肩後說。

「不去那裏，回家作功課。」我說。

這當兒，陳進德插進嘴來，說了些老師們的壞話。

不過，說來奇怪，廿一年後在炸雞店裏，陳進德講的話就完全不一樣了。

「我記得王武雄老師，王老師最關心我，希望我能考上好初中，我家境不好……」

「我們成立臭水溝幫那一天，你告訴我王老師最討厭你，因爲他常常用粉筆丟你的頭。」

「那有這種事，王老師最喜歡我了。」

「好吧！那另外一件事，你總該記得吧？」

「我壓根兒忘了，」陳進德說，「我也不記得我們組了那樣怪名字的幫派。」

（陳進德無疑的是個麻煩人物，不管在現實生活或是小說中。）

再回頭說說放學後的情景；我們這一群探險家離開學校側門，進入一條夾纏著矮灌木、樹椿、竹籬笆的小徑。

我重臨這條小徑是在七二年（這一年我接到服役通知）、七四年（退伍）以及七六年——從這一年以後，我幾乎每年抽一兩個下午到那附近逛逛。大概在七四年到七六年間，灌木叢被鏟掉了，成了一條能通行摩托車的碎石小路，路兩側蓋滿了鐵皮和木板拼湊的違章建築。到了七八年，違章建築不見了，馬路拓寬，狹長的三層樓房排列兩旁，大排水溝就在這時被移入了地下。再過了四年，我買了輛福特車，第一天便開著車子造訪故居，我放慢速度先在學校四週繞了一圈。學校看起來又小又擠，然後進入那條小徑，不！應該稱它大街——四線道大馬路，兩旁聳立七、八層的大樓，車子兩分鐘便抵達許多年前原是大排水溝的地方。我煞住車打算在水溝上沈思些童年往事，不意後面喇叭聲大作，這種聲音是都市的恥辱，何況在市區附近。最後，我把車子停在卅公尺外一家咖啡廳前。整整一個下午，我坐在咖啡廳裏，茫然地瞧著窗外。

我們五個人繼續走，一路上又跳又叫，彷彿要告訴別人我們有多快樂似的。過了好一會兒，我們止住笑，用力吸著鼻子，因爲從什麼地方正傳來垃圾焚燒的氣味。再過一會兒，我們聞到了雞糞的味道（也可能是狗糞，時隔多年，憑回憶很難確定究竟是那種氣味。）這個味道過後，便有光影在眼前跳動，那是一塊隆起的小土堆，泥層裏混雜著碎玻璃、煤渣和磚屑。我們小心地登上土堆，站在流光與帶乾草味的風中，俯視著腳下那條蜿蜒似蛇的大排水溝。

4

當我思考著給這條大水溝一個完整的形象時，突然一個意念浮上心頭：爲什麼不把它畫出來？

於是，我停下手邊的工作，跑到文具行去買了一盒彩色筆，以及找了一張紙片。（上面這段文字是在從文具店回來時寫的。如果有讀者問，爲什選擇彩色筆而不是蠟筆或鉛筆？我的答案是，那家文具行只賣彩色筆，或者我到文具行裏，我的眼睛只看到了彩色筆，價格是十八元。）

我要開始畫了！

（編輯先生：能否將這張圖印成彩色，打破副刊的傳統。）

註：這張圖的比例大約是一百到一百五十比一，但是讀者諸君千萬不要拿出尺來量圖上水溝的寬度再乘以一百五十，這樣作就變成你在測量水溝，而不是作者我在測量水溝。至於在色彩上，跟實際的顏色也有頗大的差異，況且如果編輯先生拒絕我的建議，那麼這張圖會變成黑白色，水溝則呈灰色，正如你們最近看到的河水顏色。不過，當時河水的顏色的確不一樣，即使水溝裏的水。在此，我順便提醒諸位一句：不要讓嫦娥笑我們的河水髒。

5

我覺得很滿意，而且有助於解釋「如何測量水溝的寬度」這件事。於是我把圖片裝進一只封套，準備找個人來試驗一下它的功能。

※故事進行到這裏，可能有部分讀者感到不耐煩。那麼我有如下的建議：

1.你可以立刻放棄閱讀，再想辦法把前面讀的完全忘掉。

2.你一定急著想知道如何測量水溝的寬度，那麼我現在告訴你，我們當時帶了一把弓箭，把繩子綁在箭尾，射到緊靠溝旁的樹幹上，把箭拉回後，再量繩子的長度，答案就出來了。

3.假如你對上述兩種建議都不滿意，那麼我再給你一個建議，暫時不要去想如何測量水溝的寬度，請耐心地繼續閱讀。

■

我再打電話給環保局的那位小姐。

「前幾天我問過你關於排水溝的數目，妳還記得嗎？」

「啊！」她輕呼一聲。

「我姓謝。」

「謝先生，我以爲你不會再打電話來。」

「爲什麼？」

「經常有人打電話給我。」小姐說：「我能不能請教你怎麼對那個問題那樣感興趣？」

我聽到一種聲音，我猜想那是種用手掩住嘴的笑聲。

「很多人都這麼問，一時也解釋不清楚，」我說：「這樣好了，妳有空嗎？我請妳喝咖啡。」

「我不隨便跟陌生男子約會的。」

「我不是陌生男子，我現在告訴妳我是誰，」我說了自己的職業和年齡，「還有，我可以直接到辦公室去找妳，妳們公家機關有責任回答老百姓問題對不對？所以我這麼作只不過是換了個比較輕鬆的方式。」

「我能不能帶個同事……」

找一個不相干的人傾訴是個冒險，不過倒滿刺激的。

於是我帶著一份聯合報（這是約定的記號），在咖啡廳等了五分鐘，兩位小姐出現了。

「謝先生，這位是我的同事馬小姐。」我請她們坐下，那位戴眼鏡的馬小姐掩著嘴吃吃地笑了起來。

「很有趣是不是？」我說。

「還用說。」陳小姐跟著笑，「馬小姐跟我同一間辦公室，我把你的事都跟她講了。」

我也笑了起來，在笑聲中，我打量著兩位年輕小姐，平庸的臉孔、孩子氣的打扮，我在內心輕嘆一聲。

「妳們一定覺得好奇，對不對？」

「是呀！」陳小姐說：「每天我都會接到幾通怪電話，沒一個比你更怪的。」

「眞有意思！」馬小姐說。

「什麼怪電話？」我問。

「有個人說他家的屋頂花園發現了蛇穴，我請他打電話給一一九。」

「眞有趣！」馬小姐說。

我想她下一句話必定是「眞好玩」。

「不要以為我在開玩笑，妳們想一旦核子戰爆發，下水道能夠拯救多少人。核子彈爆炸時，馬路都燃燒起來，這時候妳們唯一想到的事就是跳進水溝裏，跟著大叫一聲，『這水溝怎麼這個樣子，市政府幹嘛不把它做大一點！』」

「眞恐怖！」馬小姐插嘴。

我瞪了她一眼，繼續說：「因此，我養成了測量水溝的習慣，我每經一處水溝，不管它是開放的或者隱入地下，我總忍不住問自己『它們到底有多寬，裝得下幾個人？』所以，我才打電話問妳本市有多少水溝，妳們用什麼方法測量它。」

「原來謝先生是個核戰恐懼狂。」陳小姐說。

「眞好玩！」馬小姐說。

可想而知，結局是陳小姐很熱心地答應幫我查詢上述的問題，並且暗示我們有繼續發展友誼的可能。我卻覺得沮喪，無比的沮喪！老天！我是怎麼回事？我到底什麼地方出了錯？我原來帶了圖畫來解釋這件事的，然而我卻把一件單純的事情複雜化了，以至於偏離了主題。就像我寫的那篇「八爪外星人」科幻小說，由於犯了一點技術上的錯誤，讀者和作者同時都搞不清楚那一隻是手，那一隻是腳。

■

那麼，剛剛那兩位小姐後來的遭遇怎麼樣？一定會有部分好奇的讀者有興趣，「後來你跟其中的一位作了朋友沒有？你們有沒有可能談戀愛？」

我的回答既不是「是」也不是「否」。

我的回答是：兩位小姐未來的發展跟這篇小說無關，她們仍舊回到她們現實的生活，對她們來說，這件事只是生活中的一個偶然變數，正如你一樣。當你閱讀這篇小說時，你也「涉入」了這個故事，只是你跟兩位小姐涉入的方式有著明顯的不同。這個不同是：「你」不是一個清楚的特定對象，但如果你在某一天的早報上讀到這篇文章，在文章還沒有結束之前，即時與我取得聯繫，你便有可能在我的作品中眞正插上一腳。只是以目前的情況，這麼作在技術上的確有困難，除非副刊的作業方式整個改變（譬如說，一篇短篇小說一個月刊完，而且一星期只刊一天），或者你對小說完整性的觀念改變。

所以，兩位小姐必須即刻離開舞台，她們差一點把我扯到題外去。我於是打了個電話告訴她們，關於測量水溝寬度這回事，根本是個無聊的玩笑等等。

6

容我抄錄下面這一段話：

「我們藉感官認識外在世界，當我們感覺到某些現象時，由於感官的運作方式，以及人腦整理解釋外來刺激的方式，使我們賦予這些現象一些特徵。這種整理過程，有一個極重要的特點，就是我們把周遭的時空連續體切割成片斷，因此，我們才會把環境看作由許多屬於不同名類的事物所組成，也把時間之流看成一連串分離的事件。」

在經過這種小說與現實生活的波折之後，我想我們都會比較有勇氣與智慧面對一九六〇年五月卅日那一天眞正發生的事。

眞相：

一九六〇年五月卅日

當我們抵達大水溝邊時，我們共有四個人。（陳進德在最後一刻回家了。）

我、賴曉生、曾一平、盧方。

我們四個人趴在凝土作的溝沿，俯視著水中的倒影。其時，天空極爲晴朗，水流清澈見底，水面彷彿是面鏡子。

「我會未卜先知。」我對同伴說。

「那你就說說我們的命運。」賴曉生說。

「賴曉生，你會在一九七五年寄給我一張明信片，」我說，「曾一平，你將來會跟我失去聯絡。」

「我呢？」盧方問。

「我不敢講。」

「講嘛、講嘛、講嘛。」

「是你們逼我的，後果我不負責。」

「講嘛。」

「盧方你會在一九七六年死於車禍。」

「放你媽的屁！」

「那你自己呢？」曾一平問。

「我會在一九八五年寫一篇叫『如何測量水溝的寬度』的小說。」
「什麼！你說你要在未來測量這條水溝的寬度？」曾一平問。
「不錯！」
「我們現在試試看怎麼樣？不必等那麼久。」賴曉生說。
「好，大家想想用什麼法子去量它。」
我們四個人坐在大溝邊，搖頭晃腦的，直到天黑，一點辦法也想不出來。

（一九八五年）

【評析】

〈如何測量水溝的寬度〉是一篇後設小說，刊載於一九八五年十一月二十四日的《聯合副刊》。當時《聯合副刊》邀約多位作家「以新穎的風格飆寫，以實驗筆法炫技」進行創作，同時邀請評論者從事會評。而這個系列的第一篇就是〈如何測量水溝的寬度〉，會評者有台灣大學蔡源煌教授、小說家張大春等人。蔡源煌評論的主要在於「欣見後設小說」的引進，雖然「比起西方的後設小說，要稚拙多了」，但是比起「死守著寫實主義的墳塚」的作家，黃凡的嘗試是可愛多了。張大春則認爲，在解脫了傳統小說結構觀之後，這篇小說還有更深一層的意義：作者藉由一個探索空間的命題，來貫穿他測探時間的嘗試。

所謂的「後設小說」（metafiction），主要概念是作者力邀讀者積極參與，共同涉入小說作品中，建立小說的意義，使小說內容具有高度的自我反射性；同時凸顯出作者掌控了小說的敘述，讓讀者明白小說是一種文字幻象，客觀現實是由人的主觀認定而詮釋。後設小說是廣義的現代主義小說之一，也被歸之於後現代小說。形式上顛覆了過去認爲小說必須要有完整情節結構、清楚的時序概念等等敘述要素，作者會不時地現身小說之中，或交代小說的寫作過程，或添加對於故事內容的評語，甚至與讀者直接對話。而作者的出現，看似干擾讀者閱讀，破壞小說的完整性，但是這卻往往是作者爲了引導讀者閱讀和詮釋所提供的思路線索。因此，後設小說是作者與讀者所共同建構的小說，具有「多向文本」的特質。中國傳統小說中的「話本」，雖然不是後設小說，但是也有某些類似的情況。

這篇小說的主要敘述軸線，是第一人稱的「我」——謝明敏在一九八五年的時候，寫下這篇小說，記述一九六〇年與三個朋友計畫「如何測量水溝的寬度」的始末。小說內容包括一九八五年寫小說的始末與一九六〇年計畫測量的始末。其中，黃凡利用「測量水溝寬度」這種瑣事，以類似遊戲、散漫的態度，將少年時的記憶寄託於「測量水溝寬度」，也藉著回顧的口吻描述「水溝」週遭環境的變化——事實上，是將社會環境變遷的觀察表現於小說之中。看似即興之作，卻是使讀者可以進入作者寫作的思路氛圍之中。而時間的跨度，正是作者對於記憶與現實的挑戰。也許讀者會困擾於黃凡不時出現的環保語言、少年的記憶、朋友的遭遇、與讀者編輯的對話等等。但是全文最關鍵的一段話是小說第六節一開始所抄錄的：「我們把周遭的時空連續體切割成片斷，因此，我們才會把環境看作由許多屬於不同名類的事物所組成，也把時間之流看成一連串分離的事件。」〈如何測量水溝的寬度〉保留了黃凡的一貫風格，同時也是台灣後設小說的嘗試之作，相當值得讀者玩味。

【延伸閱讀】

一、黃凡，《賴索》，台北：時報文化企業公司，一九八〇年。

二、黃凡，《慈悲的滋味》，台北：聯經出版公司，一九八四年。

三、黃凡，《都市生活》台北：聯經出版公司，一九八七年。

四、朱雙一，〈廣角鏡對準台灣都市叢林——黃凡論〉，《聯合文學》，一九九五年二月，頁一五二～一五六。

五、蔡源煌，《從浪漫主義到後現代主義》，雅典出版社，一九八七年。

【相關評論引得】

一、季季，〈冷水潑殘生——評黃凡〈賴索〉（每月短篇小說評介之四）〉，《書評書目》，一九七九年十二月，頁七三～八六。

二、詹宏志，〈資本主義社會的疏離人——黃凡〈人人需要秦德夫〉（每月短篇小說評介）〉，《書評書目》，一九八〇年六月，頁一〇九～一一七。

三、林依潔，〈揉和傷感與嘲諷的熱情——黃凡筆下的知識份子〈賴索〉〉，《明道文藝》，一九八一年十月，頁一一五～一二一。

四、鍾鳳美，〈讓一切都隨風而逝——談黃凡小說〈傷心城〉〉，《文藝月刊》，一九八六年十一月，頁三四～四六。

五、蔡英俊，〈主題與呈現——試論黃凡〈反對者〉的兩難〉，《文星》，一九八七年一月，頁九八～一〇三。

六、楊麗玲，〈憤怒與慈悲之後——黃凡的黑色幽默〉，《自由青年》，一九九〇年四月，頁四八～五三。

七、張錦忠，〈黃凡與未來：兼註台灣科幻小說〉，《中外文學》，一九九四年五月，頁二〇七～二一七。

（鍾宗憲／編撰）

彩妝血祭

李昂

【作者簡介】

李昂（一九五二～），女，本名施淑端，彰化鹿港人。中國文化大學哲學系畢業，美國奧勒岡州立大學戲劇碩士。高中時代發表短篇小說〈花季〉（一九六八），露骨刻畫了少女的性幻想，令人為之側目，被選入《五十七年短篇小說選》。一九八一年以〈別可憐我，請教育我〉獲時報文學獎報導文學首獎，一九八三年以〈殺夫〉獲聯合報中篇小說獎首獎。《殺夫》出版後，已被譯為美、德、法、日等國文字，並被改編成電影，因題材聳動，一度引起廣泛討論和爭議。九〇年代出版的《北港香爐人人插》亦引發媒體注目和社會大眾的熱烈討論，〈彩妝血祭〉即是收在此本小說集中，堪稱是全書壓軸之作。

李昂犀利精準的觀點，加上尖銳敏感的筆觸，每一書出，無不開創新的議題。她善於衝破社會的制約和禁忌，以剖析人物心理來展現時代群象、探討社會問題。近年更具女性主體意識，由女性視角重審台灣的歷史與政治。施淑曾指出李昂早期著重於處理「個人存在、現實和歷史的非理性、荒謬一類的現代主義信念」，隨著台灣社會結構和價值系統的驟變而在創作格局與議題上有進一步的發展，「後來作品中，林林總總的都會男女，燈紅酒綠，我們看到了台灣現代化過程中，精神與物質發展的一些方面，一些屬於小知識層和新興的資產者、投機者的生活畫卷」。作品有小說集《人間世》、《一封未寄的情書》、《暗夜》、《迷園》、《自傳の小說》、《漂泊之旅》等，散文及雜文有《貓咪與情人》、《外遇》、《走出暗夜》等。

【正文】

他們終於能到那事發之地去弔祭。

離那事件發生，已然近五十年。

他們選擇從午後開始進行一連串的活動。那近半個世紀前的黃昏，在首善之都臨河的馬路上，開始了那事件，往後高達數萬人的大屠殺，及長達近半個世紀的戒嚴與白色恐怖。

〈二次世界大戰結束，台灣脫離五十年的日本統治，台灣人民歡欣慶祝回到祖國中國的懷抱。

．然而，來接收的祖國軍隊衣著襤褸、穿草鞋，與台灣人民預期差距十分巨大。軍憲且軍紀敗壞、作威作福，甚且劫奪財物。〉

他們將在午後於鄰近的一座公園聚集群眾，遊行過首善之都現已規畫入舊社區的幾條重要街道，在黃昏時分來到那事件發生之地。

時節仍是冬日，依氣象預報，雲雨帶籠罩在島嶼北部上空，滯留不去，是日整天陰雨，所幸雨勢不會太大，會是冬日慣有的綿細冬雨。

他們預估來的不外幾百人，天雨陰寒又非假日，這些俱是緣由，但更重要的，他們都知道，即便有關當局同意家屬以弔祭爲由進行活動，但在持連數十年的逮捕與入獄陰影下，參與遊行的，畢竟仍是那些常「走街頭」的人。

〈來接收的祖國政府貪污腐化，中國來的大陸人假公濟私、壟斷權位，造成全台灣生產力大降、米糧短缺、物價暴漲，失業人口激增。

新來的祖國政府，以「征服者」姿態對待台灣人民，「光復」一年四個月後，終於爆發了「二二八事件」。〉

他們終能公開集會弔祭那事件的受難者，雖然申請通過的只是一個家屬們的追思聚會，畢竟是近五十年來第一個公開的儀式。

便有消息紛傳，是日要公開的，還有從未曾出土的極珍貴資料。

而耳語祕密流傳，那係是一批死亡之像。

某一個至今不知是誰的受難者妻子，事件後偷偷運回死去丈夫的屍體，親自爲他淨身著裝，料理後事，還盡可能修補好丈夫被刑求槍斃的臉面，用的，據說不外她閨閣常用的針線刀剪。

她還以相機，以各種角度各個細部，拍下死去的丈夫，包括被刑求殘破的臉面身軀，還有經她修補後的最後遺容。

這些照片，不僅被小心的珍藏下來，還經新近科技放大處理，且爲數甚多，一經公開，可做爲絕大多數一手資料俱被毀棄的那事件最好的佐證之一，及最眞切的血淚控訴。

而傳聞紛紛：究竟是否眞有這樣一批照片，是否眞會在是日公開？

（編註：以下略）

是日

他們在二月二十八日下午二時二十八分，聚集在近五十年前發生那事件不遠處的公園。他們有幾百人，男女老少都有，全穿著深色衣服。許多人手中捧著那事件被殺、或失蹤（意思是連屍體都不曾尋獲）的親人遺照。放大的黑白照片上大部分是男人，間雜也有女性，大都不老，中、青年一代。

然年歲不大的人像，在在透露著死去的訊息，他（她）們必然已是死人，從他們的穿著，那三〇年代特有的衣飾，男人豎領的白襯衫、領結、寬領西裝外套；女人的直身旗袍、開前襟素色洋毛衣，一式的平日衣著，但俱明說著他們死亡的遙遠年代。

他（她）們必然是死人，而且死去多時。

（新近死的人會有穿現今、或晚近衣飾的照片。）

他（她）們臉面上還有那樣明顯的「過去」神情，在那照相仍未十分普及的時代，除非明星、專業模特兒，少有人能在鏡頭前顯現自若的神情。

他（她）們便多半魯拙著一張臉，眼睛僵呆的直視，臉面賭氣似的臭硬著，一整群的出現在近五十年後，四周高樓環繞的市區小公園內。

他（她）們必然是死人，而且是死去多時的人，只有他（她）們才有老照片裏那般魯直笨拙的神情。然也正是這樣的神情，平添了無盡的冤屈氛圍。

那黑白昏濛頭像，多半為紀念生活中某一個時刻所拍，既無意有天會成為靈堂上的遺像，更不曾想要有一天做為一個重大歷史事件的見證。然這些冒著危險被家人、朋友珍藏下來的照片，既不曾有滿臉悲壯的烈士神情，也看不出滿面于思的算計之色，便十足顯示出他（她）們在那大屠殺中的無辜角色。他們原罪不至死，卻無端被牽連，付出生命做代價。

無盡悲慘的哀淒，便從一張張老照片生活化的老式的衣著、「過去」的人特有的神情中，極其清楚的傳遞，明確的陳述：屠殺確曾發生，而他（她）們是爲無辜的受害者。

而面對這些尋常的死者遺像，都能渲染出如此巨大的哀淒與無言的控訴，小公園紛傳的耳語中，每個人都確實感覺到——

那批「死の寫眞」，會造成怎樣的震撼。耳語轉述「死の寫眞慘絕人寰的刑求與槍決在人體造成的恐怖傷害，每一道轉述中，都加上不同的臆測與細節，而至最後，那批「死の寫眞」集結了所有可能的恐怖、驚悚、戰慄圖像，在現場凝肅的哀淒中，激盪嗜血的最深沉潛藏的恐懼與仇恨。

儀式在二點二十八分如時舉行，一排道士在新搭起的祭壇前誦經，這略高起的洗石子地原是公園兒童溜冰場，現在吊掛著各式輓聯，各種字體在白布條上墨汁淋漓的寫著「二二八冤魂」，暈開的筆劃像流出凝固後黑色的血，絲絲湧流。

如氣象預告，細雨霏霏下著，淋落到身上原還不甚有感覺，時間久後，也從髮梢間滴落。有人撐起傘，爲著要保護捧在手中的照片不被淋濕。

那啜泣聲傳出後，便似再難以抑遏，哭聲與啜泣，隨著道士超度亡魂往生的誦唸，接下來的教會儀式，整個下午此起彼落不曾稍歇。

（即使在此至深的哀淒中，仍有眼光不經意的穿梭在手捧的死者遺照中，探尋著要找那批「死の寫眞」。何時會公開？果眞會在今日公開嗎？在這近五十年後第一次公開的弔祭活動中？）

而代表教會致詞的是幾十年來與反對運動共同的奮鬥的長老教會，曾任神學院院長的神職人員，莊肅的說道：

「創造宇宙萬物的上帝，主，祢當年容許國民黨政權遠道來到台灣，容許二二八這款不公不義的事件發生，是對我們的試探，試探我們是否有堅信的心承受苦難。

「今天，我們終能第一次公開弔祭這次事件的受難者，我要引《聖經》的話，因爲你們於一切所受的逼迫患難中，仍舊存忍耐和信心，這正是上帝公義審判的明證。上帝既是公義的，就必將患難報應那加患難給你們的人，也必使你們這受患難的人，與我們同享平安。

「主，我祈求祢饒恕我們的罪，如我們饒恕得罪我們的人，因爲在今天首次的公開弔祭活動中，我看見了一個新的天地，期許不再有死亡，也不再有眼淚哭泣、悲哀疼痛，因爲，以前的事都已過去了。」

「祈願天父上帝垂聽我們的禱告，並賜給我們社會、同胞眞正的安寧與和諧。《聖經》上不是說：「總要肢體彼此的相顧，若一個肢體受苦，所有的肢體就一同受苦，若一個肢體得榮耀，所有的肢體就一同快樂……。」

女作家未及聽完牧師所說，被叫到公園外停放的一部箱型車，那負責錄影帶製作導演用來裝載機器的車。後座擠著劇團成員正在試服裝、假髮，紛紛喧鬧著如同一場化裝舞會。

忙著指示如何搭配的化妝師看到女作家，又是那種無可無不可的不在乎方式笑了一下，但熱絡的說：

「妳是最後一個，我還要趕回去做個新娘定妝。」

「其實不化妝也無所謂嘛！」女作家抬手拭去眼角的淚。

「不行，導演說妳得做串場介紹。」年輕化妝師一聳肩。「我負責要把妳弄得美美的。沒有妝妳在鏡頭上看起來會像公園裏那些。」

女作家不解。

「唉啊！妳眞呆，像那些照片裏的人物嘛！」年輕化妝師戲劇化的壓低聲音：「妳說，那會像什麼？」

一陣不祥，女作家感到脖頸手臂全起了雞皮疙瘩。

化妝師示意助手先爲她上粉底，助手使用海綿，便少去手指在臉上廝磨的膚觸，那種沒來由的嫌惡，肌膚與肌膚肉質還會帶體熱的接觸，奇特的被侵犯感覺。

（那臉面竟如此私密排外？然同樣也是質地略粗的海綿，何以只如異物掠過，不至留下不舒服的排斥？）

上好粉底，女作家感到厚厚一層全在臉上，來接手的化妝師笑著解釋：

「沒關係，這是職業用的粉底，這樣才有很好的遮光性。」

然後很快熟練的畫好眉眼，腮紅口紅一應俱全。

女作家看著鏡中的臉，這回眞正覺得十分陌生。在走進公園後，還是拿出面紙將鮮紅色的口紅拭去一些。那口紅的附著性顯然很好，且層層相依，擦去外面光鮮亮麗濕潤的一層，表面顏色依舊，只是沉沈黯許多。

女作家來回拭擦，才看出口紅顏色掉落，但整個口唇髒髒的，像剛吸吮過血後，唇上沾著枯乾的血漬。

而公園內人群紛紛聚在一起，遊行隊伍即將出發，環繞事發之地的此次遊行，將在黃昏時分進入老社區的主街，並從那棟老式透天厝前經過。

王媽媽站在二樓窗口，看完整個遊行隊伍在門口通過後，才緩緩轉過身來。

經過一整天十分合作的進食、休息、打點滴、被攙扶著稍走動，她看起來略有氣色，也能依著一枝枴杖走路。那幾個多日來一直伴隨她的女人，在王媽媽堅持下，加入遊行活動，只餘下一人守在樓下，以便不時之需。

王媽媽以同意二二八放完水燈後，讓殯儀館的人抬回靈柩，換得在這最後的一個晚上，能在小樓上獨處。

寒冬又下著雨，五點不到，天已昏昏的暗下來。王媽媽拄著枴杖，從窗口走向擺於屋子中央的棺木。兩行淚水，從乾竭的眼睛中滲出，然陷入臉頰上縱橫的皺紋內，立即不見蹤影，只留下水濕幽微的極細閃光。

對著棺木併攏雙腿跪下，王媽媽雙手合掌胸前，眼睛凝神注視棺木，聚集所有的意志力，朝著張口出聲誦唸，仍只有那六個字：

「南無阿彌陀佛」。

南無阿彌陀佛，那快速一再重複的六個字，簡單但清確，聲音聯結後好似成爲一道道聲波，眞能穿越堅實的銅棺，遊走入木棺隙縫，隨著唸者無以倫比的巨大意志力，迴向躺於棺內的死者。

南無阿彌陀佛……

加護病房裏，她也只有一再誦唸這六個字，這是她唯一知曉與宗教相關的語彙，南無阿彌陀佛，她成長的環境裏自然得知的詞語：南無阿彌陀佛。

兒子卻一直沒有醒過來，兩個星期以來，透過維生系統的支持，兒子並不特別顯得病耗憔悴，只有臉頰血色全無顏色一片灰青，那俊秀的臉面，還不時隨身體的痙攣抽動。

他一定在極大的痛苦中，就算他沒有清楚的意識感受痛苦，整個身體也一定在極大的不安中。他彎長的眉毛緊皺到額頭整個扭結起來，睫毛密實彎長的雙眼如此緊閉，好似無論如何都不願再睜開眼睛。

他並非在與疾病死亡奮戰，他是在消蝕自己的生命力，費盡全力逃避著要睜開眼睛醒過來。

他還一定懼怕著什麼，他血色全無的小巧唇瓣不斷開闔著，在呼叫著什麼，只是那聲音從來不曾穿越唇隙，傳遞出來。他露出毯子外的手臂，間歇性的雙手用力握拳，到削瘦的臂膀青筋迸現。雙腿則痙攣性的抽動，有節奏的好似盡全力要往前跨步，但又無從奔逃。

……南無阿彌陀佛……王媽媽一再誦唸。……南無阿彌陀佛……。

也曾在睡夢中如此痙攣性的全身抽動，那一年，只有國三吧！兒子好似週期性的會在睡夢中呼喊慘聲厲叫。狹小的租來空間裏，他們只能睡在白天擺張桌子便成書桌、餐桌的榻榻米上。她一掀起隔在兩人之間的布帘，立即看到兒子這般扭動著身體，特別是下肢體，盡全力的要奔逃，但又全然無從跨步。她喚醒他，兒子在乍醒後驚懼的緊摟住她的身體，常掐得她手臂一塊塊青紫，但俟他全醒過來，兒子便會裝作沒事，還反過來安慰她。

他一定害怕著什麼，卻從不肯說，爲著不要母親擔心。而做母親的以爲她知道他究竟害怕著什麼，只是無能為力。

那陣子來「管理」他們的是一個很體面的軍人出身情治人員，如若不是中年肥胖，應該不失是個英俊的男人。他還相當得體，從來不似他的前任們，滿口威嚇，動輒要將他們抓去關、槍斃，逼他們要坦白海外又密傳進什麼消息，支使在哪裏動亂。

只他毫無需要的每天都來，一定在夜間，吃過晚飯不多久，傳來他站在門外有禮貌的敲門聲。而為了方便客人來做衣服，他們的門非到夜深不會關。

一開始，做母親的以為貪戀的是她的美色，過往不是沒碰到乘機要在她身上佔便宜的情治人員，他們涎著臉對她說：

「睡一下嘛，給老子睡一下嘛，妳們這種女人，沒人敢碰，癢得晚上睡不著吧！」

看她不動聲色，只在裁製衣服的桌前緊握著剪刀比劃，有的便破口大罵：

「𠓗妳媽的屄，妳們這種女人，本來該將功贖罪，送到八三么去賣屄。𠓗妳娘，亡國奴，妳還以為妳是什麼？」

與兒子間早培養了默契，聰慧的兒子便會做成像個成年男人，敬菸、張羅茶水套交情，四處走動，充分的凸顯屋內仍有第三者、他人存在，好遏止進一步的動作。

然眼前這個每晚登門的中年男人，不僅不曾動手動腳，甚且不會出言戲弄（他要什麼？）從小便懂得不讓美麗的母親落單的兒子，現在夜裏幾乎寸步不離母親。三人在小小的屋內，母親踩著縫紉機趕客人訂做的衣服，兒子做家庭作業、溫書，而那中年軍人，自顧坐在一旁，漲紅著血絲的雙眼圓睜，一根接一根不停的抽著菸。

以著女人的直覺，做母親的不多久即會意那軍人夜夜困守在此，圖的並非她的美色。

可是他要什麼？

南無阿彌陀佛……南無阿彌陀佛……王媽持續誦唸。自加護病房那夜，她記起了那中年軍人形樣，那一張臉，便無時不出現她眼前。南無阿彌陀佛……南無阿彌陀佛……。

他們如時在黃昏時分到抵那近五十年前發生事件的所在。

〈一九四七年二月二十七日傍晚，專賣局台北分局緝私員傅學通等六人，在台北市太平町一帶查緝私菸。於天馬茶房前取締一名賣菸的中年寡婦林江邁時，卻沒收林婦的香菸及身上的金錢，林婦告以生活困難，苦苦哀求。查緝員不允其請，反而以槍管敲破女菸販頭部，而致出血暈倒。圍觀的路人群情激憤，群向查緝員一邊奔逃，一邊開槍，不幸擊中一名旁觀民眾陳文溪，當場斃命。民眾更加憤怒，包圍警察局和憲兵隊。要求交出肇禍的人犯正法，不得結果。〉

遊行隊伍從近五十年前出事地點通過時，速度緩慢了下來，每個人都轉過頭來觀看，但少有人駐足停留。

女作家則在一陣錯愕中停下腳步。

那負責錄影帶製作的導演顯然是布萊希特，著名的「史詩劇場」的追求者（他曾在德國戲劇學校進修）。依據追蹤調查出來昔日的「天馬茶房」，於今只是長排街屋中一棟老式樓房，全無「茶房」遺蹟，導演也不曾將它裝置回舊日形樣。只在臨街馬路上，安置一個趺坐在地上、手腳踢擺的女人。

明顯可見二十來歲的年輕女子，穿著一身要印證「昔時」的衣服，符合一般想像的斜襟細腰與未及腳踝的寬腳褲，布料是十足誇張的紅花綠葉棉布，過往鄉間用來做被套的那類花色。女人頭上還戴著一頂斗笠，腳上原該穿著一雙日式的高底木屐，但其中一只被踢得老遠，歪倒一旁。

她手中抱著幾盒香菸。

〈賣菸的中年寡婦林江邁？〉

爲了要顯示年齡，二十來歲的女子臉上，被畫上了不少黑色直條的皺紋：額上數得出來的三條抬頭紋，眼角呈放射狀的魚尾紋，還有嘴角兩道法令紋。更爲了要凸顯她是女性的彩妝，臉頰上被畫了兩團圓形的紅胭脂，那時代著名的「日本國旗」式的腮紅。

她還一定已經被打，因著她的額頭被潑上看來是要代表血跡的紅色汁液，但明顯看來像番茄汁。

〈大陸人查緝員以槍管敲破女菸販頭部？〉

而倒在路旁的女人，像一隻被翻倒、背殼觸地的烏龜——屁股著地、雙手雙腳不斷划動，機械似的重複掙扎的動作。她塗著兩團「日本國旗」的臉面，則隨著嘴大開大闔，誇張的在顯現驚恐的神情。

而遊行隊伍從她面前走過，注意到她，但不曾停下腳步，只行進度緩慢了下來。

「就是在這裏，就是在這裏！」人群中不斷有人出聲。

〈翌日上午，群眾赴專賣局抗議，衝入台北分局內將分局長及職員三人毆傷。下午，民眾集結於行政長官公署前廣場示威，要求改革政治，不料，公署屋頂上的憲兵用機槍向群眾掃射，死傷數十人。至此，事態一發不可收拾，全市譁然。商店關門、工廠停工、學生罷課、市民萬餘人已捲入洪流，警備總司令部宣布戒嚴。由於民眾佔領廣播電台，向全台廣播，三月一日起，事件迅速波及全島，全省各大城市及許多鄉鎮皆發生騷動，憤怒不平的民眾攻打官署警局，毆打大陸人，以洩一年多來對新來政府的怨懟。軍憲員警則開槍鎮壓。〉

「就在這裏，就在這裏。」

那姿態誇張、像隻烏龜翻倒腆肚四肢划動的年輕女演員，正對著遊行隊伍，不斷機械化重複明顯裝出來的驚恐與掙扎。她一身「仿古」裝扮，仿得如此盡心盡力，將想像中（畢竟間隔時間不算太長，仍有記憶充塡想像），屬於那時代的一樣無缺的全加在她身上：

斜襟布扣細腰短襖（俗稱的大裯衫）

寬腳褲（俗稱的台灣褲）

斗笠

日式高底棕面木屐

「日本國旗」圓團腮紅

然她絕非林江邁。

近五十年後，一列遊行隊伍走經當年事發之地（從她身前走過），每個人心中都有著一個林江邁，那站在事件起端的販菸婦人。每個人心中的林江邁或略有不同，但大抵不脫灰衣素服、瘦弱窮困、爲生活壓迫一臉凝思的中年婦人，臉面上布滿被侵佔的台灣人的悲情。

每個人心中也都有近五十年前那黃昏、販菸婦人林江邁，爲來自中國的大陸人查緝員用槍管敲破頭部的形樣：

她的額頭迸出激越的鮮紅血液。

（絕非番茄汁。）

她被擊後不支的委頓倒地，出血暈倒。

〈絕非一隻被翻倒的烏龜般的坦腹跌坐在地，踢腿划手的掙扎。〉

〈數天來，全島各大城市的騷動仍未止息，各大城鎮的青年、學生、退伍軍人等組成的臨時隊伍，試圖控制軍警單位的武器彈藥，因此衝突迭起。但大部分多爲臨時動念的烏合之衆。

八日晚，由中國中央派來的劉雨鄉所率的陸軍第二十一師，在基隆和高雄登陸，從南北兩向展開大規模的鎮壓並屠殺。在長達一週的鎮壓與屠殺中，當局雖捕殺許多直接參與暴動的份子，但許多未曾參與任何暴動的社會領導菁英，也在被殺之列。

三月二十日，長官公署更開始在全省各地展開「清鄉」工作，進行更徹底的整肅與屠殺，各地仍有許多人陸續牽連被捕。

二二八事件前後死亡人數多少？至今仍不明確，有數千人到十幾萬人之不同說法。但波及下獄人數，一般咸信達數十萬人。〉

「就在這裏，就在這裏！」

那二十來歲飾演林江邁的女演員，以著全然不會被認同作林江邁的裝扮與動作，跌坐在近五十年前發生事件的「那」地點，由著她鮮明的異色造型，成爲了不會被忽略的指標。

然行經的遊行隊伍在錯愕中不斷有人自問：

「那賣菸婦人怎麼會是這樣的？」

不像林江邁的女演員也無從回復自己，她臉上的彩妝與一身仿古作舊衣著，便既非昔時也並不是現在的跨馳在時間的洪流中。而她的非昔非今，她的誇張特異，反倒在歷史的切口處找到安身之處——

在那已非往時的「天馬茶坊」，在明知近五十年已然過去，當年的林江邁不可能重現，只有這女演員明顯仿古作舊的林江邁，誇張不實的跌坐在「那」地點兀自掙扎。

駐足停留的女作家注視著女演員「日本國旗」彩妝，看到另一張搖移的在做比對、修正、補足的林江邁臉面。

遊行隊伍繼續進行，街頭劇依次還要開展。查緝員在擊昏林江邁後，受到群情激憤的圍觀人群攻擊，慌忙向前奔逃，一面開槍。

不幸被擊中的旁觀民眾陳文溪，將要出場，他會一再的重複被擊斃命。

再要往前，行政長官公署屋頂上的憲兵，會用機槍向群眾掃射，造成數十人死傷。

屋頂上的憲兵們會穿著如目前的鎮暴警察，他們手持幾可亂真的玩具手槍，槍口噴出的是一條條細長的紅布彩帶，像蛇群紛紛昂揚吐出的火紅烈焰，便詭異的飄揚在陰黯下來的早夜。

（而遊行隊伍裏，沒有刻意思及劇團的表演將到此全部結束，在窺視的眼眸裏，仍存在著那「死の寫眞」無盡可能的化身。

哪裏還有比販菸婦人林江邁被以槍管擊打出血暈倒的「那地點」，更適合出現這集所有人驚悚、恐懼的「死の寫眞」？窺視的眼眸裏，預先看到整個「天馬茶坊」的立面，排滿遭最極致凌虐，寸寸剜割的傷口張開的淒慘無言的嘴；被打出吊掛在眼眶的眼球，也正回視走經的長排遊行隊伍。

也還可能沒完呢！在不幸被槍擊斃命的旁觀民眾陳文溪死亡的「那地點」，黑白照片攤著手腳骨節被寸寸打斷的屍身，以歪扭的怪異姿勢，那人體結構不可能的扭結方式，癱在「死の寫眞」裏。

或者，還有下個地方呢！走過槍擊處，一轉過街口，轉角處立即迎面而來一長排十幾處槍傷，每一處傷口都在巨幅黑白照片上，以不同圖像、盡情渲染不乾淨、不成形的血肉肢骨。黑白照片少去血的顏色，傷口與血混雜成不易相互辨識的深色雜跡，便沒完沒了的一整街一整路的延染下去。

哪裏還有比這事發之地更好公開那批「死の寫眞」的地點？

而近五十年後穿行過的遊行隊伍，窺視的眼眸重疊著「死の寫眞」傳說與想像中最極致的驚悚與恐懼。

那事件至今未完！）

距近五十年前事發之地不過百來公尺的那老式透天樓房，二樓亮堂堂的開了所有的日光燈，一屋子慘厲白光下，王媽媽困難的扶住冰冷的銅棺，危顫顫的蠕動身體，幾經使力後終於站了起來。

窗外傳來低迴的歌曲，遊行隊伍顯然已到抵淡水河岸水門，那當年大屠殺的所在。透過麥克風的說話聲，〈黃昏的故鄉〉，在市囂與風聲中不穩定的時大時小飄搖過來：

叫著我　叫著我
黃昏的故鄉不時在叫我
叫我這個
苦命的身軀

略站一會，王媽媽走向棺材後方拜的一碗「腳尾飯」所在，顫抖著手點燃三支線香，雙手緊握轉身向臨街窗口，極其虔敬的朝窗外的天遙遙祭拜，再迴身拜過棺木，才將線香插在「腳尾飯」的白飯上。

然後，她走近前去，出盡全力，幾回嘗試後，終將銅棺棺蓋掀起。

棺內白煙迷繞，不斷添加的乾冰生成的煙霧並不曾大量向上揚升，仍糾纏依附在第二層木棺木板上。王媽媽雙手合掌口中默唸，才伸手向薄木板棺蓋，這回，很容易的將棺蓋移向一旁。

濛濛白煙縈繞，平躺的兒子一如五天前在殯儀館時的裝扮，寶藍色西裝、白襯衫、紅領帶。經殯儀館上過妝的臉上，十分安靜，一種放鬆的、甚且是舒弛的神色，好似他終能將頭好好的枕著棺材板，將全身重量無礙的放在那躺著的小小木棺內，並決定不再睜開眼睛或揚起嘴角微笑。

王媽媽彎下腰，費力的打開移置到身旁的一隻手提化妝箱，剛掀起棺蓋用去她幾近乎所有的力氣，此刻雙手仍遏止不住的抖顫。所幸化妝箱箱門一開，一格格彩盤即自動移出，盤上數十格各式口紅、腮紅、眼影一應俱全，有的顏色甚且還全然未曾動用。

王媽媽從化妝箱底拿出一瓶礦泉噴霧水，朝躺在木棺裏的兒子臉面，仔仔細細的噴滿一圈。再取出卸妝的白色乳液擠在手指頭上，在兒子的額、雙頰、下巴四處勻勻的點上，以雙手輕輕按揉。

觸手肌膚不僅森冷陰寒，還彈性盡失。那乾冰顯然冷度不夠，不足使屍體凍硬，只能冷藏，便感到面部軟軟肌理，在手的撫摸下微微陷落，久久不見回復，而手指則恍若被下陷的臉皮吸附去，沾黏不得鬆放，陷牢其中。

厚敷上的粉底已然乾硬，經此碰撞，便出現細細龜裂，一張粉臉上霎時縱橫盤繞細小裂紋，王媽媽再噴上更多的水霧，水滲入隙縫，被柔溶了的粉塊，能輕易的片片塊塊從臉面皮膚上揭起來，像剛新揭起一整張臉、一張破碎的臉。

少去那層粉紅色澤的粉底，兒子的臉面霎時瘦陷一整圈，灰死的青白中還已然泛黑，峥嶸的浮著怒容，冤屈不平。所幸唇上仍留著原上的深色口紅，雖看來十分妖異，但至少是一點人的色澤。

王媽媽略一遲疑，不曾卸去唇上口紅，端詳著兒子屍灰冤鬱的臉，安撫的低聲說：

「你放心，以後不免假了。」

然後王媽媽拿出化妝水、乳液，一道道、慢慢的逐一輕柔的拍上兒子臉面，好似生怕吵醒他似的。俟化妝水、乳液乾後，王媽媽拿出一瓶粉底霜。以海綿沾上，小範圍、小範圍極其細緻的敷塗。然即便是水粉，也較以爲的不容易上，那肌膚已處於一種絕然鬆弛、放棄的狀態，甚且無從將粉吸附。往往海綿擦過，只留下一小薄層，其餘的仍隨海綿帶走。原還以爲海綿上沾的粉不夠，再加量，那平攤下來的臉面，仍任由少許的粉，不勻的浮浮一層遊在上面，像腐敗的屍肉上開始長出白點霉斑。只有海綿，沾了大量的粉底霜，濕濕的飽滿欲滴，侵吞吸附去過多的生息似的。

王媽媽愛憐的搖搖頭，低聲的、喃喃的說：

「懷你的時候，有一陣，臉上粉也全上不去呢！全浮在面皮上。」

放下海綿，王媽媽以手指沾粉底霜，厚厚實實的將稠濃粉底，以指尖一點一點、一滴一滴的輕按上臉面。

好不容易，那粉底在上了極厚一層後，發揮了遮蓋的效果，原來的青黑不見，成爲一種女子細緻的牙白。王媽媽用的是日本化妝品公司新研發出來的夏日美白系列。

效果略差的只有下巴處，從沒留意，兒子也長著連粉都遮不去的黑色鬚腳。王媽媽原想用剃刀剃除，但總要動到刀片，不僅不吉利還怕刮傷。王媽媽最後拿出一盒蓋斑膏，用棉花棒沾染，塗在鬍茬處，將原有細碎的黑點遮去。

掙扎著要挺起身子稍略休息，長時彎著的上身傳來一陣撕裂的巨痛，王媽媽身體一傾順勢倒下來。她必須節省任何一點力氣，新上的粉也需要時間才會乾。那乾冰一直在噴出濕露，帶來陣陣水氣。

究竟是那中年肥壯、軍人出身的情治人員走後，兒子才經常於睡夢中驚聲呼叫著醒過來，還是，於他每天到家中守候時，兒子便如此？

王媽媽朝自己搖搖頭。

他哪個時候得手、怎樣得手？自加護病房中會意到此事後，這問題便鎮日盤踞在腦中。能怨怪的只有做母親的竟全然不曾往此推想，雖說其時周遭從不曾聽聞此類事情，才無從設想，但最主要、最不該的，是一直自恃自己的美色，以為貪戀的是自己，才始終不願看清，延誤了時機。

（這一張臉，果真是禍害啊！）

王媽媽伸手撕扯自己的臉面，意識中仍存留的是過往人人稱羨的凝白肌膚，然觸手是粗凸皺紋與滿抓一把鬆弛的皮，王媽媽悚然驚醒。

蠕動身體雙手併力，王媽媽坐了起來，從化妝箱拿出一隻粉撲，沾滿蜜粉。原該在兒子臉面打好的粉底上拍蜜粉，妝才能固定，但又擔心好不容易才上的粉底，一俟粉撲按下，又會隨粉撲整片帶起，這回說不定連已鬆垮的整張面皮都連著掀起。略遲疑，王媽媽還是另拿起一支眉筆。

卸去殯儀館畫的兩道濃眉，兒子的眉本來不粗，王媽媽順當的描畫出兩道彎長柳眉，嫵媚的直斜插入鬢間。接下來在閉上的雙眼上畫眼線，原不困難。王媽媽用的是黑色的眼線液，手一直抖顫，無從一筆畫到底，但仍力持要畫得勻稱。眼影選用紫紅配淡金，那一雙深陷的雙眼皮大眼睛，便色澤繽紛了起來。

（原該張開眼睛，才能看眼線是否被雙眼皮吃去，矯正該畫高些、或貼近眼瞼周遭弧度。）

「張開眼睛往前看，才知道眼線有沒有被雙眼皮吃去呢！」

王媽媽對著棺內的兒子，絮絮的說。

口紅就容易了。王媽媽拿出唇筆，就著兒子原塗了口紅的唇，先描好形樣。兒子的唇小而薄，王媽媽盡量的將唇線畫出唇外許多，再塡上口紅後，便成一雙豐質肉感的紅唇。

兒子聽到開門聲，從鏡中轉過臉來時，手中也正拿著一隻口紅，只他的唇才畫好一半，口紅也是遠遠的塗到上唇外，如繼續畫好下唇，會是一雙豐厚肉感的唇，顏色還是嬌豔欲滴的鮮紅。

那夜原本到南部聲援廢除戒嚴後最終一條惡法：刪除刑法一百條。演講會通常十一、二點結束，本不打算當日回來，也打過電話告訴兒子明日才返家。

適巧有人要開車連夜北上，王媽媽想高速公路晚上較不易塞車，搭便車回台北已近凌晨三點。習慣性的要看看兒子，這是三十多年來的習慣。自他出生，不論外出到哪裏、做什麼，回到家不管時間早晚，第一件事，便是確定兒子還在。總害怕兒子一不在眼前，即可能就此不見，眼見心安，至少是種保障。

輕易的打開兒子未上鎖的門，一屋子柔媚的粉紅色燈光下，轉過來兒子畫滿脂粉的臉，手上還拿著一隻口紅，只塗好上唇。

他上的是極白的粉，而且只擦在臉上，脖子、裸露的前胸相較下一片焦黃。在這面具般的白臉上，已描好一雙彎長柳眉，用了濃重的紫紅與金色眼影，眼線畫得十分誇張不準確，描在眼眶外，撐得雙眼皮的眼睛好似時時大睜，永遠在表示驚訝似的。

頰上暈不開的腮紅是鮮豔的桃紅色，全集中向顴骨成兩大團圓點，像早期鄉間婦女剛開始化妝易畫的「日本國旗」式腮紅。

而只畫好上唇的口紅，往外塗的功夫顯然極差，參差不齊的突出上唇外。少了未塗口紅的下唇，便有如張著嘴，一直在找尋另一半口唇，方能說出未盡的話語、傳不出的聲音。

王媽媽以唇筆將唇線盡可能往外畫，描出一雙豐厚的小嘴，再以唇刷沾上鮮紅的唇膏，滿滿塗上。原殯儀館上的深色口紅仍在，要再覆上一層相當容易，不一會，一雙肉質豔豔的紅唇，便閃著新添的鮮紅螢亮色彩，潤澤生輝。

「我知道，你要的就是這款嘴。」王媽媽顯得滿意的說：「誰人看了都想親一口。」

兒子的鼻梁本來就高，無需在鼻翼加上陰影，也免得太高的鼻會破壞小心要塑造出的臉面柔和感。王媽媽接著拿出桃紅色的腮紅，就著臉頰側端，輕刷上一層，薄紅的紅潤，那臉面霎時間有了氣色。

「你那『日本國旗』型的腮紅，實在歹看，還要那樣畫嗎？」

王媽媽充滿商討的語氣說。

稍略端詳，王媽媽還是在顴骨上補上更多的桃紅色，但盡量讓兩頰兩團紅色，次第暈開。

「這樣就好了啦！」

乾冰釋出的氤氳白色煙霧，低低的迴繞在銅質棺木裏遊走，木棺裏躺的屍身著一套寶藍色西裝、白襯衫紅領帶一應俱全，還留著西裝頭，但臉面是畫成五彩繽紛的全然女人的臉。

怪特詭異不協調中，便有若頭頂、臉、身體是一段段不同的人體銜接起來，相互錯置的扞格中，那臉恍若只剩下一張彩妝人皮，虛虛的浮在縈繞的白色煙霧中，兀自傾國城的鬼魅般的妖媚炫麗。

而王媽媽癡迷的凝視，喃喃的說：

「我那不會注意你的臉化上妝，與我這款相同呢！好親像是我躺在裏面，你就是我呢！」

是怎樣從兒子的房間退出，王媽媽全無記憶，只一再懸念兒子彩妝的臉何以如此似曾相識，一定在哪裏見過。而她還記得將門好好帶上，清楚的聽到門鎖卡一聲，吃進木質門框內的聲音。

夏末的深夜，竟然已略有寒意，王媽媽在街上走到天光日出，整個都市轟轟的動了起來，仍沿著一條條街，一直走下去。

她就此不曾回家。

接下來大半年，兒子尋找她，試圖見她，王媽媽則連電話都不接。之後便總有傳聞，有人在深夜的新公園，看到形似兒子的男人，依偎在中、老年肥壯的男人身上；在隱匿的、似俱樂部方式存在的酒吧內，看到醉倒的兒子摟著高壯的中、老年男人。

在那追逐年輕身體的圈子，俊美的醫生專揀中、老年男人，是爲異數且如此公然無有遮攔，很快便使他名聲遠播。

然而傳聞中人人都說：

「很像而已，絕不可能是王媽媽的兒子。」

王媽媽的兒子是悲情的五〇年代白色恐怖遺腹子，是王家要重振家聲、光耀門楣的希望。（那正嶄露頭角的內科醫生，也不可能如此自毀前程。）

傳聞紛紛，卻沒有任何人膽敢同王媽媽當面說及。那反對陣營代表勇敢、堅持、無私的王媽媽，哪裏有她就有愛、寬容、支持與撫慰的王媽媽。（怎能與此不名譽的事相關聯？）

而那半年裏，王媽媽眞是不要命的投入海外黑名單潛回台灣落籍的抗爭。她甚且陪同幾個由秘密管道回台的黑名單人士，一整個月以打游擊的方式在鬧區街頭露宿，一被警方驅趕，則遷至他處，抗議布條四處張掛，海灘傘一張，風雨無阻繼續露宿街頭。

幾乎所有的人都同意，沒有王媽媽，年過六十好幾的王媽媽，整個月不定點的睡街頭，在各式抗爭紛起的其時，這場黑名單落籍之爭，不會吸引如此多關注而至有關當局同意研擬新的海外戶籍政策。

王媽媽卻也在這場抗爭中失去健康。她最後離開現場是昏迷中由救護車送進急診室，並在病房中躺了大半個月。

出院後不多久，王媽媽即再次進醫院，加護病房裏躺著的是大半年不曾見過面的兒子，明顯消瘦許多的身軀不時痙攣蠕動，緊閉到額上起了深深皺紋的雙眼，就再不曾睜開過。

床頭病名標幟上寫的是：

猛爆性肝炎。

醫生護士那般如臨大敵的警戒的小心翼翼，所有人都明白另有隱情，做母親的也了然於心。

只是誰都不曾說破。

在加護病房兩個星期，甚且到臨終最後一刻，兒子始終都沒有再醒過來。做母親的見到兒子的最後一面，便是深夜開啓的門後，一屋子粉紅色迷醉燈光下，轉過來兒子塗滿脂粉的臉面，手上還拿著一隻口紅、只畫好上唇。

那門在悔恨的母親心中，無止無盡的重複開啓。那扇門不斷的被打開後，她看清了所有的一切，連最微小的細節都不曾漏失。

她看到他面前的矮几上，有一頂黑色假髮，大捲大捲的長髮，一股股蛇般的自几上彎扭的垂落，好似搖搖晃晃的在遊走。她還看到他的身上，穿著一件粉紅色的露肩高腰睡衣（或禮服？）俗麗閃光的人造緞面，鑲飾著耀亮的假珠寶，敞開裸露的領口有一圈同樣染成粉紅色的雞毛（或塑膠刷出的假毛？），蓬蓬鬆鬆的周圍著畢竟是男人粗大凸顯的胸骨與喉結。

淚水湧上模糊了王媽媽雙眼，她慌忙以手拭去。是不是有一種說法，親長的淚滴在棺木中的死者身上，會使他浸身血池，永不得超生？

王媽媽以雙手撫住主銅棺邊緣，支撐著要直起彎了大半天的腰，一陣巨痛撕扯般從脊背傳來。王媽媽放棄站起身，將身子匍匐在地，朝廳後面的房間爬去。

仍是三十幾年前的新房，只不過一切俱已殘舊。雕花紅眠床顏色褪暗，一組當年想必最時新的沙發椅面崩壞、露出一圈圈彈簧，衣櫃面貼的昂貴的木質圖案浮揭起，有許多地方並已掉落。然在這殘舊的屋內，不知怎的仍存有一種旖旎風情，徘徊在明顯看得出是當年新嫁娘陪嫁的家具中。

王媽媽爬進屋內角落一口樟木箱，費力的打開箱蓋，一滿箱衣服，最上層是一件粉紅色的日式浴衣（ゆかだ，俗稱 Yukada），那浴衣材質是眞絲，老舊了的絲質粉紅色不再輕柔，粉紅也幾褪盡，成一種沈舊的屍白。

王媽媽極其小心捧起浴衣，下面是一件摺疊得極爲平整的老式男人西裝上身，西裝裏還套著變黃的白襯衫，領口端整的繫著一隻花領結。

王媽媽將手輕放西裝上，好似一使力那衣裝便將化爲灰燼。

闔好樟木箱王媽媽抖開浴衣，那勉強仍稱得上粉紅色的長浴衣下端畫有一圈羽鶴，一隻接一隻展翅飛翔或回身啄翅，畫工高超線條栩栩如生，只顏色沈黯後，再栩栩如生的鶴，也老死在枯紅的布面上。

王媽媽將衣服擁入懷中，臉面貼著冷涼的眞絲，有一會後，才將衣服披在肩膀處，爬回前廳棺木邊。

「這是お母樣成親那晚穿的ゆかだ……，你們現在說叫睡衣。就穿那麼一晚，……實在說，一晚都沒穿完，天未光，你お父樣被帶走，就換下來了……。」

王媽媽絮絮的同兒子說，一面將浴衣敞開，一隻袖子套入兒子放於身邊的右手臂。那身體已然僵硬，所幸日式浴衣袖子極為寬大，肩膀接處還留下另個開口，王媽媽沒什麼困難的套進手臂，再將衣服一點一寸從兒子平躺的身下塞過去。

兒子穿的是生前常穿的西裝，看不出胖瘦，倹手一觸摸，才感到兒子平躺的身驅下留著很大的間隙，那薄絲柔滑的順利穿過。

「怎麼瘦得這樣子呢！」王媽媽喃喃的朝兒子抱怨。

匍匐爬到棺木另一邊，王媽媽沒什麼困難的將浴衣從兒子身體下抽出。困難的是要套入已僵直的左手，一再嘗試不成功後，只有從化妝箱取出薄刀片，將肩袖縫合之處略拆開一些，由此開口套進兒子左手臂。

將整件浴衣拉好、衣襟拉齊，再縫好拆開之處，繫好衣帶，長浴衣便能遮蓋到兒子膝下，只露出一截寶藍色的西裝褲與皮鞋，而領口處的斜襟內，則露出打著紅帶領的白襯衫。

「你放心的穿去吧！這件ゆかだ很輕，穿著一點不累贅，放心的穿去吧！」

王媽媽坐在棺材邊，看著棺內留著西裝頭、一臉彩妝，西裝外罩著粉紅色的浴衣的兒子，安靜的端詳，眼中有著無盡的慈愛。

窗外隨著風勢，不時傳來河畔演講會場麥克風擴散的講演與歌聲。〈黃昏的故鄉〉做為前後演講者中間的間奏，仍不時搖移過來開頭幾句歌聲——

叫著我　叫著我
黃昏的故鄉不時在叫我
叫我這個
苦命的身驅

王媽媽微微笑著凝視著兒子，那倦累隨著放鬆下來的心神蒙蒙的罩上，王媽媽閉上眼睛，也不知過多久，恍惚只是剎那，王媽媽猛地警醒過來，悚然張開眼睛。

「那會忘掉了呢！」

打開化妝箱第二層，裏面是一頂黑色假髮。

「不是你喜歡的長髮，但同樣是捲髮，有總比沒好，你說是不？」

將假髮爲兒子戴好，一頭短捲髮遮去原來的西裝頭，原怪異的不倫不類不再，臉上紅紅白白的彩妝霎時有了歸屬，各就各位的找到了依附。

然兒子看來就此眞正的陌生。

「敢還是你？」王媽媽遲疑的問：「你還在嗎？」

乾冰氤氳煙霧絲絲飄移，淺淺的在棺內游走，王媽媽低頭臨近的凝視，深深的回想那捲髮遮去的原西裝頭、彩妝遮去的原來臉面、襯衫領遮去的喉結、紅色浴衣遮蓋下的穿西裝長褲身體形樣，而後滿意的微微露出笑容。

時間過去，窗外斷續傳來的演講不再，飄來誦經聲，樓下守候的中年女人揚高聲音在問：

「王媽媽，就快放水燈了，你準備好了嗎？」

「再等一下。」

王媽媽伸出手，輕輕的撫遍兒子全身，無盡慈愛的朝著說：

「放心的去吧！不免再假了，你好好的去吧！從此不免再假了！」

蓋好薄木棺材板，王媽媽拿起置於身旁的鐵鎚與鐵釘，對準棺木邊緣，重重的一鎚敲擊下去。聲響引來雜沓奔跑上樓的腳步聲，王媽媽甚且不曾抬頭，繼續一鎚鎚的敲打下去，一面仍輕聲的一再說：

「……從此不免再假了，放心的去吧！……」

由於不熟悉，鐵鎚敲落處，不一定擊中小小的一根鐵釘，不少次打到的是扶著鐵釘的指頭。王媽媽全無感覺似的，繼續一鎚鎚、一根根鐵釘的接連敲打下去。不一會，鮮紅色的血，從指尖滲出，滴滴點點落在木質棺蓋上。

是夜

電視不斷插播黃昏時分延燒東區一棟大樓的災情，由於死亡人數逐步高增，已達六十幾人，隨著是夜來河畔參與那事件和平紀念會的人們，帶到了在場的群眾間。

那場被認爲是截至當時，單棟大樓死亡人數最高的大火，起火原因未明、火勢亦不見得特別大，只是在三、四樓悶燒。但由於整棟大樓屬密閉玻璃帷幕牆，濃煙隨中央空調迅即擴散到各樓層，死亡的人多數吸入過量濃煙致死。

女作家在等待放水燈前煩長的政治人物（反對陣營中的各級民意代表們）致詞中，到河畔一家小吃店買飲料，看到電視正插播這則新聞的最新狀況。

她先是訝異的發現，那失火所在，就是昨日與攝製錄影帶導演約見面的化妝師工作室大樓。隨後她從播報新送來的死亡名單中，聽到播報員就打出的字卡唸出那女化妝師的名字、職業、年齡、籍貫。

女作家張開嘴，整張臉陷於一種極致驚恐的扭曲中，發出一聲夾帶呻吟的尖叫。

播報員繼續播報，女化妝師從五樓窗口墜落，前額碰撞到地面流血昏迷，送醫急救無效、於半個多小時前死亡。播報員並複述，先前已於火場中，發現起火時正由化妝師化妝的一名新娘，穿著一身新娘白紗禮服，連頭上罩紗俱全，被濃煙嗆死在工作室中。

不大的電視機畫面可見一個白衣、蓬裙的女人身影，倒在水漬濕的凌亂房中。基於媒體自律不曾正面拍攝，看不清新娘的臉，但可看出她全身完好、不曾遭到火燒，只是以一個十分怪異的姿勢、好似上半身全折向一旁的倒臥，等待著什麼似的。

播報員繼續說，據現場的消防人員稱，那新娘已化好一臉彩妝，全身穿戴整齊，不知何以不曾和化妝師一同企圖自安全門逃生，留在工作室內被濃煙嗆死，死亡時臉上安詳平靜，不見驚慌。

女作家伸出手撫住臉面，這回，尖叫聲卡在喉嚨裏成一聲呻吟。

立即臨上的是那化妝師上妝時、略粗糙帶硬度的指尖在臉上留下異物入侵的不快感覺。隨著清楚知覺化妝師已死亡，那略粗硬的指尖廝摩的接觸，便以無與倫比的清晰、一一重現於整個臉面四處。

彷若化妝師撫觸臉面的指尖方離手。

女作家感到整張臉細細的無所不在的抖顫起來。死亡於是成爲化妝師的手留在臉上的印記，那般的眞實與臨近。

「她怎麼可以這樣就死掉，她還這麼年輕，她怎麼可以這樣就死掉，她下午才告訴我，買了這輩子第一個房子，貸款都還沒有開始付呢！」

女作家紛亂的朝小吃店的老闆說。看來五十多歲的婦人「是啊！是啊！」同情的回應，然後因憂慮而顯陰沈的道：

「今日一定是歹日，才會冤氣那樣重，妳看，一死死六十幾個。我做囝仔時，就聽講二二八那陣，就在這所在，殺人殺得河水變紅色，死人丟入去河裏，浮起來時，一粒頭腫得三、四粒大，黑且凝血，滿面花彩彩。有的目珠、鼻、嘴給魚吃了，無鼻、缺嘴的滿滿是，整條河臭到總督府那邊攏聞有。」

然後婦人壓低聲音：

「死這多人，這多冤魂，快五十年攏無超度，攏留在市裏無處去，走來走去四處找替身，當然一死死六十幾個，攏鬥陣叫叫去……。」

女作家匆忙付過錢，快步轉頭離去，仍聽那婦人朝身旁的人繼續在說：

「歹日，今天是歹日，才會冤氣那樣重，連未入厝的新娘，攏來叫叫去，親像鬼娶親，妝得好好水水才要去……。」

女作家快步朝聚會所在走去，那河岸照明原就不足，陰寒偶飄些小雨的夜無星無月，迎面的風夾帶河水的腥腥臭味。那河在多年環境污染後，夏天裏根本無法靠近，即便如此冷天，也有一股悶悶的穢氣，彷若堵塞著近半個世紀的臭味，依舊縈繞發散。

紛亂的思緒來到女作家心中。照時間推算，是日下午她最後一個上妝，化妝師替她化好妝後說要趕回去做新娘定妝，趕去赴的，事實上就是那場大火，那逃避不掉的死亡邀約。

她為什麼要那麼拚命工作（為了貸款都尚未付的房子），一個工作接另一個工作？她本可以留下來看那場她做造型的街頭劇，那麼她就會看到飾演林江邁的女演員，怎樣頂著她製造出來的額頭上傷口與一頭血紅的番茄醬（而不是她自五樓墜落，額頭觸地流血昏迷致死）。

女作家伸手撫摸自己臉面上的彩妝。

「那化妝師等於替我化妝後一、兩個小時，便死了。」

整個著妝的臉面，有著密不透氣、窒息的封閉，皮膚為粉底隔絕與外在空氣的呼吸，悶悶的整個臉面都被蒙住。

「她生前最後一個化妝的是那新娘，可是新娘死了，我便成為她生前化妝的最後一個人……最後一個活人。」

「我這一臉彩妝便是由一個死了的化妝師化的。她死去了，我的妝卻還在。」

一陣毛骨悚然的驚悸湧上，女作家以手拭擦臉面，希圖能拭去彩妝。如若經那死去的化妝師化了妝後的便成為死人，一如新娘妝罷等待著的即是死亡，還有那妝成的林江邁與被射殺的圍觀民眾陳文溪，那麼自己這一臉化了彩妝的臉容，便也是死亡要的形樣？

慌亂中女作家感到手並不能拭去牢附臉上的粉，拿出一張面紙，用力拭擦，黑暗裏，也無從辨識究竟拭去什麼留到紙上，只感到那上得太勻稱的粉，有如另一張不透氣的皮、仍緊固的貼在臉上，能擦去的只是一層浮粉。

那彩妝彷若就此依附成為另張臉面，帶來毛骨悚然的恐懼，女作家全身遍起一陣雞皮疙瘩，甚且布滿臉面。

立即來到心頭的是日間聽來的有關「死の寫眞」。

祕密流傳的耳語像滾動的雪球，在夜間已然匯聚成那受難者的妻子，不僅用閨閣裏常用的針線刀剪，以納鞋的粗針穿著韌質的麻線來縫合迸開的傷口，更以她日用的化妝品，在針線縫合處一針一線細細敷塗，以期以粉底蓋去線痕。

更有傳聞由於屍身遍體殘破，巧慧的閨閣女子，就廚房鍋子裏的白米飯，壓捏搓揉成眼球大小的丸子，塡進丈夫被尖刀戳去失散不見的左眼，好能使眼眶看來不至凹陷成窟窿。

傳言巨細靡遺的指出，為了使白米飯搓圓製成的眼球逼眞，妻子還以眉筆在飯球中心畫上像瞳孔大小的黑仁做為眼瞳，希圖丈夫在陰間能以此視物。

而對子彈穿過留下開洞無從縫補的肌膚，據聞巧慧的妻子漏夜以石磨磨糯米製成糯米團，再加入一點節慶做紅湯圓的紅色料，調成粉粉的膚色。

妻子將柔軟延展性良好的糯米團壓成薄片，覆蓋在無以修補的傷口處，宛如一層新皮。

更有傳聞連丈夫被刑求「宮刑」剜去的生殖器，妻子也以此材料仿照捏塑。

如此，做妻子的以著對丈夫情深至極的記憶，重塑修補好丈夫的遺體，逼眞安詳、完整無缺的拍攝成最後一組「死の寫眞」。

女作家用力的一甩頭，企圖甩開那白米飯捏成的眼球與糯米團製成的睪丸陽具。而耳邊依稀傳來被風吹得零落的麥克風聲響，是個女人的哀泣。

會不會正在公開那批「死の寫眞」？整天的活動已進入放水燈前的最後高潮！

（而果眞有這樣的妻子，以此方式留下丈夫的遺留？

在那照片足以羅織罪名，有關當局能憑藉一張共同拍照的照片，按人像索驥的一一逮捕。在大量照片被燒毀以免擴大無謂牽連的其時，眞有這樣的妻子，費盡心力，只求能留下丈夫的死亡圖像？）

而這人像，特別是這張臉，又果眞能串聯起怎樣的認同？個人或集體的某種記憶？

驚懼中女作家拿出新的面紙繼續拭擦，刹那間，她觸及並意識到兩道經由化妝師以剃刀剃過修飾的眉。

女作家頹然放下手。

就算她能拭去彩妝，拭不去的還有化妝師方爲她修剃定型的眉，那依化妝師意願修過的眉形，不更是一種持久的印記，牢固深刻的銘印，好做爲與死亡之間的牽引！

一時之間，女作家感到那近五十年前冤死在河畔，至今仍遊蕩的冤魂，都由著這剛死去的化妝師修剃做印記的雙眉牽引，紛紛的朝著湧流來。

在那無星無月冷風絲絲迎面鑽拂的陰黯河畔，女作家一身冷汗朝前不遠燈火明亮處的演講台快跑過去，心裏呼喚著：

那超度冤魂的誦經放水燈，怎麼不趕快開始。

王媽媽坐在一張籐椅，由四個看來是都市勞工階級的粗壯中年男人抬著進會場，台上的演講、致詞已近尾聲。

司儀透過麥克風向群眾介紹到現場的王媽媽，立即遍響起一陣熱切的掌聲。司儀解釋，原安排王媽媽講幾句話，但她適逢子喪、身體不適不克上台，但放水燈將由她帶領，以酬謝王媽媽以一個受難者家屬，長年對民主運動的貢獻，及參與籌備這次紀念活動。

場內又響起一陣更熱切、持久的掌聲。

王媽媽癱在籐椅內，她的整個身體由於如此削瘦，皺縮作一團，便空空蕩蕩的只夠塞在籐椅一角。而且她似乎已然用盡所有的力氣，連坐都無從坐住，在籐椅內不斷溜下來，得由兩旁一直跟隨著的中年女人，自腋下攙扶住。

她的臉面有一種如釋重擔的空茫，甚且沒有悲哀，掌聲響起之際，也不見有回應。在身旁兩個女人提示與協助下，方舉起手做招呼，她的左手指纏滿紗帶，鮮紅色的血，乃不斷的在滲出，染紅了白色的紗帶，便似飽含鮮血的血手指，隻隻腫脹數以倍計。

已臨十一點，台上司儀在〈黃昏的故鄉〉音樂伴隨下，做紀念晚會最後收場。身為受難者家屬的司儀，以著她溫婉的聲音，綜結是夜的講演，眞正是如泣如訴的說：

「近五十年來，這是咱第一次能公開弔祭二二八受難者，千千萬萬屈死的冤魂，終不再背負種種不實的罪名，以本來面目面對歷史，洗清冤屈，見證台灣外來者統治宿命的悲情。咱，做為受難者家屬，終能將這近五十年來暗藏的苦痛，公開的、正式的說出來，不免再假，不免再說謊，假裝沒這個事件發生、咱的親人不被殺、被關；不免再假說咱心不碎、不怨恨、不苦痛。今晚，咱終能大聲說出咱的悲情、咱的血淚，今晚，代表的是謊言結束、公義開始，咱要繼續努力、打拚，一個新的時代，台灣人做主、不再受壓迫的新時代，才會開始……。」

台下的群眾，則經由帶領，秩序井然的朝河岸下游方向移動。走在最前面的是兩列出家人，他們屬一個新興的佛教團體，一向熱中參與街頭運動。剃光頭的師父們身著黃色僧衣、外披猩紅袈裟，雙手胸前合掌口誦佛號。一行火紅的身影，在無星無月的暗夜下，只憑藉演講台傳來的微弱光亮，黑暗中的紅影，特別含帶血腥，隱藏著重重罪愆冤孽似的。

緊跟著的，是坐在籐椅內由四名粗壯男子抬著的王媽媽，爲讓她能坐穩不致滑溜下去，他們將椅子前端抬高。王媽媽手中，捧著一只蓮花燈。

王媽媽身後，兩人分抬一只巨型水燈。以竹和紙做成的一幢華宅，有五、六尺高，白紙糊成，但屋簷起翹青瓦碧綠，正面高門巨窗，柱上雕梁畫棟，以五彩色紙貼剪裝飾，才添些許熱鬧。只這華宅無有門扇，門處是個大開口，可見裏面一無陳設，中心插一根粗大白蠟燭，地面上鋪一厚層冥紙。白色爲主的華宅水燈，在陰暗中，一團森森白影。門楣處一張橫匾，墨汁淋漓的幾個字——

「二二八事件冤魂」

跟隨著這大型水燈，方是長列遊行隊伍，有人懷抱死難親友遺像，有的手捧水燈：或蓮花、或屋宅造型，都只有一、兩尺大小。水燈尚未點燃，原灰撲撲的遺像幾辨不出人影，這一長列人群，便在暗夜裏哀淒靜默肅穆的朝前。

河畔下游水門處，道士們早已設壇祭拜誦經超度，火把加上電池大型燈光的照明，道士們身著繁複彩繡的道袍白晃晃的耀亮。整個祭壇在黑暗的河畔，眞可做爲四方的接引，從遠處便可見的華光。

十一時正，放水燈開始，手持水燈的家屬們，站滿河畔，最先被放入水中的是那只上書「二二八事件冤魂」的巨型水燈，紙糊的白色華宅站在一塊木板上，屋內蠟燭已經點燃，由幾個男人抬入水中，穩穩的放在水面上、再推向河中央。

那屋宅形樣的水燈內燃著溫馨的燭光，便緩緩的浮流在全然黑暗的水面上，像一個點上燈的家，溫暖的召喚未歸人，靜謐玄妙安寧，恍若眞可牽引那近五十年來仍四處徘徊無處依歸的二二八事件冤魂，引領著他們隨著亮光來接受超度，好能早日脫離苦海冤孽。

人群齊注視著漆黑河面上那浮流的神奇華光，紛紛有了嘆息和低泣。

王媽媽在那大型華宅水燈漂流向河中央時，放下她手中的蓮花燈。尺來高的小小蓮花，開展著白色和粉紅色的薄紙重重瓣膜，在中心燭光照亮下散發著粉粉的柔紅，無盡的思念、無邊的包容，只瓣瓣是滴滴的血淚。

受難者家屬們也一一將水燈放入河中，一時，岸邊水面上浮著上百盞蓮花、屋宅水燈。一幢幢小小上燈的屋宅，是開啓一扇扇大門的人家，來迎接未歸的家人；而一朵朵象徵贖罪、接引的蓮花，在水面上遍遍開展，像黑暗的地獄之水上長滿遍體光華的蓮花，只要踩著這朵朵心蓮，便能一步步通向歸家的路、通向光明與救贖的所在。

誦經的誦唸與法器敲擊聲持續，夾雜著受難者家屬的呼喚：

「×××，來啊，認路來超度，還汝清白，早日歸天，×××，來啊！認路……。」

然岸邊水流幾近靜止，流速極小，小盞小盞的蓮花、屋宅水燈，在近岸處載浮載沈，無能向下游漂去。只那盞召喚全體二二八事件冤魂的大型水燈，入水時由人在水中先帶離岸邊至水流中央，方能隨河水流動的水流，向下游行去。

許是與河岸的距離拉長，那大盞水燈感覺中愈走愈慢，便有若整個屋內已逐漸裝載滿循光前來的冤魂，愈來愈顯沉重。而後，該是蠟燭燒至紙屋內堆疊的冥紙，乍然間好似來一把天火，火苗竄起，整棟屋宅陷入一片火海，迸發的火星火苗，將鄰近河面映照得光明輝耀，好一幅功德圓滿的化昇之勢。

在眾人皆凝目注意那身繫二二八事件全體冤魂的大型水燈，火樹銀花般的起火延燒時，沒有人留意到王媽媽如何將整個身體仆向水面。

直到身體重量觸及水面噗一聲巨響並濺起大片水花後，身邊才有人驚覺移回視線，王媽媽已整個臉面、前身浸入水中。就近幾個人慌忙下水將她扶起，有人一試鼻息，大聲呼叫：

「沒氣了，沒氣了，……快急救。」

將王媽媽平放於岸邊，慌亂中呼喊醫生、要人群移開的雜沓聲中，全身濕漉的王媽媽，蓄留的水珠在多皺紋的臉面上縱橫滑落，像串串永不枯竭的珠淚，然她雙眼安詳闔閉，嘴角還若隱若現一絲微笑。

「看，她都沒吸進水，也沒被水嗆到，一定是先昏倒才栽落水，要不然，就是先閉住氣，沒呼吸了才落水。」人群中紛紛有人說。

倏然進出一聲淒厲的慘嚎，是那幾天來一直伴隨王媽媽的中年女人，慘呼一聲「王媽媽」後，哽咽的斷續哭訴：

「我看伊的蓮花燈，……燈上寫四個人的名字，伊大伯、伊尪、伊子，還有伊自己的名……我早就該知影，代誌不好……一定會出代誌……。」

有人跑上前來，粗魯拉開哭嚎的女人，扶起王媽媽要施行人工呼吸。負責錄影帶製作的導演扛著機器趕快閃避一旁。

卻是無意中抬起頭來，負責錄影帶製作的導演，看到王媽媽先前放的、滯留在岸邊的那盞蓮花燈，隨著王媽媽仆身倒向水裏的拍打力量，得以脫離岸邊死水，躍浮到水流流動的深水處。小小的蓮花燈，便好似以王媽媽相許的生命換來的力量，輕靈的躍接上新覓得的活水源流，以相當速度，順捷的向下游行去。

先前那只大型豪華水燈已燃盡，黑暗的河面上，只見這一盞小小的蓮花燈，散發著夢幻般柔柔粉光，如此孤寂靜謐，但又如此神奇玄妙的帶頭前行，浮游向冥冥之中奧祕的未知所在。

淚眼模糊中，負責錄影帶攝製的導演扛起機器對準那水燈，想拍下這靈密的景致，然他立即發現，那小小蓮花燈的熒熒光亮，鏡頭錄下的將只是一片黑暗。

（一九九七年）

【評析】

〈彩妝血祭〉選擇二二八紀念會的角度切入，並以女性特質的「彩妝」串連小說：王媽媽靠新娘化妝技巧扶養孤子、二二八罹難者妻子靠化妝還復亡夫完整遺容、化妝師替參與紀念會的女作家定妝造型，小說以女性極爲私密的「彩妝」技藝進行二二八歷史記憶的檢視，並由此對照五十年前後的人世滄桑。王媽媽是二二八事件後續迫害中受難者的遺孀，新婚之夜，丈夫就被武裝人員帶走，一去不回。多年以來她投身於反對運動，無怨無悔，成了大家心目中敬愛的革命之母。就在反對黨紀念二二八的弔祭活動前夕，王媽媽醫科畢業的獨子忽然暴斃。傷心欲絕的王媽媽爲愛子重新化上女妝，要兒子從此不必再掩飾虛假。當天的紀念會上亦盛傳將出示一批當年二二八事件死難者的「死亡の寫眞」，爲當年死難者的妻子領回丈夫的屍體後，替刑求槍決遍體殘破的屍身重塑修補後所拍的照片。五十年前的二二八事件妻子爲丈夫化妝，重塑完整的遺容；五十年後的王媽媽爲兒子化妝，還回兒子眞正的性癖好面目。李昂大費周章將現代社會的新聞拼貼組合：二二八紀念儀式、新婚會館大火、世紀末黑死病（愛滋病），小說內文多處使用括弧按語，類似戲劇旁白地敘述當年二二八發生的始末。

「化妝」與「化妝師」是貫穿整篇小說的主題，主要說明了：所有的一切都是被製作出來的，二二八眞相已難再現；眞正帶著歷史眞相死難的人不必化妝；王媽媽心中的痛苦沒有人眞正理解。情節發展從女作家爲二二八紀念遊行的錄影、接受化妝師化妝開始。李昂刻意凸顯化妝師的形象。這名年輕的化妝師認爲「化妝是工作，是畫別人，跟我自己什麼樣子有什麼關係」；那「是工作，但又可以拿來變花樣玩，玩得很爽就好」。這似乎也象徵著當初執政者粉飾歷史，以任意、輕忽的態度改變原貌，當「彩妝者」（粉飾眞相者）已亡，其所化妝之過程亦隨之死亡，在彩妝過程中做了多少改變，都隨著她的死亡而沉埋地下不得而知了。女作家經化妝師巧手修飾後，「的確從來不曾如此美麗過，」但卻「看著明明是自己，但又好像不是」。同爲化妝師的二二八受難者家屬王媽媽，被反對運動化妝爲「革命之母」的形象：「她是所有被傷害者可以依賴的母親，反對運動的精神支柱，有她的地方就有愛、寬容、支持與撫慰」。這經過神聖化的王媽媽，卻也非完全寬容，她無法面對傳統父系價値觀對同性戀的恐懼。王媽媽可以冷靜地爲死去的丈夫縫綴破碎的身體和五官、並拍照存證，也可在抗爭活動中被毆打得流血滿面、而不退縮，但卻無法面對兒子當年被調查人員誘姦、而錯亂自己性別傾向的行爲。但也唯有如此，我們才能理解當群眾將一個受盡苦難的女性，形塑成救世的革命之母，諸多讚美光寰縈身時，卻忽視王媽媽內心的痛苦、自責與悔恨。

小說裡王媽媽喃喃獨語爲兒子化妝那一幕特別深刻感人，完全進入了王媽媽內心深處，既是與兒子的溝通，也是自我的反省，埋下了結尾這一幕：王媽媽在遊行當晚放水燈、爲「二二八事件冤魂」超度時，閉氣悶死自己，撲倒在寫著「伊大伯、伊尪、伊子……伊自己的名」的蓮花燈上。蓮花燈本來是沒有生命的，王媽媽用自己的死亡使它變成有生命，這一段提示了救贖的可能，也說明了歷史眞相究竟是怎麼一回事。「死水」象徵了二二八歷史記憶的封固、遺族長期背負的沉重歷史包袱，而「水流流動」象徵遺族一旦放下精神負荷，生命也就不再那麼沉重泥滯。這段文字出現兩次「負責錄影帶製作（攝製）」的導演，本來直稱「導演」亦語意明白，強調的意味即在於說明「傳媒」的表演、人工製作成分，眞正的靈魂所在——二二八精魂所在，反而是無法拍攝下來的，壯觀的水燈、傳說中的「死亡之像」、照片中的以麵粉絲線爲殘破的屍身重塑修補等等，無一不是人爲的，經過一道又一道的加工，然而二二八遺族王媽媽心中的悲哀痛苦是沒有人可以眞正理解的，而完全再現二二八的苦難也是不可能的。劇團的重演，希望重現二二八的原貌；錄影帶的存留，期待爲史事發聲；死亡的寫眞，盼望爲歷史作見證，眞的林江邁與戲中的林江邁；二二八事件與二二八事件的演出；新娘化妝與死人化妝；王媽媽與她化女妝的兒子，在在都益發彰顯了「複製」與「眞相」的差距。在這樣一個活生生的時代悲劇前，眞相無法再現，而且恐怕還會繼續被塗抹渲染，而正承受歷史苦難折磨的遺族，其哀傷苦痛只可獨嚐，只能自我承擔，旁人永遠無法體會，即使是最親近的親人也未必能理解內心世界的孤獨與沉苦。小說主題多元，是李昂近年難得之佳作，內容之複雜豐富，值得細讀再讀。

【延伸閱讀】

一、邱貴芬，〈彩妝血祭導讀〉，《文學台灣》第卅八期，二〇〇一年四月，頁一五三～一五六。收入氏編《日據以來台灣女作家小說選讀》，台北：女書文化事業有限公司出版，二〇〇一年，頁二二一～二六八。

二、李昂，《北港香爐人人插》，台北：麥田出版社，一九九七年九月。

【相關評論引得】

一、王德威，〈性，醜聞，與美學政治——李昂的情欲小說〉，收入李昂《北港香爐人人插》，台北：麥田出版社，一九九七年，頁九～四二。

二、邱貴芬，〈塗抹當代女性二二八撰述圖像〉，《中外文學》第二十七卷第一期，一九九八年六月，頁九～二五。

三、簡素琤，〈二二八小說中的女性、省籍與歷史〉，《中外文學》第二十七卷第十期，一九九九年三月，頁三一～四三。

四、陳雀倩，〈歷史、性別與認同——〈彩妝血祭〉中的政治論述〉，《文訊》月刊第二〇六期，二〇〇二年十二月，頁六四（頁六五另有劉亮雅講評）。

五、楊翠，「《彩妝血祭》中的集體記憶與救贖母題」，〈鄉土與記憶——七〇年代以來台灣女性小說的時間意識與空間語境〉，台大歷史所博士論文，二〇〇三年七月，頁三六一～三七九。

六、張玲敏，〈解讀〈彩妝血祭〉中歷史的斷裂與延續〉，輔大中文研究所碩士班一九九八年七月，見「台灣文學線上論文」網站：www.srcs.nctu.edu.tw/joyceliu/cdr/TaiwanLit/student/彩妝血祭.htm

（許俊雅／編撰）

文學方塊

後設小說

（鍾宗憲／輯錄）

後設小說（metafiction）是廣義的現代主義小說之一，通常被歸之於後現代主義（postmodernism）小說。即使仍然有學者懷疑是否有所謂的「後現代主義」？但是不可否認的，後現代主義的文學現象確實存在。如果與現代主義文學相較，後現代主義文學保留了現代主義作家的「自覺」成分，個人的內心世界成為描述的焦點；另一方面，也延續了現代主義對於文學形式的顛覆與嘗試的態度。這是兩者基本相同之處。但是後現代主義文學與現代主義文學有兩個極大的觀念差異：一是後現代主義文學往往表現出現實毫無秩序可尋的錯亂；二是後現代主義文學會刻意凸顯出敘述語言的虛構性。換言之，後現代主義認為現實只是人為的一種追求，而語言是一相情願的迷思。「後設小說」的出現，就建立在後現代主義這樣的觀念與態度上。

「後設」（meta-）一詞出自希臘文，原義為「往後再推一層」或是「發生在……之後」。將「後設」的概念與小說創作相結合，就是作者與讀者退居小說敘述的背後，共同反省、賦予小說創作與閱讀的意義。所以，所謂的「後設小說」，主要概念就是作者力邀讀者積極參與，共同涉入小說作品中，建立小說的意義，使小說內容具有高度的自我反射性；同時凸顯出作者掌控了小說的敘述，讓讀者明白小說是一種文字幻象，客觀現實是由人的主觀認定而詮釋。就創作形式而言，後設小說顛覆了過去認為小說必須要有完整情節結構、清楚的時序概念等等敘述要素。就創作意念而言，後設小說強調書寫與創作是自身情境的反射，作者不只虛構故事情節，也把虛構的過程與想法直接呈現給讀者。因此，後設小說會表現出對於小說作品權威多所批叛與挑戰的姿態，同時也會對小說現實的建構抱持詼諧嘲諷的態度。觀念上是與後現代主義中反權威、破碎而不連續、多元而不確定的主張一致。那麼對於讀者而言，就可以不必全然信賴作者；讀者的參與和介入，反而成為小說美學的重要構成因素之一。這樣的小說美學，後來也表現在「多向文本」與「超文本」的小說創作之中。

「後設小說」大抵上從一九六〇年代開始在西方文壇流行，台灣本地的後設小說書寫，則可以將黃凡在一九八五年所發表的〈如何測量水溝的寬度〉，視為引進與嘗試之作。之後，像張大春的《大說謊家》、朱天文的〈世紀末的華麗〉和《荒人手記》，也都曾經運用後設手法來表現。

抓住一個春天

吳念眞

【作者簡介】

吳念眞，本名吳文欽。一九五二年出生於台北縣瑞芳鎭，輔仁大學夜間部會計系畢業。一九七五年任職於台北市立療養所圖書館，一九七六年開始從事小說創作，即連續發表短篇小說於《聯合副刊》與《中央副刊》，一九七七年出版第一本短篇小說集《抓住一個春天》，作品多次入選年度小說選。吳念眞是一位擅長敘事的作家，風格平易樸實，情感眞摯內斂而文字流暢。創作的類型跨越小說與戲劇，題材大部分以中下階層人們的生活、或青少年求學成長的歷程爲背景，頗受文壇重視，曾獲得吳濁流文學獎及連續三年獲得聯合報小說獎。出版有小說集《抓住一個春天》、《邊秋一雁聲》、《特別的一天》；電影劇本《戀戀風塵》（與朱天文合著）、《悲情城市》（與朱天文合著）、《多桑》、《戲夢人生》（與侯孝賢、朱天文、蔡正泰合著）；以及《台灣念眞情之尋找台灣角落》、《台灣念眞情之這些地方這些人》、《跨越新世紀》等書。

與小說創作相較，吳念眞更著力於電影劇本的編寫工作。一九七八年首次接受劇本創作工作，一九八一年以《同班同學》這部校園電影獲得金馬獎最佳原著劇本獎，而成爲炙手可熱的編劇新秀。同年進入中央電影公司擔任企劃部編審，以企劃電影作品爲主。一九八二年，與小野、陶德辰企劃《光陰的故事》一片，共同爲「台灣新電影」催生，深刻影響了台灣電影的創作走向。其後，吳念眞與多位「台灣新電影」導演合作無間，許多「新電影」作品的編劇都出自其手，如《兒子的大玩偶》（一九八三）、《海灘的一天》（一九八三）、《殺夫》（一九八四）、《戀戀風塵》（一九八六）、《悲情城市》（一九八九）等，其中《戀戀風塵》更爲吳念眞本人的成長故事。一九八九年離開中影，成爲自由編劇，編劇作品高達七十多部。

編而優則導。一九九三年，吳念眞首次執導拍攝《多桑》一片，廣受電影界矚目。一九九五年導演《太平天國》之後，成立廣告公司，拍攝多部膾炙人口的廣告片，並親自擔任廣告片演員，以其親和力成爲電視廣告常見的臉孔。曾主持《台灣念眞情》等發掘台灣本土文化的節目。近年更將觸角延伸至舞台劇導演工作上，成爲一位全方位的文化人。目前專事於電影企劃和編劇工作。

【正文】

鬧鐘哇啦哇啦地響了，我彷彿從另一個美好而舒適的世界裡雲遊歸來，可是眼皮就是睜不開。

「小弟，起來啦，還睡！」大哥在鄰床用那種自稱很Sexy的聲音吼開。

「起來個屁，禮拜天！」我翻個身，「上帝創造世界第七天也要休息！」

「你個頭，等下媽來你不起來事小，我挨罵事可大了！」

眞的，哥們總不能互相殘殺，說起來老哥也怪可憐的，自從媽不知從那裡學來的那套自認極端有效的「最新教育法」之後，老哥就變成了「代」罪羔羊，沒事被殺著玩的雞：口口聲聲「人爲刀俎，我爲魚肉」。

其實我早知道媽罵他的眞正目標是我，只是爲了配合媽「故意」以爲我不知道，然後讓我「自己去想」的程序而裝傻罷了。那種所謂的「間接」教育眞比「直接」教育來得「直接」多了。子女教育法應該由我們這些子女自己來編。

「甭坐在那兒裝死，對了，告訴你一個快速蘇醒法，我從讀者文摘裡頭看到的，很有效！」

「得了，我累的半死，如果還有那種閒功夫，我不會多睡一會兒。」

「怎麼，睡了五、六小時還不夠？人家愛迪生老兄一天才睡三四小時哪，昨天漏電啦？」

「去你的，大學生講話老是不乾不淨的！」我趕緊掀開棉被，跳下床來，因爲老媽的拖鞋聲已由廚房到了餐廳了。哇：「春寒料峭」，眞的，還是相當冷的。穿褲子，老哥在一旁笑。媽開始上樓梯，穿上衣，媽到門口。

「媽！我起來了！」我大吼一聲，老哥又笑。

「吃早飯了。」媽滿意地說，拖鞋聲遠去，解除警報。

「哎，薄命的高三學生。」老哥說。看他舒舒服服地伸懶腰，冷眼旁觀，眞羨慕。

「當老么最倒楣，」我說。穿上毛衣。媽親手織的，慈母手中線，遊子身上衣，下樓讓老媽高興一下。

「少來，全家讓你一個，噓寒問暖，做錯事有人代你挨罵，還不知足！」

「老哥，你不曉得，我一天到晚演三娘教子給你們看，可是總沒機會看另一個小子演『高三下學期』！」

「小弟，你以爲我們很喜歡看嗎？其實說，老哥是亂心疼的！」

「你少肉麻當有趣！」

「小弟，我是說眞的，全家只有我了解你！」

「謝啦，乾杯！」我端起空的咖啡杯子。「他每天早上都要喝××咖啡……」

「你電視看多了！」老哥坐起來點煙。

「發誓，」我舉起右手：「我那有時間看？」

「快下去，等一會女高音復起，我看你又要頭破血流了！」

「哎，讓我『薰』一口怎麼樣？」看他抽煙眞蠻有意思的樣子。

「少來，等考上大學以後再說！」

「老哥，問你一句話！」我說。

「說吧，小子。」老哥彈了彈煙灰，動作蠻性格的。

「是不是考上大學以後什麼事都可以幹！」

「對，不對，」老哥說：「會槍斃的事情不能幹！」

大學生講話永遠像演戲。

「媽，小弟賴床！」二姊在門口叫。她是唯恐天下不亂之類的，天下唯小人與女子難養。我把門打開，做了一個很性格的微笑。

「賴你個頭，」我說：「妳能不能留一個面子給我？」

「你這種人是不罵不成器！」二姊說。她始終是自以爲很了不起的，很「成器」的人。不過這也難怪，從小唸的都是「一流」學校，沒有補習就考上第一志願。想到這裡，我覺得我們家裡的人彷彿都不太對勁，當然包括她。比如說別人家是「嚴父慈母」，我家是「嚴母慈父」，而大姊，二姊這種女流之輩卻一個唸化工，一個電機系；而寶貝老哥嘛，堂堂七尺之軀偏去唸那種娘娘腔的教育系。要命！痲子常說我們家裡的人都有神經病，我想有一點道理。

「一天到晚迷迷糊糊的，還不快去刷牙，什麼事都要人家叫，自己也不想想幾歲了，我看你是不見棺材不流淚！」二姊說。

我把浴室的門關起來。女孩子的嘴是鋼打的，男孩子的嘴是馬桶做的——這是我們物理老師說的，眞的，很有道理，一個是永遠說不累，一個是又臭又髒。

「老姊，」我把門打開，一邊擠牙膏，利用時間，忙裡偷閒。

「幹嘛！」二姊正在梳頭，理工的，很有數學概念，六七，六八，六九……要梳一百下呢。

「不是我捧妳，眞的。」我說。

「怎麼，有什麼好話是嗎？」七一，七二，七三……

「妳今天穿的夠騷的，」我說：「是不是挨『拔』去了？」

順手把門鎖上，唱歌，大聲地唱：「怒髮衝冠憑欄處……」，外頭鬼哭神號，山崩地裂，我對鏡子做個鬼臉，媽的，鬍子又長了，唉，老了。

大陽照到了餐廳的窗子，天藍得發亮，所謂碧空如洗是也。媽把落地窗呼啦呼啦地，全部推開，窗台上那幾盆花正在媽的利爪下受罪，媽的動作就像小時候替我洗頭一樣，連撕帶抓的。

「嘿，要開花了哪，老頭子，要開花了哪！」媽大叫大嚷的。

「怎麼，自摸啦？」爸正徜徉在社論裡頭，只有像老爸那種怪人才看社論。

「菊花，要開了哪！」媽把整盆花從窗台上搬進來。

「看到了！」爸說著把手一揮，媽又抱出去。其實媽曉得，我也曉得，爸連瞧都沒瞧一眼。

「爸！」我說。

「嗯！」

「你亂沒靈性的！」

「什麼？」爸把報紙一丟，握著拳頭跳過來：「你敢批評我？」

爸雖然老了，胖了，可是動作倒還是很靈巧，大概是當兵當久了的關係，你想想，從二等兵幹到上校退伍要多久？二十多年哪！

「不敢，爸，」我縮著脖子喝牛奶，爸喜歡抓脖子，五爪神功。

「老么，我看你吃到什麼時候，」媽在陽台上說，唯恐天下不知的樣子。「現在幾點啦，補習來得及嗎？哎，自己也要想想，那麼大的一個人了，總不要媽一天到晚惦記著，媽會累！」

「老么，」爸低聲說：「快吃，快上課去！」

二姊下來，老哥也下來，個個神采飛揚，星期天，約會天，對大學生來說。

「爸早，媽早！」二姊。

「媽早，爸早！」大哥，奉承派的。

「還早哪？」媽頭也不回地說。

「好棒的天氣！」二姊說：「春眠不覺曉，處處聞啼鳥！」

「得體，得體，」爸說：「老么，下面呢？」

「夜來麻將聲，不知誰贏了！」我說，良機不再，沒有幽默感的人只不過是個行屍走肉而已。

「老么！」媽大吼一聲。

「叛逆，叛逆呀！」二姊說。

老哥在桌下踢我一腳，爸搖搖頭「六宮粉黛無顏色」地笑了一笑。神經病家庭，眞的，男人女性化，女人男性化，甚至菊花也在春天開。

講義、課本、筆記、紅筆、藍筆、車票、眼鏡，都有了，錢，沒有。

「老么，八點了！」高八度的花腔女高音。

「來了！」我說。媽的弱點是不論她多生氣，多急，只要答她一聲，代表你在聽她的話，她就會心滿意足自動熄火。

這是爸二、三十年來的臨床經驗，不過眞的很靈，屢試不爽。

「中午回不回來吃飯，你們。」媽說。

「不回來！」三個都說。

「老么要回來！」媽瞪著我。

「得了，那麼遠浪費時間，在外面吃飯好了，找個同學聊聊也好，學學人家唸書的態度！」爸說。

這就是常使我感激得痛哭流涕的父親。生我母親，知我者父親。

「你不怕他去找個女學同聯絡感情？爸！」二姊滿嘴圈牛奶漬，可是就不放棄說話的機會。

「老二，你不要講話好嗎？」老哥路見不平，拔刀相助，皺著眉說，好老哥。

「有錢嗎？」爸一邊說一邊掏口袋，意思是：孩子，我一定給你，不論你有沒有。

「沒有！」

「拿去，不要亂花！」爸快速扔過來，我趕忙接住。

「拿多少？」媽說。

「五十塊吧！」爸說，善良的爸，兩百元哪！

「媽，我走了！」我打開門：「老哥，Have a good time!」

「謝啦！」

「二姊！」

「幹嘛！什麼遺言？」

「妳的腿越來越粗了，少吃一點！」我說。關上門，裏頭一定火山爆發可是不會影響到我，因爲爸嚴格規定過，兄弟姊妹吵架只能在屋內，所謂家醜不可外揚也！樓梯口是非軍事區。

我數著樓梯下來，越想越不甘心，這就是高三學生的 beautiful sunday 的早晨，鬼喔！樓梯下也有人在推腳踏車，二樓的三千金，高三的可憐蟲。

「嗨！」我說，太熟了，否則我眞不會去和女孩子打招呼，非不爲也，不敢也。

「嗨！」她抬頭看看我；眼圈發黑，八成又是一個愛迪生。「上課去？」

「對，」我說：「上課去？」

「對！」

老套。同一個補習班上了個把學期了還問。

天氣眞棒透了。安全島上那些樹剛長出芽來，嫩綠的一遍，看起來眞令人興奮想飛，何況身旁邊還有女孩子並轡而行，我眞的以爲在演文藝片。

「哇，吹面不寒楊柳風！」她說。又是一個頗有「文學」素養的。

「眞的很舒服！」

「喂！你早上都起不來是不是？」她笑著問。

「沒有哇，誰說的！」

「那怎麼每天早上都聽到你媽在那兒嘀嘀咕咕的！」她說，我注意到她握車把的手，可憐，骨瘦如柴哪！

「女人嘛，總是囉嗦！」我說。

「少噁！」她說：「其實我有時候也累的起不來！」

「用功過度嘛！」我說。仁愛路四段，最美的路，而且有一個坦白的女孩子在招供，哇，美麗的星期天。

「其實說，我眞的一點把握也沒有！」她偏著頭說：「你呢？」

「甭提，」我說：「我有時候覺得自己唸得好多好多了，可是就不知道別人唸的怎麼樣，想來想去很駭怕！」

「我也是。」她說：「對了，你家不是全上大學了嗎？你怕什麼！自備家教。」

「算了。」紅燈，停車。「老姊三棒子打不出一個屁來，老哥社會組的，數學比我還破，二姊嘛，自己有自己的節目，只要不扯我後腿就行了！」

「電機系那個？」她問。

「是啊，沒事幹專找我麻煩，還會教我！」

「我好多同學也這樣，哥哥姊姊去別人那兒當家教，而自己在家裏摸！」

「是啊，我有時眞搞不懂！」我說。

一些國中的小毛頭穿得花花綠綠的又笑又叫地走過，郊遊去的樣子，旅行袋露出烤肉的鐵絲網。

「我很羨慕他們！」她說。

「算了，三四年後還不是和我們一樣，受苦受難！」

綠燈。等她起步趕上來。

「嘿，你有沒有想過，考不上怎麼辦？」她說。

「當然想過，男孩要當兵哪！」我說：「女孩子倒沒關係！」

「不對，」她搖搖頭，皺著眉著：「我大姐考了一年沒上就不考了，結果找不到工作，一天到晚呆在家裏怨天尤人的，我眞駭怕我也會這樣，你知道，高中非學歷哪！」

「結婚去嘛！」我笑著說：「長期飯票！」

「德性！」

「眞的，」我說：「男孩子才糟，當兩三年兵一下來，什麼都忘了，再念也不容易了！」

「那不要去嘛！」她滿臉眞誠地說。

「妳開什麼玩笑，當兵又不是看電影！」

「可是好多人沒去當兵哪！」

「身體有病吧！」

「那你不會去弄個病。」她說。女人不足以論大事。

「其實，我有時也想過，就是念大學也是一樣，還不是念一堆書，念一念，又要幹什麼？」

「少來！」

「我也想過，可是我老哥叫我不要想那麼多，走一步算一步，千千萬萬的高中生在準備考大學，我們也是高中生，我們也要去考！」

「我們都是高級盲從！」

「早哪，高級，」我說：「我們是明知山有虎偏向虎山行！」

「喂，你知不知道那些念大學，就如你哥哥姊姊，他們想的下一步是什麼？」

「多哪，」我說：「比如說，今天禮拜天，他們想說，今天和誰約會去啦，到何方逍遙去？」

「少噁！」她笑著說。

補習班門口永遠像廢車廠，十飛三飛，新的舊的搞得滿走廊。

一堆寶又在樓下排排坐，男孩子藉口多，等同學，天知道，到底是看女孩子。不過我很喜歡看到他們，這是眞的，和他們講話比和家裏的人扯要爽多了。而且大家有默契，比如說他們明明看到我和女孩子一道來，想起鬨，可是就不會當著女孩子的面，修養夠好的，一等她像病貓一樣爬上樓去，才開始口不留德地你一句我一句。

「媽呀，我們眞要自殺了，」「不錯，秀外慧中有氣質！」「介紹介紹嗎！」「你媽個頭，天天喊累，原來泡妞兒去了，怎樣，上不上道？」

「停！」我說：「諸位老兄不要誤會。」

「少來，男子漢敢做敢當！」

「媽的，只不過同路而已，她住在我家樓下，碰巧一道來而已，不要想入非非好不好！」我說。

「對呀，這才是近水樓台先得月！」「省得問地址嘛！」「對，聯絡方便！」

「鬼喔，老夫家教嚴格，連機會也沒有。」

「相信你！」班頭說，我很佩服他，適可而止：「考上大學以後再說。」

「嗯，這才是人話！」我取下書包說：「今天什麼課？」

「英英數數化化物物！」

「內容豐富，」我說：「上去吧！」

「Good morning, ladies and gentlemen!」英文老師說，全班譁然，我笑著摸摸下巴，鬍子又忘了刮，扎手。

英文課大家喜歡，不是喜歡英文，而是喜歡老師，詼諧，可是有深度，上他的課一點不累，這是補習班老師的特長。

「今天眞是好天氣，郊遊的天氣！」

「對！對！」一堆病貓精神都來了。

「看哪，陽明春曉，櫻花怒放，鷺鷥潭春水初暖，坪林正洋溢著青春的歡笑，而三月陽春，和風煦日，大地一片蓬勃，」他比手畫腳，出口成章，散文一篇，佩服！麻子拍拍我腿咧著嘴笑：「要得！」

「而諸位卻委身屈就於課堂之中，棄美好世界於不顧，呆在那兒看老師唱獨角戲，說來實在可憐，令人不由得一掬同情之淚！」

「是嘛，是嘛！」全班再度掀起高潮，甚至有人鼓掌。

「可是，諸位要猛回頭地想想看，」他停了一下，走起台步，忽然轉身抑揚頓挫地說：「春天到了，聯考還會遠嗎！」

全體病貓哇的一聲，再度回到現實，痲子說：「這傢伙眞會濫用名言……」

「諸位，你們都一流學府的一流學生，都有登峰造極，爐火純青的功夫！」他說，一本正經地，我不得不正襟危坐起來：「而你們也都知道，台大傅園的杜鵑比陽明山的還要鮮豔，還要漂亮，明年春天，當各位擁著美麗可愛的女朋友，在台大校園欣賞滿園春色之際，你們會深深覺得，雖然損失了一個春天，卻得到了永恆的春天！」

病貓再度精神振奮，叫好連天。痲子說：「他一定念過群眾心理學，幹議員一定很棒！」

「報告！」有人舉手。

「什麼事？」

「請問老師，清華大學有沒有杜鵑花？」一個傻頭正經地問。

「我不太清楚，有什麼意見嗎？」老師莫名其妙地反問他。

「沒有啦，我第一志願想塡寫清大，可是怕損失一個春天之後，還要損失了永恆的春天！」傻頭說完一本正經地坐下，整個課堂如原子彈爆炸，天翻地覆，敲桌子，拍手吹口哨，趁機發洩。

「我亂佩服這種語不驚人誓不休的烈士！」痲子說，我也同意，不過我眞搞不懂那小子是眞傻還是裝傻。

「Ok, now，言歸正傳，翻開講義第五四頁，副詞與形容詞……」老師笑臉盡失。

麻子跟我做個鬼臉說：「喜劇演完了，現在悲劇上台。」

中午，一堆人又聚在一塊，休息一小時哪，不長不短的，而且又昏昏沉沉地扯不出一點名堂來。

「蹺課怎麼樣？」麻子忽然說。平地一聲雷，精神全來了。

「生平沒幹過那種事！」班頭連頭都不抬。

「半天又有什麼關係，魁漢，你呢？」

「無可無不可，」魁漢也無精打采的。

「你媽的怎麼嘛？」

「下午什麼課？」

「化化物物！」

「我沒意見！」我說。真的，物理化學還有一點心得。

「到那兒去？」班頭抬起頭說。

「想想看。」

「陽明山，去抓住最後一個春天！」魁漢說。

「媽的要死啦！」

「老師說的嘛！」

「也可以，散散心，儲備明天的幹勁。」我說。這種天氣，眞的要命，好得眞想出去跑跑。

「班頭，如何？」

「也罷，捨命陪君子！」他懶洋洋地站起來。

「夠義氣！」

我不知怎地想到了樓下的三千金，想到那副可憐的樣子，似乎也該去走走。

「我去找那個女孩子一起去！」我其實是心直口快，半點念頭也沒有。

「過分！」班頭說：「幹嘛！約會去？得了，得了！」

「不是，」我說：「我看她也是需要去散散心那一類的可憐蟲。」

「班頭，你開通一點好不好，你高三，人家也高三，你緊張人家也緊張哪，散散心，聊聊天又沒什麼大不了的事。」麻子說。

「對嘛！班頭，你自己心存不正，帶有色眼鏡，就和訓導主任一樣沒見識！」

「去吧，去吧，要死大家一起死！」班頭說。

「小子快去，」麻子似乎血壓升高，攀肩搭背地說：「為了不使她太勞累的關係，有辦法叫她多找個幾個！」

「麻子，你真心存不正了！」我說。

「唉，難得好天氣！」麻子說。

那可憐的病貓正趴在欄杆曬太陽，也是一副半死不活的樣子。

「嗨！」我說。

「幹嘛？」

「敢不敢蹺課？」

「幹嘛？」一副世界末日的樣子。

「妳早上不是說『吹面不寒楊柳風』嗎？要不要去享受享受？」我說。

「神經，難怪你媽要罵你！」

「我跟妳講眞的，去山上跑一跑舒服一點，埋在這兒眞會死掉，何況妳我都是乖孩子，又不是像別人一天到晚亂跑的。」

「少噁，」她說。迷湯之下信心動搖。「可是下午有課！」「什麼課？」

「地地歷歷！」

「那有什麼好上的，自己念還不是一樣，老師又不會重寫歷史，身體要緊，花半天功夫換幾天精神，划算啦，自己身體要自己照顧！」

「去那個山？」她說。看吧，人同此心心同此理，這叫做垂死前的掙扎。

「陽明山，地靈人傑。」

「什麼時候走？」她說。回過頭開步走。

「現在，快去整理一下，門口見，對啦，多找幾隻病貓，救人一命勝造七級浮屠！」我說。

「好吧！」她急忙進教室去。

「如何？」樓梯口大夥緊兮兮地如臨大敵。

「成了！」我說。

「喲呵！」魁漢沉不住氣地叫了出來：「看吧，同病相憐！」

「你們上道一點好吧！」班頭說：「大家不要不乾不淨，扯進感情糾紛，我告訴你們，純散心，非郊遊，別忘了高三下哪，考大學要緊。」

「班頭」麻子欲哭無淚地說：「你別自以爲是保羅紐曼好不好，一個下午就會扯上感情糾紛，我看你自己要上道一點！」

「是嘛！是嘛！」魁漢說。

「是你個頭！」班頭老羞成怒推他一把，大夥兒呼嘯下樓，別了補習班，別了課本，哈哈，春天。

「春天不是讀書天！」魁漢拉著車子如泣如訴地說。

我在想要是校長看到這一群叛逆不知道會不會暈倒。九個傻頭，五女四男，離聯考僅有一百多天，嬉皮笑臉遊山玩水。

陽明山頂遊人洶湧，爲了表示清白起見，九個人前後相距將近十八公尺。

「好風景！」魁漢呆頭呆腦的說。

「看那些花衣服，那些笑容就值回票價了。」麻子說：「眞是春城無處不飛花！」

「補習班就沒有！」班頭說。

「對，高三教室也沒有！」

「高三學生都是殯儀館那堆！」

「你媽，吉利一點好嗎？」

「對，你應該說高三學生都是大學預科，台大先修班！」

「烏托邦！」班頭說：「一群不知死活的人的心理自衛！」

「快樂一點嘛！」麻子說：「既來之，則樂之。」

紅花綠樹，空氣清醇，吸一口氣就像喝一百杯咖啡，吃一千粒克補，全身細胞都活過來，太舒服了。

「嘿，你們不要走那麼快好嗎？」三千金在後頭呻吟。

「該死，我們，」魁漢說：「後面還有人哪！」

找一個地方休息休息。

「到辛亥光復樓去如何！」班頭說：「喝咖啡去！」

「咖啡？媽的，我打死你！」麻子代我發難。

「拒絕進入屋內，」一個女孩說，眼鏡夠水準，臉色蒼白，高三的，一看即知：「我好久沒好好曬一曬了！」

「不要曬，曬紅了，回去包被逮！」三千金說。

「才不哪，我媽知道我到外面去走過，她一定很高興！」她說。

「好媽媽！」四個男孩異口同聲，默契夠棒的。

「我看我要認你媽媽當乾媽了！」魁滿說。

大家都開懷大笑，笑得路上那些人都回過頭來，我眞的羨慕那些人，年紀和我們差不多，可是他們就沒有聯考的威脅。大學，大學。

「嘿，你說，如果我們和她們一樣有沒聯考威脅，多棒！」另一個女孩說：「自由自在的！」

「可是他們卻羨慕我們還能念書，還能錢來伸手，飯來張口。」

「人都是身在福中不知福！」

「對了，你們有沒有想過，念大學與沒念大學有什麼不同？」

「有啊，起碼念完大學想看什麼抓起來即可看得懂！」

「那倒不一定，你的意思是外文的書？」

「對呀！」

「那如果念國文系，或者其他外文少的呢？」

「起碼可以具備了更深入地去探討某種學問的能力！」

「那不同又在何方？賺錢的人專講究賺錢，我們說他們沒靈性，沒有精神生活，可是我念丁組，如果考上商學院那還不是講究賺錢，那有何不同？」

「對，更何況書念多也不一定賺更多錢，」魁漢說：「人家王永慶不一定要念大學，可是他公司有多少大學畢業的，甚至碩士博士！」

「話不能這樣講，」班頭說：「念大學的目的無論如何爭辯也辯不出個名堂來，因爲我覺得世界上矛盾的事情太多了，比如有人說學歷無用，要實力，又有人鼓勵我們說要向王雲五先生一樣自學苦讀，可是每年就有幾萬人往大學的門衝，所以我的觀念是既然念了書就好好念，能考上沒什麼，不考上也沒什麼，反正粥少僧多，只要人能在自己喜歡的工作上發揮，那念大學與不念大學有什麼兩樣，一個在圍牆裏念，一個在圍牆外念而已！」

「班頭，那你的意思是你是烈士派的，能上則去，不上則棄？」

「可以這麼說，」班頭躺下來：「我志願只塡自己喜歡的，父母無法干涉，因爲叫我去念我不喜歡的東西，那不如不念，用那四年可以搞一些經驗和樂趣出來！」

「我倒沒想那麼多！」三千金說。
「我也是，」我說：「眞的，我還搞不懂，不過如果搞懂了，萬一走火入魔連書都不去碰一下那不是死了，因爲我知道我家人啦，親戚啦，老師啦，一定不喜歡我在圍牆外邊念，沒面子，就是念得比別人多也沒人曉得，因爲連文憑都沒有！」
「同感！」
「可憐，你們」麻子說：「死都不知道爲什麼死。」
「停！」班頭說：「不談這些東西，好好休息，難得浮生半日閒，曬曬太陽也好，魁漢，不要擋住我的陽光！」
「是，哲學家。」
大家都沉默了，九個人九個軀體九個理想一個目標，有意思。
「嘿！我想到了，」麻子說：「考大學就像我們打籃球，贏了的贏了，輸了的輸了，等洗好澡穿好衣服，大家都一樣，不一樣的只是贏了的人會記得他們贏了一場，輸了的人也記得他們輸了一場，但是下一場就不知道誰輸誰贏了！」
「那你所指的『下一場』是那一方面的。」那個蒼白的四眼女孩說。「停！」班頭說：「我們沒資格談這些啦，讓大人去談吧，大家曬曬太陽，就把他當作我們現在是球賽前的熱身運動，搞不好等下比賽取消，連輸贏都分不出哪！」
「對，不談這個！」
「可憐，我媽只知道我不念書會死，可是就不知道我沒光合作用也會死！」魁漢說著，女孩子都笑起來。

「去去，你以爲你是什麼?仙人掌?」

「非也，我好像是大海中浮萍一片……」魁漢唱著。

花鐘指向三點，陽明山的太陽眞好，眞想待著不走了，沒有課本，沒有教室，補習班，只有藍色的天和一群臉上滿是笑容的人。

「喂，你二姊」三千金拍拍我指著前面。

「小子，眞的，你媽的死定了!」廲子幸災樂禍地說。

二姊一眼便瞧著我了，大概是爲了家醜不可外揚的關係，把她身邊那個穿得很土的可憐蟲塞到一邊，半走半跑地過來，臉上的表情眞比死了兒子的寡婦還難看，我這下子眞的死定了。

「老么，你來!」她站在前方不可一世的樣子。

「幹嘛?」我硬著頭皮過去。

「你還好意思問我幹嘛，你補習補到這兒來啦!」她從我右肩望了望後頭說:「還帶女孩子，你找死呀!」

「老姊，妳別緊張好不好，我們只是來散散心罷了!」

「你要聯考了知不知道?」

「廢話，就是爲了聯考，拚的快要死了，所以才偷來半天到這兒換換氣，曬曬太陽光合作用罷了!」

「你還嘻皮笑臉的，我看那有大學丟在地上讓你撿!」二姊說。

「考大學並不是拚老命呀，大學誠可貴，生命價更高，二姊，留得青山在那怕沒柴燒!」

「好，回去我看你還會不會吟詩作對！」二姊說，轉身走了。

「二姊！」我叫著。

「幹嘛？懺悔啊？」她樂乎乎的樣子。

「妳男朋友眞土！」我不知從那裏來的靈感。

「你眞的不見棺材不掉淚！」

去吧妳可以享受春天，我也可以。

「你二姊說什麼？」麻子問。

「她說散散心是應該的，眞正的健康是身心兩方面的平衡。」

「難怪她考上電機系。」三千金說：「三民主義好熟！」

黃昏的歸程，車子踩起來有勁多了。

「喂，我眞的舒服多了，也有精神多了！」三千金滿臉通紅。

「我也是。」嘴裏說的是一回事，心裏想的是一回事。說眞的，二姊在家裏不知把事情渲染成什麼樣子了，老媽大概已經灌足了枇杷膏準備發揮，老爸一定失望的躺在沙發上喘氣。不過話說回來也相當值得的，過濾過的神經輕鬆的很，雖死無憾。

「喂，你第一志願塡什麼？」她偏過頭問。

「還沒決定，」我說：「八成隨波逐流！」

「從小學開始不是就作文說我將來要做個什麼家什麼家嗎？」

「對呀，我要做個幻想家！」我說。

「說正經的」她說。

「不曉得，說正經的，」我回過頭說：「妳呢？」

「外文系。」

「這又是什麼家？」

「回家！」

她把車子踩的飛快，黃昏倒又涼起來了，「又是乍暖還寒時」。眞太詩情畫意了。

我慢慢地鎖車子，爬樓梯，拖延時間，準備長期抗戰。

「喂，你累了是不是？」三千金說。

「沒有啊！」

「我晚上還要趕一堆講義呢！」她說：「你晚上用什麼提神。」

「咖啡，有時吃克補，不過後者是我媽的主意，妳呢？」

「茶，濃茶加檸檬，」她說：「我姊姊的主意。」

「妳知不知道放榜以後，如果萬一不幸考上了，我第一件事情要幹什麼？」

「我不曉得，不過我第一件事情一定把教科書、參考書全部燒掉！」她一本正經地說，咬牙切齒地。

「喲，咱們心有靈犀一點通，來，握手！」

「少噁！」她打開門，只開了一小縫，手往後揮了幾下一閃即逝。

我提著書包上樓，裝出一臉不在乎的樣子。

「回來啦！」媽說：「累了吧，快洗澡去！」

好傢伙，「累了吧」這可是連諷帶刺的「教育法」之一，大概磨好刀，準備痛宰了，不過看她的臉並沒一點慍色。媽不是好演員，她裝不出來的。

「媽，二姊回來了嗎？」試探軍情。

「喲，什麼時候也學著關心起別人來啦，早回來了，」她說：「快洗澡去吧，今天天氣好，暖洋洋的。」

我實在搞不懂，管他的，上樓再講。

「老么，晚上想吃什麼菜？」媽在下面說。

「紅燒克補，清燉咖啡！」

「老么！」媽大聲地說：「你怎麼啦！」

「青菜！媽。」

「你什麼時候能長大！」媽嘀嘀咕咕的。

我實在想不通，西線無戰事，安全上一壘。

「老么！」二姊站在那兒，重新換了衣服，一身鵝黃，蠻有青春氣息的，念大學的人眞舒服，有朝氣。

「幹嘛，定坐看戲？免費招待！」我說著把書包丟進房裏，老哥在裏頭叫我。

「老么，聽說你今天蹺課！」

「對！」

「蠻有勇氣的嘛！」老哥說：「不愧是我弟弟！」

「少來！」

二姊也進來，三堂會審眼見就要開始。

「我沒告訴媽！」二姊說，一大施捨。意外。

「老么，念書是自己的事不是別人的事，」老哥說：「我知道，你很累，可是千萬撐下去，不能放鬆。」

「其實我也曾和你一樣，有一段日子眞受不了，」二姊說：「可是我是撐下去了。」

「老么，說眞的，現在跟你說你也許會懷疑，但念大學是有它一份意義和收穫的。」

老哥說著從書包上拍下一些草屑，也拍落了陽明山的和風煦日。

「我曉得，」我說：「其實我也想念，因爲已經走了十二年漫長的路了，再走四年又何妨？今天我不過是受不了這種天氣的召喚，而去散散心罷了，你們又何必那麼緊張？」

「那怎麼帶女孩子去！」二姊說。不上道。

「老姊，她們也和我們一樣，只是散散心罷了，」我說：「二位放心，我還清醒得很哪！」

「聯考病！」老哥說：「原諒你！」

大事化無。說來家庭還蠻溫暖的，春蘭秋桂常飄香。

「老么，我男朋友如何？」二姊說。

「同班的？」

「不是，土木工程的！」一副志得意滿的樣子，那小子不知道怎麼挑的。

「台灣的亞蘭德倫！」我說。眞想笑，土木工程，難怪，土里土氣一點靈性也沒有，不過配二姊綽綽有餘。

「謝啦！」她轉身出去，風度絕佳，我噓了一口氣。

「你看過她的他了？」老哥問。

「看過了！」我躺下床來。

「比起我怎麼樣？」

「媽呀，差了一大截，又土又寶，」我說：「老哥不是我捧你的，你亂性格的，尤其是抽煙的時候！」

「謝啦，要不要來一支品嚐品嚐！」老哥樂昏了，大學生還是很容易上當的。

夜涼如水，洗完澡遍體舒暢，春天是讀書天。

「老哥，你說，念了大學是不是很多事情都可以幹！」我問。

「廢話！」老哥躺在床上說：「上大學就是長大了。」

「好，大學大學我和你勢不兩立了！」

「怎麼，破釜沉舟哪，有志氣！」

「不錯，我撈到了一個春天，還要擁有永恆的春天。」我自言自語的說。

「啥？」

「我說，我鬍子亂扎手的！」

「鬼喔！」

美麗的春天，美麗的星期天。明天不知是怎麼樣的春天哪！

（一九七六年）

【評析】

一九七六年，〈抓住一個春天〉發表於《聯合副刊》，可以算是吳念眞第一篇正式對外發表的短篇小說創作。隔年，吳念眞出版第一本短篇小說集，即以本篇作爲全書的書名。書末「後記」吳念眞寫道：「書名是我所喜愛的；回顧年輕但無由浪漫的來路，細數這些年的收穫，我的確得到一個永恆的春天，由此以往不管將來如何，有些情感爲伴，深信我會珍視這段路程的一點一滴，深信我會昂然地邁出下一步。」這段話，可以作爲〈抓住一個春天〉這篇小說的註腳。

吳念眞的小說語言，一向寫實而生活化。〈抓住一個春天〉的時空場景，是高中三年級學生最後一個學期（春天）的某個星期天。吳念眞以第一人稱敘述觀點，藉由幽默詼諧的口吻和筆調，描寫七〇年代「高三人」的生活片段，宛如實錄一般，將當時即將面臨大學聯考的高中三年級學生與其家人面對家中考生的心態，生動鮮活的表現出來，閱讀的感覺清新而自然。這篇作品可以與之前像鹿橋的《未央歌》、稍後像朱天文的《小畢的故事》、朱天心的《擊壤歌——北一女三年記》、《方舟上的日子》等，一併歸類爲廣義的「校園小說」。

這篇小說大量的運用了對話來推展情節。其中的對話詼諧鮮活，很能具體反映出當時年輕人的生活性語言現象。同時，從對話當中，對於大學聯考制度所帶來的社會價值觀念，也有深刻的呈現。例如：

「大姊、二姊這種女流之輩卻一個念化工，一個電機系；而寶貝老哥嘛，堂堂七尺之軀偏去念那種娘娘腔的教育系。要命！麻子常說我們家裏的人都有神經病，我想有一點道理。」或者如：「他們卻羨慕我們還能念書，還能錢來伸手，飯來張口。」「起碼念完大學想看什麼書抓起來即可看得懂！」「念大學的人眞舒服，有朝氣。」但是，〈抓住一個春天〉所要反映出來的，應該是對於是否就讀大學的一種反省。小說中大篇幅的透過對話，來討論讀不讀大學的差異、讀大學的意義何在？都有著反省「文憑」價值的意思。但是吳念眞並沒有明白地直接在小說中提出自己的答案，而是保留給讀者一些思考的空間。或許這篇小說容易讓人感覺小說中的「我」，是在苦中作樂，或是逃避現實的聯考壓力。但是在小說的最後，「我」說了一句話：「不錯，我撈到了一個春天，還要擁有永恆的春天。」這裏所謂的「春天」，應該要如何詮釋？吳念眞似乎打算交給讀者自己來判斷。然而，標題是「抓住一個春天」，春天之所以是一個「美麗的春天」，顯然吳念眞自有定見。

【延伸閱讀】

一、吳念眞，《抓住一個春天》，台北：聯經出版事業公司，一九七七年。
二、吳念眞，《邊秋一雁聲》，台北：遠景出版社，一九七八年。
三、吳念眞，〈小說與劇本間的一點淺見〉，《明道文藝》，一九八二年十一月，頁六二～六四。
四、吳念眞，《特別的一天》，台北：遠流出版公司，一九八八年。
五、江淑卿，〈台灣處處有眞情——訪吳念眞〉，《普門》，一九九八年七月，頁四一～四二。

【相關評論引得】

一、季季，〈吳念眞的〈婚禮〉〉，《書評書目》，一九七七年四月，頁一五〇～一五二。

二、王郁林，〈雁子捎來的訊息——評吳念眞的〈邊秋一雁聲〉〉，《書評書目》，一九八〇年十一月，頁一一六～一二〇。

三、鄭雅云，〈飛越鄉土文學：試評〈吳念眞自選集〉〉，《文藝月刊》，一九八二年九月，頁八～二〇。

四、小野，〈礦工之子——吳念眞〉，《文訊月刊》，一九八三年八月，頁一一六～一二〇。

（鍾宗憲／編撰）

降生十二星座

駱以軍

【作者簡介】

駱以軍，安徽無爲人，一九六七年生，文化大學中文系文藝創作組、國立藝術學院戲劇研究所畢業。曾任出版社編輯，現在除了寫作，也從事小說創作的教學工作。駱以軍曾獲台灣省巡迴文藝營創作獎小說獎、全國大專青年文學獎、聯合文學小說新人獎推薦獎、時報文學獎短篇小說首獎、台北文學獎以及二〇〇三年九歌年度小說獎等，並多次入選年度小說；二〇〇一年以作品《月球姓氏》獲時報開卷、聯合報讀書人、中央日報閱讀、明日報等年度好書獎，以及台北文學獎文學年金。二〇〇二年出版的新作《遣悲懷》，又榮獲聯合報讀書人二〇〇二年文學類最佳書獎，並入選王德威教授編選的「當代小說家」。自從崛起於八〇年代末期以來，在台灣諸多小說家之中，駱以軍是廣受文壇矚目與期待的一位年輕作家。

駱以軍在大學期間，因爲課程選修的關係，曾經師事張大春學習小說寫作，頗受張大春風格影響。一九九一年以〈手槍王〉獲得第十四屆時報文學獎短篇小說首獎時，駱以軍仍在大學就讀。自從一九九三年連續出版《紅字團》、《我們自夜闇的酒館離開》兩本短篇小說集之後，駱以軍曾經有長達五年的時間沒有小說新作集結出書，僅自費出版了詩集《棄的故事》；直到一九九八年開始，他才以幾乎是一年一本的速度，出版了《妻夢狗》、《第三個舞者》、《月球姓氏》、《遣悲懷》等書。而那五年的空窗期，一般認爲應該是駱以軍沉潛於摸索個人創作風格的重要階段。就小說創作而言，駱以軍向來擅於將一般人習以爲常的感覺、情緒、道德判斷放置在一個荒謬曖昧的情境中，運用角色認同及敘事聲音都充滿延宕以及干擾的技巧，營造奇詭荒誕、眞幻難以釐清的視境，使讀者注意到小說虛構的本質之餘，困惑於現實與虛構間的不確定感。然而在創作的形式與變化之餘，九八年以後的駱以軍，似乎更在意「人」內心情感的底處與外在世界的感知間，所造成的意識分化與流動，從而去探索自我與人群互動間的欠缺與渴望。因此，駱以軍在小說書寫的策略上，往往會出現詩化的抒情性與內向的自我性；而聳動驚駭的符號與佈局，就成爲創作詮釋中重要的隱喻性象徵與意象性結構。

【正文】

讓我們從「快打旋風」的電動玩具開始吧。當然現在店面裏擺的台子清一色是第三代、第四代之後了。你可以挑選從前被鎖在最後四關的四大天王：手綁長鉤臉戴銀製面罩穿蔥綠色緊身褲的西班牙美男子；拉斯維加斯拳擊擂台上三兩下重拳便將對手撂倒的泰森；泰國臥佛前打赤膊攻防幾乎無懈可擊的泰國拳僧侶；還有最後一關被孩子們稱爲「魔王」或「把關老大」，開賽之初很帥氣地把納粹藍灰的軍官大氅一拋，然後乾淨俐落標準世界搏擊動作地三兩下把你幹掉的越南軍官。

以前你不能選他們的，現在你可以了。現在你甚至可以用自己和自己對打，譬如說你可以看見螢幕上相同的穿紅衣的**Ken**和穿青衣的**Ken**對打，或是穿白衣的**Ru**和穿青衣的**Ru**對打，完全相同的程式設計：一樣的招式一樣的氣功和神龍拳（日本發音的Hurricane、颶風，他們會嘶吼著衝騰上天——ㄏㄡ——ㄌㄧㄡ——ㄎㄧㄢ！）孩子們喜歡挑日本宮殿屋簷上，穿白色功夫裝的Ru，像是眞正肅殺的對決，畫面上頭髮還在風裏一陣一陣地翻飛，那個酷！當然你一開始就是堅貞地選用春麗，一個十五、六歲的中國女娃，背景是大約廣東某個市鎮的街道：後排坐著唐裝的陌然拎著一隻雞在宰殺的，還有另一個面無表情騎腳踏車經過比武現場的這些個中國人，還在簡體字的商店招牌下，有一張紅字的標語：「禁止吐痰」。

當然你始終在投幣五元後毫不考慮地選用春麗，有一部分原因是每每她將對手幹倒後，鬢髮零亂衣衫不整雀躍地露出十五歲少女欣喜若狂的嬌俏模樣，確乎是搔到你某一部分輕柔的寂寞的心結。不過還有一部分是老電動迷懷舊的歷史感吧。孩子們不懂江湖恩恩怨怨的悲涼，你卻清楚記得早在第一代的「快打旋風」，背景是長城，一個曲背弓腰、白鬍長眉，打螳螂拳的中國老頭，他的武功輕盈刁鑽，後來卻被你抓到弱點，每每用陰毒低級的掃堂腿攻他下盤，讓老人家含恨塞外。所以當孩子們爲著這第二代破台後電動爲每一角色播放帶著煽情配樂的身世情節新鮮好奇時（譬如說那個酷Ru吧，他在打完電動中所有擂台，悲歡著此後天下再也沒有對手後，寂寞悲壯的背影朝紅色的夕陽走去：又或者那個俄羅斯摔角的巨漢，在把最後一關越南軍官幹倒後，會有一架直升機從天而降，機艙走出電腦設計之初還是蘇聯總統的戈巴契夫——啊世局的紛亂比電動的機種還叫人不能適應——和他一起跳俄羅斯方塊舞），你在看到少女春麗辛苦地撐完最後一場拳賽後，在哀傷的音樂下跪在她父親的墓前，字幕上打著：爸爸，我已爲您復仇。然後十五歲的少女，換上青春亮麗的洋裝，把不屬於她這個年紀的、染滿血和仇恨的功夫裝拋開。

啊，你怎麼能不臉紅心跳呢：電動玩具裏的世界。你的世界。你清楚記得是自己把那個仙風道骨的老人幹掉的。原來她是……仇家的女兒？不對。你是她的仇家。難道你要再用Ru或Ken或那個醜不拉嘰的怪獸，把這個單薄天真卻背負著殺父之仇的女孩再除掉嗎？

於是你每每在投幣後，總是麻木地，故意不去理會底層複雜在翻湧的心思，沒有後路地選擇了春麗，她代表這五元有效的、你電動玩具裏的替身。你是她的主人，你操縱著她如何去踢打攻擊對手（好幾次你無意識地讓她用出你最拿手當初幹掉她父親的掃堂腿），她是你的傀儡，而你卻清清楚楚地看見，重疊印在每一場生死相搏的電動玩具畫面上的，你的臉，是她看不見的，在她上端的眞正殺父仇人。

太凝重了。

再後來，你知道，每一個角色都是有星座的。

優雅平靜的Ru是天平座。金髮火紅功夫裝爆烈性子的Ken是牡羊座。相撲的Honda是雙子。怪異的人獸雜交的戴著手鐐腳銬的布蘭卡是雙魚。美國空軍大兵是獅子。印度瑜伽面容枯槁的修行僧是魔羯。下盤較弱輕盈在上空飛跳的西班牙美男子是水瓶座吧。滿身刀疤俄羅斯摔角的巨漢是巨蟹。拉斯維加斯的拳王是金牛。醉臥佛前的泰國拳僧侶是處女座了。魔王是射手，無庸置疑，乾脆、俐落、痛快。

復仇的春麗，別無選擇，只因她降生此宮，童稚、哀愁、美豔、殘忍完美諧調地結合，天蠍座。從眼神我就知道。

當然我們都還記得三年十班的教室。那年我父親因我至今不很清楚的原因，被他任教的那所中學解聘，整整一年皆面色陰沉地賦閒在家。家裏孩子們瘋鬧地追逐到父親的書房門前，總會想起母親的凝重叮囑，聲音和笑臉在那一瞬間沒入陰涼的磨石地板。甬道的書櫃、牆上父母親的結婚照和溫度計、父母親臥房的紗門，還有一幅鏡框框著的米勒的「拾穗」的複印畫。小孩子都知道家裏發生了重大的事情，是在這個甬道組成的房子之外，我們所不能理解的。

我清楚地記得，三年十班的教室。那之前，我和哥哥姊姊念的是靠近要往台北的那條橋的私立小學，小男生小女生穿著天藍色燙得筆挺的制服，小男生留著西裝頭，鋼筆藍的書包上印著雪白的校徽。私立小學的校長據說是抗日英雄丘逢甲的孫女，父親是她政工幹校的同學，所以全校的老師都認得我們家的孩子。每當姊姊牽著我走過辦公室，很有禮貌地向那些老師問好，就會聽見他們說：「啊，那是楊家的孩子嘛。」

這樣地和姊姊一同在回家的路上，同仇敵愾地睥睨著同一條街上那所國民小學的孩子：啊，骯髒地掛著鼻涕，難看的塑膠黃書包，黑漬油污的黃色帽子。也沒有注意父母那些日子不再吩咐我們別理那些公立學校的「野孩子」。於是就在一次晚餐飯桌上，沉默的父親突然面朝向我說：「這樣的，小三，下學期，我們轉到網溪國小去念好不好？」

本能地討巧地點頭，然後長久來陰沉的父親突然笑開了臉，把我的飯碗拿去，又實實地添滿，「好，懂事，替家裏省錢，爸爸給你加飯。」

餐桌上哥哥姊姊仍低著臉不出聲地扒飯，我也仔仔細細地一口一口咀嚼著飯。一種那個年紀不能理解的，揉合了虛榮和被遺棄的委屈，嗝脹在喉頭。

然後是三年十班的教室。我也戴上了黃色小圓帽。下課教室走廊前是我驚訝新奇的孩子和孩子間原始的搏殺：殺刀、騎馬打仗、跳遠、K石頭。陌生的價值和美學，孩子們不會爲罵三字經而被嘴巴畫上一圈墨汁。說話課時從私立小學那裏帶過來的拐了好幾個彎的笑話讓老師哈哈大笑全班同學卻面面相覷地噤聲發愣。

然後是一次自然課和自己也一頭霧水的老師纏辯蚯蚓的有性生殖和無性生殖而博取了全班的好感。不是因爲博學，他們不來那一套。那天原是要隨堂考的，老師卻在緊追不放的追問下左支右絀地忘了控制時間。有一些狡猾的傢伙眼尖看出了時勢可爲，也舉手好學地問了一些莫名其妙的問題加入混戰：「那，老師，如果蚯蚓和蠶寶寶打架，是誰會贏呢？」「那萬一切掉的那一半是屁股的那一半，不小心又長出屁股來，那不是成了一條兩個屁股的蚯蚓嗎？」

後來便奇怪地和一群傢伙結拜兄弟了。裏面有兩個女孩子。其中之一叫鄭憶英的女生，開始掛電話到我家。第一次是在房間偷玩哥哥的組合金剛。母親突然推門進來，微笑著說：「有小女生打電話來找我們楊延輝了。」

訕訕地若無其事地去接了電話。

「喂。」

「喂。楊延輝我是老五鄭憶英。我有事情要告訴你。」

「什麼事？」

「楊延輝我告訴你喲你不要去跟陳惠雯高小莉她們玩喲，你連話都不許跟她們講，否則我們的組織要『制裁』你喲。」

「我沒有，」但是那天放學我才看見老大阿品和老三吳國慶，和她說的那幾個女生在玩跳橡皮圈：「這是『大家』要妳來通知我的嗎？」

「不是，」女孩很滿意我的服從，聲音變得甜軟：「是我叫你不要理她們的啦，我跟你說喲，那幾個女生很奸詐，她們最會討好老師了，她們還會暗中記名字去交給老師……」

啊，三年十班的教室。有時你經過學校旁的燒餅油條店，穿著白色背心卡其短褲的老劉會像唱戲那樣扯著嗓子作弄你：「楊延輝耶——咱們底小延輝兒白淨淨地像個小姑娘吔。」你紅著臉跑開。燒得薰黑的汽油桶頂著油鍋，老劉淌著汗拿雙很長很長的筷子翻弄著油條，老劉積著一小粒一小粒汗珠的胳膊上照例刺著青：一條心殺共匪。油煎鍋上方的油霧凌擾扭曲著，如果你坐在店裏朝街上望，所有經過油煎鍋的行人、腳踏車、公共汽車，都蛇曲變形了。

後來是坐我座位旁邊的結拜第六叫什麼婷的女生，有一次上課突然舉手跟老師說她患了近視，坐太後面常不見黑板。然後是鄭憶英自告奮勇願意和她換位置。

這是個陰謀。接下來的一天我都很緊張。我沒有和陳惠雯她們說話啊，她是不是來「制裁」我的？像是我的沉默傷到了她的自尊，女孩在前幾堂課也異常地專心，悶悶地不和我說話。到了最後一堂課，她開始行動了。她仍然端正地面朝黑板坐著，一隻手卻開始細細地剝我手肘關節上、前些天摔倒一個傷口結的疤。一條一條染著紫藥水的硬痂被她撕起，排放在課桌前放鉛筆的凹槽，我沒有把手肘抽回，僵著身體仍保持認眞聽課的姿勢，刺刺癢癢的，有點痛。手肘又露出粉紅色滲著血絲的新肉。

連續好久，回家，母親幫我上紫藥水，慢慢結痂，然後女孩在課堂上不動聲色地一條一條把它們剝掉。

直到有一天母親覺得奇怪，「小三這個傷口怎麼回事，好久了，怎麼一直都沒好？」然後她替我用消毒繃帶包裹起來。

另外一次是老大阿品帶頭，教師節那天所有結拜兄弟（妹）的孩子們，都騙家裏說學校要舉行活動，然後一群人坐台北客運去大同水上樂園游泳。我把母親幫我刷得黑亮的皮鞋藏在書包裏，穿著老大阿品多帶一雙的拖鞋，興奮地和他們擠在公車最後一排隨著車身顛簸，覺得公車愈開愈遠，那個陰沉的父親小聲講話的母親的家，彷彿會從此，被我拋棄在身後，永遠不知道我是在哪一天離開他們的。

全部的人只有我不會游泳，兄弟姊妹們很夠義氣地湊了錢替我租了一個游泳圈。我靜靜地漂在泳圈上，看著他們一個個浪裏白條，把寄物櫃的號碼木牌扔得老遠，然後嘩嘩鑽入水裏看誰先把它追回來。我有點害怕，究竟這是第一次，大人不在身旁，且第一次是漂在腳踏不到底的成人池裏啊。

然後，鄭憶英遊到我的身邊，她突然拉著我的泳圈，朝向泳池最深的地方游去。我很恐懼，一個念頭像周圍帶著藥水味的藍色水波無邊無境地漫盪開來。

「她要處決我。」

我很想大叫救命，但覺得那會很難看。岸邊戴著墨鏡的救生員微笑地看著這一幕，不會游泳的小男生抱著游泳圈，讓個小女生游著牽他去看看水池最深那裏的感覺。老大阿品他們追逐小木牌的嘩笑聲已很遠很模糊了。她要處決我。然後他們全部都會相信那是意外。媽媽。我自尊地仍不出聲，但是眼淚卻混在不斷拍打上臉的水波流了出來。

「好。」然後她說，在最深的地方停了下來，不再朝前游。這裏連大人也很少游過來，稀稀落落地經過。

「你看我哦。」她讓我攀住泳圈，像一個珊瑚礁孤島上的觀眾席，然後放開我。她說：「我自殺給你看喔。」然後她鑽入水中。一開始我恐懼的是她會不會從水底抓我的腳把我排進水中。但是一點動靜也沒有。我單獨地漂在那兒。救生員和老大阿品他們在很遠很遠的那一邊了。水面上寂靜無聲，時間太長了，她還是沒有上來。

我不記得她是過了多久才又鑽出水面，「楊延輝你哭了吔哈哈你哭了吔。」那個下午的印象，便是我攀著救生圈，看女孩一招又一招地表演她的水中特技。她可以倒栽蔥鑽進水中，讓兩條腿朝上插在水面上；她可以仰著臉，身體完全不動，像死屍那樣的浮在水面，後來她還學沙魚，潛入水中，只露出一隻手掌環繞著我的救生圈游。

似乎是一場無聲的意志力的相搏，女孩有絕對的優勢，我唯一的防備便是頑固地不露出難看地保持沉默，待我哭出聲來後，馴服便完成了。

那是一九七七年的三年十班的課室，一切像透過油煎鍋的上方而恍惚扭曲著。後來父親又因我不知道的原因復職，我再度轉學到另一間私立小學。四年後，在路上遇見老大阿品，他和一群國中少年倚著一輛機車抽菸。「喫，阿輝耶，那個鄭憶英哪，你甘吔記得，去年自殺了哩。死去了啊。在浴室洗澡，好像把瓦斯打開啦。大家都有去出殯啊，老師嘛有去。你轉走了不算啦……」

關於春麗的「倒掛旋風腿」，很簡單，把搖桿下壓，然後上推，該瞬間按下「重腿」鈕；她的「無影腿」更容易，只要連續按「中腿」鈕，非常快速地按，則只是春麗的腿踢出一片白色的弧光。但這兩項的攻擊係數皆只有三。春麗向以輕捷取勝，她的絕招並不突出（相對於Ru、Ken，或是越南軍官、西班牙美男子）。她的摔打有效速率比任何其他一個對手平均快0.1秒，且攻擊效率高達四。

老電動迷應該清楚地記得，在我們的那個年代，有一種叫做「道路十六」的電動玩具吧？啊，說起來眞叫人興奮得喘不過氣來（那是個什麼樣的年代啊），小精靈的王朝剛過，天堂鳥（就是第一代出現防護罩概念的太空突擊類型的始祖）、大金剛、坦克、蜘蛛美人、巡弋飛彈、雷射、第三代小精靈、頑皮鬼（就是一種尾巴拖著顏料，把整個畫面畫滿才算過關的小精靈的變種）……相繼出現，那是電動玩具店爭相開張，第一個百花齊放的電動高潮。奇怪的是，待第二個王朝（俄羅斯方塊率領著雷電、古巴反戰、一九四三、麻將學園出場的輝煌時期）和緊接在後的第三王朝（快打旋風王朝）的相繼出現，都已隔小精靈世代有六、七年之遙。在電動玩具店打小精靈時你還是穿著深藍色訂做得很緊的短褲，把白襯衫拉在皮帶外面，故意把書包背帶放得很長的國中生；到了快打旋風的時期，你已是延畢了一年，叼根菸，面不改色，一疊硬幣放在一旁靠銀彈來「破台」的大學老鳥了。

我們總要為之困惑，這空白的六、七年間，在螢幕那邊的世界，發生了什麼事，為什麼中斷了那麼長的一段時間？是聲力在這之間展現了他們掃蕩電玩的韌性？那眞是笑話。是因為家庭任天堂電視遊樂器的出現？拜託，請尊重一個電動玩家的品位好嗎？任何一個用慣搖桿且縱恣於電玩店那種臨場強烈的男子漢，怎能忍受坐在自家客廳味同嚼蠟地玩著畫質粗糙的超級瑪莉、北斗神拳？那是，那是因為賭博性電動玩具在那段時期盤據在我們老電動迷的老巢囉？

我可以奉勸你，倘使再用這樣的外緣線索臆測下去的話，有點自尊的老電動迷會摸摸鼻子，突然把話題岔開，他不願再和你談下去了。

再回到「道路十六」吧。

畫面上是上下縱橫各四行總共十六個格子，每個格子一個缺口（圖一），音樂開始播放時，你會看見在畫面上十六個格子之外的部分——那便是道路——有一枚綠色移動的小光點，那便是你：後頭有三枚白色亂竄著追逐的小光點，那是電腦，也就是企圖追撞你的「敵人」；在十六個格子中的其中六七個格子裏，會有微微發光的星號，那是寶藏，標記著提醒你不用進入其他沒有寶藏的空格子。於是你開始在方格和方格間的道路上逃竄著，然後進入某一個裏頭有星號的方格之缺口。

豁然開朗。螢幕瞬變爲你進入的方格的放大，原來一個方格是一個獨立的迷宮世界（圖一、圖二），原先匿身在十六個方格中的一個格子，這時向你鋪展出它整個迴環曲折的道路迷障。你原先的小綠點，原來是一輛逃亡中的賽車，隨後莽莽撞撞跟進來的，是三輛窮追不捨的警車，方格裏的世界可熱鬧了：除了纏繞糾葛在一起的迷宮通道、死胡同以及十字路口，你要找尋的寶藏、岔口處的一個泥淖（不小心陷進去了，車子會噗嚕噗嚕地前行不得，等著警車來追撞你了）、炸彈、移動的鬼臉，以及錦標旗（吃到了的話，原先追逐你的警車，會變成四處竄逃的錢袋，換你去吃它們）。

三年十班的課室。

從哪次開始呢？此後，許許多多次，正當處在生命的某種轉折，腦海中便浮現了那樣一個初秋的游泳池

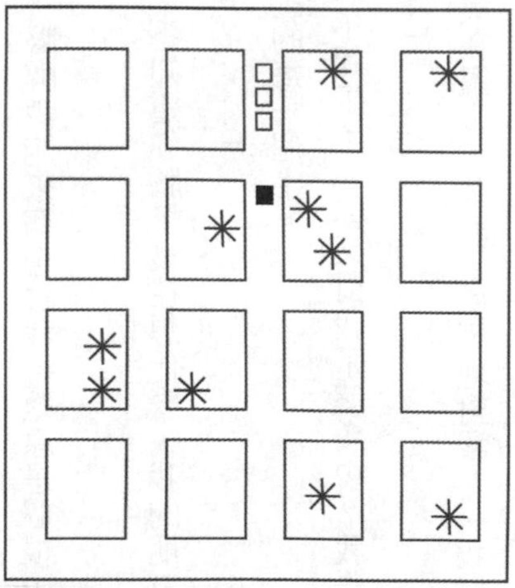

圖一

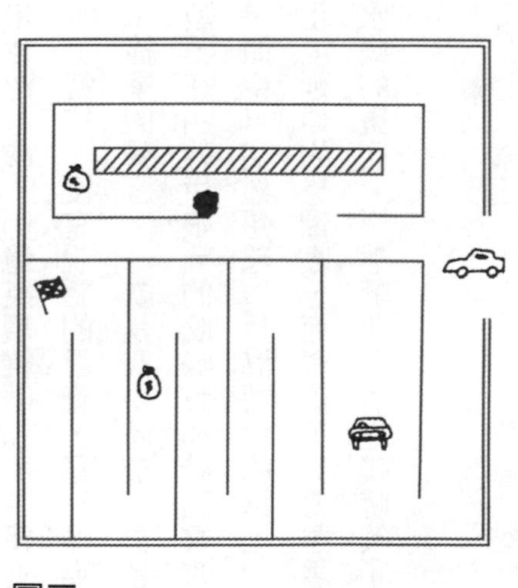

圖二

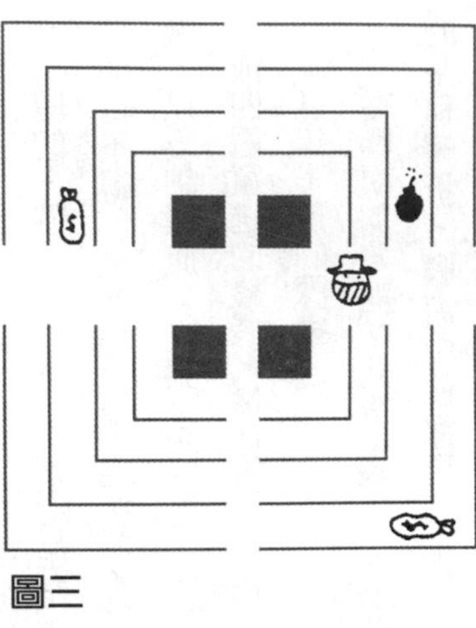
圖三

裏，我腳不著底地攀住游泳圈，鄭憶英環繞著在水裏鑽進鑽出表演各種艱難的水上特技。沒有說話的聲音，只有嘩嘩撥水及身體和泳池的水撞擊的聲音。一次是高中時被一群留級生叫到小巷子裏圍毆，在「幹伊娘」的吆喝聲和結結實實紛落在臉頰和肚子的拳頭中，突然想起一片湛藍色的泳池，我浮在泳圈上漂在無止境延伸的恐懼裏，而鄭憶英努力憋著氣把自己的身體壓在水底的畫面，突然嘴角帶血地噗哧笑了起來。

「猜吔。」

幾個留級生像是沾到了什麼污穢的東西或是撞見了某種邪惡的巫祭那樣，神色狼狽地丟下我跑開。

另外一次是大學時的第一次戀愛，拍拖了兩年的女友有一次喝醉酒跑來宿舍找我。她原是個很少說話的女孩，那一次突然做出異常痛苦的表白：

「楊延輝，我完全不知道你在搞什麼，」她說：「我也從來不知道你腦子裏在想什麼，我的朋友對我說你也許是個同性戀……我不知道我們這樣算什麼，不冷不熱的……」

我一邊拿著濕毛巾幫她擦臉，一邊很努力地：想聽明白她說的每一個字。

「你不要老是一副置身事外的樣子，你臭屁什麼？」她哭了起來：「你又對我了解多少？我告訴你，如果有一天我毫無來由的自殺，你知道我心裏在想什麼嗎？」

沒有任何理由的，突然，我決定要和這個女孩分手。鄭憶英在鑽入水底前，微笑地對我：「我自殺給你看噢。」那樣的一張臉，像特寫一般擴大浮出。戴上泳帽的圓臉，有一綹一綹沒被蓋住的髮絲沿前額濕淋淋貼著。

有一次，在滿妹的店遇見一個老電動迷。「滿妹的店」是一個叫做滿妹的女人開的一家PUB，據說滿妹從前做過空姐，據她本人說「滿妹」這個綽號就是那時得來的。按說她們飛機一個班次飛出去通常都不會坐滿，一般是七八成，較空甚至五成。空服員在替乘客熱排餐、端飲料、遞毛巾，應付了一些較嚕囌的阿土之餘，總可以到後艙斜倚著休息，聊聊天打打屁。不過一旦遇上機位全滿，空姐們可就得忙得叫苦不迭了。這時空姐之間就會出現一種介乎遊戲和迷信的儀式：「抓滿妹。」幾個空姐互相狐疑地嗅著彼此，「誰是滿妹？是誰？快承認。」意即「命裏帶滿」害大家忙得不可開交之人。

滿妹說，沒什麼好抓的，從她分發上機後，不管飛國內、飛國外，每一架次都是客滿。罕見的純種的滿妹。綽號就這樣傳開了。一開始大家還又驚又好笑地混著她鬧，久了，究竟客滿時的服務飛一趟下來會把人累死，她發現大家在背後排班時，都想盡辦法調開不和她一起飛。「後來眞的飛不下去了，就賠點錢不幹了。」滿妹叼著菸，在吧台上空懸著大大小小的雞尾酒杯下，感嘆地說：「倒是自己開了店以後，覺得這個綽號倒挺順耳的。每天都客滿。」

那天我在滿妹的店裏按例用春麗破了一次「快打旋風」的台，不知爲何心裏空盪盪地無限寂寞。我坐在吧台上，連點了兩杯龍舌蘭。

「滿妹，會不會有一天，春麗在順從我的指示踢打敵手的時候，突然靈光一閃，猜疑到她要面對的殺父仇人，不是這一關又一關周而復始一一躺在她腳邊的死人：Ru、Ken、印度瑜伽隱士、美國大兵、西班牙美男子、人獸雜交生出的畸形兒、泰森，還有越南軍官。春麗知道，只要我投幣，就一定會選擇她。一旦選擇她，殺父之恨一定可以報仇，但是這個『殺父之仇』爲什麼可以一再重複呢？上一次她最後一腳把越南軍官踢死時，不是已在父親的墓前告慰過父親之靈，且已將功夫裝丟棄了嗎？爲什麼還要再一次又一次地從頭開始呢？是不是其實『殺父之仇』根本從來就沒有解決，眞正的殺父仇人還逍遙地在一切殺戮之上，玩弄著她的命運？她會不會狐疑地抬起頭，在一瞬間看到螢幕之外我的眼神？」

滿妹一邊聽我說話，一邊笑著調其他客人的酒，每個晚上，總會有這麼一兩個客人，神色認眞，而不是調情，告訴她一些她聽不懂卻又覺得奇妙新鮮的事吧。滿妹到底是個被寂寞浸染過的女人，我常常在想，當她每晚從一桌一桌醉倒的沒有臉的人們的桌上，抽走一隻又一隻的空酒瓶；把飛鏢盤旁的記分黑板擦乾淨；清掃廁所時，發現猙獰盤桀在牆上的鉛字筆留言：各種性器官和性交的圖案，還有諸如「台灣共和國萬歲！」「余永卿我操你屁眼！」（那不是我高中教官的名字嗎？）還有重複了至少一千遍各種字體的FUCK，突然在其中發現一長排的工整的字：波特萊爾是牡羊座齊克果是金牛座福克納是雙子座伯格曼的巨蟹座空缺歌德是處女座葛林是天平杜斯妥也夫斯基是天蠍當然嘍貝多芬是射手三島由紀夫是魔羯大江健三郎水瓶而馬奎斯是雙魚。

不知滿妹會做何感想。

不過那晚我確知滿妹是不可能了解我所說的那個世界，於是我的寂寞更加稠濃起來。這時候，旁邊一個傢伙，突然對我說：

「先生，你聽我哼一段曲子。」他開始哼了起來。

「啊，『道路十六』，」我的眼睛亮了起來，「那麼你是……」

「不錯。那麼老兄你也是經歷過第一次電動王朝輝煌時期的老傢伙嘍。」我們都興奮極了，又向滿妹點了兩杯酒，滿妹也感染了我們的情緒，湊近坐在我們對面。

「唔，道路十六。十六個格子，還有格子外的街道。進入和離開。一旦進入，螢幕上張開的是你必須獨自面對的迷亂道路，還有各種把戲：錢袋、泥淖、炸藥、鬼臉、錦標旗，你還得對付後頭跟進來的警車。離開一個格子，你又變回一枚小小的綠色光點，有其他的格子等著你進入。」

「不過我們通常在進入之前便已被暗示過了：發著微光的星號，哪些格子裏有寶藏我們才進入它們，通常都是那六、七個格子在輪流，雖然一關一關藏放寶藏的格子或有不同，但是，你知道的，電動這玩意兒弄久了，分數高不高破不破台是很其次的，」他突然停下不說，望著我。

「是不是你發現了什麼蹊蹺？」

「嗯！」他說，「最先是，我突然懷疑，我在這一關又一關逃著警車的寶藏搜尋中，眞的曾經每一個格子都進去過嗎？於是我開始不理那些發著微光的星號，朝那些個沒有星號的空格子裏鑽。這樣的不理會遊戲規則的探險，其實亦要付出很大的代價——我常常被不知是否我多心但似乎更戒愼防範著我跑進空格子裏的警車逼死在那些空格子裏——不過基本上有的空格我確實記得是在另一關進去過了，而僅存的幾個空格，進去後也大同小異……」

「啊，」我佩服極了，「說起道路十六，國中時我們班上還沒有人敢向我挑戰，沒想到是一場懵懂，搞了一場，根本有那幾個格子，是我根本不曾進去過的……」

「你別難過，其實我也並沒有全進去過。」

我不很明白這句話，不過他這時向滿妹要了紙筆，把其中兩個格子的迷宮路線畫給我看（圖四、圖五）。

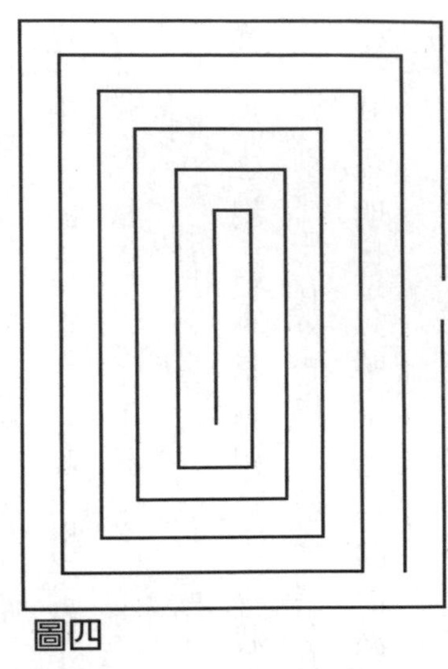
圖四

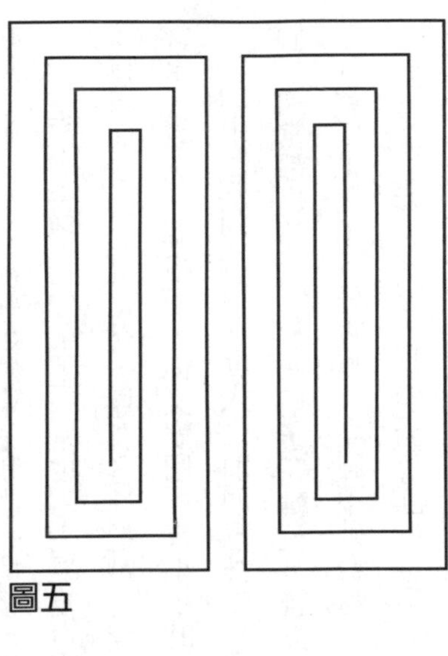
圖五

「怎麼，全是死路？」

「對，一進去，發現苗頭不對，但是警車就跟在後面，只有硬著頭皮朝裏面走，然後在迷宮的核心絕望地被撞死。」

「可是你還是進去啦。」

「我說的不是這個，」我感到他的眼神開始飄遠，「進去了，就算是死路，好歹也進去了。但是，一直到今天都讓我困惑不解的是，靠右那一行的最下一個格子，根本就沒有入口可以進去……」

「沒有入口……」

「對，根本進不去，就在十六個格子的縮小圖的右下角，你看見你自己是一個綠色的小光點，繞著那個格子焦急地打轉，然後，砰！我不知換了多少銅板，坐在電動前面，直到兩個眼圈發黑，還是一樣。投幣，你有三架，砰！砰！砰！再投幣。這樣耗了一個禮拜，電動玩具店的那些長頭髮的混混和小學生，都圍在我的後面看。他們以我是電動白痴還是什麼的，心痛地提醒著『要進那些有星號的格子啦，那裏面才有寶藏啊。』」

「會不會是程式設計之初，設計人偷懶，算準了這九個格子根本沒有人會進去，而其中一個，他已經沒有靈感該設計什麼樣的迷宮了，乾脆把入口封住。結果不是『無法進入』，而是根本沒有『裏面』。」

他很詫異地看著我，彷彿不敢相信我會說出這樣的話。

「你以為『快打旋風』設計之初，春麗眞的有能力思考她為父報仇這件事的荒謬性嗎？」

說著，他放下酒杯，板著臉叫滿妹結了他自己的酒錢，看也不看我一眼，就推門離開酒吧了。

根據克卜勒第一定理，行星在太空中繞行的軌道是橢圓形，而太陽位在此橢圓形的雙焦點之一上。第二定理聲稱兩行星與太陽的經矢（半徑矢量）在相同時間內，所掃過的面積是相等的。第三定理敘述各行星繞日周期與其和太陽的距離之關係。

於是你想像著你為道路所包圍，你太清楚每一條道路的號誌、分隔島、斑馬線、行道樹、商家，以及下水道的圓洞入口。你韜略於胸，知道如何超車、闖紅燈而不致被拍照，甚至逆向行駛卻可以流暢地閃過所有迎面而來的車陣。你知道哪一段和另一段的交叉路口因為捷運施工必然塞車，所以你從容地在那個路口之前便先鑽進小巷道，在歧叉錯亂恰好容你車身通過的窄巷裏以四檔快速鑽行，然後越過那個路口才又回到大路。

你的乘客們駭異地嘆息著你對道路的熟悉，像狎玩於自己手心的掌紋。在你的眼中看來，每一個城市，不過就由大小粗細的道路編織而成。你不太理會流連於那些五光十色的招牌，路人的臉，便利商店，或是卡式電話亭。你只專注於道路的錯密相銜，所以你不太會迷路，而一個城市在面對你時，總得順從地卸去它的飾物和武裝，把它的管脈和腸肚攤開在你面前。

但你握有的永遠只是道路，你發現你永遠沒有推門離開過車子，你永遠在前進，循著路的迎面張開而前進。你從一處缺口進入一個格子，你以為你進入了，但你只是被路推著輸送，然後你便又從另一處缺口離開了這個格子。

回到春麗身上吧

你想到在你生命裏，間斷地以不同星座降生在你身旁的春麗。牡羊座的春麗、處女座的春麗、水瓶座的春麗、金牛座的春麗、雙魚座的春麗。

第二次出現，你已是國中二年紀的男生了。小精靈電動的熱潮已全面淹過了之前的小蜜蜂和三合一星際大戰。你冒出喉結，每一定期便假裝大便坐在馬桶上，偷用父親的刮鬍刀把細細冒出的恥毛剃掉。你和你的朋友面不改色把人家停在公寓樓梯間的腳踏車幹走，然後拼裝改造，車子幹了愈多以後，你開始轉賣給你的同學。你們還特地遠征獅子林，大批買下那種鐵工廠鑄造的黃銅代幣，十塊錢可以買下一把，然後你回到永和冒充五元硬幣去打電動。後來電動玩具店全部貼出了「禁用代幣」的警告，你們想出別的花招，把一元的銅板外環繞上一圈保險絲，大小恰和五元銅板一般（啊，那時的一元和五元，都好大一枚啊）。

這是你自己的回憶的時間組合，在學校裏，時間以另一窗口在拼湊著你的角色。你很少講話，像那些好學生一般神情凝注地看著上課中老師一張一合的嘴，但你的老師總是詫異不解，為什麼這個安安靜靜的學生，每次考試，都能考出他們無法想像的低分呢？你乖順地伸出手挨板子，從不露出難看的樣子（有些傢伙挨打時會難看地哭泣求饒或掙扎）。其實你心裏正在盤算著如何將小精靈的百萬公式路線修正，以適用於第二代程式改過的小精靈。

然後在一次月考後的座位重編，一個一向成績維持在班上前十名的女生，突然被排在你的旁邊。那次月考她考了全班倒數第二名，你當然仍舊因爲墊底而坐在你的老位置上，那接下來的一、兩個月，驚怒的老師把注意力全放在這個成績幾乎可說是在一夕之間瀑瀉而下的女生身上，反倒不太找你麻煩了。

但她終究是和你不同的種族。有一回她被叫上台去，卻從容完美地在黑板上解出了一題很難的幾何題，你在心裏防衛地想：只要再經過一次月考，她很快便會被調回她原來的、在前排的座位。

女孩的心思卻似乎並不放在這上面。另一次她又被叫上台去默一段英文課文後，回到座位上冷笑地對我說：「你不覺得他們挺煩人的嗎？」

我告訴她老師現在還在盯著她，有話下課再說吧。

「你相不相信，」她打了一個哈欠：「我是爲了坐在你的旁邊，才故意把月考亂考。」

在下一秒我們被老師怒叱在課堂上講話而到教室後面罰半蹲之前，她說：

「不過我現在有點後悔了。」

（啊！我想起來了，那是你第二次的出現。春麗。但你究竟是天蠍座、牡羊座，或是射手座的？）

牡羊的形象代表了一種二元性（男性與女性），它強調一種團體的關係，而非孤立性的表現，這點和其星座宮及生肖表的意義也相符。牡羊座掌管第一宮，所謂的開朗外向的性格特色，也是我們意識中社交性強的自我部分。牡羊座的守護星火星代表著創世的第二波運動，自雙魚座的海洋上升，象徵著星座之輪的生命火花，也是活力循環的起始點。在有意識的自我從無意識的內在性格中衍生之際，我們彷佛看見了牡羊座的精力根源自雙魚星座那富創造能力的海洋中升起。雙魚座在宇宙的星球間，大氣和雲層之中合併起來，並因此形成了後來的太陽——牡羊座。

——《女子星座》席拉．費倫特

情境僅中止於此，女孩確實在下一次的月考後調回前排的座位。老師鬆了一口氣，班上突兀的躍出他控制之外的一枚粒子，又歸位於原初的秩序。

道路在你面前依序展開，她已經在你隔壁了，你可以聽見格子裏隱約跳動的心思頻率，不同架子上不同試管裏化學藥劑格格顫響，你可以好整以暇地測量她兩眉間和鼻梁間的十字比例，或是由顴骨和下巴的角度測知她是代表死亡和性欲的埃及遺族的天蠍，或是貞潔殘忍的亞馬遜女戰士的牡羊。

但是情境僅在此便中止了，你再度被摒擋於她的格子之外，只差一層薄牆，一個缺口，你便能進入，經歷她所給你的迷宮路線。

沒有情境。

或者你可以預先知道她所屬的星座，替她假擬好一幅她所應有的迷宮路線（啊！你的全能的星座備忘小手冊），再按著假擬好的岔口、轉角、巷衖、速限、高架橋，替她構建她所應延續的情境。

譬如說射手座的她吧，會不會在一次午休時，揉雜著好奇、挑釁與犯罪共犯的艱窒嗓音，問你敢不敢把你那個男生的小雞雞掏給她看，她只是不知道那是怎麼樣的一個玩意兒。或者是巨蟹座的她，在一個陰天的週末下午邀你去她家，房間裏奇異地彌散著一種老人特有的癬藥藥膏的清涼氣息，還有洞穴般黯淡色調與光線。她沒有和爸媽生活在一起，每天放學回到家裏只有重聽的奶奶。她的房間是那種老一代人的紅木家具、斑駁不堪的五斗櫃和圓鏡梳妝檯，牆上掛著一張鏡框黏滿蟑螂屎的她父母的黑白結婚照，你無法避開視線地看見她疊好在床沿的、不應是少女所有的、老阿媽才在穿的那種老式的粗布胸衣和肨大的內褲。

當然也可能是金牛座的她，比你要沉默地敵視著不斷找她麻煩的老師，然後一個清晨的早自習，她穿著牛仔褲馬靴的年輕母親，在走廊流著淚告訴老師，她的女兒昨天夜裏吞了一罐安眠藥還好發現得早現在在醫院洗胃這孩子承受壓力的能力較差又不知道她心裏在想些什麼能不能請老師對她標準放寬些？

終於有一天你驚悚地想到一個問題：

我是什麼星座的？

（是呀！我自己，我自己是什麼星座的？）

關於神龍拳（Hurricane）的操作方式：以左手虎口銜住搖桿，彷彿逆時鐘三點至十點半，畫一道一百三十五度左右的弧，畫弧同時右手瞬間按下「重拳」之鈕，螢幕裏的Ru便會嘶喊著「ㄏㄡ——ㄌㄧㄡ——ㄎㄧㄢ——！」舉拳朝天擎飛而起。攻擊係數三成三三。防禦係數二成五。若是畫弧同時右手按下「重腳」之鈕，則是Ru劈腿在空中打螺旋槳一般的「旋風腿」。不過中看不中用，攻擊係數只有兩成。防禦係數低至零點五成。搖桿若由九點方位至四點半方位同樣逆時鐘畫一道一百三十五度之弧，右手按「重拳」鈕或「輕拳」鈕，則是在第一代快打叱咤一時的「氣功」，一團白色的氣功球Ru在一招「亢龍有悔」式的雙掌中拍出，第二代攻擊係數被壓低，只有一成。防禦係數仍高達五成。

常常在和一個人分別了很多年以後，重逢時錯愕地聽見他們在描述著一個陌生的、和你完全無關的你自己。像是一個你早已遺棄的、有著你的臉的死嬰，卻在你毫不知情的情況下，在他們的溫室裏被孵養長大。你恐怖地想像著那個死嬰，在他們的溫室裏，發出波波聲響成長的情形。有一天，你在戲院裏，或是隔旁的公用電話，或是公車後座兩個聒噪的女人的談話裏，聽見她們在談論著「你」——那個早在某一處岔口和你分道揚鑣的「你」。

「那不是我！」你在心裏大喊。

大學時沒有理由便分手的女友（後來我知道她是雙魚座的），許多年仍持續著寫信給我，大約拖了三、四年吧，終因我始終沒有回信而中止了。有一個夜裏我在滿妹的店裏拉Bar贏了四千多塊，請滿妹及當時店裏寥寥無幾的客人每人喝一杯酒，走出店來在街道上我突然寂寞無比地想念起那個雙魚座的女孩。回到住處我瘋狂地翻箱倒櫃把她這些年來所有的信給翻了出來。卻發現一封又一封叨叨絮絮的自語。正是她一次又一次關於她的保溫箱裏，我遺留在彼的死嬰，培養中持續在裂變成長的實驗報告。

她的最後一封信有一段這樣寫著：

「……今天早上刷牙時，在牙刷上先擠一截百齡鹹性牙膏，再擠一截很涼很辣的黑人牙膏，突然想到這不是你的習慣嗎？我已不知模仿這個習慣有多久了。這樣想著，便一個人在浴室裏哭了起來，並且決定這封信以後，再也不寫信給你了。……我周圍的幾個好朋友，都對你的生活節瞭若指掌，她們成天聽我重複地描述，似乎是我對於你童年記憶的一片空白的補償，我至少比你還要清楚地掌握了某一段時期的你自己……」

我曾經有那樣的一個習慣嗎？在牙刷上擠一半鹹性牙膏，擠一半涼性牙膏，我完全不記得了。

是不是從那以後，突然耽迷於十二星座的認知遊戲？

用黃道十二宮的白羊座、人馬座、獅子座諸星代替了佛洛依德的口腔期、肛門期意識與潛意識。在認知的此岸、隔著隨處充滿了認知滅頂的湍流和漩渦的眞相大河，不敢貿然再涉水而入。於是你開始以人類極限的神話，去替繁浩無垠的星空，劃分你所能掌握的座標和羅盤。

十二個星座乍看是擴張了十二個認知座標的原點，實則是主體的隱遁消失。他人的存在成了一格一格的檔案資料櫃。認知成了編排分類後將他們丟入他們所應屬的星座抽屜裏，而不再是無止境地進入和陷落。你會說，啊，這個傢伙是雙子座的，所以他的喜怒無常是在表層隨語言而碎裂的宿命性格，他的性格隨他說出來的話而遞轉。結果對不起他說老兄你記錯人了雙子座是另一個某某，我是天蠍座的。哦！於是你趕緊翻閱你的星座備忘小手冊，那就是了，早熟的原罪意識，黑暗深淵的正義膜拜者，天蠍座的，不控制自己的犯罪本能，卻遠比任何一星座爲著自己曾經的罪或不貞而自懲或自虐。我明白你的衝突。

可以挑選任何一套詮釋的系統，只要你按下你所屬的或你要的星座，所有的表象於外的乖詭行爲、歇斯底里的扮相，你不能理解的沉默或空白，都可以彙編入它的星座解剖圖。啊！你只要握有那個星座的指南，就可以按因應於他（她）們性格節奏而設計的謀略，照著路線，一步一步直搗私處。

甚至你可以直視自殺，你可以直視自殺後面的無邊的黑暗。

鄭憶英。你想起了鄭憶英。

我最後一次遇見那位「道路十六」老兄是在春麗在城市的上空出現的前一晚。那一陣我將近一個月沒再踏進「滿妹的店」，一方面是爲了賭氣：有一晚我在滿妹的PUB裏，按例選了春麗，寂寞又麻木地操縱著那台「快打旋風」的搖桿和按鈕。像儀式一般地，當我破台之後，我會點一杯馬丁尼。坐在台子前，看著螢幕上千篇一律結局：春麗跪在她父親的墓前，悲傷祝禱：爸爸，我已替你報仇。請安息吧。然後她扔開她的功夫裝，換上洋裝，把髮髻解開任長髮披下。

但是那晚，當我已讓春麗打至最後一關越南軍官時，有一個穿著制服的小學生，跑來坐在我的旁邊，在我來不及疑問小學生怎麼可以跑到PUB這種地方來時，他已敏捷地投了五元下去，並按下雙打的按鍵。

這叫做切關，就是從中闖進來的意思。你和電腦的對打先停下來，必須和切關的人打擂台，打贏了再繼續和電腦的比賽，輸了，你就抹抹鼻子走開。

邪門是那孩子也選春麗，穿紅色功夫裝的春麗。螢幕上只見兩個衣服顏色不同長相一模一樣的春麗翻跳廝殺。第一局我贏了，但是接下來兩局皆輸。我不服氣投錢再繼續，但這回更慘，他的春麗幾乎一滴血都沒流就把我的春麗幹躺在地上。

我大約換了兩百塊的銅板、不斷的投幣，但是一次又一次地看到我的春麗在哀號中躺下。我們的對決驚動了包括滿妹和櫃檯這邊的顧客，大家嘖嘖稱奇地圍在我和小學生的後面。那孩子氣定神閒，等著我狼狽又暴躁地投幣。

「算了吧！」當我把口袋的硬幣用完，正準備起身再向滿妹換錢時，滿妹輕輕按著我的肩膀，小聲地說：「不要和他打了嘛，我請你喝杯馬丁尼好不好？」我眞是傷心極了，看著那孩子輕易地破了台，「他的」春麗跪在她父親的墓前：爸爸，我已替你報仇，請安息吧……

就這樣賭氣地一個多月不再踏進滿妹的店，所以當我再在「滿妹的店」遇見那個「道路十六」老兄趴在一台機器前聚精會神地打電動時，我不知道那是已放在店裏一個禮拜的「道路十六」。

「怎麼可能？這不是道路十六嗎？」我失聲驚呼出來。

「怎麼樣，」滿妹得意地說：「一九八二年的機種，一個朋友在基隆的一家撞球店看見，一萬塊就給我殺回來。這個傢伙啊，第一天來，看見一台『道路十六』擺在那兒，眼淚就直直兩行流了出來。」

但是那傢伙渾然不覺我們的談話，下巴直直地伸向螢幕。畫面上橙色綠色的光，在他面無表情的臉上流動。這下他可以慢慢地找出進入右下角那一格的方式了吧！心裏這樣想著。十年前的老電動，眞是像做夢一樣。但是我發覺他儘把自己的賽車，往左上角走，然後在左上第二格裏的死路被警車夾殺。

「就是上回快打旋風將你擊敗的那個小學生，」滿妹興奮地告訴我原因，但我微微有一種遭受傷害的委屈，她不知道我是爲了什麼而一個月沒出現嗎？「有一天站在後面看著他打，繞著畫面右下那一角，怎麼樣都進不去，突然說話嘍，『第四格的入口不在第四格的外頭，而是在其他格子的裏面。』奇怪的孩子……」

「果然是程式設計的詭計。」

「也不算是詭計。這傢伙誓死要進入道路十六第四格內部的消息很快就在店裏的客人間傳開。有一晚，一個客人扔了一本日文版的《一九八二年電動年鑑》在我的吧台……書裏有一段報導了這個電動程式設計之初發生的一些內幕：『道路十六』程式的原設計者是一個叫木漉的年輕人，這道程式上市之後三個月才被人發現出了問題，也就是第四格沒有缺口無法進入。至於是木漉刻意設下的一格空白，還是程式設計中途因他瞌睡而發生的錯誤，沒有人能知道，因爲木漉在『道路十六』推出後一個禮拜，就在自己的車房內自殺了。總公司找了木漉生前的好友，也是他們電動程式圈子裏另一個數一數二的高手，一個叫做渡邊的傢伙。」

「這個渡邊，嘗試著把木漉設計的程式叫出，卻一籌莫展，原來有關第四格部分的程式，被木漉單獨用密碼鎖住了。年鑑上還透露著另一段關於這兩個程式設計師之間的一段秘辛：似乎是在木漉死去之後——或許在他生前便已暗潮洶湧地進行——渡邊愛上了木漉的妻子，一個叫做直子的女孩……」

「先別說這個，」我打斷她：「後來程式究竟解開了沒有？」

「可以說沒有，也可以說解開了。」滿妹說：「渡邊沒有辦法拆開鎖住第四格入口程式的密碼，但他也不是省油的燈，就另外設計了一套進入第四格的入口程式，但這個入口，他只好把它放在別的格子的迷宮裏了。不知道有沒有人找到這個入口，但顯然確實是有這麼個入口，可以進入第四格裏。年鑑上提到，渡邊替這個看不見入口的的第四個格子，取了一個暱稱，叫做『直子的心』。而且，他在『道路十六』上市一週年的那一天，也在自己的家裏自殺……」

「眞是悲壯，」其實我不知該說些什麼，坐在機器前的老電動，這時咕噥出一句：「最後一格了，我就不信還找不著……」

「他這一個禮拜，全在做地毯式的搜尋，一格迷宮一格迷宮地碰……」

就在滿妹的話說到一半的當下，毫無預兆地，那傢伙的車已進入第四格了。

先是一連串的英文，大概是說：恭喜你進入第四格，不管你是無心還是故意的，你已闖入了我，渡邊、我的好友木漉，以及直子的祕密通道……

然後，他的賽車便出現在一個空格中了。這就是第四格了。我激動地想。這個格子（這時是整個畫面）沒有任何迷宮和道路，只有兩行字：

直子：這一切只是玩笑罷了。木漉。

下面一行寫著：

直子：我不是一個開玩笑的人。我愛你。渡邊。

有好一晌所有圍著電動的人都沉默無聲。畫面上那輛賽車停在兀自閃跳的兩行字旁。警車是無論如何也進不來了。我不知那個老電動他內心做何感想，困擾了十來年的格子，闖進後卻發現是一段別人糾纏私密的故事。兩個先後自殺的程式設計師和一個女人的愛情。「直子的心」。艱難地千方百計的進入，各種路線和策略，結果只是兩句話。「眞是熾熱又寂寞的愛情啊。」我輕輕地說，並且發現每個人的臉色都很難看，便踮著腳，沉重地離開「滿妹的店」。

不能進入。

當然你可以看見街道。街道上移動的人。或者你會經過公車站。你是隔著相當厚的車窗，人的表情和顏色很容易被速度拉成扁貼在餘光的玻璃上的，水裏的毛巾架端或什麼的。你可以看見儀錶板、螢光的指標和鐘面數字。那一陣子你開始利用塞車聽貝多芬：最後的弦樂四重奏、合唱、小提琴協奏、皇帝，後來你甚至聽命運。你很認眞聆聽，但你感到那是一種充滿，你無法進入。

你把音響開得非常大聲，所以你始終覺得車窗外的世界是清潔無聲的世界。每一個紅燈時，你會茫然盯著前一輛車的車牌數字。你會盯著任何另一輛車的裏面，裏面的人，有時有戴斗笠綁著花布頭巾的黝黑婦女敲你的車窗，她會發現你用驚悚畏縮的眼神看著她，她只是賣玉蘭花的。你想著，在這道路和道路之間的車子，它們只是一個綠色的小點呢？是一個自成空間的格子？為什麼在格子和格子間的道路上，會出現賣花的婦人？

不能進入。

下雨的夜晚，你可以聽見自己的車子輪胎在積水路面曳行而過的聲響。你可以聽見雨刷貼著玻璃戛擦的澀膩聲響，你可以看見轉彎時自己的方向閃光箭頭一眨一眨地在儀錶上閃著。還有映著路口黃色閃光燈一灘在路上的流光。你有時眞的想瘋狂地大喊：只有我一個人！只有我一個人！

周而復始的催油、放離合器、排檔、打方向盤。在新生北路快速道路上你輕率便可飆到一百二，然後在自動測速照相機之前緊急煞車減速為中規中矩的六十。你隨著車群離開快速道路，沒入塞車的仁愛路。沒有迷宮、寶藏、在後追逐的警車或是錦標旗。而你不能進入。你想到十六個格子中，最右下角的那個沒有入口的格子，心裏便抽痛一下。你想到自己的小綠色光點絕望又賭氣地在那個格子的外緣徘徊，然後活活被撞死。正這麼想的時候，車子的前方出現一個穿功夫裝的少女。你在緊急煞車輪胎爆擦路面的刺耳聲響中沒有感到有物體迎車頭撞上的重量感。後面的車子相繼緊急煞車，然後喇叭聲大響。

我撞死了一個女人。你想，不對。

春麗。天蠍座的。是妳。

慢慢你會發現許多絕招的操作方式是重複的：例如同樣是把搖桿朝最左壓，然後在迅速右推的瞬間按下「重拳鈕」。則畫面上若你選的是越南軍官，他會旋身平射而出渾身焚起藍色的光焰朝對手撞去；美國大兵是射出迴力飛鏢；西班牙美男子是在地上翻個滾朝前用鐵鉤朝敵人刺；而日本相撲的HONDA和人獸混血的布蘭卡則都是把自己變成一枚炮彈向敵人射去。同樣把搖桿下壓然後在迅速上推的瞬間按下「重腿鈕」。則畫面上若你選的是春麗，她會使出「旋風腿」；若你選的是美國大兵，他會畫出一道殺傷力甚強的光弧腳刀；西班牙美男子則是尖嘯著凌飛上空，然後抓起對手倒栽蔥在空中把對方摔下。慢慢你會發現，許多呈現而出的特性雖然不同，其實操作方式是一樣的。

於是那天夜裏你推門撞進滿妹的店，你的臉色慘白冷汗淫淫濕透了襯衫，正在吧台上瞌睡的滿妹瞿然站起，看你摔摔跌跌走向她。

「滿妹……我撞死了人……是春麗」

「是春麗……」這時靠彈子台後邊落地窗那邊有人在輕呼著，但他顯然不是聽見我說的話，因爲他正背對著我們，把雙手攀貼在黑色窗玻璃上，仰著頸子望著城市的天空。

「是春麗吔……」慢慢有人聚攏著湊了上去，一群人像壁虎一般貼在那整片的落地窗上，嘆息聲低抑地擴傳開來。

滿妹拉著我也到窗前，啊！是春麗，巨大的春麗正和越南軍官在的上空對打。「是最後一關了……」有人這樣低語著。和螢幕裏一式一樣的裝扮，水藍色綢布功夫裝、綁著丫頭髻，在月光下潔白如冥奠的紙人一般的娃娃臉，因爲激烈的打鬥而喘著氣。越南軍官紅色的墊肩軍服、黑色綁了腿的的軍靴，臉上因爲沒在暗黑中，只模糊看出彷彿打不出噴嚏那樣的不耐煩神情。春麗很快又騰身而起，跳上另一棟大樓的頂端。這是我第一次仰著頭看著比我龐大許多的她在和對手決鬥。她知不知道我在看著她的性命之搏呢？越南軍官一個旋身放著藍焰的「飛龍在天」把春麗撞翻下大廈。所有人擔心地驚呼起來。然後，又看見春麗搖搖晃晃站了起來，她的臉上像抹了一片煤灰，有汗珠沿著眉梢流了下來。

時間在延長著，這不是最後一關了嗎？

她正在爲我賣命，自己卻渾然不覺。

在她的頭頂，是一片銀光泛燦的星空。你以爲你的頭頂，能有什麼樣的星空？梵谷的星空（牡羊座），夏卡爾飄著農夫和牛臉的星空（巨蟹座），耶穌在各個他含淚相望的星空（魔羯座），還是拿破崙在西伯利亞雪原上看見的星空（獅子座）？春麗似乎在等待著下一步的指令。潮汐遷移，只因你降生於此宮。全城的人在屏息觀望著春麗和軍官的無聲對峙，只有我熱淚漫面。突然想起這許多進進出出我底星座圖的人們。我記得他們所屬的星座並且爛熟於那些星座的節奏和好惡，但我完全無法理解那像一大箱倒翻的傀儡木偶箱後面的動機是什麼。天體的中央這時是由牛郎、織女、天津四所組成的夏天直角三角形，你可以看見天鷹、天琴與天鵝，以及橫淹過它們的銀河。白羊座以東，沿著黃道帶，你可以看見

M45星團中最燦爛的七姊妹共組的金牛座——淡藍、銅礦、藍寶石、罌粟的星座。你可以看見有M42星團位於腰際三顆星下方，極美的獵戶座。並在它的上方找到雙子座——淡黃、水銀、瑪瑙、薰衣草的星座。當然你可以再循序找到有M44星團的眩目的巨蟹座——綠色、灰色、銀器、莨菪的星座。你可以找到尊貴的天蠍，牠菱形的頭部和美麗而殘忍的倒鉤……你可以在繁密錯佈的整片星空，按著你的路線和位置，描出你要的神獸和器皿。但你再一眨眼，則又是一整片紊亂的、你無由命名的光點。

只因妳降生此宮，身世之程式便無由修改。春麗，在全城的靜默仰首中喘著氣，她的頭頂是循環運轉的十二星座。眼前，則是彷彿亦被紊亂的星空搞亂了遊戲規則，像雕塑一般靜蟄不動的敵手。

時間在延長著，這不是最後一關了嗎？

（一九九二年）

【評析】

駱以軍在一九九一年以〈手槍王〉獲得第十四屆時報文學獎短篇小說首獎，開始受到文壇的矚目與期待。當時姚一葦先生在「評審意見」裏的第一句話就說：「這是一篇令人困惑的小說，使我反覆讀了數遍，下面試圖提出自己的一點看法。」然後經過一些評析的段落之後，姚一葦先生又說：「這篇小說無論情節、人物和敘事策略都充滿不確定性，從而以上所云只代表我的一種讀法，不同的讀者可以有完全不同的解讀。」姚一葦先生的說法，事實上可以視為讀者閱讀駱以軍小說的基本印象。而讀者閱讀〈降生十二星座〉這篇小說時，應該也會有同樣的感受。

〈降生十二星座〉一方面保持了駱以軍創作的一貫風格，另一方面展現出小說敘述的多樣藝術手法。從敘述的表面來看，〈降生十二星座〉的敘述主軸，是敘述者與異性的交往互動，而引發的諸多記憶與想像。小說將電動遊戲「快打炫風」裏的扮演角色春麗視為一種生命經驗的符號；而十二星座的典型特質，在春麗與敘述者交往過的異性間陸續呼應。但是這個符號的眞正象徵，又充滿了敘述者個人所投射的影像，成為一種個人生命極力追求、探索的目標。「春麗」這個電動遊戲角色，既被程式設計者所賦予、限定，但是又被電動遊戲的玩家所控制、操弄。這樣的意象，彷彿敘述者在命運與現實間摸索、漂浮、掙扎——這是一個關於「人」的存在的思考。如果以此延伸，「道路十六」的世界，就成為駱以軍所欲表達出來的人生舞台，程式設計者就是造物主，電動遊戲的玩家既是自我、也是他者，迷宮般的道路因此成為現實的反射與個人的心路歷程。

就敘述的策略而言，小說中的「你」，事實上是過去的敘述者「我」，也是跳脫現實的敘述者「我」。敘述者運用被肢解而跳躍的情節段落，呈現出孤獨、焦慮、無奈的意識流動，因此形式上是多線穿插的進行。而大量運用了類似「後設小說」的書寫手法，包括括弧（）內的文字、以不同字體表現的文字與五個圖案的出現，並非駱以軍單純企圖打斷讀者閱讀，產生「虛構」、「反現實」的印象。相反地，那是駱以軍給予讀者的強烈暗示，也是虛構的小說與現實的人生處境繫連的明顯管道。〈降生十二星座〉在「後設」的手法運用方面，是小說中相當精采的一部分。

〈降生十二星座〉是一篇充滿哲理意味與現代意義的小說，每個人物都是重要的符號，每段情節都是內心世界的起伏。這篇小說象徵著對於生命與生活意義的迷思，如同駱以軍在文末所疑問的：「時間在延長著，這不是最後一關了嗎？」人，千方百計的試圖尋找各種路徑，了解自己、了解別人，了解命運、了解現實。但是也許我們也都在問：「這不是最後一關了嗎？」而答案似乎還在彼端。

【延伸閱讀】

一、駱以軍，《紅字團》，台北：聯合文學出版社，一九九三年。
二、駱以軍，《我們自夜闇的酒館離開》，台北：皇冠出版公司，一九九三年。
三、駱以軍，《妻夢狗》，台北：元尊文化公司，一九九八年。
四、駱以軍，《第三個舞者》，台北：聯合文學出版社，一九九九年。
五、駱以軍，《月球姓氏》，台北：聯合文學出版社，二〇〇〇年。
六、駱以軍，《遣悲懷》，台北：麥田出版社，二〇〇一年。
七、鄭千慈、楊佳嫻，〈遊走虛實之間——細讀駱以軍小說《降生十二星座》〉，收入《多向的銳變》，台北：文建會，二〇〇〇年，頁五〇一～五二五。

【相關評論引得】

一、陳芳英，〈亦狂亦俠亦溫文——駱以軍和他的作品〉，《文訊》，一九九三年八月，頁一〇一～一〇三。
二、張瑞芬，〈彷彿在君父的城邦——郝譽翔〈逆旅〉、駱以軍〈月球姓氏〉、朱天心〈漫遊者〉三書評介〉，《明道文藝》，二〇〇一年二月，頁二九～三七。
三、黃錦樹，〈隔壁房間的裂縫——論駱以軍的抒情轉折〉，《中山人文學報》第十二期，二〇〇一年四月，頁三一～四三。

四、柯品文，〈那些夾雜在小說書寫中的生命議題——評駱以軍〈月球姓氏〉〉，《書評》，二〇〇一年八月，頁二六～三〇。

五、李奭學，〈神聖與褻瀆——評駱以軍著《遣悲懷》〉，《聯合報》，二〇〇一年十二月十七日。收錄於李奭學，《書話台灣》，台北：九歌出版社，頁一四九～一五一。

六、黃錦樹，〈死者的房間——讀駱以軍《遣悲懷》〉，《聯合文學》，二〇〇二年一月，頁一三二～一三四。

七、潘弘輝，〈裹小腳刑傷——駱以軍〉，《幼獅文藝》，二〇〇二年一月，頁四四～四五。

八、楊佳嫻，〈在幽微邊界停格——駱以軍《遣悲懷》〉，《幼獅文藝》，二〇〇二年一月，頁一〇九～一一〇。

九、楊佳嫻，〈這是一個弄錯地圖的故事——談駱以軍「中正紀念堂」的空間記憶與歷史隱喻〉，《文訊》，二〇〇二年十二月，頁四六。

十、張啓疆，〈講評——談駱以軍〈中正紀念堂〉的空間記憶與歷史隱喻〉，《文訊》，二〇〇二年十二月，頁四七。

（鍾宗憲／編撰）

文學方塊

魔幻寫實主義

（鍾宗憲／輯錄）

魔幻寫實主義（magic realism）這個詞彙，是德國文藝批評家佛朗次・羅（Franz Roh）在一九二五年所提出的。原來是在詮釋繪畫所表現出來的一種變動又恆常、存在又消失、真實與魔幻空間並存的意境與風格。如果單就繪畫風格而言，魔幻寫實主義經常與超現實主義（surrealism）並稱，兩者都被歸類於廣義的現代主義（modernism），理念上也都試圖恢復人對於主觀意識和自我心理活動的探索與直接反映。

魔幻寫實主義與超現實主義的理論背景，可以說是師承浪漫主義（romanticism）與象徵主義（symbolism）而來，但是卻更強調必須創造出難以言傳的意境，以圖像或語言來鑄造某種心靈狀態，而引起讀者的特定情感反應。因此，魔幻寫實主義與超現實主義都被認為是「反現實」、「非理性」的創作主張。但是在文學創作的實踐上，魔幻寫實主義與超現實主義略有不同。超現實主義的定義範疇比較廣泛，凡是以夢、瘋狂、妄想、潛意識等心理感知作為表現方式，而對於現實產生扭曲變化，甚至直接描寫幻境，都屬於超現實主義作品。魔幻寫實主義作品在這個部分基本上與超現實主義作品相當。但是，魔幻寫實主義作品相對而言比較重視對於現實時間觀念的扭曲，而不是單純現實物象的扭曲。當然有時候這兩者的區分並不容易。

魔幻寫實主義作品通常有一些表現的特色，例如：生死如一、穿越時空、死人復活或者與鬼魂對話等等，所以魔幻寫實主義作品常常出現類似神鬼一般的奇異人物。雖然如此，魔幻寫實主義作品並不是在彰顯宗教崇拜的觀念，而是藉此種魔幻般的意象，來反映人生的心靈處境：甚至是藉由現實時間觀念的扭曲，忽而過去，忽而未來，來交代真實人生記憶的被遺忘、被改變。

影響台灣文壇比較重要的魔幻寫實主義作品，是哥倫比亞流亡作家賈西亞・馬奎茲（Garcia Marquez）的《百年孤寂》。而台灣本地的魔幻寫實主義作品，則可以張大春的小說《將軍碑》作為代表。

附錄

中國	台灣
	1911 龍瑛宗出生，本名劉榮宗。
	1912 留日青年成立「應聲會」於東京，響應中國革命。
	1913 巫永福於埔里出生。
	1914 呂赫若生於台中豐原。 台北州廳成立「風俗改良會」革除辮髮、纏足、鴉片等惡習。
	1915 鍾理和出生於屏東，1960年8月去世。 台南江定等於西來庵起事，失敗被捕，二百多人被判死刑，史稱「噍吧年事件」。
	1916 王昶雄生於台北淡水。
1917 第一位女性新小說家陳衡哲在留美期間創作了第一篇新小說〈一日〉。	1917 日政府通過台灣新聞紙令。
1918 第一次世界大戰結束。 《新青年》編輯部遷到北京（創刊於1915年）。魯迅在《新青年》雜誌發表第一篇小說作品〈狂人日記〉。	1918 「櫟社」社員蔡惠如、林幼春倡立「台灣文社」，謀求普及發展漢文。 林海音出生於大阪。
1919 五四運動爆發。《新潮》、《少年中國》等文學刊物創刊。 「新潮社」成立。 冰心在北京《晨報》副刊發表〈兩個家庭〉。	1919 台灣總督府發行《台灣時報》。
1920 「新青年社」成立。	1920 《台灣青年》雜誌社在東京成立。（1922改稱《台灣》，1930年停刊，共發行19期） 連雅堂《台灣通史》出版。
1921 中國共產黨成立於上海。「文學研究會」、「創造社」成立。《小說月報》創	1921 台灣文化協會成立，發行機關刊物《台灣文化協會會報》。賴和當選為理事。

刊。魯迅〈阿Q正傳〉、廬隱〈一個著作家〉發表。
郁達夫《沉淪》出版，是中國第一本新小說集。

甘文芳於《台灣青年》發表〈現實社會與文學〉。

1922

通俗小說家組織「青社」、「星社」。
張資平出版《沖積期化石》，是中國新小說的第一篇長篇小說。葉紹鈞《隔膜》出版。
郭沫若〈殘春〉發表，被認為是第一篇成功運用精神分析手法的小說。

1922

北京留學生范本梁等三十餘人組織「北京台灣青年會」，與台灣文化協會遙相呼應。
1月，陳端明發表〈日用文鼓吹論〉於《台灣青年》，攻擊傳統漢文學，掀起台灣白話文運動，為台灣新舊文學論戰序曲。
4月，台灣文化協會刊物《台灣文化叢書》第一號，刊登署名「鷗」之〈可怕的沉默〉，為目前所知第一篇台灣新文學中文小說。

1923

魯迅《吶喊》出版。
《偵探世界》創刊，程小青是偵探小說主要作家。
平江不肖生發表《江湖奇俠傳》、《近代俠義英雄傳》。

1923

周天啓等人於彰化組織「鼎新社」，掀起新劇運動。
《台灣民報》創刊於東京（1927遷台，1930年改稱《台灣新民報》，1941年改稱《興南新聞》，1944年停刊）為台灣日據時期主要報刊。
黃呈聰、黃朝琴、蔡孝乾、張我軍等發表有關白話文問題及介紹五四新文學運動。
賴和因治警事件第一次入獄。
筆名「無知」〈神秘的自制島〉刊出。

1924

「春雷社」成立。

1924

蔣渭水〈入獄日記〉於《台灣民報》連載。
赤陽社創刊《文藝》雜誌。
張我軍發表〈糟糕的台灣文學界〉等文，猛烈抨擊舊文學傳統。
追風（本名謝春木）發表〈詩的模仿〉，為台灣人發表的第一篇日文新詩。

1925

國父病逝北京。未名社《莽原》週刊創刊。
廬隱《海濱故人》、廢名《竹林的故事》出版。

1925

王詩琅、王萬得組成台灣黑色聯盟。
賴和為彰化蔗農事件寫長詩：〈覺悟下的犧牲〉表達悲憤之情。
《人人》雜誌創刊，楊雲萍及旅台大陸人士江夢筆任主編。

《七音聯彈》創刊，張紹賢主編，以文學評論為主。
葉石濤生於台南。張我軍新詩集《亂都之戀》出版。

1926

魯迅《徬徨》、馮沅君《卷葹》、蔣光慈《少年漂泊者》出版。老舍長篇小說《老張的哲學》完成。

1926

賴和〈鬥鬧熱〉、〈一桿秤仔〉，楊雲萍〈光臨〉、〈弟兄〉、〈黃昏的蔗園〉等白話小說陸續發表，台灣新文學進入黎明期。
全台性的「台灣農民組合」正式成立。
賴和主持台灣民報文藝欄。

1927

中國國民黨實施清黨。丁玲在《小說月報》發表〈夢珂〉。蔣光慈《短褲黨》出版。

1927

台灣文化協會分裂。蔣渭水「台灣民衆黨」於台中成立。
蔡培火提倡羅馬字。莊垂勝的「中央書局」設立。
楊華因違犯治安維持法入獄，寫成《黑潮集》。
楊逵應文化協會之召，自東京返台。

1928

「太陽社」、「新月社」成立。上海流行「新感覺派」小說。丁玲在《小說月報》發表〈莎菲女士的日記〉。陳衡哲《小雨點》、丁玲《在黑暗中》、凌叔華《花之寺》、謝冰瑩《從軍日記》出版。茅盾《蝕》三部曲完成。
秦瘦鷗發表長篇言情小說《孽海濤》。

1928

楊逵負責農民組合工作，並成立特別行動隊。
蔡培火發表〈與日本國民書〉，譴責殖民政策。

1929

凌叔華《女人》、丁玲《自殺日記》出版。巴金《滅亡》在《小說月報》連載。

1929

新文化運動領導人蔡惠如病逝。
台灣文化協會中央委員會與農民組合聯合，擴大活動，被日警檢舉。蔡培火在台南成立羅馬式白話字研究會。

1930

「左翼作家聯盟」成立。廬隱中篇女性小說《歸雁》、葉紹鈞長篇小說《倪煥之》出版。劉吶鷗短篇小說集《都市風景線》出版。

1930

2月，全台漢詩人於台中公會堂舉行聯吟大會。
左翼刊物《明日》《洪水報》《伍人報》《新台灣戰線》《赤道報》等相繼創刊，出版後多被查禁。
黃石輝、郭秋生等人掀起鄉土文學論戰。
8月，台灣新民報增闢「曙光」欄，徵集

新詩，由賴和主編。
9月，台北高等學校學生抗議事件，440人罷課，3人遭退學。
《三六九小報》創刊，1935年停刊。
10月台中州山區爆發「霧社事件」。

1931

九一八事變，日軍先後佔據東北四省。「左聯」發表〈為國民黨屠殺大批革命作家宣言〉，並通過「中國無產階級革命文學的新任務」。許地山出版《無法投遞之郵件》，是中國新小說的第一本極短篇小說集。張天翼發表〈二十一個〉。海派代表作家張恨水《啼笑因緣》出版。丁玲發表〈水〉。

1931

郭秋生等人掀起台灣白話文論戰。
王詩琅、張維賢與日人別所孝二等中日文藝工作者39人，合組「台灣文藝作家協會」，發行刊物《台灣文學》。

1932

中國共產黨於贛州成立「蘇維埃政府」。
《現代》雜誌創刊。
胡秋原引發「第三種人」論戰。
李輝英發表〈最後一課〉，是第一篇以東北生活為背景的小說。東北作家開始大量崛起。
茅盾《林家舖子》、沙汀《法律外的航線》、廢名《莫須有先生傳》、《橋》出版。
還珠樓主開始在天津《天風報》連載《蜀山劍俠傳》。

1932

台灣文藝作家協會共召開兩次座談會
日本當局濫捕抗日文化工作者，台共45人被捕。
《南音》雜誌創刊，郭秋生等主編。
留日學生吳坤煌、張文環等組織「台灣藝術研究會」於東京，發行刊物《台灣文藝》。
楊逵〈送報伕〉刊登於台灣新民報，遭腰斬。

1933

沈從文發表〈文學者的態度〉，引發京派與海派的論戰。
廬隱長篇小說《女人的心》、王統照長篇小說《山雨》、蕭軍與蕭紅合著《跋涉》、茅盾《子夜》、巴金「激流三部曲」的《家》出版。葉紫發表〈豐收〉。

1933

郭秋生、廖漢臣、黃得時、陳君玉、林克夫等人組成「台灣文藝協會」，發行刊物《先發部隊》。
西川滿創辦《愛書》，1942年停刊。
《福爾摩沙》創刊於東京。
水蔭萍主編《風車詩刊》。

1934

《文學季刊》創刊。蕭紅《生死場》出版。沈從文《邊城》出版。許地山發表〈春桃〉。

1934

「台灣文藝聯盟」成立，張深切為委員長，為全島性文藝組織，發行刊物《台灣文藝》。
楊逵〈送報伕〉全文發表，並獲東京《文學評論》徵文獎第二名（第一名缺）。日文創作已成為台灣文壇主流。

中共中央在「長征」途中發表「八一宣言」。盧隱長篇小說《火焰》、蕭軍長篇小說《八月的鄉村》出版，《八月的鄉村》是最早的抗日長篇小說。李劼人開始創作系列歷史長篇小說。艾蕪《南行記》出版。	1935	呂赫若〈牛車〉發表於東京《文學評論》第二卷第一號。 「台灣文藝聯盟」在台中召開第二屆大會。 楊逵退出台灣文藝聯盟，另創辦《台灣新文學》雜誌。 「風車詩社」成立，主要成員有楊熾昌、林修二、李張瑞及日人戶田房子及島元鐵平等人。 張文環〈父親的顏面〉入選日本《中央公論》小說徵文獎。 楊華〈薄命〉刊出。
「左聯」解散。魯迅《故事新編》、謝冰瑩《一個女兵的自傳》出版。老舍在《宇宙風》雜誌發表《駱駝祥子》(1939年出版單行本)。	1936	郁達夫應日本政府之聘來台，舉行多次演講。 楊逵〈送報伕〉、呂赫若〈牛車〉、楊華〈薄命〉編入胡風譯《山靈—朝鮮台灣短篇小說集》，上海文化出版社出版。 楊逵主編《台灣新文學》刊出〈漢文創作特輯〉，以「內容不妥」被禁。
蘆溝橋事變爆發，全面抗戰開始，國民政府遷都重慶。「左聯」解散，聲明共同抗日。上海作家發起「投筆從戎」運動。 《七月》月刊創刊，出現「七月派」小說。 徐訏發表〈鬼戀〉。 王度盧開始創作武俠小說。	1937	台灣總督府令四月一日起禁止報刊雜誌使用中文，廢止各報中文欄，中文雜誌停刊，漢書房（私塾）被強制廢止，台灣新文學運動進入巨大的轉換期。 龍瑛宗〈植有木瓜樹的小鎮〉入選東京《改造》雜誌徵文佳作。
南京偽政府成立。 巴金「激流三部曲」的《春》完成。張天翼發表〈華威先生〉、姚雪垠發表〈差半車麥稭〉。 白羽《十二金錢鏢》在天津《庸報》連載。	1938	王詩琅赴廣州任《迅報》編輯。鍾理和赴瀋陽。
第二次世界大戰爆發。 師陀短篇小說集《無名氏》出版。	1939	「台灣詩人協會成立」，龍瑛宗任文化部委員。

西川滿主編詩選集《華麗島》出版。

1940

珍珠港事變，太平洋戰爭爆發。巴金「激流三部曲」的《秋》完成。

1940

西川滿等組織「台灣文藝家協會」，發行刊物《文藝台灣》，在台灣各大都市舉辦「大東亞文藝演講會」。

藝術雜誌《台灣藝術》創刊，黃宗葵主編。

李獻璋編《台灣小說選》收賴和、王詩琅等作品，送審，被銷毀。

1941

蕭紅《呼蘭河傳》出版。丁玲〈我在霞村的日子〉、姚雪垠〈牛全德與紅羅蔔〉發表。

鄭因證《鷹爪王》在北京《三六九畫報》連載。秦瘦鷗《秋海棠》在上海《申報》連載。

1941

「皇民奉公會」成立，發行雜誌《新建設》。

《民俗台灣》創刊，金關丈夫、池田敏雄主編。

張文環、王井泉、黃得時等組織「啓文社」，發行《台灣文學》，與西川滿《文藝台灣》分庭抗禮。

1942

丁玲發表〈三八節有感〉、王實味發表〈野百合花〉批評中共，引發延安文藝整風運動，稱為「野百合花事件」。

毛澤東在延安文藝座談會發表講話。

1942

皇民奉公會指示，台灣文藝家協會在全台舉辦文藝演講會。

張彥勳等人在台中組織新詩社「銀鈴會」。

1943

王實味、丁玲、蕭軍在延安受到嚴重批判。

沙汀《淘金記》出版（與後來的《困獸記》、《還鄉記》合稱「三記」）。趙樹理發表〈小二黑結婚〉、〈李有才板話〉。

路翎發表〈飢餓的郭素娥〉。

張愛玲在《紫羅蘭》創刊號發表〈沉香屑——第一香爐〉。

張恨水《八十一夢》出版。

無名氏創作《北極風情畫》。

1943

《文藝台灣》《台灣文學》停刊。

1944

「十萬青年十萬軍」運動。

徐訏長篇小說《風蕭蕭》、張愛玲中短篇小說集《傳奇》、蘇青《結婚十年》、巴金《小人小事》出版。

1944

台灣全島文學家日報合併為《台灣新報》。

1945

日本投降，第二次世界大戰結束。重慶

1945

台灣新生報創刊。

作家開始倡議國共合作。
徐訏中篇小說集《鳥語》、艾蕪長篇小說《故鄉》出版。
路翎發表長篇小說《財主底兒女們》。

吳濁流《胡志明》完稿。

1946

《文藝復興》、《小說月刊》創刊。
巴金《寒夜》完成。錢鍾書《圍城》開始在《文藝復興》連載。趙樹理《李家莊的變遷》、王西彥長篇小說《古屋》出版。

楊逵原著，胡風中譯之《新聞配達夫》（〈送報伕〉）中日文對照本，由台北台灣評論社出版。
吳濁流日文長篇小說〈胡志明〉（亞細亞的孤兒）第一篇，由台北國華書局出版。

1947

國共和談破裂。

2月，二二八事件發生。
賴和短篇小說集《善訟的人的故事》
《自立晚報》《公論報》創刊。台灣新生報「橋」副刊創刊。
台灣省立藝術建設協會在台北市成立。

1948

蕭軍發表〈新年獻詞〉批評中共，引發「蕭軍與文化報事件」。
巴金《寒夜》開始在《文藝復興》連載。老舍長篇小說《四世同堂》完成（1982年出版）。沈從文《長河》、張愛玲《十八春》（半生緣）師陀短篇小說集《果園城記》出版。

張深切論文集《我與我的思想》出版。
《國語日報》創刊。
台灣省通志館在台北市成立，林獻堂出任館長。
橋文藝叢書《台灣作家選集》出版。

1949

中華共和國人民政府成立。兩岸分治。
中華全國文學藝術界聯合會（文聯）、中華全國文學工作者協會（文協）成立於北京。《文藝報》、《人民文學》創刊。
延安文藝座談會以後解放區優秀文藝作品選集出版：小說有趙樹理《李有才板話》等16種。
汪曾祺短篇小說集《邂逅集》出版。
朱貞木發表《七殺碑》。

楊逵撰寫〈和平宣言〉刊上海《大公報》，被捕後判刑12年。
雷震主辦《自由中國》半月刊創刊。
詩人雷石榆被當局逮捕，三個月後釋放。

1950

天津《文藝學習》創刊號發表阿壠〈論傾向性〉，引起文藝與政治關係的討論。

國民黨政府主導之「中國文藝協會」成立。
《拾穗》《野風》《自由談》《火炬》雜誌創刊。《中國時報》創刊。
陳紀瀅長篇小說《荻村傳》由台北重光文

藝出版。

1951

周揚發表〈堅決貫徹毛澤東文藝路線〉。
柳青長篇小說《銅牆鐵壁》出版。

1951

張道藩主辦的《文藝創作》創刊，作為文藝獎金委員會機關刊物。
內政部頒發賴和褒揚令，賴和入祀彰化忠烈祠。
自立晚報「新詩週刊」創刊。

1952

丁玲〈太陽照在桑乾河上〉、周立波〈暴風驟雨〉分別獲得蘇聯斯大林獎金小說二等獎與三等獎。

1952

《文壇》創刊，穆中南主持。《綠洲》《海島文藝》創刊。
潘人木長篇小說《蓮漪表妹》，張漱菡長篇《意難忘》出版。
紀弦主編《詩誌》創刊。蕭孟能「文星書店」成立。
朱西甯短篇小說集《大火炬的愛》由重光文藝出版。

1953

「文協」組織在京文藝工作者召開研討會，學習社會主義現實主義理論，指定22種必讀書目。「文協」更名為「中國作家協會」(作協)。

1953

紀弦《現代詩》創刊，任發行人兼主編
孟瑤長篇《生死盟》，趙滋藩長篇《半下流社會》出版。

1954

胡風向中共中央遞交三十萬字意見書：《關於解放以來的文藝實踐情況的報告》。同年，全國展開對《紅樓夢》與胡適思想進行批判。
杜鵬程長篇小說《保衛延安》出版。
張愛玲《秧歌》出版。

1954

新詩刊《藍星》《創世紀》分別創刊。
綜合性雜誌《皇冠》《幼獅文藝》《中華文藝》創刊。
詩人楊喚因車禍去世。張愛玲小說《秧歌》由今日世界初版。
林海音擔任台北《聯合報》副刊主編(1954-1963)。

1955

李准短篇小說集《不能走那條路》、周立波《鐵水奔流》出版。
金庸開始在香港創作武俠小說。

1955

中國婦女寫作協會成立。蔣介石以「戰鬥文藝」號召文藝工作者。
鄭愁予詩集《夢土上》出版。
林海音小說集《冬青樹》由重光文藝出版社出版。

1956

《人民日報》發表〈堅決地處理反動、淫穢、荒誕的圖書〉一文。
王蒙發表〈組織部新來的年輕人〉。

1956

紀弦宣布「現代派」成立，提出六大信條。
彭歌長篇小說集《落月》由自由中國社出版。

夏濟安創辦《文學雜誌》月刊。
鍾理和《笠山農場》得到「文獎會」長篇小說獎。

1957

丁玲等人被點名批判。
孫犁中篇小說《鐵木前傳》、李六如長篇小說《六十年的變遷》、高雲覽長篇小說《小城春秋》、吳強長篇小說《紅日》、曲波長篇小說《林海雪原》、梁斌長篇小說《紅旗譜》出版。宗璞發表〈紅豆〉。艾蕪發表長篇小說《百鍊成鋼》。

1957

鍾肇政與文友發起編印「文友通訊」。
《文星》雜誌創刊，何凡為第一任主編。
12月，鍾梅音小說集《遲開的茉莉》出版

1958

周立波長篇小說《山鄉巨變》、楊沫長篇小說《青春之歌》、周而復長篇小說《上海的早晨》（第一部）、杜鵬程中篇小說《在和平的日子裡》出版。茹志鵑發表〈百合花〉、王汶石發表〈新結識的夥伴〉。

1958

2月，王藍《藍與黑》由紅藍出版社出版。
8月，金門「八二三砲戰」。

1959

人民文學出版社出版「建國十年來優秀創作」。其中長篇小說15種、中篇小說5種、短篇小說集9種。

1959

4月，鍾理和〈蒼蠅〉刊於聯合副刊。
6月，林海音長篇小說〈曉雲〉在聯合副刊連載。
8月，中南部八七水災。
姜貴長篇小說《旋風》明華書局再版。
鹿橋長篇小說《未央歌》出版。
尉天驄、郭楓接辦《筆匯》革新號。至1962年停刊，共23期。

1960

歐陽山長篇小說《三家巷》、柳青長篇小說《創業史》出版。楊沫長篇小說《青春之歌》因為遭到批判，重新出版修訂版。

1960

《作品》雜誌創刊。夏濟安的《文學雜誌》停刊。
王文興、白先勇等台大學生創辦《現代文學》雜誌；白先勇一人在創刊號發表〈月夢〉及〈玉卿嫂〉兩篇小說。
鍾肇政長篇〈魯冰花〉，鍾理和中篇〈雨〉先後在聯合副刊連載。
林海音長篇小說《城南舊事》出版。
陳映真短篇小說〈鄉村的教師〉刊於《筆匯》革新號二卷一期。

1961

中共中央宣傳部召開全國文藝工作座談

1961

楊逵出獄。《文星》雜誌刊出李敖〈老年

會，討論「關於當前文學藝術工作的意見」。1962年正式公佈「文藝八條」。
羅廣斌、楊益言發表長篇小說《紅岩》。

人與棒子〉，文化界「中西文化論戰」拉開序幕。
王禎和〈鬼．北風．人〉刊出。
《詩、散文、木刻》創刊，朱嘯秋主編。

1962

中國作協召開農村題材短篇小說創作座談會。
陳翔鶴發表歷史小說《廣陵散》。

1962

《仙人掌雜誌》創刊。劉紹唐主辦《傳記文學》創刊。
胡適病逝台北。
《新文藝》月刊創刊；陳敏華主編《葡萄園》詩刊創刊。

1963

張春橋、姚文元等人提出「寫十三年」口號，認為只有寫建國後13年的作品才是真正社會主義文藝。
趙樹理《下鄉集》、歐陽山《苦鬥》、姚雪垠長篇歷史小說《李自成》第一卷出版。

1963

郭良蕙小說《心鎖》遭查禁。
王尚義病逝台北。司馬中原長篇《荒原》由高雄大業書局出版。
林海音小說集《婚姻的故事》，文星書店出版。

1964

毛澤東兩次對文藝整風進行批示。
浩然長篇小說《艷陽天》出版。

1964

台灣禁止日本電影上映。
許希哲主編《劇與藝》創刊。
吳濁流主辦《台灣文藝》創刊。
林亨泰等創立《笠》詩雙月刊。

1965

陳翔鶴小說遭到強烈批判。

1965

《劇場》《歐洲雜誌》先後創刊。《野風》《文星》雜誌停刊。
日據時期作家王白淵、張深切、陳虛谷去世。
鍾肇政主編《本省籍作家作品選集》十冊，文壇社出版。另主編「台灣青年文學叢書」，收入李喬、鄭清文、劉靜娟等十人作品，幼獅書店出版。

1966

文化大革命爆發。
老舍等多位作家遭迫害致死。

1966

尉天驄、郭楓等創辦《文學季刊》。
柏楊主持之「平原出版社」編印台灣第一本文學年鑑。
白先勇〈遊園驚夢〉發表於《現代文學》第30期。

1967

羅廣斌等多位作家遭迫害致死。

1967

《純文學》月刊創刊，林海音主編（1972年第62期後停刊）。

「中華文化復興運動推行委員會」成立。
九年國民教育開始實施。
鍾肇政獲教育部文藝獎。作家陳映真因案入獄。
七等生〈我愛黑眼珠〉發表。

大陸	年份	台灣
于會泳發表〈讓文藝舞台永遠成為毛澤東思想的陣地〉。 楊朔等多位作家遭迫害致死。	1968	黃春明〈兒子的大玩偶〉發表於《文學季刊》。 李昂〈花季〉發表於人間副刊。 張曉風小說《哭牆》由仙人掌出版。 《大學雜誌》創刊。張愛玲《怨女》由皇冠出版。 李喬短篇小說集《戀歌》、《晚晴》分別由水牛出版社及商務出版。
陳翔鶴等多位作家遭迫害致死。	1969	葉石濤獲「中國文藝協會」文藝評論獎。 國防部所屬《文藝》月刊創刊。 王禎和小說《嫁妝一牛車》由金字塔出版社初版。 張愛玲《半生緣》皇冠出版。七等生《僵局》由林白出版社印行。 隱地主編第一集「年度小說選」。
趙樹理等多位作家遭迫害致死。	1970	鄭清文《校園裡的椰子樹》由三民書局出版。 白先勇〈花橋榮記〉發表於《現代文學》。
詩人聞捷等多位作家遭迫害致死。	1971	旅美留學生發起「保衛釣魚台」運動。 《龍族》詩刊創刊。《中華文藝》創刊。 楊青矗小說《在室男》出版。 白先勇短篇小說集《台北人》由晨鐘出版社印行。
浩然長篇小說《金光大道》第一部出版。集體創作的長篇小說《虹南作戰史》出版。	1972	關傑明發表〈中國現代詩的困境〉引發現代詩論戰。 《書評書目》月刊創刊。 王文興長篇小說《家變》開始在剛創刊的《中外文學》雜誌連載。

1973

郭先紅《征途》出版。

1973

唐文標〈詩的沒落〉、〈僵斃的現代詩〉，持續給現代詩論戰加溫。
顏元叔發表〈台灣小說裡的日本經驗〉。
《葉石濤作家論集》由三信出版社印行。

1974

浩然長篇小說《金光大道》第二部、中篇小說《西沙兒女》出版。

1974

黃春明小說集《鑼》、《莎約娜啦再見》出版，為遠景出版社創業第一批出版品。
陳若曦〈尹縣長〉系列小說開始發表。

1975

鄧小平獲選為中共中央副主席。毛澤東宣布江青等人為「四人幫」。毛澤東發表談話指出「缺少詩歌，缺少小說，缺少散文，缺少文藝批評」。
諶容長篇小說《萬年青》出版。

1975

陳映真小說集《將軍族》、《第一件差事》，七等生《來到小鎮的亞茲別》，皆由遠景出版社出版。張系國長篇《棋王》由言心出版。
楊逵短篇《鵝媽媽出嫁》由大行出版。

1976

天安門爆發「四五運動」，聲討四人幫。
毛澤東病逝。文化大革命結束。
姚雪垠長篇歷史小說《李自成》第二卷出版。

1976

吳濁流去世。季季小說《蝶舞》《拾玉鐲》出版。
三毛《撒哈拉的故事》皇冠出版。
張良澤主編《鍾理和全集》由遠行出版。
李永平小說集《拉子婦》由華新出版公司印行。

1977

《世界文學》等多種文學性刊物復刊。
《人民文學》在北京召開短篇小說創作座談會：「促進短篇小說的百花齊放」。
劉心武發表短篇小說〈班主任〉。柳青長篇小說《創業史》第二部出版。

1977

「七等生小全集」十冊由遠行出版。
以朱西甯家族為中心成立的集團，創辦《三三集刊》。
周浩正等主編《小說新潮》創刊。曾心儀《我愛博士》遠景出版。
吳念真小說集《抓住一個春天》，由聯經出版。
鍾肇政主編《台灣文藝》革新號，改由遠景出版社發行；李喬《寒夜》開始連載。
鄉土文學論戰開始。

1978

「文聯」、「文協」正式恢復工作。停刊12年的《文藝報》復刊。
諶容發表〈光明與黑暗〉、王蒙發表〈最寶貴的〉、盧新華發表〈傷痕〉、王亞平發表〈神聖的使命〉。《建國以來短篇小說》（三冊）、《中國現代短篇小說》出

1978

吳三連文藝基金會成立。中國時報文學獎成立。
宋澤萊小說《打牛湳村》，吳念真《邊秋一雁聲》由遠景出版。
洪醒夫以〈散戲〉、〈吾土〉分別獲聯合報，中國時報小說獎。

版。

1979

大陸作家與台灣作家首次在美國愛荷華大學進行交流活動。文化部宣示解放思想、繁榮創作。全國人大提出兩岸三通的呼籲。國防部宣布停止對台灣金馬前線砲擊。

多篇小說發表：魯彥周〈天雲山傳奇〉、鄭義〈楓〉、茹志鵑〈剪輯錯了的故事〉、方之〈內奸〉、金河〈重逢〉、賈平凹〈結婚〉、葉辛〈我們這一代年輕人〉、馮驥才〈啊！〉、王蒙〈夜的眼〉、張潔〈愛，是不能忘記的〉、宗璞〈我是誰〉等。張承志短篇小說集《火燒林家寨》、周立波短篇小說集《山那面人家》出版。人民文學出版社出版《台灣小說選》。

1979

鍾肇政長篇《濁流三部曲》，李喬長篇《孤燈》，陳映真《夜行貨車》，吳晟詩集《泥土》分別由遠景出版。

李南衡主編《日據下台灣新文學全集》五冊，自費出版。

葉石濤、鍾肇政合編《光復前台灣文學全集》八冊由遠景出版。

黃凡小說〈賴索〉獲時報文學獎。

小說家王拓、楊青矗因高雄「美麗島事件」被捕。

1980

《小說月報》創刊。王蒙「意識流」作品開始引發廣泛的討論。

諶容〈人到中年〉、張弦〈被愛情遺忘的角落〉、張抗抗〈夏〉、宗璞〈三生石〉、劉心武〈如意〉、莫應豐長篇小說〈將軍吟〉、王蒙〈蝴蝶〉、張賢亮〈靈與肉〉、張辛欣〈我在哪兒錯過了你〉、汪曾祺〈受戒〉、鐵凝〈小路伸向果園〉。

1980

陳若曦回台訪問十天。白先勇《現代文學》復刊。

施明正小說《魔鬼的自畫像》，王禎和小說《美人圖》洪範書店出版。袁瓊瓊〈自己的天空〉獲聯合報小說獎。

鍾理和紀念館破土典禮，李行導演電影「原鄉人」於美濃首映。

蕭麗紅《千江有水千江月》獲聯合報長篇小說獎。

詹宏志於《書評書目》發表〈兩種文學的心靈〉，引發台灣文學是否邊疆文學的爭辯。

1981

《人民日報》發表〈堅持馬克思主義的文藝批評〉一文。各界開始針對部分有爭議的小說創作進行「嚴肅的批判」。文學刊物《小說界》創刊。高行健出版《現代小說技巧初探》，開始引發各種關於小說創作與現代主義的討論。

古華長篇小說《芙蓉鎮》、王安憶〈野菊花，野菊花〉、張潔〈沉重的翅膀〉、王安憶〈本次列車終點〉。姚雪垠長篇歷史

1981

洪醒夫《市井傳奇》，葉石濤《作家的條件》由遠景出版。

蕭颯小說集《我兒漢生》由九歌出版。

《李自成》第三卷出版。

1982

發表〈現代化與現代派〉。《上海文 第八期出現「現代派」論戰。

君宜〈洗禮〉、張潔〈方舟〉、路遙 生〉、鐵凝〈哦，香雪〉、梁曉聲〈這 一片神奇的土地〉、李存葆〈高山下的 環〉等篇發表。

1983

史鐵生〈我的遙遠的清平灣〉、陸文夫〈美食家〉、鐵凝〈沒有紐扣的紅襯衫〉、李杭育〈沙灶遺風〉等篇發表。

1984

叢維熙〈雪落黃河靜無聲〉、鄧友梅〈煙壺〉、張承志〈北方的河〉、阿城〈棋王〉等篇發表。劉心武出版長篇小說《鐘鼓樓》。

高行健小說集《有隻鴿子叫紅唇兒》出版。

1985

中國小說學會在天津成立。

阿城〈孩子王〉、史鐵生〈命如琴弦〉、劉索拉〈你別無選擇〉、馬原〈岡底斯的誘惑〉、韓少功〈爸爸爸〉、張賢亮〈男人的一半是女人〉等篇發表。討論與「尋根文學」有關的文章有韓少功〈文學的根〉、李杭育〈理一理我們的根〉等。

二月河開始創作帝王系列歷史小說。

1982

高雄《文學界》季刊創刊，鄭炯明主編。

洪醒夫車禍去世，其小說《田莊人》爾雅出版。

王禎和小說《美人圖》洪範書店出版。

白先勇小說改編的舞台劇「遊園驚夢」在國父紀念館演出。

1983

自立晚報百萬小說獎徵獎。陳映真《山路》獲中國時報推薦獎。

遠景出版諾貝爾文學獎全集，財務周轉不靈開始沒落。

《文訊》月刊創刊。周浩正主編《新書月刊》創刊。

李昂《殺夫》得聯合報中篇小說獎。

廖輝英小說《不歸路》《油麻菜籽》出版。

東方白大河小說〈浪淘沙〉從《台灣文藝》轉到《文學界》連載。

1984

黃凡小說《慈悲的滋味》由聯經出版。馬森《夜遊》爾雅出版。

王禎和《玫瑰玫瑰我愛妳》，劉大任《杜鵑啼血》由遠景出版。林佛兒創辦《推理》雜誌。《聯合文學》、《春風詩刊》創刊。

《台灣文藝》雜誌由陳永興接棒。郭松棻復出文壇，發表〈月印〉。

王拓出獄，完成兩部長篇小說《牛肚港的故事》、《台北台北》。

1985

楊逵病逝，享年八十。年輕小說家鍾延豪車禍去世。

陳映真創辦《人間》攝影報導雜誌。《文學家》創刊，共出7期。

龍應台《野火集》《龍應台評小說》出版。

吳錦發小說〈叛國〉獲吳濁流文學獎。張曼娟《海水正藍》出版。

1986
莫言〈紅高粱〉、殘雪〈蒼老的浮雲〉、張潔〈他有什麼病〉、張煒〈古船〉路遙〈平凡的世界〉、洪峰〈奔喪〉等篇發表。

1986
宋澤萊於《台灣文藝》發表論文批判檢討台灣的「老弱文學」，稱「笠」詩社為「卑弱自擂的文派」，頗受注目。
劉大任《秋陽似酒》由洪範出版。
金恆瑋主編《當代》雜誌創刊。
張大春小說〈將軍碑〉獲時報文學獎。

1987
王蒙《活動變形人》、老鬼《血色黃昏》、莫言《紅高粱家族》出版。池莉〈煩惱人生〉、王朔〈頑主〉、格非〈迷舟〉等篇發表。

1987
台灣筆會成立，楊青矗為首任會長，李魁賢副會長。
7月15日，戒嚴解除，台灣結束長達40年的戒嚴時期。
葉石濤《台灣文學史綱》出版。梁實秋病逝台北。
鄭清文獲第十屆「吳三連文藝獎」。張恆豪得「巫永福評論獎」；
林雙不小說〈小喇叭手〉獲吳濁流文學獎。
陳映真於人間副刊發表中篇小說〈趙南棟〉。

1988
楊絳《洗澡》、王朔《玩的就是心跳》出版。余華〈現實一種〉、劉恆〈伏羲伏羲〉、鐵凝〈玫瑰門〉、蘇童〈罌粟之家〉、馬原〈死亡的詩意〉等篇發表。

1988
解除報禁。
袁瓊瓊長篇《今生緣》由聯合文學出版。

1989
《鍾山》雜誌倡導「新寫實小說」。《新觀察》、《文匯月刊》被要求停刊。
蘇童發表《妻妾成群》。
李銳以《厚土》一書獲得台灣「第十二屆時報文學獎」小說推薦獎、楚狂人獲得短篇小說甄選獎。這是大陸小說創作者參加台灣地區文學獎首度獲獎。

1989
朱天心短篇小說集《我記得…》出版。

1990
上海證券交易所正式成立。
中華台港暨海外華文文學研究會在北京成立。
孫犁《芸齋小說》出版。
周而復〈江南一葉〉、方方〈祖父在父親心中〉、張宇〈鄉村情感〉、葉兆言〈半邊營〉、池莉〈太陽出世〉、蘇童〈婦女生活〉、馮潔〈都市男孩〉等篇發表。

1991

上海文藝出版社出版「中國新文學大系」。首屆上海文學藝術獎頒獎。
王安憶〈烏托邦詩篇〉、張欣〈絕非偶然〉、王朔〈動物兇猛〉、〈我是你爸爸〉、蘇童〈米〉、張欣〈真誠依舊〉、余華〈夏季颱風〉、葉辛〈孽債〉、張抗抗〈時間永遠不變〉、遲子建〈樹下〉、李國文〈電梯謀殺案〉等篇發表。

1991

《文學台灣》於高雄創刊。
曹麗娟〈童女之舞〉獲聯合報短篇小說首獎。

1992

《通俗文學評論》創刊。
唐浩明《曾國藩》、劉心武《風過耳》、張承志《心靈史》出版。
格非〈邊緣〉、余華〈活著〉、蘇童〈園藝〉等篇發表。

1992

朱天心小說集《想我眷村的兄弟們》出版。

1993

王安憶《紀實與虛構——創作世界方法之一種》、王蒙《戀愛的季節》、賈平凹《廢都》、陳忠實《白鹿原》、劉恆《蒼河白日夢》、張煒《九月寓言》、劉震雲《故鄉天下黃花》、扎西達娃《西藏隱密歲月》、張承志《黑駿馬》、蘇童《刺青時代》、馬原《虛構》、洪峰《重返家園》等書出版。花城出版社出版「先鋒長篇小說叢書」。葉兆言發表《花煞》。

1993

鍾肇政出版長篇小說《怒濤》。
楊照小說《紅顏》得第二屆賴和文學獎。

1994

《北京文學》組織作家創作「新體驗小說」。《特區文學》提出「新都市小說」口號。
海南出版社出版「二十世紀中國文學大師文庫」，小說部分引發爭議。
張賢亮出版《我的菩提樹》。林白〈一個人的戰爭〉、韋君宜〈露沙的路〉、王蒙〈失態的季節〉等篇發表。
嚴歌苓獲得台灣「第十七屆時報文學獎」短篇小說評審獎。

1994

清華大學舉辦「賴和及其同時代作家」國際學術會議。
小說家楚卿病逝。

1995

何申發表短篇小說〈年前年後〉；莫言

1995

《呂赫若小說全集》由林至潔譯，聯經出

發表長篇小說〈豐乳肥臀〉。
虹影獲得台灣《中央日報》第七屆小說獎。
嚴歌苓、虹影獲得台灣「第十七屆聯合報文學獎」小說獎。

版。

1996

余華長篇小說《許三觀賣血記》、陳染長篇小說《私人生活》、韓少功長篇小說《馬橋詞典》出版。史鐵生〈務虛筆記〉、劉醒龍〈分享艱難〉、談歌〈大廠〉、闕仁山〈大雪無鄉〉、葉兆言〈一九三七的愛情〉、朱文〈我愛美元〉等篇發表。
虹影獲得台灣《中央日報》第八屆小說獎。

1996

作家林燿德去世。
李喬小說：《埋冤．一九九七埋冤》入選年度本土十大好書。
文建會與人間副刊合辦「張愛玲國際研討會」。
台北麥田出版社「當代小說家系列」叢書，首批推出四位女作家作品：朱天文、王安憶、鍾曉陽、蘇偉貞。

1997

香港回歸中國。
棉棉《啦啦啦》在香港出版。
虹影《飢餓的女兒》在台灣出版（二〇〇〇年在大陸出版）。本書被台灣《聯合報》選為年度最佳書獎。
嚴歌苓以《人寰》獲得台灣「第二屆時報文學百萬小說獎」。
李晶、李盈獲得台灣「第十九屆聯合報文學獎」長篇小說獎。

1997

設址台北淡水之「真理大學」首創「台灣文學系」，正式招生。
李昂發表小說《北港香爐人人插》，引發爭論而大為暢銷。
朱天心出版《古都》，七等生出版《思慕微微》，賴香吟出版《散步到他方》。
五〇年代小說家林適存（又名南郭）、陳紀瀅去世。

1998

樊小玉獲得台灣「第二十屆聯合報文學獎」中篇小說評審獎。

1998

《楊逵全集》由文建會策劃出資，陸續出版。
戰後第一代省籍作家李榮春小說全集約三百萬字重新整理出版。
小說家朱西甯去世。遺稿55萬字長篇《華太平家傳》發表。
鄭清文出版《短篇小說全集》共7冊。

1999

澳門回歸中國。
樊小玉獲得台灣「第二十一屆聯合報文學獎」短篇小說獎第三名、張德寧獲得極短篇小說獎第二名。
高行健《一個人的聖經》在台灣出版。
虹影《K》在台灣出版（《K》在大陸發

1999

日治時期作家陳火泉、龍瑛宗病逝。戰後小說家尼洛病逝。
李喬任台灣筆會會長。舞鶴出版長篇小說《餘生》。
黃春明出版小說集《放生》，探討老人問題。

表後，被中國法院判「淫穢」罪遭查禁，是為首例）。
衛慧《上海寶貝》出版，引發各界討論。次年被中共列為禁售書籍。

霍斯陸曼·伐伐小說〈生之祭〉獲第一屆南投文學獎。

2000

旅美作家哈金以長篇小說《等待》獲得美國筆會獎、福克納小說獎，引起轟動。
中國小說學會於2001年選出此年度「中國小說排行榜」，長篇小說有5篇、中篇小說與短篇小說各10篇。長篇小說有龍鳳偉《中國：一九五七》、王安憶《富萍》、鐵凝《大浴女》、賈平凹《懷念狼》、雪漠《大漠祭》；畢飛宇《青衣》、楊顯惠《上海女人》分別名列中篇小說與短篇小說榜首。這是中國小說學會第一次選出年度「中國小說排行榜」。
棉棉〈糖〉發表於《收穫》。

2000

王昶雄、楊雲萍、卜少夫及女作家謝冰瑩、孟瑤、張漱菡去世。
駱以軍出版《月球姓氏》，賴香吟出版《島》，郝譽翔出版《逆旅》，舞鶴出版《鬼兒與阿妖》。
桃園文化中心推出全20冊，每冊40萬字的《鍾肇政全集》。

（應鳳凰、鍾宗憲／輯錄）

現代小說讀本

揚智讀本 02

作　　者／許俊雅 應鳳凰 鍾宗憲
出 版 者／揚智文化事業股份有限公司
發 行 人／葉忠賢
執行編輯／閻富萍、晏華璞、鄭美珠
登 記 證／局版北市業字第1117號

地　　址／台北縣深坑鄉北深路3段260號8樓
電　　話／(02)96626826
傳　　真／(02)26647633
網　　址／http://www.ycrc.com.tw
E-mail／service@ycrc.com.tw

郵撥帳號／19735365
戶　　名／葉忠賢
印　　刷／鼎易印刷事業股份有限公司
ISBN／957-818-653-3
初版四刷／2009年 9 月
定　　價／新台幣480元

國家圖書館出版品預行編目資料

現代小說讀本 / 許俊雅, 應鳳凰, 鍾宗憲主編.
-- 初版. -- 台北市 ： 揚智文化, 2004[民93
]
面 ; 公分. -- （揚智讀本 ; 2）

ISBN 957-818-653-3（平裝）

857.61 93012840